Dance into the Dark
Du darfst uns nicht vertrauen …

Dark Reverse Harem

Eyrisha Summers

Impressum

Texte: © Eyrisha Summers
Coverdesign: Eyrisha Summers
Bildlizenzen: pixabay, shutterstock, Midjourney(KI)

Lektorat/Korrektorat: Maria Heine

Kontakt:
c/o AutorenServices.de
Birkenallee 24
36037 Fulda

Email:
eyrishasummers@gmx.de

Triggerwarnung

Tyrone:

Fuck! Diese Autorin ist so ziemlich das schlimmste Problem, das ich mir vorstellen kann. Ausgerechnet ich soll die Leser vor den zum Teil schlimmen Dingen warnen, die in dieser Story vorkommen. Das ist, als wolle man auf Glasscherben tanzen, oder mit 'nem Sieb Wasser tragen – es ist total bescheuert, denn ich fühle mich erst richtig wohl, wenn es dunkler als Schwarz ist.

Aber hey ... ich versuche mal, dir zu sagen, wann du diese Geschichte besser nicht anrühren solltest: Wenn du nicht auf moralisch fragwürdige Inhalte stehst – Finger weg.

Wenn du nicht auf dub-con stehst – Finger weg.

Wenn du nicht auf eine sehr direkte Sprache stehst – ebenfalls Finger weg.

Wenn dominante Kerle für dich ein Problem darstellen, wirst du an der Geschichte kein Vergnügen haben.

Wenn Thrill für dich ein Problem darstellt, wenn du lieber den netten Mann von nebenan lesen möchtest – dann sind wir nicht das Richtige für dich. Garantiert nicht.

Wenn du BDSM ablehnst, oder wenn Verbrechen dich abschrecken – so leid es mir tut, dann bist du hier nicht an der richtigen Adresse. Und mit mir wirst du dann die meisten Probleme bekommen. Das garantiere ich dir.

Des weiteren verzichtet die Autorin auf Verhütung. Ich will es nur mal kurz anmerken: Wäre besser, wenn ihr im Real Live damit verantwortungsvoll umgeht. Das hier ist nur eine fiktive Geschichte und sollte auch als genau das betrachtet werden – auf allen Ebenen. Wenn ihr versteht, was ich meine.

Prolog

Mein Herz hämmert, mein Puls rast und ich bekomme kaum noch Luft. Ich bin so schwach ... so schrecklich schwach ... und alles, was ich sehe, ist Olgas starrer, toter Blick. Immer wieder erlebe ich den Moment, in dem das Leben ihren blutigen Körper verlässt. Den Augenblick, in dem der Tod sie holen kommt.

Der Russe lässt mir keine Zeit, faselt irgendetwas von einer großen Gefahr und zerrt mich gleich darauf aus dem Haus. Blut tropft von meinen Händen in den weißen Schnee und färbt diesen Rosa. Etwas in mir will sich erinnern. Etwas in mir sagt mir, dass ich genau das schon einmal gesehen habe – vor langer, langer Zeit. Mein Magen hebt und senkt sich, die Luftnot wird immer größer und dann steht plötzlich Tyrone mit einer Waffe in der Hand vor uns. Er verstellt dem Russen den Weg und seine Augen funkeln so gefährlich, dass ich die tödliche Bedrohung in ihnen sehr gut erkennen kann. Er sagt etwas, doch ich verstehe es nicht. Es rauscht in meinen Ohren, ein ekelerregendes Flimmern lässt mich kaum noch etwas erkennen und dann sinke ich einfach zu Boden. Nicht wirklich bewusstlos, aber ich bekomme auch nicht mehr wirklich mit, was um mich herum geschieht. Nur den Schuss … den Schuss höre ich … auch den leisen Schrei, aber danach wird es immer dunkler, bis schließlich alles in rabenschwarzer Finsternis versinkt.

Es ist so heiß, so schrecklich heiß. Die Hand, die meine festhält, ist es auch. Überall sind Flammen. Sie schlagen aus den Türen, zucken an den Wänden in die Höhe und selbst die Treppe, die wir gleich darauf erreichen, brennt lichterloh. Meine Mama schreit, hebt mich hoch und stürzt dann die Stufen hinunter. Ich ahne, dass sie nicht anders handeln kann, denn das Feuer kommt immer näher und obwohl ich so schrecklich klein bin, weiß ich: Das Feuer wird uns wehtun. Sehr weh …

Am Ende der Treppe wird es besser. Die Luft beißt nicht mehr in meinem Hals und ich muss auch nicht mehr so doll husten, dafür laufen hier viele fremde Männer herum. Männer in schwarzer Kleidung, die seltsame Dinge in ihren Händen halten. Diese Dinger knallen schrecklich laut, sodass ich immer wieder aufschreie und meine Ma mir schließlich den Mund zuhält.

Meine Mutter hastet durch zerstörte Zimmer und gleich darauf verlassen wir das Schloss durch einen Seitenausgang. Dort habe ich mich oft vor Dad versteckt, wenn ich am Abend mal wieder nicht ins Haus wollte. Dann, wenn der Schnee mich lockte und ich liebend gerne noch draußen geblieben wäre. Auch hier sind überall die schwarz gekleideten Männer. Sie laufen herum, prügeln auf unsere Angestellten ein und tun ihnen weh.

Ich presse mir die Hände auf die Ohren, stoße erschrockene Schreie aus, doch dann schiebt sich erneut eine Hand über meinen Mund. Eine große, schwere Hand, die nicht meiner Mum gehört. Sie und Olga stehen neben dem unbekannten Mann und meine Mutter schaut mich an. Ihr Blick ist traurig, Tränen rinnen über ihr Gesicht und sie streichelt mir sanft über die Wange. Dann dreht sie sich um, taumelt zwei Schritte vorwärts und plötzlich hat sie kein Gesicht mehr. Es ist einfach weg. Stattdessen steigt aus ihrem Hals eine blutige Fontäne auf, bevor sie in sich zusammensackt und auf dem Boden landet. Der Schnee wird immer dunkler ... Rosa, eine Farbe, die sich tief in mein Gedächtnis eingegraben hat. Dann wird er langsam Rot ...

Ich versuche zu schreien, aber da ist die Hand, die mir den Mund zuhält. Eine Hand, die nicht gut riecht und mir die Atemluft nimmt. Ich starre noch immer auf meine Mum. Kein Gesicht, kein Gesicht ... schreit es in meinem Inneren. Warum hat sie kein Gesicht mehr? Wo ist der Mund? Wo die Augen und die Nase? Aber statt meiner Mutter sehe ich plötzlich Olga vor mir. Die gebrochenen Augen, in denen kein Leben mehr steckt. Ich nehme die vielen Wunden an ihrem alten, gebrechlichen Körper wahr und das Blut. So viel Blut, dass es eine Pfütze unter ihr bildet. Da ist kein Atem mehr, keine Regung, da ist einfach ein großes Nichts. Ich weiß, dass ich schreie, aber kein Ton dringt über meine Lippen. Es ist mein Herz, das schreit, das weint, das verzweifelt ist, denn plötzlich wird das Gesicht zu einem anderen. Es sind blonde Haare, die blutig in einer bleichen Stirn kleben. Grüne Augen, die mich gebrochen und gleichzeitig vorwurfsvoll anstarren. Ich sehe einen Mund, der in stummer Anklage das Wort Mörderin formt.

Tyrone! Es ist Tyrone, aber warum sehe ich seinen Tod? Warum lebt er nicht mehr?

Ich will zu ihm, bewege meine Beine und komme doch nicht von der Stelle. Mein Herz splittert und der Schmerz ist so grauenerregend, dass ich weiß, ich werde ihn Zeit meines Lebens nicht mehr los.

Ich will doch nur zu ihm. Ihn ein letztes Mal in den Arm nehmen, doch ich schaffe es einfach nicht, mich zu bewegen. Wie festgefroren stehe ich da und schaue dabei zu, wie das Blut aus ihm heraussickert und dann ... dann wache ich schreiend auf.

Tyrone steht vor mir, aber warum ist der Schnee zu seinen Füßen so Rot? Warum glotzt er mich so starr an und warum hat er seine Waffe fallen lassen? Wieso hält der Russe mich nach wie vor fest und ich kann nicht zu den Männern, die unmittelbar hinter Tyrone stehen? Warum ist Tyrones Kleidung zerfetzt? Warum hat er ein Loch in seiner Brust, aus dem Blut zu Boden tropft und den Schnee rosa färbt? Ich schreie, als er fällt, und schreie und schreie ... ich höre gar nicht mehr auf zu schreien und dann ... dann wache ich ein zweites Mal auf ...

Warme Arme halten mich umfangen und es ist Zeros Geruch, den ich tief in meine Lungen sauge. Seine raue Stimme flüstert mir immer wieder beruhigende Worte ins Ohr. Tyrone! Das Einzige, woran ich in diesem Moment denken kann, ist Tyrone. Wo ist er? Geht es ihm gut? Der Traum ... er war so schrecklich realistisch. Ich kann nicht glauben, dass er noch lebt. Der Russe hat ihn erschossen. Ganz sicher sogar.

"Tyrone", wispere ich leise und habe Mühe, seinen Namen über meine Lippen zu bringen. "TYRONE!", schreie ich beim zweiten Versuch laut und verzweifelt.

Dabei versuche ich, Zero von mir zu schieben. Er darf mich nicht halten. Er darf mich nicht daran hindern, Ty zu suchen. Ich will doch nur wissen, ob es ihm gutgeht.

"Es geht ihm gut, Kay! Es ist alles in Ordnung!" Ich höre, dass Zero mit mir redet, begreife aber den Sinn seiner Worte nicht. Noch einmal brülle ich Tyrones Namen und dann erklingen im Hintergrund leise Schritte. Schritte, die sich rasch auf uns zubewegen.

Gleich darauf sind es Tyrones Arme, die mich umschlingen, sein Gesicht ist es, das dicht vor meinem schwebt, und sofort stürzen Tränen aus meinen Augen. Ein ganzes Meer aus heißen Tränen. Er schaut mich geschockt an, als meine Hände sich um sein Gesicht legen und ich einfach nicht aufhören kann zu weinen. Er lebt. Er lebt wirklich. Vorhin ... das war nur ein beschissener Traum. Eine sehr realistische Vision, die mich glauben ließ, ich wäre bereits wach. Ich habe die Kälte gespürt, die Angst und die Schmerzen, als ich glaubte, Tyrone wäre auch tot – aber was, wenn ich jetzt wieder nur träume? Was, wenn auch das hier nicht real ist?

Die Schlinge um meinen Hals zieht sich enger zusammen. Ich atme krampfhaft, ich röchle und dann stoße ich ein Wimmern aus, hoch und schrill und voller Qual. Dieses Mal ist es Ty, der mir mit rauer Stimme Worte zuflüstert, die mein Verstand aber nicht verarbeiten kann, vielleicht auch gar nicht verarbeiten will. Wild schlage ich um mich und dann spüre ich plötzlich einen Schmerz in meinem Arm. Als ich aufschaue, sehe ich Vance' besorgtes Gesicht und die Spritze, die er gerade aus meiner Haut zieht. Das ist aber auch das Letzte, was ich wahrnehme, denn gleich darauf versinkt mein Kopf in zäher, weicher Watte und ich falle zurück in die Dunkelheit, der ich gerade erst entkommen bin.

Tyrone

Verdammt, Dove! Wieso vergießt du Tränen um mich? Was soll das? Ist dir nicht klar, dass ich keine einzige davon wert bin? Dass ich der größte und schlimmste Bastard bin, der dir jemals begegnet ist? Was zur Hölle soll das werden?

Ich war es, der dich dazu gebracht hat, die Academy zu verlassen. Ich war es, der dir all die unangenehmen Wahrheiten an den Kopf warf und das tat ich im vollen Bewusstsein dessen, dass du meine Worte nicht ertragen kannst. Ich will, dass du gehst! Das will ich mehr als alles andere, doch leider hat sich das Spiel in der Zwischenzeit verändert. Nicht mehr wir sind es, die die Regeln bestimmen, es sind *andere*. Wenn ich dich jetzt gehen lasse, werde ich deinen Tod in Kauf nehmen müssen. Will ich das?

Nein ... das will ich nicht. Nur der Grund dafür ist mir noch nicht wirklich klar, doch ich komme dahinter. Glaub es mir.

Kapitel 1

"Sie wird die nächsten Stunden schlafen und wir sollten die Zeit nutzen, um uns darüber zu unterhalten, wie wir weiter vorgehen wollen. Falls noch einer von euch denkt, dass das alles Zufall und die Kleine nicht in Gefahr ist, dann solltet ihr euch auf euren Geisteszustand hin untersuchen lassen." Ich fahre mir mit gespreizten Fingern durchs Haar. Etwas, das ich in den letzten Stunden mindestens ein gutes Dutzend Mal getan habe.

"Die große Frage ist doch, was die Kasparows jetzt unternehmen werden? Immerhin haben wir Kirill den Wunsch verweigert, die Kleine mit sich zu nehmen. Hat mich nur gewundert, dass er sich trotz allem angeboten hat, die Sauerei im Haus zu bereinigen." Ty schaut mich lauernd an.

Dass ausgerechnet er so cool geblieben ist, ist für mich kaum nachvollziehbar. Ihm hätte ich es am allerwenigsten zugetraut, vor allem, da er eine Waffe in der Hand hielt, als wir ankamen, und damit auf

Kasparows Sohn zielte. Vielleicht hätte er sie auch zum Einsatz gebracht, wären wir nicht in der allerletzten Sekunde auf der Bildfläche erschienen. Er weiß, dass wir Vater und Sohn noch brauchen, und nur das hat ihn am Ende daran gehindert, Kasparow Junior abzuballern. Obwohl Kirill eine Kugel in den Schnee jagte, um uns daran zu hindern, näherzukommen, blieb Tyrone ruhig. Spätestens in diesem Moment habe ich eigentlich damit gerechnet, dass er den Russki abknallt.

"Das wundert mich im Übrigen auch", mischt Zero sich jetzt in das Gespräch ein. "Ebenso wie die Tatsache, dass er kaum Widerstand geleistet hat, als wir ihm sagten, dass er seine Wichsgriffel nicht an unser Mädchen zu legen hat. Ich meine ... ernsthaft jetzt: Normalerweise lässt Kirill sich nicht davon aufhalten, wenn jemand ihm droht, ihn in ein Küchensieb zu verwandeln. An anderen Tagen hätte er gelacht und geschossen. So viel steht fest." Zero steht auf und wandert unruhig im Raum auf und ab. Schließlich bleibt er neben mir am Fenster stehen und starrt nach draußen. Es ist dunkel, die Nacht bereits weit fortgeschritten und bald wird der neue Tag anbrechen. "Ich weiß nicht warum, aber ich habe das Gefühl, dass der Bastard mehr weiß. Ich befürchte außerdem, dass es sich dabei um nichts Gutes handelt. Hat einer von euch schon mal erlebt, dass die Kasparows etwas tun, ohne dass dabei irgendein Profit für sie rausspringt? Ich für meinen Teil nicht. Und ich habe außerdem das ungute Gefühl, dass Kirill rechthaben könnte, als er uns zu verstehen gab, dass die Sache zu groß für uns ist."

An dieser Stelle muss ich Zero recht geben. Der Vorschlag, Kayla unter den Schutz der Familie Kasparow zu stellen, der hat einen Hintergrund, von dem wir keine

Ahnung haben und ich befürchte, dass darüber auch noch nicht das letzte Wort gesprochen ist. Wenn ich eins von Kirill weiß, dann, dass er auf keinen Fall aufgibt. Er nicht ... und sein Alter wahrscheinlich noch weniger.

"Die Russkis sind dumm. Es sollte uns eigentlich ziemlich leichtfallen, sie auszubooten, und ich muss sagen, wir sollten damit auch nicht mehr allzu lange warten. Mir gefällt nicht, wie der Scheißer Dove angesehen hat."

"Und das aus deinem Mund, Ty! Ich kann es kaum glauben. Was ist geschehen? Willst du uns damit zu verstehen geben, dass du deine Meinung bezüglich Kayla plötzlich geändert hast?" Ich kann es mir nicht verkneifen, meine Stimme mit einem gewissen Sarkasmus zu unterlegen, denn immerhin wissen Zero und ich in der Zwischenzeit, dass er es war, der die Kleine dazu getrieben hat, die Flucht zu ergreifen.

"Ich will sie noch immer loswerden, Idiot!", stößt Ty bitter aus. "Aber eben nicht um den Preis ihres Lebens. Momentan wüsste ich keinen Platz, an dem sie sicherer wäre, als hier bei uns. Nimm zur Kenntnis, dass ich sie trotzdem nicht hierhaben will, ich kapituliere lediglich vor der beschissenen Situation." Tyrone zieht sein Zippo aus der Hosentasche und beginnt wie wild damit zu spielen. Er ist ziemlich am Arsch und seine Worte waren eine glatte Lüge. Das kann ich dieses Mal problemlos erkennen. Was auch immer sich in den letzten Stunden verändert hat, hat Tyrones Meinung einmal komplett ins Gegenteil verkehrt, und das ist ziemlich erstaunlich.

"Hat Kirill wirklich das Haus gesäubert?", wendet Zero sich mit seiner Frage an mich und ich kann ihm deutlich anhören, dass er weder dem Braten noch den Russen traut.

Nachdem meine beiden Freunde Kayla in den Wagen geschafft haben und zurück zur Academy brachten, bin ich an Ort und Stelle geblieben und habe Kirill und seinen herbeigerufenen Männern geholfen, die Schweinerei zu beseitigen. Ich weiß also aus erster Hand, dass der Russe besonders effektiv und umsichtig vorgegangen ist.

"Hat er und seine Leute waren verdammt gründlich. Als ob Tatortreiniger vor Ort gewesen wären. Wie gut, dass der Schuppen seinem Vater gehört, denn nachdem die Leichen fortgeschafft waren, hat er den Kasten in die Luft gejagt. Den Verlust werden die Kasparows wohl verschmerzen können. Ein bisschen ausströmendes Gas und ein Funke – dann hat es laut geknallt. Den einzelnen Schuss, den er auf uns abgefeuert hat, hat auch niemand gehört, denn dafür liegt das Gebäude zu weit außerhalb des Ortes. Das ist wahrscheinlich auch der Grund, warum die Angreifer so leichtes Spiel hatten."

"Und was ist mit den Angehörigen der Toten? Die werden Fragen stellen, wenn sie ihre Lieben nicht mehr erreichen können." Ty stellt das Spielen mit dem Feuerzeug ein und schaut mich durchdringend an. Ich weiß, dass wir jetzt zu dem Teil kommen, auf den ich mir selbst keinen Reim machen kann, der uns allerdings sehr gelegen kommt.

"Sie haben keine … keine Angehörigen. Die beiden Personenschützer waren Cousins, aber da gibt es weder lebende Eltern, noch Ehefrauen, noch irgendetwas anderes. Bei dem älteren Kindermädchen sieht es genauso aus. Ich kann natürlich nicht meine Hand dafür ins Feuer legen, dass sie nicht irgendwo Freunde haben, die sich wundern, warum sie sich nicht melden, aber ich denke, das wird kein Problem sein. Hoffe ich zumindest." Ich drehe mich um und starre jetzt ebenfalls aus dem

Fenster. Es ist noch immer dunkel draußen und nur vereinzelt ist ein Licht in einem der Studentenwohnheime zu erkennen. Ein sicheres Zeichen dafür, dass auf dem Gelände bald der normale Betrieb losgeht – nur für uns nicht, denn seit gestern ist so ziemlich nichts mehr normal. Das ist uns allen klar. "Ich habe versucht, Kaylas Onkel zu erreichen, doch unter der Nummer, die er mir unter dem Siegel der Verschwiegenheit mitgeteilt hat, gibt es plötzlich keinen Teilnehmer mehr. Die Bandansage war ziemlich deutlich: Die Nummer existiert nicht mehr."

"Krass!", stößt Ty aus und gleich darauf ertönt ein lauter Pfiff, der mich zusammenzucken lässt.

"Krass würde ich das nicht nennen." Zero dreht sich um und seine Augen sind plötzlich so dunkel, dass selbst mir anders wird. Er ist nicht gut drauf, aber das ist keiner von uns. "Eher beängstigend. Halten wir mal fest: Zweimal wurde bereits hier auf dem Gelände versucht, das Mädchen zu töten. Jetzt hat es ihre Begleiter erwischt, trotz zweier Bodyguards, die mit Sicherheit ihren Job beherrscht haben. Die Kasparows bringen den russischen Geheimdienst ins Spiel und zum guten Schluss ist der Onkel des Mädchens nicht mehr auffindbar. Wir werden extrem aufrüsten müssen, um die Kleine zu schützen. Ich hoffe, das ist euch klar!"

"Habe ich bereits in die Wege geleitet. Mehrere Männer, die für uns in New York tätig sind, werden morgen bereits hier aufschlagen, um unser Wachpersonal zu verstärken. Diejenigen, die uns jetzt dort fehlen, werden durch Neueinstellungen ersetzt werden. Leider schaffen es die Männer nicht, heute schon herzukommen, aber die paar Stunden werden wir schon überstehen. Allerdings werde ich keine ruhige Minute mehr haben, bis sie hier sind. Das dürft ihr mir glauben."

"Ich auch nicht!" Wieder ist es Ty, der mich an dieser Stelle überrascht. Gestern wollte er die Kleine noch um jeden Preis loswerden, und ein paar Stunden später hätte er sich für sie eine Kugel von Kirill eingefangen. Fuck! Ich habe gedacht, er könne mich nicht mehr überraschen, aber ich stelle fest, dass er es immer wieder schafft. "Was ist mit dem Schmuckstück, das Dove in der Hand hielt und das wir ihr mit Gewalt aus den Fingern holen mussten? Sie hat es so fest umklammert, dass sie bereits blutete. Das Ding sieht verdammt wertvoll und vor allem alt aus. Ich denke, dass die Steinchen echt sind und der in der Mitte dürfte unbezahlbar sein. Auf keinen Fall ist das ein Schmuckstück, das man übersehen kann. Vielleicht sollten wir diesbezüglich Nachforschungen anstellen. Irgendwo gibt es vielleicht eine Fotografie davon. Und wir sollten auch versuchen, ein Bild von Kayla durchs Netz zu jagen, denn mittlerweile dürfte feststehen, dass mit der Frau etwas nicht stimmt. Wie Vance bereits herausgefunden hat, gibt es sie offiziell nicht einmal. Ich finde, das alleine ist ein Grund, um tiefer zu graben." Er schaut Zero an. "Ja, ja ... ich weiß, der KGB ist tabu. Wobei ich noch immer denke, dass wir den nicht ausklammern dürfen, wenn wir wissen wollen, was mit Dove nicht stimmt. Und aus meiner Sicht betrachtet: Sollte wirklich der russische Geheimdienst hinter den Anschlägen stecken, haben wir den bereits vor unserer Tür stehen. Der Tote in unserer Grotte ist der beste Beweis dafür. Der wird seine Kumpels mit Sicherheit nicht darüber im Unklaren gelassen haben, wo die Kleine zu finden ist und dass er Kumpels hat, darüber kann es ja wohl kaum noch Unklarheiten geben. Ich frage mich nur, wie Dove das wegstecken wird. Sie scheint mir nicht zu der harten Sorte Mensch zu gehören. Sie ist nicht wie ..." An der Stelle bricht er ab, aber ich weiß genau, was er gerade sagen und wessen Namen er ins Spiel bringen wollte.

Ja! Diandre passte zu uns. Sie war kein unbedarftes Mädchen und wusste genau, was sie wollte, aber sie war auch hart wie ein funkelnder Diamant. Mehr als einmal hat sie uns klargemacht, dass sie keinen von uns braucht und das entsprach absolut der Wahrheit. Sie war eine Teufelin, der durchaus klar war, wie sie ihre Reize einsetzen musste, um uns einzufangen. Tyrone hat es gehasst, dass sie ihm das Gefühl gab, austauschbar zu sein, doch daran durfte ihn nach ihrem Tod niemand mehr erinnern. Auch nicht daran, dass ihn keine Schuld traf, weil er sie nicht beschützen konnte.

Manchmal, so wie gerade jetzt, habe ich den schrecklichen Abend noch immer klar vor Augen und dann sehe ich das dunkle Fahrzeug, das in viel zu hohem Tempo um die Ecke schießt. Auch Diandres Augen, die immer größer werden, als sie begreift, dass es gleich vorbei sein wird. Vorbei mit dem Tanzen, vorbei mit dem Flirten ... vorbei mit ihrem Leben. Ich habe ihr angesehen, dass sie es wusste. Kurz darauf erfolgte der Aufprall. Selten sind meine Erinnerungen so deutlich und klar wie in diesem Moment. Ich kann ihren Körper durch die Luft fliegen sehen und höre, wie er mit einem dumpfen Laut auf dem nassen Asphalt aufschlägt. Das ganze Blut, das ihr aus Mund und Nase läuft, und der Glanz ihrer Augen, der nach und nach erlischt – das alles ist von jetzt auf gleich wieder präsent, als wäre es gerade eben erst geschehen. Ich muss mich regelrecht zwingen, mich von den schmerzhaften Visionen zu lösen, um Ty die Antwort zu geben, auf die er bereits seit geraumer Zeit wartet.

"Ich habe ihr vorhin ein mildes Beruhigungsmittel gespritzt und ich fürchte, dass wir das noch ein paar Mal wiederholen müssen, bis sie bereit ist, sich der Realität zu stellen. Ich würde es lieber sehen, wenn ich das nicht tun müsste, aber ich sehe keine andere Alternative. Du etwa? Ich denke, dass sie es nicht besonders gut wegsteckt, deshalb ist sie momentan im Reich der Träume besser aufgehoben."

Tyrone, aber auch Zero nicken zustimmend. Hätte mich auch gewundert, wenn es anders gewesen wäre. Als Kayla das erste Mal nach dem Psychotrip die Augen aufschlug, war sie völlig aufgelöst und das haben beide Männer problemlos erkennen können. Sie war völlig durch den Wind und man konnte ihr ansehen, dass sie Traum und Realität nicht mehr voneinander unterscheiden konnte. Das hat selbst mich erschreckt, zumal sie kurz vorher auch irgendetwas von einem fehlenden Gesicht in ihrer Bewusstlosigkeit murmelte. Ich muss wissen, ob ich mir das nur eingebildet habe, oder ob Zero es ebenfalls gehört hat. Ty war in diesem Moment nicht im Zimmer, er kam erst später dazu.

"Sag mal, Bro, hast du auch gehört, wie sie sagte, dass ihre Mum kein Gesicht mehr hätte, oder bin ich einfach mittlerweile müde und überspannt?"

"Nein, bist du nicht! Ich habe es auch gehört! Auch die Tatsache, dass sie von einem brennenden Palast gesprochen hat. Ich konnte zwar nicht alles verstehen, aber zumindest ein paar Brocken. Auch das Wort Schnee ist ein paar Mal gefallen und es hörte sich nicht so an, als würde eine erwachsene Frau sprechen, sondern ein sehr, sehr kleines Kind." Das ist mir auch aufgefallen, aber darüber habe ich mir ehrlich gesagt bisher keine Gedanken gemacht.

"Jetzt, wo du es sagst! Du hast recht. Ich frage mich nur, wie es sein kann, dass sie sich an Schnee und einen

Palast erinnern kann, wo sie doch angeblich in Kalifornien geboren wurde."

"Das kannst du doch nicht mehr wirklich glauben. Nie und nimmer ist an der Geschichte etwas dran", mischt Ty sich ein. "Ich frage mich nur, ob sie es weiß und uns ganz großes Theater vorspielt, oder ob sie wirklich so unwissend ist, wie ich es befürchte."

"Du glaubst also nicht daran, dass sie uns bewusst belügt?" Ich schaue Tyrone erwartungsvoll an. Er mag ein Psycho sein, aber der Kerl ist hochintelligent und es gibt kaum einen Menschen, den er nicht durchschaut. Und zwar schneller, als es Zero und mir möglich wäre.

"Ich lege meine Hand dafür ins Feuer, dass Dove absolut ahnungslos ist." Er seufzt und ich vermute, es gefällt ihm nicht, etwas Positives über die junge Frau sagen zu müssen. "Aber da ist etwas in ihr, das sich erinnern will. Warum auch immer sie es nicht weiß, sie verarscht uns nicht vorsätzlich."

"Sicher?", hakt Zero nach.

"Ja! Da bin ich ausnahmsweise mit Ty einer Meinung. Versuch du dich mal an Dinge aus deiner Kindheit zu erinnern. Aus deiner frühen Kindheit. Mehr wie ein paar verschwommene Bilder wirst du nicht zustande bringen. Bei mir ist es zumindest so. Und falls sie tatsächlich schon älter gewesen sein sollte, kann es ebenso gut sein, dass ihr Verstand sie vor etwas bewahren will. Vor einem Trauma, das sie nie verarbeitet hat. Ich halte Kayla nicht für einen Menschen, der lügen kann. Sobald sie es versucht, fällt sie auf. Das hat sie ja schon mehrfach unter Beweis gestellt." Kayla kann es nicht. Lügen sind einfach nicht ihre Welt.

"Du hast recht. Sie kann nicht lügen. Ist mir auch schon aufgefallen." Auf Zeros Lippen erscheint ein Lächeln, als er sich an ihre sehr fruchtlosen Versuche erinnert.

"Damit sind wir aber keinen Schritt weiter", gebe ich zu bedenken. "Ich halte es für relativ ungefährlich, wenn wir nach dem Schmuckstück forschen, aber erst einmal nur danach. Kaylas Bild durchs Netz zu jagen, hat für mich nichts. Auch dann nicht, wenn sie bereits aufgefallen ist. Vielleicht können wir die Idioten mit verstärkten Sicherheitsvorkehrungen davon abhalten, es erneut zu versuchen. Sollten sie aber den Eindruck bekommen, dass wir ihnen und einem eventuell vorhandenen Geheimnis auf die Schliche gekommen sind, könnten sie sich bemüßigt fühlen, es auf ein Blutbad ankommen zu lassen. Das wäre der Supergau schlechthin und das wisst ihr ebenso gut wie ich. Dann fangen wir nämlich wieder bei Null an."

"Muss nicht sein!" Wieder ist es Tyrone, der sich einmischt. "Ich habe die letzten Tage mehrere Stunden mit unserem Nerd verbracht und er hat mir versichert, dass er durchaus in der Lage ist, seine Anwesenheit im Netz zu verschleiern, sodass ihn kein noch so ausgetüfteltes Sicherheitsprogramm finden kann. Und ehrlich gesagt: Ich glaube ihm. Der kleine Grayson hat einiges auf dem Kasten und er ist mehr als bereit, sich und uns diese Tatsache zu beweisen. Ich denke, wir sollten das Kerlchen mit ins Boot holen und ihm ein nettes Sümmchen dafür zahlen, dass er uns hilft. Dabei sollten wir ihm allerdings auch unumwunden klarmachen, dass wir nicht die netten Jungs aus der Nachbarschaft sind. Er soll sich nicht vor Schiss in die Hosen pissen, aber genau wissen, was ihn erwartet, falls er auf die Idee kommt, uns zu verpfeifen."

"Du meinst, wir sollten ihn anwerben? Als Mitarbeiter?" Ich glaube, mich verhört zu haben.

"Das ist der Plan!" Ty grinst und wirkt dabei plötzlich mehr als nur ein bisschen zufrieden. "Wir können es uns nicht leisten, auf ihn zu verzichten, nur weil sein Daddy zufälligerweise ein ziemlich einflussreicher Mann ist. Was im Übrigen auch nicht unbedingt das Schlechteste ist." Jetzt steht auch Tyrone auf und schlendert zu uns rüber. "Er hat mir bereits mehrfach aus der Patsche geholfen, wenn ich versucht habe, Aktienpakete von Zeros Erzeuger zu kaufen. Und es hätte nicht so verdammt gut geklappt, wenn der Bursche seine Finger nicht im Spiel gehabt hätte. Mittlerweile halten wir im Übrigen die Aktienmehrheit von Donovan-Enterprises in der Hand und können jederzeit übernehmen."

In Zeros Augen glitzert es plötzlich höllisch. Mir ist klar, dass er nur auf diese Nachricht gewartet hat und noch sicherer bin ich mir, dass es ihn in den verdammten Fingern juckt, es seinem Alten sofort zu zeigen. Dumm für ihn, dass wir gerade ganz andere Probleme haben. Fette Probleme, denen wir jetzt unsere gesamte Aufmerksamkeit widmen müssen.

"Also gut! Streck deine Fühler nach dem kleinen Pisser aus, aber du bist dann auch verantwortlich dafür, dass er funktioniert. Sollte der Knabe beschließen, uns verpfeifen zu wollen, ist es deine Sache, das Problem zu bereinigen."

"Keine Sorge! Wird er nicht. Du weißt ziemlich gut, dass ich ihm so ein Angebot niemals machen würde, wenn ich nicht im Vorfeld bereits abgeklopft hätte, dass er geeignet ist. Keine Leichen an der Academy – das waren deine Worte und daran halte ich mich auch", lässt Ty mich wissen und ich grinse tatsächlich zum ersten Mal, seit dem Blutbad, das ich vor nicht allzu langer Zeit noch zu Gesicht bekommen habe. Irgendwie rücken wir gerade wieder näher zusammen. Seit Kayla auftauchte, habe ich oft das Gefühl gehabt, dass zwangsläufig der Tag kommen würde, an dem wir uns entscheiden müssen. Zwischen ihr und unserer Freundschaft. Das hätte mir überhaupt nicht gefallen. Wie es jetzt aussieht, waren diese Bedenken absolut grundlos.

Die Situation ist jetzt eine andere und die Gefahr, in der das Girl schwebt, scheint sogar Tyrone wieder mit ins Boot geholt zu haben. Würde ich ihm zutrauen, ein falsches Spiel zu spielen. Ja, durchaus, aber nicht jetzt und nicht hier. Er war zwar nicht in der Villa, hat die Toten auch nicht gesehen, doch als ich zurückkam und den beiden beschrieben habe, welches Massaker da abgegangen ist, und dass Kayla wahrscheinlich die Toten alle gesehen hat, habe ich gemerkt, wie in Ty etwas vor sich ging. Ich konnte es sehen. Normalerweise kennt er keine Gefühle, aber in dem Moment hatte ich fast den Eindruck, dass so etwas wie Emotionen in seinem Gesicht aufblitzten.

Bis gestern haben seine Augen Funken gesprüht, sobald Kaylas Name fiel, heute sehe ich in seinen Iriden ganz andere Dinge. Vordergründig den heißen Wunsch, sie zu beschützen. Wo Diandre ihm zu verstehen gab, dass sie seine Überwachung nicht braucht, ist es bei der Kleinen überlebenswichtig, dass er sie bewacht. Sie braucht unseren Schutz wirklich und zwar mehr als alles andere. Vielleicht ist es das, was am Ende den Unterschied zwischen ihr und Diandre ausmacht.

Anfangs, als ich nur ihr Foto gesehen habe, war es die unglaubliche Ähnlichkeit, die mich augenblicklich zu ihr zog und die Ty sofort abstieß. Jetzt, wo ich sie seit Tagen leibhaftig um mich habe, weiß ich, dass die Ähnlichkeiten gar nicht so groß sind, wie ich anfangs dachte. Klar ... die beiden könnten Schwestern sein, aber mehr auch nicht. Und wie es aussieht, hat auch Ty mittlerweile begriffen, dass niemand Diandre aus seiner Erinnerung verdrängen will und Kayla am wenigsten.

Dass Ty ein schlechtes Gewissen hat, weil er Kayla mit seinen Worten fortgetrieben hat, daran glaube ich nicht eine Sekunde, denn er hat tatsächlich keins. Tyrone besitzt nichts, was ihn dazu bringen könnte, so etwas wie Mitleid zu empfinden. Deshalb bin ich mir auch so sicher, dass es in der Zwischenzeit ganz andere Dinge sind, die ihn dazu bringen, die junge Frau in unserer Mitte zu dulden. Würde er noch immer an dem Plan festhalten, sie vertreiben zu wollen, dann würde er ihn auch gnadenlos durchziehen. Daran gibt es nichts zu rütteln.

"Also gut! Ty kümmert sich um Millwood. Ich übernehme die Kasparows und du, Zero, kümmerst dich um unser Täubchen. Sie wird jemanden brauchen, dem sie vertraut, wenn sie aufwacht. Und jetzt würde ich vorschlagen, wir gehen in die Küche und ich koche Kaffee. Das wird ein verdammt langer Tag werden ... fürchte ich."

Zero

Wir sind abgefuckte Bastarde – jeder von uns. Statt dir unseren Schutz anzubieten, statt dir die Wahl zu lassen, werden wir dich weiter dazu zwingen, uns zu gehören. Weil wir nicht von dir lassen können – weil die Bestien in unserem Inneren nach deinem Blut gieren – weil wir dreckige, verkommene Typen sind. Hast du das gewusst, Kleines? Ich denke, du versuchst noch immer, das Gute in uns zu sehen. Das solltest du ganz schnell vergessen.

Ich bin nicht der Mann, den du in mir zu sehen scheinst. Würdest du mehr über mich wissen, würdest du mich hassen. Du würdest mich verachten und mir niemals dein Leben und deine Lust anvertrauen. Dein Herz würde die Wahrheit gar nicht ertragen, kleiner Schwan.

Du solltest dir Zeit mit dem Aufwachen lassen, denn manch eine Erkenntnis zerstört allzu weiche Herzen.

Kapitel 2

Während ich mich in einem Zustand zwischen Schlaf- und Wachphasen befinde, verliere ich jegliches Zeitgefühl. Es können Stunden vergangen sein, aber ebenso gut Tage, ... ich weiß es einfach nicht. Immer dann, wenn ich die Augen aufschlage, fühle ich den unglaublichen Schmerz des Verlustes. Ich weine viel, bin nicht wirklich ansprechbar und in meinem Kopf herrscht eine gähnende Leere. Das Denken fällt mir unglaublich schwer.

Einer der Männer ist immer an meiner Seite, nur kann ich meist nicht einmal sagen, wer von den Dreien es ist. Sie sorgen dafür, dass ich esse, dass ich trinke ... sie bürsten sogar mein zerzaustes Haar. Manchmal reden sie mit mir, aber ich bekomme überhaupt nicht mit, was sie mir sagen. Mein Verstand will mir einfach nicht gehorchen und schickt mir in Dauerschleife die Bilder meines toten Kindermädchens – von der Frau, die mich großgezogen und die die Mutterstelle an mir vertreten hat. Ich weiß, dass ich dann weine und mich kaum beruhigen kann. Irgendwann schlafe ich dann wieder ein. Nicht freiwillig, sondern weil einer der Männer mich wieder ruhigstellt und in die Dunkelheit schickt. Vielleicht ist es tatsächlich so am besten, denn dort ist es friedlich und ruhig, und ich muss nicht länger die verstörenden Bilder von Blut und Tod erdulden.

Als ich das nächste Mal aufwache, fühle ich mich plötzlich bedeutend klarer und, wie ich erstaunt feststelle, auch besser. Zum ersten Mal breche ich nicht augenblicklich in Tränen aus, vielleicht, weil ich einfach keine mehr habe. Dafür fühle ich aber die Angst doppelt und dreifach. Sie prügelt regelrecht auf mich ein und mein Herz beginnt augenblicklich zu rasen. Zweimal hat man mich beinahe getötet und beide Male habe ich diese Tatsache einfach verdrängt. Ich hielt es für einen Zufall. Für ein Missverständnis, dem ich zum Opfer gefallen bin – davon kann ich jetzt nicht mehr ausgehen. Diesen Glauben musste ich ablegen, als ich neben meiner toten Nanny auf dem Boden kniete ... über und über bedeckt von ihrem Blut. Sie hat gesagt, dass mein Onkel untergetaucht ist, dass ich ihn nicht erreichen werde und ich glaube ihr. Ich glaube ihr alles, denn warum sollte Olga im Angesicht ihres eigenen Todes lügen? Dafür gibt es keinen Grund. Ebenso wenig wie es einen Grund dafür gibt, eine alte Frau abzuschlachten. Wer tut so etwas und warum? Und wer hat es auf mich abgesehen?

Dann fällt mir plötzlich das Kreuz ein. Der Schmuck, den ich laut Olgas Aussage niemandem zeigen sollte. Ich erinnere mich daran, dass ich den kostbaren Anhänger fest in meiner Hand hielt, als der Russe mich aus dem Haus zerrte. Auch daran, dass ich das Kreuz so fest umklammerte, dass sich die Kanten tief in die Haut meiner Hand schnitten. Sobald dieser Gedanke in meinem Kopf aufploppt, fühle ich auch schon den Schmerz in meiner rechten Handinnenfläche. Das Brennen und Pulsieren der vielen kleinen Wunden, die ich mir mit dem Schmuck selbst zugefügt habe. Als ich die Finger anhebe, sehe ich den Verband, aber das Kreuz ist nicht da. Im selben Moment ereilt mich ein regelrechter Schock. Wo ist es? Habe ich es etwa vor Olgas Unterkunft verloren? Hat es Kirill an sich genommen?

Mein Puls schnellt in die Höhe, als ich mich hastig aufrichte und mit einem leisen Stöhnen wieder zurück in die Kissen sinke, weil mich augenblicklich ein heftiger Schwindel erfasst. Sekundenlang dreht sich der Raum um mich herum, doch irgendwann kommt meine Umgebung wieder zur Ruhe. Vorsichtig starte ich einen weiteren Anlauf und jetzt gelingt es mir endlich, mich in eine sitzende Position aufzurichten. Dafür hämmert und klopft es hinter meinen Schläfen, als wäre ein ganzer Bergbautrupp dort zugange. Wieder dauert es ein paar Sekunden, bis der Kopfschmerz so weit erträglich ist, dass ich auch andere Sachen spüre. Zwischen meinen Brüsten bemerke ich eine gewisse Kühle und als ich mit der nicht verbundenen Hand dorthin fasse, spüre ich ganz deutlich das Kreuz unter meinen Fingerspitzen. Einer der Männer muss es mir um den Hals gehängt haben. Im ersten Moment flutet mich eine ungeheure Erleichterung, doch gleich darauf schüttelt mich wieder die Angst. Olga hat mir befohlen, niemandem das Schmuckstück zu zeigen und ich gehe davon aus, dass Vance, Tyrone und auch Zero es betrachtet haben, während ich bewusstlos war.

Fest schließe ich die Finger der linken Hand darum und lasse mich zurück in die Kissen sinken. Es hat keinen Sinn, sich zu fragen, ob es ein Fehler war, dass die drei Männer es gesehen haben – für diese Überlegung ist es leider zu spät. Viel wichtiger ist die Frage, wie es jetzt weitergehen soll. Ich kann nicht wie geplant zurück nach Kalifornien. Das war der Grund, aus dem ich zu Olga geflohen bin. Ich wollte die Academy verlassen und in die Sicherheit meiner eigenen Mauern zurückkehren. Olga – es gibt sie nicht mehr ...

Sie haben uns gefunden.

Dein Onkel ist untergetaucht.

Denk dran, du bist etwas ganz Besonderes.

Sobald ich an Olga und meine beiden Bodyguards denke, schießen mir sogleich wieder Tränen in die Augen, wobei ich dieses Mal tatsächlich versuche, sie hastig fortzublinzeln. Gerade Olga hätte in dieser Situation von mir verlangt, stark zu sein. Sie hätte nicht gewollt, dass ich vor lauter Trauer meine Pflichten vernachlässige, oder mich selbst in Gefahr bringe – und Sebastian hätte mich eigenhändig übers Knie gelegt. Davon bin ich überzeugt. Immerhin war er es, der mir beibrachte, mich selbst zu verteidigen und für mich einzustehen – ich wünschte mir nur, dass es mehr gewesen wäre. Mehr Lektionen in Selbstverteidigung. Jetzt ist er nicht mehr da und kann mir auch nicht mehr helfen. So bitter diese Wahrheit auch sein mag – ich muss sie akzeptieren. Alles andere würde mich nicht weiterbringen. Nicht, solange ich nicht weiß, was mit Onkel Benjamin los ist und warum er untergetaucht ist.

In meinem Kopf herrscht noch immer ein gewisses Chaos, aber mir wird mit jeder Sekunde klarer, dass ich keine andere Wahl habe, als erst einmal an der Schule zu bleiben. Und noch bewusster wird mir, dass meine beste Chance zu Überleben darin besteht, an der Seite der drei

Männer zu bleiben – falls die mich überhaupt noch um sich haben wollen. Nach allem, was in den letzten Tagen geschehen ist, würde es mich nicht wundern, wenn sie mich kurzerhand fortschicken würden. Verstehen würde ich es, denn ich bin eine Gefahr für sie, aber auch für die übrigen Schüler.

Auf die Frage, wohin ich gehen soll, falls sie mich wirklich fortschicken, habe ich keine Antwort, aber das ist es nicht, was Panik durch meine Adern rauschen lässt. Wenn ich ehrlich zu mir selbst sein soll, erschreckt mich vielmehr die Tatsache, dass ich die Drei danach wahrscheinlich nie wiedersehen werde. Bei diesem Gedanken krampft sich mein Magen zusammen und die Schlinge um meinen Hals, die ich in der letzten Zeit immer häufiger spüre, zieht sich enger und immer enger zusammen. Was soll ich nur machen, wenn Vance mich von der Schule wirft? Vance, der ... der einen Tag nach mir bereits eine andere Frau in seinem Büro hatte, um sich mit ihr zu vergnügen. Die Geräusche waren eindeutig und sie tun jetzt noch genauso weh, wie an dem Tag, als ich sie hörte. Ich kann mich nicht belügen – ich mache mir etwas aus ihm. Auch aus Zero und Tyrone.

Fahrig wandere ich mit der verbundenen Hand durch meine Haare.

Denk nach, Kayla, flüstert mir die böse kleine Stimme in meinem Inneren zu. Denk darüber nach, was du wirklich willst und dann hole es dir.

Du bist längst nicht mehr das kleine, unschuldige Ding, das hier angekommen ist. Wenn du ehrlich zu dir selbst bist, dann wirst du feststellen, dass du genau das hier willst.

Sie hätten dich gar nicht zwingen müssen, du wärest freiwillig in ihre Arme gesunken. Ist es nicht so?

Ich weiß genau, dass es so ist und genau deshalb hat Vance' Verrat auch so fürchterlich geschmerzt. Ich erinnere mich daran, wie mein Herz sich anfühlte, als ich ihn mit der anderen Frau gehört habe. Das tiefe Stöhnen der Fremden und seine leisen Worte. Selbst jetzt, wo ich nur daran denke, bilde ich mir ein, mein Herz splittern zu hören. Weil ich es einfach nicht schaffe, meine Gefühle zu verleugnen. Ich würde sie gerne einfach abstellen können, aber das gelingt mir nicht.

Mit Schrecken stelle ich fest, dass ich etwas für die Männer empfinde, das über das Körperliche weit hinausgeht und mir garantiert nicht gut bekommen wird. Alle drei haben mich gewarnt und durchblicken lassen, dass sie an Liebe kein Interesse haben und ich … ich habe sie trotzdem in mein Herz gelassen. Trotz ihrer Erpressung und trotz des Schmerzes, den sie mir bereits zugefügt haben, haben sie sich dort eingenistet und ich schaffe es auch nicht, sie von da wieder zu vertreiben. Falls sie mich wirklich nicht mehr hierhaben wollen, werde ich daran zerbrechen. Das würde mich wahrscheinlich auf zweifache Weise umbringen.

Ich muss dringend mit ihnen reden. Das ist der einzige Weg. Die Ungewissheit darüber, wie es jetzt weitergeht, ist schlimmer als alles andere. Sollte Vance mich tatsächlich fortschicken, weil er in mir eine Gefahr für seine Schüler sieht, werde ich mir etwas überlegen müssen. Ich bin stark. Ich muss einfach stark sein, denn nichts anderes erwarte ich von mir selbst. Ich werde es im schlimmsten Fall auch schaffen, alleine klar zu kommen, auch wenn der Gedanke daran noch so sehr schmerzt.

Vorsichtig schiebe ich meine Beine über den Bettrand und stelle dabei fest, dass ich mal wieder ein viel zu langes Shirt von Vance trage und natürlich keinen Slip.

Dafür höre ich allerdings plötzlich die Stimmen der drei Männer. Sie dringen durch die nur angelehnte Tür und ich bekomme mit, wie Ty recht laut auf seine beiden Freunde einredet. Hastig schleiche ich mich näher an den Durchgang heran und trotzdem sind die Stimmen zu weit entfernt, um Genaueres zu verstehen. Die Drei werden wohl in der Küche sein, denn im selben Moment rieche ich den Duft von gebratenem Speck und frischem Kaffee. Ich habe mit einigem gerechnet, aber nicht damit, dass mein Magen in diesem Moment laut und vernehmlich grummelt. Eigentlich habe ich eher befürchtet, dass ich die nächsten Tage gar nichts essen kann, doch anscheinend hat mein Körper beschlossen, dass ich mehr brauche als Ruhe. Er will mich mit aller Kraft am Leben halten und das ist auch gut so.

Leise schiebe ich mich durch die Tür ins leere Wohnzimmer. Im Kamin brennt wie immer ein Feuer und als ich aus dem großen Panoramafenster schaue, sehe ich die aufgehende Sonne, die den Schnee in einen rötlichen Schimmer taucht. Rot, Violett und ein zartes Rosa, das mir sogleich ein übles Gefühl beschert – warum, weiß ich auch nicht so genau. Irgendwie macht sich gerade der Eindruck in mir breit, als hätte ich diese Farbe in Kombination mit Schnee schon einmal gesehen und ich spüre genau, dass ich nichts Gutes damit verbinde – warum auch immer. Ich versuche, tiefer in mein Inneres zu horchen, aber wie immer finde ich an der Stelle nichts anderes als eine unangenehme Leere, die allerdings immer wieder von kurzen Blitzen durchbrochen wird.

Normalerweise quälen mich immer nur diffuse Ahnungen, doch dieses Mal ist es anders. Ganz kurz blitzen in meinem Kopf Erinnerungsfetzen auf und dabei muss ich mich nicht einmal anstrengen. Sie sind auf einmal einfach da. Da ist ein Feuer und Schüsse fallen. Flammen und Hitze umgeben mich, und dieses Mal ist die Erinnerung so real, dass ich sie sogar in meinem Kopf abspeichern kann.

Torkelnd mache ich einen Schritt nach vorne, weil meine Umwelt kurz vor meinen Augen verschwimmt und ich plötzlich meine, mich an einem ganz anderen Ort zu befinden. In einer wundervollen Galerie, an deren Wänden alte Portraits von Männern hängen. Männer, die kostbare Umhänge tragen und auf mich nieder zu starren scheinen. Das letzte Bild zerfasert dann allerdings so schnell wieder, dass ich kaum etwas erkennen kann. Dafür bemerke ich, dass ich mich an der Sofalehne festkralle, um nicht umzufallen, und plötzlich dringen auch die Stimmen der Männer wieder sehr deutlich zu mir durch.

"Ihr könnt sie nicht einfach in die Vorlesungen schicken. Das ist viel zu gefährlich und das wisst ihr genau!" Das ist Tyrone. Ich ahne, dass er gerade über mich spricht, kann mir aber ehrlich gesagt keinen Reim auf das Gesagte machen. Es ergibt für mich recht wenig Sinn. Seufzend nähere ich mich der Küchentür und höre als nächstes Vance.

"Sie muss! Wir können sie nicht hier einschließen. Du glaubst doch nicht ernsthaft, dass das lange gutgeht. Sie ist kein Mensch, den man einsperren kann. Das hat man Kayla anscheinend lange Zeit angetan. Wie würde es ihr wohl dabei ergehen, wenn wir jetzt dasselbe machen wie ihr Onkel und ..."

"Hallo, Vögelchen!" Es ist Zero, der mich als erstes bemerkt und augenblicklich hört Vance auf zu reden. Trotzdem weiß ich, was er sagen wollte. Er hat bewusst geschwiegen, um Olga nicht ins Spiel zu bringen. Dafür lächelt er mich an, wobei an seinem Lächeln nicht sonderlich viel echt ist. Es wirkt künstlich.

"Hallo", wispere ich leise und stelle erstaunt fest, dass meine Stimme tatsächlich noch tadellos funktioniert.

Ich räuspere mich, aber bevor ich noch etwas sagen kann, hat Zero mich bereits bei den Schultern gepackt und mich auf einen Stuhl bugsiert. Praktischerweise auf den, der möglichst weit vom Fenster entfernt ist. In diesem Moment wünsche ich mir beinahe, dass ich dumm und unwissend wäre, denn seine Absicht ist so durchschaubar wie nur irgendetwas. Er will mich nicht in der Schusslinie sitzen haben. Vor dem Fenster zu sitzen scheint also keine gute Idee zu sein ... Das macht mir meine Lage besser deutlich, als Worte es vermocht hätten.

"Hast du Hunger?", fragt Vance und lädt mir im selben Moment den Teller voll, während ich auf meine im Schoß gefalteten Hände starre.

Obwohl mein Magen knurrt, bin ich nicht in der Lage, auch nur einen Bissen zu essen, bevor ich nicht weiß, wie es mit mir weitergeht und wie mein Leben ab heute verlaufen wird. Tyrone beobachtet mich genau. Er sitzt mir gegenüber, hat die Arme vor der Brust verschränkt und ich kann mal wieder nicht in seinem Gesicht lesen. Es ist glatt, es ist ausdruckslos und selbst seine grünen Augen geben nicht preis, was er denkt.

"Wir müssen reden ...", stoßen Ty und ich gleichzeitig hervor. "Ich zuerst!", setze ich heftig atmend hinterher. Dabei kralle ich mich an Zeros Blick fest, der sich im selben Moment neben Ty auf den Stuhl fallen lässt.

"Wir haben alle Zeit der Welt, Babe", flüstert Vance rau und seine Hände legen sich plötzlich warm auf meine Schultern. Er steht unmittelbar hinter mir und seine

Berührung beruhigt mich auf seltsame Art und Weise. Etwas, das ich nie für möglich gehalten habe. "Du musst noch nicht darüber reden, wenn du noch Zeit brauchst." Ich wende den Kopf, soweit es geht, schaffe es aber nicht, Vance' Blick einzufangen.

"Ich ... ich muss aber, denn ich will wissen, was jetzt mit mir passiert." Mit jedem Wort wird meine Stimme sicherer. "Ich kann verstehen, wenn ihr mich nicht länger hierhaben wollt, weil ich eine Gefahr ..."

"Du bleibst!", bestimmt ausgerechnet Tyrone knapp und als ich ihn anschaue, erkenne ich ein leichtes Lächeln, das um seine Mundwinkel spielt. "Wir sind elende Motherfucker, aber wir würden dich garantiert nicht in dem Bewusstsein fortschicken, dass du an der nächsten Ecke abgestochen wirst. Vergiss es, Dove! Wir haben einen Deal und daran gibt es nichts zu rütteln – es sei denn, du möchtest zur Polizei und unseren Deal aufkündigen." Ich schlucke mühsam, denn das war mehr als deutlich.

Als ich einen schnellen Blick auf Zero werfe, finde ich in seinen Augen die Bestätigung für Tyrones Worte. Er nickt langsam und scheint sich dabei auch nicht unwohl zu fühlen.

"Es gibt allerdings eine Planänderung. Du wirst fest hier in der Villa leben – mit allen Konsequenzen. Und ja, die anderen Schüler werden es wissen und deutlich vor Augen geführt bekommen, wem du gehörst – nämlich uns Dreien. Bisher hat nur Vance dafür gesorgt, dass man dich mit ihm in Verbindung brachte. Das wird sich ändern, denn die übrigen Studenten müssen begreifen, dass sie es mit uns allen zu tun bekommen, falls jemand Hand an dich legen sollte." Zero wirft mir einen ziemlich dunklen Blick zu. "Wie zum Beispiel Esmee. Sie wird nichts mehr gegen dich unternehmen, sobald sie weiß, dass sie es dann mit Vance, Tyrone und mit mir zu tun bekommt. Das gilt auch für den Rest der Schüler. Und ab jetzt wird immer einer von uns in deiner Nähe sein. Darüber verhandeln wir ebenso wenig wie über die anderen Dinge." Seine Stimme ist so dominant, dass ich gar nicht auf die Idee komme, etwas gegen seine Pläne einzuwenden. Jetzt bin ich es, die nickt.

Sie wollen mich noch immer und sie werden mich weiterhin an der Academy dulden. Die Erleichterung spült so heftig über mich hinweg, dass ich ein leises Keuchen ausstoße und ich empfinde diese nicht nur, weil ich hierbleiben darf, sondern wegen Tyrones Worten, dass sich nichts an unserem Deal geändert hat. Genau das sagen mir auch seine Augen.

Du hast eigene Vorstellungen. Bring sie endlich zur Sprache.

So wird das nichts! Denk dran, dass du Wünsche hast ... und Pläne.

Vergiss dich nicht ganz.

Lass nicht zu, dass die Drei nach Belieben über dich verfügen.

"Ich merke genau, dass du etwas sagen willst." Es ist Vance, dessen Finger sich leicht in meine Haut drücken, so als wolle er mich ermutigen, etwas zu sagen. "Sprich ruhig! Keiner von uns reißt dir den Kopf ab. Das solltest du in der Zwischenzeit begriffen haben." Habe ich, aber ich weiß eben auch nicht genau, wie die drei Männer auf meine Forderungen reagieren werden. Immerhin haben sie gerade schon angedroht, dass einer von ihnen immer in meiner Nähe sein wird.

"Ich will ein eigenes Zimmer", stoße ich stockend aus. "Ich muss einen Ort haben, an den ich mich zurückziehen kann, wenn mir mal ..." Ich mache eine hilflose Handbewegung. "Ich möchte einfach nicht von einem *eurer* Zimmer ins nächste gereicht werden."

Es ist Tyrone, dessen Augen im selben Moment dunkler und dunkler werden und ich kann erkennen, dass Zero ihn zweifelnd anschaut. Vance kann ich zwar nicht sehen, aber dafür merke ich genau, dass seine Hände sich noch fester um meine Schultern legen. Sekundenlang sagt niemand ein Wort, dann jedoch ...

"Ich werde mich darum kümmern, allerdings wird es noch ein paar Tage dauern, bis es fertig ist. Ich muss einige Dinge umräumen und ins Lager schaffen. Ende der Woche – reicht dir das?"

Jetzt funkeln Tyrones Augen und ich zucke tatsächlich zusammen. Fast erwarte ich, dass er sein Zippo zückt und damit spielt, denn in der Zwischenzeit habe selbst ich begriffen, dass er das nur dann macht, wenn er unter Strom steht. An der Stelle irre ich allerdings. Er bleibt völlig ruhig sitzen, wirkt dabei sogar recht entspannt und nur seine Augen funkeln in einem düsteren Ton.

"Ist das alles, oder gibt es noch weitere Dinge, die du von uns möchtest?" Zeros Stimme klingt fast warm und das kommt eigentlich selten vor. Ich weiß nicht einmal, was mich an der Stelle reitet, aber die Worte sprudeln beinahe von selbst über meine Lippen und dabei habe ich das nicht einmal aussprechen wollen.

Ja, Kayla! Du bist definitiv am Arsch!

Nicht nur, dass eine Horde Mörder an deinen Fersen klebt, du verstehst anscheinend auch nicht, dass du bei diesen Männern keine Forderungen stellen solltest. Zumindest nicht solche.

Was nun, kleines Mädchen? Willst du das wirklich machen?

"Wenn ihr mich schon vor der gesamten Schule zu einer Schlampe machen müsst, um mich, wie ihr sagt, besser schützen zu können, dann will ich eure einzige Schlampe sein. Ich will nicht auch noch den Stempel *dumm* tragen, weil ..., weil ihr ..." An der Stelle breche ich ab. Mir fehlen einfach die Worte. Dafür wende ich mich jetzt um und schaue Vance in die Augen. Der weicht mir nicht aus, womit ich eigentlich fast gerechnet habe.

"Du solltest dich mit Tyrone unterhalten, denn ich denke, dass er dir einiges erklären muss. Und ich denke, dass ich für uns alle spreche, wenn ich sage, dass deine letzte Forderung kein Problem sein dürfte. Und jetzt iss! Alles andere hat Zeit bis nach dem Frühstück ... auch die Tatsache, dass wir darüber sprechen müssen, wer du bist und wer dir nach dem Leben trachtet."

Ich schaue mich um und stelle fest, dass selbst Ty lächelt und seine Augen plötzlich wieder völlig klar und hell sind. Nur Zero! Zero schaut mich nicht an, sondern blickt starr auf seinen Teller ...

Vance

Er hat dich eiskalt belogen, Babe, doch jetzt ... jetzt ist alles anders. Tyrone hat begriffen, dass du sterben wirst, wenn du gehst. Ich bin mir nicht sicher, ob er nicht immer noch deinen Untergang plant, doch fürs erste bist du save.

Deine Augen, Süße, die reden in der Zwischenzeit von mehr als nur einem Deal. Das ist nicht gut. Gar nicht gut.

Deine süße Unschuld hast du bereits verloren. Achte gut darauf, dass du uns nicht auch noch in dein Herz lässt, denn das wirst du am Ende ganz umsonst verlieren. Es gibt keine Liebe bei uns zu holen. Nur Tränen und Verrat.

Am Ende sind wir nichts anderes als gierige Raubtiere und wir fressen, was uns in die Fänge gerät.

Kapitel 3

Zehn Tage sind seit diesem ersten Morgen vergangen. Verdammt lange Tage, in denen ich mich daran gewöhnen musste, dass die Männer tatsächlich ihr Wort wahrmachen. Keiner der Drei lässt eine Gelegenheit aus, mir den Arm um die Schultern zu legen, mich vor aller Augen zu küssen und mich mit irgendwelchen Kosenamen zu bedenken. In den ersten Tagen, nachdem ich dann endlich wieder am Unterricht teilnehmen durfte, war das Getuschel so groß, dass die Lehrkräfte regelmäßig um Ruhe bitten mussten. Zudem warfen mir die übrigen Schüler, je nach Temperament oder Einstellung, entweder hämische oder bewundernde Blicke zu. Und Cendra? Cendra geht mir aus dem Weg, nachdem alle Drei sehr deutlich haben durchblicken lassen, dass ich nicht nur mit einem von ihnen etwas habe, sondern mit jedem von ihnen.

Bei unserem ersten Zusammentreffen hat sie noch nach meinem Befinden gefragt und dabei habe ich ganz nebenbei erfahren, dass ich offiziell wohl eine Lungenentzündung hatte. Ja, sie hat mich bedauert und auch gemeint, dass ich wohl kaum in der Lage wäre, das Versäumte wieder aufzuholen – erst recht nicht beim Tanzen. Immerhin würde es ja nur noch sechs Wochen dauern, bis die Talentscouts des New Yorker Ballett an der Academy erscheinen würden. Ein Termin, der mich seltsamerweise momentan so gar nicht berührt, obwohl ich ihm zu Beginn meines Studiums regelrecht entgegengefiebert habe. Die Vorstellung, für alle sichtbar auf einer Bühne zu stehen, hat zur Zeit für mich keine Priorität mehr. Nicht seit der Stunde, in der ich begriffen habe, dass es in der Zwischenzeit um nicht weniger als mein Leben geht.

Seit diesem entsetzlichen Tag habe ich bisher auch keine Gelegenheit mehr bekommen, mich mit Cendra zu unterhalten, denn die drei Männer gingen zum Teil sogar so weit, dass sie mir Privatunterricht aufbrummten, bei dem sie dann auch noch anwesend waren. War ich in einer offiziellen Vorlesung, war der Raum gesichert und entweder Ty oder Zero befanden sich in der Nähe auf dem Gang. Ehrlich gesagt fühle ich mich seitdem, als wäre ich noch immer in Kalifornien – in der abgeriegelten Villa meines Onkels.

Momentan sitze ich in einer der wenigen offiziellen Vorlesungen, die ich noch besuchen darf. Auch heute ist Cendra nicht da und ich vermisse sie schrecklich. Dabei stelle ich fest, dass ich das fröhliche Mädchen unglaublich in mein Herz geschlossen habe. Ganz oft hat sie mich zum Lachen gebracht und irgendwie ist der Unterricht nicht derselbe, wenn sie nicht da ist. Meist gleiten meine Gedanken dann ab, wie auch in diesem Moment.

Die Tage nach dem ersten Gespräch mit den Männern waren gefüllt mit Fragen zu meiner Vergangenheit. Vance, Tyrone und Zero wollten alles wissen und auf die meisten Dinge konnte ich ihnen nicht einmal eine Antwort geben. Diese hätten mich nämlich selbst brennend interessiert. Die Drei waren extrem verblüfft, dass ich nicht die leiseste Ahnung davon hatte, wie bedroht mein Leben ist. Klar, ich war beschützt aufgewachsen, habe es aber generell für eine sehr übertriebene Vorsichtsmaßnahme gehalten. Genau das haben Olga und mein Onkel mich auch immer glauben lassen. Kurze Zeit später wollten sie etwas über das Kreuz wissen und darüber konnte ich noch sehr viel weniger Auskünfte geben. Ich habe bis zu Olgas schrecklichem Tod nicht einmal gewusst, dass es existiert.

Tyrone habe ich an irgendeinem Morgen dann erzählt, dass ich das Kreuz laut Olga niemandem zeigen sollte. Dass sie selbst es an einem Ort aufbewahrt hat, auf den ich nie im Leben gekommen wäre. Ty nahm das alles zur Kenntnis, hat aber nichts darauf erwidert. Nach wie vor tappe ich im Dunkeln, während die Männer Nachforschungen betreiben, an denen sie mich aber nicht teilhaben lassen. Sie wollen mir auch nach wie vor nicht sagen, wie sie es geschafft haben, dass die Cops noch nicht bei mir angeklopft haben. Sie haben mich lediglich wissen lassen, dass es keine Leichen mehr gibt und die kleine Villa nicht mehr existiert. Mehr war nicht aus ihnen herauszubringen. Es ist, als wollten sie mich nicht einweihen, weil sie befürchten, dass ich dann endgültig zusammenbreche. Das ist aber nicht so. Ich denke, dass sie sich an dieser und an anderen Stellen in mir täuschen.

In den ersten Tagen nach Olgas und Sebastians Tod herrschte in mir ein schrecklicher Schmerz, weil ich die beiden einzigen Menschen verloren habe, die mir wirklich etwas bedeutet haben und die mir irgendwie Vater und Mutter ersetzten. Doch je mehr Zeit vergeht, desto größer wird mein Hass auf diejenigen, die meine Leute so grausam abgeschlachtet haben. Manchmal denke ich, dass ich durchaus in der Lage wäre, ihnen eigenhändig ein Messer in die Brust zu rammen, wenn sie vor mir stünden – ebenso wie ich es nicht bedauere, den Kerl an den Klippen getötet zu haben. Eigentlich hasse ich nur, dass Vance, Tyrone und Zero mich dadurch in der Hand haben. Dieser Zwang ist es, der schwer auf mir lastet, weil es ihn überhaupt nicht gebraucht hätte. Nur wissen die Männer das leider nicht.

Der Professor, der sich gerade jede erdenkliche Mühe gibt, uns den Lernstoff näherzubringen, wendet sich der Tafel zu und ich schreibe automatisch mit, bin dabei aber mit meinen Gedanken an einem völlig anderen Ort. Sollte ich das sein? Nein, wahrscheinlich nicht, doch den Stoff, den wir gerade durchnehmen, habe ich bereits vor vielen Monaten bei meinen Privatlehrern in Kalifornien abarbeiten müssen. Dementsprechend kann ich es mir auch leisten, nicht ganz so aufmerksam zu sein, wie ich es unter normalen Umständen wohl sein sollte.

Das Zimmer, das ich seit Neuestem in der Villa bewohne, ist wunderschön. Ich befürchte nur, dass schon einmal eine Frau darin gelebt hat – Diandre. Die Möbel sind zwar neu, die Farbe an den Wänden, ein helles Sonnengelb, ist es auch, aber irgendwie habe ich das Gefühl, ihr Geist würde nach wie vor in diesem

Zimmer hausen. Manchmal wache ich nachts auf und bilde mir tatsächlich ein, sie lachen zu hören. Als wäre sie sicher, dass ich niemals den Stellenwert im Leben der Drei erlangen werde, den sie selbst innehatte. Und sie scheint recht zu behalten. Außer den platten Inszenierungen für die anderen Schüler, ist keiner der Männer mir bis heute zu nahe gekommen. Sie behandeln mich mit Samthandschuhen, fragen mich artig, wie es mir geht und wie mein Tag war, und ehrlich gesagt: Es geht mir entsetzlich auf den Geist.

Mittlerweile macht sich eine immer größer werdende Unruhe in mir breit, die sich in der Zwischenzeit auch beim Tanztraining bemerkbar macht. Gestern, als ich mit Zero in der kleinen Kapelle trainierte, habe ich komplett den Absprung verpasst und wir wären beinahe beide zu Boden gegangen. Anschließend durfte ich mir eine Moralpredigt anhören. Dabei war es nur seine körperliche Nähe, die mich dermaßen abgelenkt hat. Das ... und die Tatsache, dass keiner der Drei mich seit dem Tod meiner Leute angefasst hat.

Weißt du eigentlich, dass du dich tatsächlich wie eine notgeile Schlampe anhörst?

Deine Mitschüler haben schon recht, wenn sie über dich lachen und mit dem Finger auf dich zeigen.

Du solltest dich schämen, Kayla Morrell!

Seufzend schreibe ich die letzten Worte von der Tafel ab und denke dabei ununterbrochen an Zero und seinen makellosen Körper, der mich gestern ehrlich gesagt regelrecht umgehauen hat. So sehr, dass ich nicht mehr in der Lage war, mich auf meine Schritte zu konzentrieren. Gott, war der Kerl anschließend sauer. Zum ersten Mal in den letzten zehn Tagen hat er überhaupt Emotionen gezeigt und ich hätte am liebsten noch mehr Fehler gemacht, nur damit er endlich aufhört, mich in eine rosarote Zuckerwattebubble zu packen. Heute habe ich unmittelbar nach der Vorlesung ein Date mit ihm. Wieder in der abgelegenen Kirche. Diese wird allerdings jedes Mal, sobald wir uns dort aufhalten, von etlichen Sicherheitskräften bewacht. Die drei Männer halten ihr Wort: Ich werde keinen einzigen Schritt machen, der nicht streng überwacht wird. Ich bin mir auch ziemlich sicher, dass Zero mich bereits draußen auf dem Gang erwartet, denn genau jetzt ist die Vorlesung beendet. Im Eiltempo raffe ich meine Sachen zusammen und stolpere hastig aus meiner Sitzreihe.

Ein Wunder, dass du überhaupt noch etwas mitbekommst, Kayla!

Deine Gedanken drehen sich nur noch um das Eine!

Waaargh!

Ich möchte, dass all die Stimmen in meinem Inneren endlich die Klappe halten, befürchte allerdings, dass sie mir den Gefallen nicht tun werden.

Hastig verlasse ich den Hörsaal und wie ich es bereits erwartet habe, fängt Zero mich ab. Natürlich nicht, ohne seine Lippen auf meine zu pressen, um allen zu zeigen, dass sich an meinem Status nichts geändert hat. Wie ich das hasse. Fast gerate ich in Versuchung, ihm meine Knie sonst wohin zu rammen, oder ihm eine zu scheuern, aber das wäre so ziemlich die beschissenste Idee ever.

Du hängst doch sicherlich an deinem Leben, Kay!

Lass es einfach! Zero ist jemand, der frisst kleine Mädchen wie dich zum Frühstück.

"Hattest du einen schönen Nachmittag?" Halt die Klappe, Zero! Nein, den hatte ich nicht. Statt ihm genau diese Antwort um die Ohren zu hauen, lächle ich zuckersüß.

"Aber natürlich. Warum auch nicht? Immerhin bin ich mit dem heißesten Mann der Academy verabredet ...", flüstere ich leise. "... der mich allerdings seit Neuestem ignoriert." Ich stolziere einfach an ihm vorbei und eile den Gang hinunter, sodass Zero sich beeilen muss, um mich einzuholen. Anscheinend hat er eine Sekunde gebraucht, um sich von meinen Worten zu erholen. Soll er ruhig. Ist mir plötzlich ziemlich egal. Das hier halte ich nämlich nicht mehr lange aus. Es ist ... ich weiß gar nicht, wie ich es nennen soll.

Während wir gemeinsam durch das Gebäude laufen, schweigt Zero, aber als ich einen raschen Blick in sein Gesicht werfe, erkenne ich, wie silbrig seine Augen schimmern und wie seine Kiefer aufeinander mahlen. Er ist angepisst und um das zu erkennen, muss ich nicht einmal eine Hellseherin sein. Gut so! Ich bin nämlich auch wütend. Dann passt es ja.

Als ich jedoch den Weg zum Ausgang einschlage, fasst er nach meinem Arm und zieht mich grob in die andere Richtung. Gleich darauf stehen wir vor den Büros.

"Vance will mit uns reden, bevor wir zum Training gehen. Wie es aussieht, hat unser IT-Genie etwas über dein Kreuz herausgefunden."

Das Schmuckstück hat Vance in meinem Auftrag an einem sicheren Ort in der Villa untergebracht. Und er hat gewusst, dass ich es niemandem zeigen sollte. Wie es aussieht, hat ihn das einen Scheiß interessiert. Hastig reiße ich mich von Zero los und wirble gleichzeitig zu ihm herum.

"Willst du mir damit sagen, dass jetzt nicht nur ihr den Schmuck gesehen habt? Was habt ihr eigentlich nicht verstanden, als ich euch sagte, dass NIEMAND ihn zu Gesicht bekommen darf? Was, wenn meine Nanny genau deswegen gestorben ..."

"Dann hilft uns das auch nicht weiter. Wir werden dem Geheimnis nur auf die Spur kommen, wenn wir danach suchen. Und genau an der Stelle kommt unser Nerd ins Spiel. Keine Sorge! Wir verbürgen uns für ihn. Er wird nicht quatschen, weil er genau weiß, was ihm dann blüht." Zeros Augen funkeln in diesem Moment so düster, dass bei mir keine Unklarheiten daran aufkommen, was er mit seinen Worten meinen könnte.

Er spricht über ein Menschenleben, als wäre es gar nichts und wieder einmal stelle ich mir die Frage, ob ich wirklich sicher bei diesen Männern bin, oder ob es mir am Ende nicht ebenso ergeht wie dem verschwundenen Schüler, von dem auch niemand so genau weiß, wo er abgeblieben ist.

"Komm jetzt! Es sei denn, du willst auf dem Gang Wurzeln schlagen. Ich für meinen Teil würde es vorziehen, wenn wir den Scheiß schnellstens hinter uns bringen. Nach gestern bin ich nämlich der Meinung, dass du das Training bitter nötig hast."

"Vollpfosten", murmle ich leise, aber dummerweise nicht leise genug.

"Wie war das?"

"Ich weiß nicht, was du meinst", flöte ich süßlich, wobei ich mir verdammt Mühe geben muss, Zero nicht anzuschreien.

"Du hast mich nicht gerade zufällig einen *Vollpfosten* genannt?"

Er bleibt stehen und verschränkt die Arme vor der Brust. Dabei trifft mich ein düsterer Blick, der mich wohl warnen sollte, nicht so weiterzumachen. Wenn er dabei nur nicht so verflixt sexy aussehen würde, vielleicht würde es mir dann gelingen, meine Klappe zu halten.

Deine Todessehnsucht scheint größer zu sein, als ich bisher dachte, Kayla.

Bist du sicher, dass du nicht besser ganz schnell verschwinden solltest?

"Bist du denn einer? Ein Vollpfosten?" Meine Stimme trieft vor Sarkasmus. "Wenn dir der Schuh passt, zieh ihn dir meinetwegen an, aber geh mir nicht auf den ..." An der Stelle werde ich von seinem lauten Gelächter abgewürgt.

Zero legt den Kopf in den Nacken und sein Lachen klingt plötzlich so finster, dass mir tatsächlich eine Gänsehaut über den Rücken krabbelt. Es fühlt sich an, als würden tausende Spinnenbeine über meine nackte Haut huschen – ein ziemlich widerliches Gefühl. Nur weg hier, rät mein Instinkt mir.

Ohne zu klopfen, reiße ich die Tür zu Vance' Büro auf und stürme hinein. Seine Sekretärin schaut überrascht auf, doch als sie mich erkennt, legt sich lediglich ein geringschätziges Lächeln auf ihr Gesicht. Was sie von mir denkt, ist mir nur zu bewusst. Genau dasselbe, wie alle anderen denken.

Ich verschwende auch keine weitere Zeit damit, mir Gedanken um die Frau zu machen, denn wenn ich über all die hämischen und abwertenden Blicke, die mich in den letzten Tagen getroffen haben, nachgrübeln würde, wäre ich kaum noch in der Lage, mich irgendwo blicken zu lassen. Dann würde ich mich nämlich in irgendeinem Loch verkriechen und nicht mehr rauskommen. Zumindest nicht freiwillig.

Nachdem ich einfach in Vance' Büro stürme, rechne ich eigentlich mit einem harschen Anschiss, doch der bleibt aus – weil sein Privatbüro leer ist. Suchend schaue ich mich um, kann ihn jedoch nirgends entdecken. Erst als Zero mit gemächlichen Schritten hinter mir herkommt und eine versteckt liegende Tür neben einem Bücherregal öffnet, höre ich Vance' Stimme.

"Es muss einen Hinweis geben, wir müssen ihn nur finden. Es kann nicht sein, dass ..." In dem Moment bemerkt er uns beide und schaut auf.

Vance' Blick fällt zuerst auf mich, dann auf Zero. Die beiden scheinen sich einmal mehr ohne Worte zu verständigen. Das ist mir schon öfters aufgefallen, vor allem dann, wenn ich in der Nähe bin oder sie überraschend unterbreche. Anfangs dachte ich noch, dass diese Form der Kommunikation nur zwischen Zero und Vance stattfinden würde, und dass Tyrone da ein bisschen außen vor ist – dem ist aber nicht so.

Erst auf den zweiten Blick bemerke ich den Studenten, der hinter dem wuchtigen Schreibtisch sitzt und mich mit offenstehendem Mund anstarrt. So lange, bis Vance ihm einen leichten Klaps an den Hinterkopf verpasst.

"Mund zu, Grayson, und vor allem: Finger weg!"

Der schlaksige Kerl zuckt zusammen und widmet seine Aufmerksamkeit augenblicklich wieder dem Monitor, während Vance um den Schreibtisch herumkommt und mir einen flüchtigen Kuss auf die Stirn drückt. Nur damit dieser Nerd auch kapiert, zu wem ich gehöre. Das führt dazu, dass ich die Hände zu Fäusten balle, bis die Knöchel leise knacken. Ein Geräusch, das Vance nicht entgeht. Gleich darauf werden seine Augen dunkler. Im selben Moment rückt Zero näher an mich heran. Sein muskulöser Körper drückt sich in meinen Rücken und ich halte die Luft an. Wie es aussieht, habe ich die schlafenden Raubtiere geweckt und plötzlich bin ich mir nicht mehr sicher, ob das eine gute Idee war.

Prompt schaffe ich es auch nicht mehr, Vance in die Augen zu schauen und starre stattdessen auf den blank polierten Marmorboden. Das Muster des grauen Steins scheint auf einmal sehr viel interessanter zu sein als alles, was um mich herum gerade passiert. Leider habe ich die Rechnung ohne Vance gemacht, denn der legt seine Finger unter mein Kinn und hebt meinen Kopf an, sodass ich ihn ansehen *muss.* Er redet allerdings über den Schmuck. Mit einer Stimme, die nicht durchblicken lässt, was er denkt oder vorhat.

Verdammt!

"Wir haben uns mit deinem Kreuz beschäftigt, sind aber keinen Schritt weitergekommen. Das liegt daran, dass der Anhänger weder eine Signatur des Juweliers, noch irgendein anderes Indiz an sich trägt, das Aufschluss über die Herkunft geben könnte." Ich beobachte fasziniert, wie sein Mund sich bewegt und mir dabei immer näher kommt. Die geschwungenen Lippen, die ihm stets ein spöttisches Lächeln verleihen, nehmen gerade mein gesamtes Sichtfeld ein. "Grayson denkt, dass der Stil am ehesten zu Fabergé passen dürfte. Wenn man dein Stück mit denen vergleicht, die von ihm bekannt sind, würde es mehr als nur gut passen – nur leider gibt es dafür keinerlei Bestätigung. Bis jetzt zumindest noch nicht. Aber wir bleiben dran, denn das ist bisher die beste Spur, die wir haben. Zumal es bei ihm auch einen direkten Bezug zu Russland gibt. Immerhin stellte er Schmuck für den russischen Zarenhof und die Adligen her."

"Das ist schon eine ziemlich gute Spur, aber ein so berühmter Juwelier würde seine Stücke mit seinem Siegel versehen. Warum sollte er es nicht tun?" Zero drückt sich noch fester gegen mich und mir entweicht ein leises Keuchen. "Aber jetzt mal ernsthaft: Der Schmuck ist wertvoll, keine Frage, aber denkt ihr wirklich, dass jemand dafür töten würde? Und nicht nur eine Person, sondern gleich drei? Und wenn ich darüber nachdenke, dass der unbekannte Typ Kayla von den Klippen stoßen wollte, dann stellt sich mir die Frage, wie er nach dem Mord nach dem Kreuz hätte suchen wollen. Nur für den Fall, dass er es bei ihr vermutet hat. Je nachdem, an welcher Stelle sie unten aufgeprallt wäre, hätte die Strömung sie augenblicklich aufs offene Meer hinausgezogen, und wenn sie das Kreuz um den Hals getragen hätte, würde es jetzt auf dem Grund des Meeres liegen." Er legt seine Hand auf meine Hüften, seine Finger graben sich tief in mein Fleisch und mein Herz beginnt zu flattern. Wie soll ich seinen Worten folgen, wenn er mich mit dieser sehr einfachen Berührung augenblicklich brennen lässt? Das ist ... mir fehlen irgendwie die Worte. "Außerdem wurde die Villa nicht durchwühlt. Außer den Toten gab es keinerlei Spuren, die darauf hindeuten würden, dass die miesen Schweine etwas gesucht hätten. Für mich sind die Bastarde darauf aus, Kayla und ihre engsten Vertrauten zu töten. Die Frage ist lediglich, warum?"

"Töten?", wispert auf einmal der Nerd und durch die dicken Brillengläser wirken seine Augen plötzlich noch größer, als sie in Wahrheit sind.

"Das muss dich nicht kümmern, Millwood! Wir passen schon darauf auf, dass deinem Arsch nichts zustößt! Und jetzt sei so gut und verpiss dich!" Vance dreht sich nicht einmal um. Er schaut den jungen Mann weder an, noch hebt er in irgendeiner Art und Weise die Stimme, doch der Typ fliegt so schnell von seinem Stuhl und aus dem Raum, dass ich mit den Augen kaum folgen kann. Ich zucke sogar zusammen, als die Tür mit einem lauten Knall ins Schloss fällt.

"Und jetzt zu dir, Babe!" Vance' Augen bekommen einen gefährlichen Glanz. "Sieht fast so aus, als würde dir unsere Rücksichtnahme nicht gefallen. Wie schön, dass wir an dieser Stelle endlich einmal einer Meinung sind." Im selben Moment wirbelt Zero mich herum und ich weiß augenblicklich, dass ich ein verficktes Problem habe.

Zero

Du weißt gar nicht, was du gerade angerichtet hast, Kleines. Du hast mir signalisiert, dass du so viel mehr möchtest, als du dir selbst eingestehen willst. Wir sind bereit, dir all das zu geben. Weißt du wirklich nicht, wie gefährlich das ist?

Müssen wir dir denn immer und immer wieder beweisen, was für abgefuckte Bastarde wir sind? Ist es das, was du willst?

Oh, Kayla, du ahnst nicht einmal ansatzweise, auf was du dich eingelassen hast.

Böse Jungs ficken keine braven Mädchen – wir verderben lediglich ihre kleinen, unschuldigen Herzen.

Kapitel 4

"Runter mit dem Slip und den Strümpfen, Babe!", knurrt Vance bedrohlich und Zeros Hände legen sich schwer auf meine Schultern, damit ich nicht auf die Idee komme, die Flucht zu ergreifen. Ehrlich gesagt durchzuckt mich gerade der Gedanke, dass es eine verdammt gute Idee wäre, die Beine in die Hand zu nehmen und zu laufen. Die Frage ist nur, wohin und ob ich schnell genug bin.

"Du solltest dich ein bisschen beeilen, Kleines! Vance macht auf mich nicht den Eindruck, als würde er den Befehl noch einmal wiederholen wollen", flüstert Zero mir zu und dabei streifen seine Lippen immer wieder mein Ohrläppchen. Die feinen Härchen in meinem Nacken stellen sich alarmiert auf und jetzt wandert eine Armee aus Spinnenbeinen über meinen Rücken, sodass ich diesen durchdrücke, um das schreckliche Gefühl irgendwie zu mildern. Dabei presse ich mein Becken jedoch gegen Vance, der mich geradezu teuflisch anlächelt.

"Wie Zero gerade so richtig festgestellt hat, werde ich es nicht noch einmal sagen, Kay. Ich bin der Meinung, dass unartige Schülerinnen bestraft werden müssen – also runter mit den Klamotten." Bedauere ich gerade, dass ich heute nur einen Rock und eine Bluse anhabe? Garantiert tue ich das.

Als ob! Du hast die beiden doch regelrecht provoziert.

Du wolltest, dass genau das hier geschieht.

Ist es nicht so?

Ich bücke mich, ziehe die Chucks von den Füßen und merke, wie mir dabei Hitze in die Wangen schießt. Leider nicht nur in dieses Körperteil, denn augenblicklich meldet sich meine zuckende Klit zu Wort. Sie pulsiert so heftig, dass es bereits jetzt kaum zum Aushalten ist. Meine Finger zittern, als ich den Rock anhebe und meine Seidenstrümpfe nach unten rolle. Sie zittern noch mehr, als ich den Rand meines Slips greife und diesen über meine Schenkel nach unten streife. Bevor ich die Knöpfe meiner Bluse öffnen kann, greift Zero mir von hinten zwischen die Beine. In einem ersten Impuls will ich die Schenkel schließen, doch im selben Moment trifft ein äußerst heftiger Schlag meine Pobacke. Ich schnelle nach vorne, stoße einen lauten Schrei aus und nur Vance' Arme verhindern, dass ich ins Stolpern komme.

"Versuch nie wieder, meiner Berührung auszuweichen, Kayla! Du würdest es bitter bereuen. Hast du das verstanden?" Zeros Stimme ist plötzlich so kühl, so dominant und herrisch, dass ich mühsam schlucken muss. "Antworte mir!" Sein dumpfes Grollen zwingt mich regelrecht zu einer Antwort, obwohl ich sie gar nicht geben will, aber mehr als ein Nicken bringe ich nicht zustande.

"Sieht so aus, als bräuchte unsere Kleine Nachhilfe – Nachhilfe in Benehmen." Vance lacht so dunkel auf, dass mir ganz anders wird. Gleichzeitig geht er zur Tür, schließt diese und dreht den Schlüssel einmal herum. Ich bin gefangen ...

Hastig schaue ich mich um. Obwohl der Raum kein Fenster hat, steht vor einem ausladenden Bücherregal eine Sitzecke mit einem schwarzen Ledersofa und zwei Sesseln. Ich bekomme jedoch keine Gelegenheit, mir darüber Gedanken zu machen, denn im selben Moment packt Zero meine Bluse und zerrt die Knopfleiste auseinander. Die Knöpfe springen davon und schlagen klimpernd auf dem Boden auf, während er bereits die Reste des Kleidungsstücks von meinen Armen streift. Mit rasendem Herzen registriere ich, dass er mich hinter sich herzieht und sich gleich darauf auf dem Sofa niederlässt. Bevor ich auch nur darüber nachdenken kann, in irgendeiner Form Gegenwehr zu leisten, liege ich bäuchlings über seinem Schoß – mein Rock ist über meinen Hintern nach oben geschoben und mein Po ist völlig entblößt.

Ich will mich in die Höhe stemmen, will mich aus der demütigenden Position befreien, doch Zero hält mich spielend leicht unten. Seine linke Hand liegt in meinem Rücken, mit der rechten streichelt er sehr sanft über meinen nackten Hintern. Trügerisch sanft. Scham und andere sehr merkwürdige Dinge huschen durch meinen Geist. Auch eine gewisse Furcht, aber die führt nur dazu, dass ich noch geiler werde.

"Appetitlich, oder was meinst du?", wendet er sich an Vance, der neben uns beiden steht und mit dunkel verhangenen Blicken auf mich niedersieht. "Vielleicht ein bisschen blass, aber da können wir ja Abhilfe schaffen." Beide Männer lachen dreckig und ich spanne mich an.

Dabei erinnere ich mich an die Peitschen, die in Zeros Zimmer an der Wand hängen und daran, was es bedeutet.

Im selben Moment trifft mich ein Schlag, der mir den Atem raubt. Eine Feuerzunge rast über meine Haut und auf direktem Weg in mein immer nasser werdendes Geschlecht. Ich stoße einen Schrei aus, der aus den Tiefen meines Körpers an die Oberfläche dringt und im selben Moment schießt Nässe in meine Augen. Nur mit Mühe kann ich die Tränen zurückhalten. Gleich darauf trifft mich der zweite Schlag – auf die andere Pobacke. Noch heftiger und tiefer in meine Haut sickernd als der erste. Ich schluchze laut auf, doch im selben Moment streichelt Zero mit seinen Fingern über die lädierten Stellen – so unglaublich sanft und trotzdem so brennend intensiv, dass eine erste Träne aus meinen Augen stürzt.

"Spreiz deine Schenkel, Kleines!" Sogar seine Stimme klingt plötzlich wieder sanft und das ist so schrecklich schön, dass ich nicht einmal auf die Idee komme, mich seinem Befehl zu widersetzen. Langsam öffne ich meine Beine und spüre, wie seine Finger über meinen Po nach vorne gleiten. Gleich darauf schieben sie sich zwischen meine nassen Falten und dann schnalzt er mit der Zunge. "Du bist ein ziemlich verruchtes Ding, nicht wahr?" Seine Finger umspielen sanft meinen zuckenden Eingang und ich kann nicht verhindern, dass ich mich ihm sehnsuchtsvoll entgegendrücke. Ganz kurz taucht er in mich ein, fingert mich viel zu vorsichtig, um mir gleich darauf den nächsten Hieb zu verpassen. "Du bist so unanständig nass, Süße, das gehört einfach bestraft." Jetzt treffen mich mehrere Schläge und mittlerweile schreie ich bei jedem einzelnen. Sie sind Qual und Lust in einem. Die Flammenperlen, die dabei über meine Haut rinnen, verbinden sich mit dem heftigen Pulsieren in meinem Schoß und ich habe Angst, dass ich mich nicht mehr lange beherrschen kann. Der Schmerz und meine Lust gehen eine unheilvolle Verbindung ein, die mich immer tiefer in die Erregung treibt.

Im selben Moment taucht Vance‘ Gesicht vor mir auf. Mit seiner Rechten packt er meinen Zopf und zieht meinen Kopf schmerzhaft weit in die Höhe. Dann prallen seine Lippen auf meine. Er verschlingt mich, er erobert mich, während Zeros Hand weitere Feuerzungen in meinem Po entzündet – mehr und immer mehr, bis ich vor Schmerz und Lust in Vance' Mund stöhne.

Ein weiteres Mal fährt Zeros Hand über meine brennende Haut und jetzt rinnt ein Schauer über meinen Rücken. Ich kann nicht mehr still liegenbleiben. Mein Po ruckt in die Höhe, drückt sich den streichelnden Fingern entgegen und Zero lacht dunkel auf. Dann gleitet seine Hand ein weiteres Mal durch meine Spalte und dieses Mal findet er meine Klit. Er massiert sie mit so viel Druck, dass ich ein weiteres Mal aufschreie und mich von Vance losreiße. Noch mehr Tränen stürzen aus meinen Augen und ich bekomme nur noch am Rande mit, wie Vance diese zart von meinen Wangen küsst – eine nach der anderen. Dann ist er auf einmal fort, aber ich höre, wie er seinen Ledergürtel öffnet und seine Jeans raschelnd zu Boden fällt.

Im selben Moment dringt Zero mit zwei Fingern in mich ein. Dieses Mal nicht sanft, sondern so heftig, dass ich den Rücken durchdrücke und die beiden Eindringlinge auf diesem Weg noch tiefer in mich gleiten lasse. Ich bin so bereit, dass ich die glitschige Nässe nicht nur spüre – ich höre sie auch. Bei jedem Stoß, mit dem Zero mich mehr und mehr vor sich hertreibt.

Als er plötzlich tief in meinem Inneren verharrt, sich keinen Millimeter mehr bewegt, stöhne ich enttäuscht auf und bewege meinen Hintern. Seine harte Erektion drückt in meinen Bauch und ich will einfach nur noch von Zero genommen werden. Als er seine Finger aus meiner Pussy zieht, keuche ich gequält auf. Ich halte es kaum noch aus, denn die Hitze, die von meiner geschundenen Haut auf meinen Unterleib überspringt, bringt mich um den Verstand. Niemals hätte ich mir vorstellen können, dass ich es heiß finden würde, wie ein kleines Kind übers Knie gelegt zu werden.

Dann packt Zero mich, richtet mich auf, sodass ich eine Sekunde später mit gespreizten Schenkeln auf seinem Schoß sitze. Der raue Stoff seiner Jeans entfacht einen wahren Flächenbrand in meinem Po und stöhnend reibe ich meinen Schritt an seiner Hose. Es ist mir egal, ob ich dort einen feuchten Fleck hinterlasse. Mir ist alles egal, solange er nur endlich in mich eindringt und mich erlöst. Dann presst er seine Lippen auf meine, seine Hand liegt an meinem Hinterkopf und er hält mich an Ort und Stelle. Der Kuss ist fast schon zart – nicht fordernd, nicht plündernd, sondern einfach nur sehr bestimmend und ich schluchze ein weiteres Mal auf. Eine einzelne Träne rinnt über meine Wange, weil sich das hier einfach nur unfassbar richtig anfühlt. So als würde ich mein Leben in Zeros Hand legen. Als er mich freigibt, schaue ich in die wirbelnden Silberaugen und habe wieder einmal das Gefühl, in ihnen ertrinken zu müssen.

"Und jetzt wirst du Vance zeigen, wie sehr du ihn begehrst. Reite ihn und reite ihn gut, denn ansonsten müsste ich dich ein weiteres Mal bestrafen." Er lächelt düster und so unglaublich schmutzig, dass ich schlucken muss.

Dann fällt mein Blick auf Vance, der es sich in der Zwischenzeit neben uns auf dem Sofa bequem gemacht hat. Ich habe es nicht einmal mitbekommen. Sein Hemd steht offen, die Brustmuskeln schimmern im künstlichen Licht der Lampen und sein heißer Schaft steht so prall und dick in die Höhe, dass ich mir wieder einmal nicht vorstellen kann, dass er und ich ..., dass wir beide ... ach ... FUCK.

Ein weiteres Mal hebt Zero mich an und plötzlich will ich mich nicht von ihm trennen. Ich grabe meine Finger tief in die Haut seiner Schulter, kralle mich regelrecht an ihm fest. Ist es Angst? Nein, das ist es gewiss nicht, aber ...

Im selben Moment legen sich Vance' Hände um meine Taille und er zieht mich auf seinen Schoß. Ein weiteres Mal lande ich breitbeinig über harten Männerschenkeln, ohne die Möglichkeit zu haben, meine Schenkel zu schließen. Und Vance hält mich so spielend oben, dass ich die samtene Spitze seiner Eichel an meinem bebenden Loch spüren kann. Millimeter für Millimeter lässt er mich nach unten gleiten und ich spieße mich selbst an seinem harten Schwanz auf.

Er teilt meine nasse Spalte, drückt sich in mein heißes Inneres und ich grabe meine Nägel jetzt in seine Schulter. Dabei schaue ich allerdings Zero an. Seine verhangenen Augen, seine mahlenden Kiefer und die Hand, die er jetzt in seine Hose schiebt – das alles nehme ich wahr. Mit den Fingern fährt er in der weiten Trainingshose an seinem Ständer auf und ab, während Vance mich plötzlich ruckartig nach unten drückt. Sein dicker Schwanz schiebt sich so tief in meine Pussy, dass ich ein weiteres Mal schreie. Noch nie habe ich etwas so Heftiges, so Animalisches und gleichzeitig Verstörendes gespürt. Es fühlt sich an, als würden sich Flammenzungen vom Ort unserer Vereinigung in meinen ganzen Körper ausbreiten. Seine Hand greift erneut in meinen Zopf und er zwingt meinen Blick in seine Richtung. Dabei lässt er sein Becken verlockend kreisen und ich keuche leise auf.

Neben mir stöhnt Zero und das befeuert meine Sinne mehr als alles andere. Er gibt diese Laute von sich, weil er erregt ist – wegen mir. Vorsichtig beginne ich, meinen Hintern zu bewegen. Die Fülle ist so unglaublich, dass ich wimmernde Laute ausstoße und mich winde, doch mit jeder Sekunde werde ich sicherer. Ich bewege mich schneller und spüre dabei eine so unfassbare Erregung, dass mein Kopf von selbst in den Nacken fällt und meine Finger eine tiefe Kratzspur auf Vance‘ Brust hinterlassen. Immer enger schließen sich meine Muskeln um den prallen Schaft und dann sind seine Lippen mit einem Mal an meinem Hals. Seine Zunge zieht eine brennende Spur von meinem Ohr bis zu meinem Schlüsselbein – dann beißt er zu. Der Schmerzimpuls rast durch meine Adern, verbindet sich mit dem heißen Verlangen und ich stoße einen weiteren Schrei aus. In diesem Moment übernimmt Vance und er stößt von unten so hart in mich hinein, dass ich den Gipfel bereits sehen kann. Er fickt mich mit harten, kurzen Stößen, die mich um den Verstand bringen. Es flirrt vor meinen Augen, ich stöhne und reiße die Augen auf, als ich komme – zusammen mit Vance, der seinen heißen Samen im selben Moment in mich pumpt. Meine Welt löst sich in wilden Wogen und schäumender Gischt auf, und ich zucke in seinem Griff. Nichts hat mich auf so etwas vorbereitet. Gar nichts!

Als die wilden Kontraktionen nachlassen, sinkt mein Kopf an Vance' nackte Brust. Wärme, Härte und Geborgenheit ist alles, was ich fühle. Und Frieden. Einen so großen Frieden, dass ich Angst habe, ihn wieder zu verlieren. All die Angst, die bösen Stimmen, die Dinge, die ich gesehen habe – das alles schweigt plötzlich. Es ist nicht länger wichtig. Wichtig ist nur Vance, dessen Finger sanft über meinen Rücken wandern. Hoch und runter und wieder zurück.

"Das war nicht schlecht, Babe. Wirklich! Gar nicht so übel." Ich würde einiges drum geben, wenn die beiden den Mund halten würden, anstatt mich aus meiner Wohlfühlblase zu reißen, die ich noch nicht wieder verlassen möchte. "Ich fürchte nur, dass wir uns jetzt wieder anziehen müssen, denn irgendwie könnte meine Sekretärin auf die Idee kommen, dass hier etwas vor sich geht, was sie so gar nicht auf dem Schirm hat und wir wollen die Gute doch nicht zutiefst verstören." Wieder ertönt das dunkle, dreckige Lachen, das ich so sehr an ihm liebe. "Gutes Personal ist nämlich echt schwer zu bekommen."

Vance hebt mich an und sein langsam weicher werdender Schaft glitscht aus meinem Inneren. Beschämt schaue ich auf die Spuren meiner und seiner Nässe, die ich auf seinen Beinen ohne Probleme erkennen kann. Doch bevor ich darüber auch nur ansatzweise nachdenken kann, ist es Zero, der mich in die Höhe und in seine Arme zieht. Die Wärme seines Körpers springt augenblicklich auf mich über und als seine Hand sich in die wunde Haut meines Pos krallt, wimmere ich leise.

"Du wirst noch sehr viel mehr für mich ertragen, kleiner Schwan. Das hier war nur der Anfang." Mein Kopf liegt an seiner Brust, ich atme seinen Geruch tief ein und wünsche mir nur eins: Dass dieser Moment niemals vorbeigeht. Dass er mir ebenfalls zeigt, wie sehr er mich will und begehrt. Ist das ein vermessener Wunsch? Mit Sicherheit ...

Du dummes, dummes Mädchen!

Denkst du wirklich, das hier hat Bestand?

Dann bist du noch dümmer, als ich dachte.

"Warum ... ich meine ... ich habe gedacht, dass du ...", stammle ich verwirrt. Zero ist der Einzige unter den Männern, der mich noch nicht genommen hat, und dabei will ich ihn so sehr, dass es wehtut. Ich kann es aber irgendwie nicht aussprechen und wie es aussieht, ist das auch gut so, denn Zero geht in keiner Weise auf meine Worte ein. Er drückt mich in diesem Moment sogar von sich und beginnt seine Kleidung zu richten, als wäre nichts zwischen uns beiden vorgefallen. Die Nähe zu mir scheint ihm plötzlich unangenehm zu sein.

Als ich mich umschaue, sehe ich, dass Vance sich in der Zwischenzeit angezogen hat. Nur ich stehe noch halbnackt in der Mitte des Raumes und weiß nicht so recht, was ich machen soll. Ich sollte mein Höschen anziehen, meine Strümpfe ebenfalls, aber irgendwie bin ich nicht in der Lage, mich zu bewegen. Zero beachtet mich nicht und das tut weh. Es ist Vance, der ein Taschentuch zur Hand nimmt, und die Innenseiten meiner Schenkel von unseren Spuren befreit. Immer wieder versuche ich Zeros Blick einzufangen und dabei merke ich genau, dass er mir ausweicht. Das tut verdammt weh, so weh, dass sich mein Herz schmerzvoll zusammenzieht. Irgendwie habe ich gedacht, dass er und ich, dass wir beide ...

Vergiss es, Täubchen. Du und er – das kann nicht gutgehen.

Im Leben nicht.

Am liebsten würde ich der nervigen Stimme in meinem Inneren einen Maulkorb verpassen. Ich fürchte nur, dass das nichts bringt. Sie meldet sich ein ums andere Mal und scheißt darauf, was ich hören will und was nicht.

Eine Viertelstunde später gehe ich zwischen den beiden Männern über den Korridor an der Mensa vorbei. Der oberste Knopf meiner Bluse war noch heil und den Rest habe ich zu einem bauchfreien Top geknotet, was mit dem Rock zusammen sogar recht heiß aussieht. Dazu trage ich meine Jacke und dadurch fällt es noch weniger auf, dass die Bluse ziemlich ramponiert ist.

Eigentlich sind wir auf dem Weg zur Villa, doch kurz vor dem Ausgang der Schule steht auf einmal Esmee mitsamt ihrem Gefolge vor uns. Eine der Frauen verwickelt Vance in ein Gespräch und selbst Zero ist einen Moment lang abgelenkt und konzentriert sich auf die Tänzerin, die ebenfalls in meiner Klasse unterrichtet wird. Ich bleibe ein Stück weit zurück, was ich eigentlich nicht hätte tun sollen. Das wird mir ein paar Sekunden später schlagartig klar.

Es handelt sich um ein ziemlich plumpes Ablenkungsmanöver. Inszeniert von meiner Lieblingsfeindin – das ist selbst mir klar und dabei habe ich nicht unbedingt eine Ahnung davon, zu was Menschen in der Lage sind. Nur Esmee traue ich mittlerweile beinahe alles zu und das hier durchschaue selbst ich. Vor allem, als sie sich mir mit verschränkten Armen und grimmigem Gesicht nähert. Ich seufze genervt, weil ich genau weiß, dass mir jetzt eine weitere Auseinandersetzung bevorsteht. Dumm für Esmee, dass ich mich gerade in Stimmung fühle, ihr zu zeigen, dass ich nicht so harmlos bin, wie sie das zu denken scheint. Zeros rüde Zurückweisung von vorhin nagt noch immer an mir und deshalb kommt die Bitch mir gerade recht. Meine Muskeln zucken und ich setze ein sehr, sehr freundliches Lächeln auf.

"Na ... gut durchgevögelt, Morrell? Wie ich sehe, stellst du deine Muschi gleich allen Dreien zur Verfügung. Ich habe dich ja von Anfang an für eine Schla..." Im selben Moment stolpere ich nach vorne und ganz ZUFÄLLIG zuckt dabei mein Ellbogen in die Höhe. Wie überaus praktisch, dass ich größer als Esmee bin und so treffe ich genau das, was ich treffen wollte – ihr ekelhaftes Schandmaul.

Die Blondine zuckt zurück, stößt einen spitzen Schmerzschrei aus und hält sich die blutende Lippe. Was kann ich denn dafür, wenn sie sich vor lauter Schreck die Zähne in die eigene Haut gräbt?

"Uuups!", stoße ich um Entschuldigung heischend aus. "Wie ungeschickt von mir!" Im selben Moment fahren Vance und Zero wie ein Mann herum und starren erst mich und dann das blonde Gift an. Diese hält noch immer eine Hand vor ihren Mund und jammert leise vor sich hin.

Hinter mir erklingt plötzlich ein leises, sehr dunkles Lachen und jetzt drehe ich mich ebenfalls um. Ein Stück von mir entfernt lehnt Tyrone mit verschränkten Armen an der Wand und beobachtet die Szene. Zum ersten Mal sehe ich echte Heiterkeit in seinen Augen aufblitzen. Dann stößt er sich ab und kommt auf uns zu.

"Am besten kümmert ihr euch um den Hühnerhaufen und ich ..." Das gilt Vance und Zero, die beide kollektiv die Augen verdrehen. "... ich bringe Dove nach Hause. Wobei *Dove* vielleicht doch nicht so ganz das richtige Wort für sie ist." Er lacht noch immer, als er sich meinen Arm schnappt und mich hinter sich herzieht. Mir kann es nur recht sein, denn wenn ich noch eine Sekunde länger in Esmees Gesellschaft verbringen muss, wer weiß, wohin mein Fuß dann rutscht. Da ist nämlich noch eine klitzekleine Rechnung zwischen uns beiden offen.

Tyrone

Da war etwas in deinen Augen. Im ersten Moment habe ich nicht geglaubt, dass es wahr sein kann. Vielleicht bist du gar nicht so schwach, wie ich anfangs dachte. Vielleicht bist du stärker, als es dir selbst bewusst ist. Nur ... was stelle ich mit diesem Wissen an?

Kannst du vielleicht doch ertragen, was wir sind und was wir aus dir machen werden? Oder wirst du am Ende zusammenbrechen, so wie Diandre es tat? Sie wirkte so stark und war es nicht. Du wirkst schwach und bist es auch nicht. Das könnte ein Dilemma sein, Dove. Ein großes sogar.

Kapitel 5

Auf dem Weg nach draußen merke ich genau, dass mit unserem Täubchen etwas nicht stimmt. Mal ganz davon abgesehen, dass sie der blonden Schlampe mal eben ihren Ellbogen ins Gesicht gerammt hat – und das mit voller Absicht – vibriert sie noch immer vor unterdrückter Wut.

Wut kenne ich. Vielleicht besser als meine beiden Freunde. Wut ist alles, was mich bisher angetrieben hat und genau dieses Gefühl ist auch heute noch in mir vorherrschend. In den letzten Tagen hat es oft geschwiegen, worüber ich mich sehr gewundert habe, doch jetzt, mit Doves ungefiltertem Zorn, der meine Sinne triggert, merke ich genau, wie auch bei mir die Wut hochkocht. Nicht auf sie, sondern auf Esmee. Die Schlange kann von Glück sagen, dass sie gerade nicht in der Nähe ist. Ich weiß nicht, was dann geschehen würde.

"Kannst du bitte ein bisschen langsamer laufen?" Kayla keucht und rammt abrupt die Füße in den Boden, was es mir wohl erschweren soll, sie hinter mir herzuziehen. Tut es aber nicht. Kräftemäßig ist sie ein klitzekleines Täubchen, aber gerade hat sie bewiesen, dass sie auch anders kann. Ganz kurz hat sie mir den Raubvogel gezeigt und das war gar nicht so übel.

Seufzend werde ich langsamer und dabei kommt mir ein hervorragender Gedanke. Warum bin ich nicht schon viel eher darauf gekommen?

"Hast du Lust auf einen kleinen Spaziergang zum Leuchtturm? Wir können bis nach oben steigen. Von dort hast du eine phantastische Aussicht auf die gesamte Bucht und ..."

"Wo ist der Haken?", murrt sie leise und reibt sich den Arm, den ich gerade erst losgelassen habe. Anscheinend war ich zu grob.

"Kein Haken. Versprochen!" Sie schaut mich skeptisch an und ich weiß nicht wirklich, warum mir das nicht gefällt. Irgendwie nagt es an mir, dass sie mir misstraut. Wobei ... wundern sollte es mich nicht.

"Und?" Sie verschränkt die Arme vor der Brust und wippt mit den Füßen – was relativ lustig aussieht. "Wirst du mich wieder anlügen? Oder mir wehtun? Oder was immer dir in den Sinn kommt?"

Fuck, Dove! Natürlich werde ich dir wehtun. Hast du denn noch immer nicht begriffen, dass ich gar nicht anders kann? Ich sauge all deine Gefühle in mich auf, die guten, aber noch sehr viel lieber die schlechten. Warum, willst du wissen? Weil ich selbst keine habe, sie nicht kenne und niemals kennenlernen werde. Weil in meiner Brust statt eines Herzens ein kalter glatter Stein verborgen ist.

"*Heute* nicht", knurre ich leise, weil ich genau merke, dass es heute nicht gut bei ihr ankommen würde.

Irgendetwas haben die beiden Deppen, die sich meine Freunde nennen, verbrochen und da muss ich nicht noch einen oben draufsetzen. "Und ja! Von mir aus darfst du mir auch Löcher in den Bauch fragen und ich werde ausnahmsweise die Wahrheit sagen." Ihre Augen funkeln göttlich und verdammt ... dieser Anblick ist umwerfend. "Aber bilde dir nicht ein, dass das ab jetzt immer so sein wird. Und NEIN ... ich werde dir nicht auf alle Fragen eine Antwort geben – nur werde ich eben nicht lügen."

"Mir dafür aber deinen Schwanz so tief in meinen Hals schieben, dass ich keine Luft mehr bekomme!"

Das war keine Frage, sondern eine verdammte Feststellung und damit triggert sie einen Punkt in meinem Inneren. Ich habe das Bild ihrer Lippen um meinen prallen Schaft regelrecht vor Augen. Wie ich mich in ihren Mund geschoben habe und sie so göttlich daran saugen musste. Das werde ich nicht mehr los.

Ich lege meine Finger an ihr Kinn, drücke aber nur so fest zu, dass es nicht schmerzhaft für sie ist. Dann schenke ich ihr ein ziemlich böses Lächeln – zumindest hat Diandre immer behauptet, es wäre dunkler als dunkel. Dass sich Doves Pupillen weiten, spricht für meine Annahme – ebenfalls ihr hektisch flatternder Puls.

"Irgendwann werde ich genau das mit Sicherheit wieder tun, Täubchen, heute aber nicht. Ich weiß verfickt genau, dass ich Scheiße gebaut habe. Beim nächsten Mal werde ich dir beweisen, dass es nicht immer so sein muss." Meine ich das jetzt wirklich ernst? Fuck! Habe ich gerade ernsthaft angeboten, dem Mädchen beizubringen, wie man es richtig macht? Ich muss verrückt sein ...

Dove kaut unschlüssig auf ihrer Unterlippe herum, so als wäre sie sich nicht sicher, ob sie mir wirklich vertrauen kann – das kann sie nicht, aber ich weiß verdammt genau, dass sie es liebend gerne würde. Ihre klaren, blauen Augen verraten sie immer wieder. Poker wäre garantiert nicht ihr Spiel – es liegt ihr einfach nicht.

"Also gut! Gehen wir!" Als ihre Antwort kommt, bin ich tatsächlich überrascht, denn ich habe nicht damit gerechnet, dass sie sich mir anvertraut. Ehrlich gesagt war ich der Meinung, sie sagt Nein.

Dann wendet sie ihr Gesicht der Sonne zu und scheint die Strahlen regelrecht zu trinken. Mit geschlossenen Augen und einem Lächeln auf den Lippen, das sie noch mehr wie ein unschuldiges, junges Mädchen wirken lässt. Wenn sie wüsste, wie erotisch das aussieht – gerade, weil sie sich dessen gar nicht bewusst ist, sie würde wahrscheinlich schreiend Reißaus nehmen. Ich muss mich auf jeden Fall sehr zusammenreißen, um mein gerade erst gegebenes Versprechen nicht umgehend zu vergessen.

Ich winke zwei Personenschützer zu uns heran. Die beiden werden uns begleiten und sie schließen sich uns ohne einen Kommentar an. Gute Männer, von denen ich weiß, dass sie eiskalt von der Waffe Gebrauch machen werden, falls es nötig sein sollte. Genau das brauchen wir und jetzt erst recht.

Gleich darauf fasse ich vorsichtig nach ihrer Hand und ziehe sie hinter mir her. Dabei achte ich aber dieses Mal darauf, nicht zu schnell zu laufen. So viel Rücksichtnahme würde mir normalerweise auf den Sack gehen, aber irgendwie schweigt mein Dämon gerade – warum auch immer. Verstehen muss ich das nicht. Vielleicht werde ich ihn bei Gelegenheit mal fragen, was mit ihm los ist ...

Als wir über die schneefreien Wege in Richtung Leuchtturm laufen, stelle ich fest, dass sich der Winter dem Ende zuneigt. Seit Tagen hat es keinen Neuschnee mehr gegeben und die ehemals dicke, weiße Decke ist merklich dünner geworden. Immer wieder müssen wir großen Pfützen auf dem Weg ausweichen und als ich in den blauen Himmel schaue, an dem nur vereinzelt ein paar weiße Wolken vorbeiziehen, stelle ich fest, dass die Sonne bereits enorme Kraft hat und mich tatsächlich wärmt.

Schweigend laufen wir nebeneinander her und auch das stört mich nicht. Im Gegenteil! Es ist sogar recht angenehm, dass Dove nicht in einer Tour plappert und sich in den Vordergrund drängen will. Irgendwie beruhigt sie mich, was eigentlich gar nicht möglich sein sollte. Ich ertappe mich bei dem Gedanken, dass ich bisher noch nicht das Bedürfnis verspürt habe, mein Zippo aus der Hosentasche zu holen, um mich daran abzureagieren. Sehr, sehr seltsam. Irgendwie sogar beunruhigend.

Es dauert knapp zwanzig Minuten, bis wir am Leuchtturm ankommen. Obwohl sich am Fuß des Gebäudes kaum ein Lüftchen regt, kann man das Rauschen der Brandung deutlich hören, und auf den Klippen ist es merklich kühler als im Schutz der Bäume. Ich sehe, wie Doves Blick auf die Stelle fällt, an der der Bastard versucht hat, sie vom Felsen zu stoßen. Unbewusst umschlingt sie ihre Brust mit den Armen und ein Schaudern lässt ihren Körper beben. Ja, das war keine angenehme Erfahrung. Erst recht nicht für einen Menschen, der so behütet aufgewachsen ist wie sie. Ich habe sehr viel früher mit menschlichen Abgründen zu tun gehabt, aber auch ich kann mich an die Schrecken erinnern, als ich feststellte, dass es durchaus Menschen gibt, die einem nach dem Leben trachten. Davon scheint es in ihrem Leben eine Menge zu geben – vielleicht mehr, als ihr selbst bisher klar war.

Gleich darauf öffne ich die schwere Holztür, halte sie auf und lasse Dove den Vortritt. Im Inneren schraubt sich eine alte, aber stabile Holztreppe in die Höhe, die wir beide langsam nach oben steigen. Am oberen Ende kann ich bereits die geräumige Glaskabine ausmachen, in der sich bei Nacht das Licht dreht und das vorbeifahrenden Schiffen dabei hilft, nicht an den Klippen zu zerschellen.

Das Täubchen steigt mit wiegenden Hüften vor mir die Treppen nach oben und ich weiß, dass sie gleich nicht nur den Atem anhalten, sondern einen entzückten kleinen Schrei ausstoßen wird. In genau Drei ... Zwei ... Eins ... Jetzt!

"Oh, mein Gott!" Sie erreicht die Plattform, ihre Hände fliegen an ihre Wangen und sie starrt aufs offene Meer hinaus. Auf die vielen vorgelagerten Inselchen und das tiefe Blau des Wassers, das sich am Horizont mit dem des Himmels verbindet. "Ist das schön!" Habe ich es doch gewusst. Fakt ist, dass auch Diandre damals ähnlich reagiert hat, als ich sie zum ersten Mal hierherbrachte.

Ganz kurz fällt ein dunkler Schatten über mich und es kommt mir fast so vor, als wäre Diandre irgendwo in der Nähe. Als würde ihr nicht gefallen, was ich hier mache, denn das hier war *unser* Platz. Ich weiß nicht einmal genau, was mich auf die Idee gebracht hat, Dove herzubringen. Als der spontane Gedanke mich überkam, fühlte es sich einfach nur richtig an. Jetzt bin ich mir da nicht mehr so sicher ...

Ich beobachte das Täubchen. Sie steht an der Reling und ein leichter Wind lässt ihre Haare wehen. Ich kann einfach nicht widerstehen und trete dicht hinter sie, lege meine Hände rechts und links neben ihr an das Absperrgitter und verhindere auf diese Weise, dass sie mir entkommen kann. Die Sorge ist eigentlich unbegründet – warum sollte sie auch entkommen wollen? In der Zwischenzeit ist sie uns bereits verfallen und das merkt man. Genau das hatte ich eigentlich verhindern wollen, bis ... ja, bis die Sache mit ihren Leuten passiert ist. Ich seufze leise, aber anscheinend nicht leise genug, denn sie dreht sich in meinen Armen herum und schaut mich an. Durchdringend, fragend und aufmerksam. Ich muss mich zusammenreißen – das ist mir klar, aber gerade fällt es mir verdammt schwer. Sie darf auf keinen Fall denken, dass wir die Guten sind, denn ich weiß, was daraus resultiert. Ich habe es schon einmal erlebt.

"Du stinkst nach Sex, Dove! Ich hoffe, er war gut, denn alles andere wäre peinlich für Vance und Zero!" Hastig überspiele ich die komischen Gefühle mit einem dummen Spruch, der der Kleinen absolut nicht zu gefallen scheint. Ihre Augen werden sofort eine ganze Nuance dunkler, der Blick irgendwie traurig. War wohl das falsche Thema, aber dafür bin ich ja bekannt. Trotzdem kann ich nicht aufhören. "Und? War er gut?" Ihre Wangen röten sich und das kommt nicht allein von der kalten Luft, wie ich grinsend feststelle.

"Ja ... Nein ... ach, ich weiß auch nicht!" Hilflos wirft sie die Hände in die Höhe und ihre Wangen werden noch ein bisschen dunkler.

"Was haben die beiden bösen Jungs gemacht?" Ich grinse, weil ich mir bereits lebhaft vorstellen kann, was passiert ist. Entweder hat Vance endlich die Katze aus dem Sack gelassen, oder Zero. Beides dürfte Dove ein bisschen überfordert haben, aber auch an der Stelle irre ich gewaltig.

"Es war ... müssen wir wirklich darüber reden, Ty? Ich könnte mir echt ein sehr viel schöneres Thema vorstellen, als ..." Sie räuspert sich, ich starre sie einfach nur an und erkenne den Moment, in dem sie nachgibt.

"Also schön! Du gibst eh keine Ruhe." Dabei senkt sie den Blick und ihre rechte Hand legt sich auf meine Brust – was ihr augenscheinlich nicht einmal bewusst ist. Mir allerdings schon. Mein Herz beginnt schneller zu schlagen, was für sich genommen eigentlich gar nicht möglich sein sollte. "Zero hat ... er hat ..."

"... dir den niedlichen Arsch versohlt!", helfe ich lächelnd nach und sie nickt beschämt. Unwohlsein kann ich bei dem Geständnis aber nicht erkennen, sondern glänzende Augen. Es hat ihr gefallen. Wie erstaunlich!

"Ja, ... und dann ... dann war nicht er es, der ... der ..." Ich hätte es mir ja denken können. Da liegt also das Problem. "Vance hat dann ..." Ihre Wangen werden mit jeder Sekunde dunkler und ich muss mich mit Gewalt davon abhalten, mit den Fingerspitzen darüber zu streicheln. Fuck! Was ist denn heute mit mir los? "Darf ich dich was fragen, Ty?" Ich nicke ganz automatisch, bin aber mit den Gedanken gerade meilenweit entfernt. "Ist ... ist Zero schwul?" Die Worte brauchen einige Zeit, bis sie in meinem Hirn ankommen, dann lache ich jedoch lauthals los. Schwul? Man hat Zero schon verdammt viele Dinge unterstellt, aber das ist hier ist wirklich das Allerbeste, was ich jemals gehört habe.

Ich kriege mich überhaupt nicht mehr ein und merke nicht einmal, dass kleine Fäuste gerade meine Brust bearbeiten. Hölle! Das ist der beste Joke ever. Zero ... und das Wort schwul in einem Satz. Wenn ich ihm das erzähle, hat der Arsch der Kleinen Kirmes und zwar so heftig, dass sie mindestens eine Woche nur auf weichen Kissen sitzen kann.

"Hör auf, Tyrone! Das war ... ach, ich weiß auch nicht." Ein weiteres Mal wirft sie in dieser niedlich hilflosen

Weise die Hände in die Höhe. "Du hast mich ... Vance auch ... nur Zero schafft es anscheinend nicht, mich zu ..."

"Ficken, Dove! Das Wort, das du nicht aussprechen willst, heißt ficken!" Meine Rechte schließt sich um ihr Kinn und mit dem Daumen wandere ich über ihre Unterlippe. Wollte ich das? Nein ... eigentlich nicht. Und jetzt schlägt sie auch noch die Augen nieder. Kein Wunder, dass Zero nicht widerstehen konnte, sie mit seiner Art von Schmerz bekannt zu machen. Die Kleine ist devot bis in die Zehenspitzen. "Sag es, Täubchen! Sprich das böse Wort ruhig aus."

"Sag du mir lieber, warum Zero mich nicht *will!*" Die Klippe hat Dove elegant umschifft, aber das wird ihr bei mir nichts nutzen.

"Warum Zero dich nicht *FICKEN* will, musst du ihn selbst fragen. Ich mische mich nicht in die Angelegenheiten meiner Freunde. Aber tu mir bitte einen Gefallen und stelle ihm die Frage, wenn ich dabei bin. Die Antwort würde ich gerne mitbekommen." Ich lächle, obwohl mir gar nicht danach zumute ist.

Natürlich weiß ich, warum er sich ihr noch nicht auf diese Weise genähert hat und ich denke, für Dove wird eine Welt zusammenbrechen, wenn sie dahinterkommt. Genau deshalb sollte sie keinem von uns ihr Vertrauen schenken. Wir werden es auf so viele Weisen missbrauchen, dass am Ende von der kleinen Taube nichts mehr übrig sein dürfte. Zumindest nicht von ihrem Herzen.

"Du willst es mir nicht sagen, obwohl du es weißt?" Ja, ganz recht, Täubchen. Ich will nicht. Ich kenne meine Freunde in- und auswendig, aber keiner von uns würde über den anderen reden, oder dessen Geheimnisse ausplaudern.

"Stell mir eine andere Frage. Dieses Thema ist tabu."

Sie seufzt so niedlich, dass ich beinahe schwach werde und das macht mir jetzt ehrlich gesagt ein bisschen Schiss. Normal ist das nicht, dass mir ein so leiser Laut eine solche Reaktion entlocken kann. Sie dreht mir erneut den Rücken zu, ihre wehenden Haare kitzeln in meinem Gesicht und ich atme den süßen Duft von Veilchen ein.

"Also gut! Dann erzähl mir, wie ihr euch kennengelernt habt. Warst du schon immer mit den beiden befreundet, oder ..." Der Rest ihrer Frage geht unter in einem sehr düsteren Rauschen, das mich auf direktem Weg in die Vergangenheit katapultiert. In eine, die ich eigentlich nie wieder betreten wollte.

Ich sehe sie noch immer vor mir. Die beiden reichen Schnösel, die über den Times Square flanieren und weder auf ihre Umgebung achten, noch darauf, dass ich mich ihnen längst an die Fersen geheftet habe. Sie glotzen den zahlreichen jungen Weibern auf die Ärsche, lachen und machen obszöne Handbewegungen. Ja ... so benimmt man sich nur dann, wenn man genügend Kohle hat und Daddy einem den Arsch pudert. Zwei grüne Jungs, denen man bereits von weitem ansehen kann, dass sie vor Geld stinken. Solche Typen ziehen immer die Hyänen der Großstadt an – solche Kerle wie mich, die auf der Straße leben und nicht davor zurückschrecken, für Kohle einen Menschen zu killen. Notfalls auch zwei und diese beiden sollen heute meine Opfer werden.

Seit Stunden folge ich ihnen bereits durch die Dunkelheit und warte nur auf eine günstige Gelegenheit. Sie wird kommen, da bin ich mir sicher.

Irgendwann verschwinden die beiden in einer kleinen Seitenstraße, an deren Ende sich ein ziemlich heruntergekommener Club befindet. Dort geht man nur hin, wenn man Drogen braucht, solche vertickt, oder eine Schlampe sucht, die keine Fragen stellt. Ein ziemlich abgefuckter Ort für zwei reiche Schnösel. Die beiden passen nicht so recht dorthin, aber was soll's – das macht die Sache für mich nur leichter.

Ich bin bereits dicht hinter ihnen, bewege mich völlig lautlos durch die Dunkelheit und habe mein Ziel fest vor Augen, als die beiden plötzlich herumfahren und auf mich zustürmen. So schnell und wendig, dass ich ihnen nicht ausweichen kann. Als mich der erste Hieb des Schwarzhaarigen trifft, bin ich völlig geschockt, denn der Typ hat keinen normalen Schlag drauf, sondern einen, der mich augenblicklich zu Boden schickt. Der Zweite, der mit der merkwürdigen Haarfarbe, setzt augenblicklich seinen Fuß auf meine Brust und drückt zu, sodass ich kaum noch Luft bekomme – am Ende bin ich dadurch aber noch lange nicht. Wäre ich nicht selbst eine Mordmaschine, hätte ich keine zwei Tage in New York überlebt. Meine Linke krallt sich in seine Hose und ich reiße so fest an seinem Bein, dass er das Gleichgewicht verliert und neben mir zu Boden kracht. So schnell, dass er kaum reagieren kann, habe ich mein Messer aus der Scheide gerissen und an seine Kehle gelegt. Leider komme ich nicht dazu, ihn bluten zu lassen, obwohl alles in meinem Inneren nach seinem Lebenssaft giert. Mich trifft nämlich ein Tritt und ich fliege meterweit nach hinten, wo ich krachend in den dort abgestellten Müllcontainern lande. Für den Bruchteil einer Sekunde bleibt mir tatsächlich die Luft weg und Sternchen tanzen vor meinen Augen. Als ich mich wieder gefasst habe, hockt der Schwarzhaarige vor mir und die Mündung einer Beretta zielt genau auf meinen Kopf. Das war es wohl, wenn nicht ein Wunder geschieht.

"Was willst du von uns?" Seine Stimme ist kalt und befehlsgewohnt, und mir dämmert im selben Moment, dass ich es verkackt habe. Zum ersten Mal, seit ich meinen Alten gekillt habe, und der war mein geringstes Problem, habe ich einen Menschen völlig falsch eingeschätzt. "Los, rede! Ansonsten klebt dein bisschen Hirn gleich hinter dir am Metall der Container – was ich durchaus als Verschwendung betrachten würde."

"Fick dich!", spucke ich ihm vor die Füße und wische mir dabei das Blut von den Lippen. "Was denkst du denn, was ich von euch beiden Pennern wollte? Kohle und Wertgegenstände natürlich. Irgendwie muss auch ich über die Runden kommen."

"Und da denkst du, du könntest meinen Freund und mich killen, um uns um unseren Reichtum zu erleichtern? Schon mal was von ehrlicher Arbeit gehört?"

"Das muss einer wie du gerade sagen. Man wird nicht reich, wenn man ..."

"Nein, stimmt!", mischt sich in dem Moment der Weißhaarige ein und tritt jetzt ebenfalls näher heran. "Reich wird man mit ehrlicher Arbeit nicht, aber man bleibt meist am Leben. Man stirbt allerdings sehr schnell bei dem Versuch, uns an die Karre zu pissen. Zu dumm, dass du dir dieses Mal die falschen Opfer ausgesucht hast."

"Ja, wie dumm aber auch", antworte ich tonlos. Angst habe ich keine. Wenn der Spacken schießt, bin ich tot. Es gibt schlimmere Dinge. Furcht, Mitgefühl, Liebe – das alles sind Fremdworte für mich. Ich frage mich nur, warum der Schwarzhaarige zögert und mich nicht einfach abknallt, so wie ich es getan hätte.

Dann steckt er die Knarre plötzlich in seinen Hosenbund und schaut mich durchdringend an ...

"Willst du mir damit sagen, dass du früher ein Dieb und Mörder warst? Bevor du die beiden kennengelernt hast?"

Nein, Dove! Ich war es nicht. Ich bin es immer noch. Ich begreife nicht, warum du das nicht sehen kannst. Was mich allerdings tierisch abnervt, ist die Tatsache, dass ich anscheinend die ganze Zeit laut gesprochen habe. Ungefiltert habe ich dem Täubchen erzählt, wie ich Vance und Zero kennenlernte. So wie es tatsächlich damals gewesen ist. Das habe ich nicht einmal Diandre preisgegeben und die wusste sehr viele Dinge von mir, die ich unter normalen Umständen niemandem anvertraut hätte.

"Komm!" Ich umfasse ihre Schultern und ziehe sie an mich heran, ohne auf ihren leichten Widerstand Rücksicht zu nehmen. "Es wird langsam dunkel und ich fürchte, dass Vance uns beide schlachtet, wenn wir nicht rechtzeitig zurück sind. Der Kerl bringt es und hetzt uns seine Kleinarmee auf den Hals." Obwohl ich sie anlächle, bleibt ihr Gesicht verschlossen. Zum ersten Mal, seit Dove die Academy betreten hat, kann ich nicht in ihrem Gesicht lesen, und das nervt mich fast noch mehr als die Tatsache, dass ich vorhin laut gesprochen habe, ohne es überhaupt zu bemerken.

Vance

Du glaubst, ich hätte nicht gesehen, was du dir gewünscht hast – das habe ich sehr wohl.

Du denkst, dass er dich nicht will und das ist falsch.

Er will dich, kleiner Vogel, aber er steht sich selbst im Weg. Manchmal gibt es Dinge … Versprechen, die einen binden und genau das ist es, warum Zero sich dir nicht nähert.

Aber das wird er. Er wird ebenso wenig die Finger von dir lassen können wie Ty und ich. Dabei wird er dir aber deine letzten Illusionen rauben und dich mit sich in die Dunkelheit reißen. Wird dein süßes Herz das verkraften, Babe?

Kapitel 6

"Das ist nicht dein verfickter Ernst, Kerl! Auf keinen Fall werden wir diesen beschissenen Ball der Kasparows besuchen und Kayla mitten in diese Schlangengrube werfen!", herrscht Zero mich an. "Ich frage mich, wo du deinen Verstand gelassen hast? Kirill hat sehr deutlich gezeigt, dass er Kayla unter seiner Obhut sehen will, und du willst sie ihm auch noch auf dem sprichwörtlichen Silbertablett servieren?" Zero schnaubt ungehalten. "Junge! Lass dich mal auf deinen Geisteszustand untersuchen." Unruhig läuft mein Freund durchs Wohnzimmer und wirft mir dabei immer wieder ziemlich wütende Blicke zu.

Ich sitze in meinem Sessel und starre nachdenklich in den Kamin, wenn ich nicht gerade Zero bei seiner unruhigen Wanderung beobachte. Als wir vorhin die Villa erreichten, waren Ty und Kayla nicht hier. Unser Freund ist mit ihr anscheinend irgendwo unterwegs und ich bin mir noch nicht so recht darüber im Klaren, ob ich das gut finden oder mir Sorgen machen sollte. Leider hatte ich nicht genügend Zeit, darüber nachzudenken, denn vor der Tür lag ein schwarzer Briefumschlag, der genau jene Einladung enthielt, die Zero so sehr aus der Fassung bringt. Natürlich war mir bereits im Vorfeld klar, dass Kirill nicht so ohne weiteres aufgibt. Ich habe nur nicht damit gerechnet, dass er sich so schnell in Bewegung setzt und uns dabei keine Wahl lässt. Natürlich werden wir auf dem Event erscheinen müssen, wenn wir nicht einen Krieg vom Zaun brechen wollen. Den können wir uns momentan einfach nicht leisten – noch nicht.

"Du weißt verdammt genau, dass wir keine andere Wahl haben, als der Einladung zu folgen. Die Sache mit deinem Alten ist fast durch. Wir haben bereits die Aktienmehrheit, um die verdammte Firma deines Dads zu übernehmen, aber mit meinem Erzeuger und seiner miesen Schlampe von Frau sind wir noch lange nicht fertig. Wie du weißt, habe ich geschworen, ihn und sein Kartell in den Boden zu stampfen und dafür brauche ich die Russen. Ohne sie wird es nicht gehen. Erst recht nicht, weil mein Erzeuger mittlerweile weiß, dass wir ihm auf den Fersen sind. Nichts anderes bedeutet sein Angriff auf unsere Drogenlieferungen." Ich nehme einen Schluck von meinem Bourbon, aber selbst das Brennen des Alkohols in meiner Kehle verschafft mir heute nicht die Linderung, die ich mir erhoffe.

"Und dafür opferst du *sie*? Das ist so ... abartig, da fehlen mir ehrlich gesagt die Worte." Zero nimmt seine Wanderung durchs Zimmer wieder auf.

"Wer sagt denn, dass ich sie opfern werde?" Ich versuche Optimismus zu verbreiten, den ich leider gerade selbst nicht verspüre. Ich weiß genau, dass jeder Schuss momentan nur nach hinten losgehen kann.

"Na klar", höhnt Zero auch sogleich. "Und Bambi ist seit Neuestem ein reißender Löwe, Vance. Willst du mich eigentlich verarschen? Wenn wir Kay in Kirills Haus bringen, bekommen wir sie von dort nicht wieder weg. Ich weiß das und du weißt das ebenfalls. Frag mal Tyrone, was er von der Nummer hält. Ich denke, er hat an der Stelle auch noch ein Wörtchen mitzureden, denn wie du sicherlich mitbekommen hast, hat sich seine Stimmung erheblich verbessert. Was ich ehrlich gesagt nicht für möglich gehalten hätte." Genau das befürchte ich ebenfalls, aber auch Ty wird sich fügen müssen – auch wenn es ihm schwerfällt. Wir haben eine Abmachung und an die wird er sich halten müssen.

"Und wenn wir eine Verlobung draus machen?" Das ist ein Gedanke, der mir gerade erst gekommen ist. Einer, über den man nachdenken sollte.

"Und du denkst, das würde Kirill davon abhalten, Kayla notfalls mit Gewalt in seinem Haus festzuhalten? Ich habe dich echt nicht für so naiv gehalten, Vance, aber das hier ist kein Spaß. Nichts, was man mit ein paar Worten oder ein bisschen Bestechung wieder aus der Welt schaffen kann."

"Fuck, Zero! Krieg dich endlich ein!" Jetzt werde auch ich ärgerlich. Ich kann seine Bedenken durchaus verstehen, aber wir haben bisher für alles eine Lösung gefunden und so wird es auch dieses Mal ablaufen. "Aber du solltest endlich mit der Maus reden. Du weißt genau, worüber. Ich denke nicht, dass ich an der Stelle deutlicher werden muss."

"Das geht dich nichts an und *sie* noch weniger!"

"Sicher?", frage ich und lasse den Bourbon im Glas kreisen. "Hast du sie vorhin beobachtet? Als sie feststellte, dass nicht du sie ficken würdest, sondern ich?

Die Enttäuschung war mehr als deutlich. Wie willst du ihr erklären, dass du sie zwar bis an die Klippe führst, aber nicht darüber hinaus – was im Übrigen mehr als albern ist." Die ganze Angelegenheit ist albern, aber damit brauche ich Zero nicht kommen.

"Das lass meine Sorge sein, Vance. Ich mische mich auch nicht in deine Privatangelegenheiten, dasselbe verlange ich im Übrigen auch von dir. Ich weiß selbst, was ich dem Vögelchen sagen kann und was ich lieber für mich behalte. Deine guten Ratschläge kannst du dir sparen!"

Ich lache, weil ich meinen Freund genau kenne. Die Sache nagt sehr viel mehr an ihm, als er es zugeben will und ich bin mir sicher, dass das letzte Wort darüber auch noch nicht gesprochen ist. Irgendwann wird er es Kay sagen müssen, oder sie findet es im schlimmsten Fall selbst heraus. Dann möchte ich aber nicht danebenstehen und in ihre Augen schauen. Wobei mir das eigentlich genau genommen auch egal sein sollte.

"Verdammt! Wo bleiben die beiden eigentlich? Ty ist vor über zwei Stunden mit Kayla verschwunden und eigentlich sollten die beiden längst hier sein." Das taktische Ablenkungsmanöver ist so durchsichtig, dass es an mir abprallt. Zero war schon mal deutlich besser, wenn er ein Thema nicht weiterverfolgen wollte.

"Er ist mit ihr zum Leuchtturm. Das hat er mir zumindest vorhin per Messenger mitgeteilt. Was auch immer die beiden dort treiben, ich bin gespannt, ob meine Vermutung bezüglich Ty richtig ist. Er sträubt sich nicht länger gegen ihre Anwesenheit und das erleichtert die ganze Angelegenheit enorm. Ein Tyrone, der Kayla loswerden will, ist, wie du sicherlich weißt, nicht ganz ungefährlich." Zero nickt und starrt aus dem Fenster. Ich weiß verdammt genau, worüber er nachdenkt und ich wünschte, ich könnte ihm helfen. Kann ich aber nicht.

Er hat vor einigen Monaten eine Entscheidung getroffen, die für uns hilfreich ist. Sie kam nach Diandres Tod und zu einem Zeitpunkt, zu dem sich keiner von uns vorstellen konnte, dass noch einmal eine Frau in unser Leben tritt, mit der uns mehr verbindet als ein bisschen Sex. Dass es so ist, merke ich an Zero, aber auch an Ty. Die Stimmung im Haus ist eine andere geworden und an mir selbst spüre ich ebenfalls die Veränderung – ich weiß nur nicht, wohin das führen wird. Liebe? Nein, auf keinen Fall. Ich kann nicht einmal behaupten, dass ich Diandre geliebt habe. Seit der Intrige meiner Mutter und meiner Stiefschwester misstraue ich allen Weibern. Liebe ohne Vertrauen ist jedoch etwas, das nicht möglich ist – zumindest für mich nicht. Konnte ich Diandre vertrauen? Eher nicht – aus verschiedenen Gründen.

"Zehn Pennys für deine Gedanken, Kumpel! Wenn ich es nicht besser wüsste, würde ich behaupten, dass du etwas für die Kleine empfindest." Zero grinst und ich schüttle mich.

"Ich ficke sie gerne, mehr ist da nicht, Zero! Und ich kann es kaum noch erwarten, sie in *meine* Welt einzuführen."

"Und? Warum hast du das nicht längst getan? Die Antwort ist sehr einfach: Weil du sie nicht verschrecken willst. Bei Diandre warst du sehr viel weniger rücksichtsvoll."

Langsam nimmt das Gespräch eine unangenehme Wendung. Nur weil Zero von seinen Geheimnissen nichts preisgeben, geschweige denn, darüber reden will, muss er jetzt nicht anfangen, bei mir nachzubohren.

"Ich würde sagen, dass dich das ebenso wenig etwas angeht, wie mich die Tatsache, dass du mit Kay nicht über dein Geheimnis sprechen willst. Lachhaft finde ich allerdings, dass du Diandre ernsthaft mit Kayla vergleichen willst. Charakterlich sind die beiden so weit voneinander entfernt wie die Erde von der Sonne." Ein paar Sekunden herrscht zwischen uns beiden ein eisiges Schweigen, dann stößt Zero plötzlich ein Schnauben aus und schaut mich an.

"Also gut! Zurück auf Anfang! Was tun wir denn jetzt wegen des beschissenen Balls?"

"Wir werden hingehen, was sonst? Und wir nehmen so viele unserer Männer mit, dass es keine Unklarheiten darüber geben wird, dass Kayla mit uns das Anwesen auch wieder verlässt."

"Das werden weder Kirill noch sein Alter zulassen. Ich denke, an der Stelle hältst du die beiden einfach für zu dumm. Außerdem werden die ihre eigenen Männer ebenfalls in Stellung bringen. Du vergisst, dass die beiden uns sehr gut kennen." Zero ist nicht überzeugt, aber davon war auch nicht auszugehen.

"Wir können es natürlich auch anders versuchen. Wie wäre es denn, wenn wir mit Kayla reden und ihr sagen, dass der Russe mit ihr sprechen will – unter vier Augen? Das könnte Kirill auch ebenso gut hier auf dem Gelände erledigen. Dafür muss die Kleine nicht der Gefahr ausgesetzt werden, die Academy zu verlassen. Das wird selbst Kirill begreifen und ..."

"... und nicht damit einverstanden sein. Er will nicht nur mit ihr reden, wie du sicherlich weißt. Er will etwas ganz anderes und wir müssen dringend herausfinden, woran das liegt. Ich werde das Gefühl nicht los, dass der Bastard mehr weiß und genau dieses Wissen will ich."

Ich ahne, worauf Zero gerade anspielt, zumal auf der Rückseite der Einladung eine handschriftliche Notiz von Kirill zu finden ist. Eine private Botschaft an unsere

Kleine. Dass er sich auf ein weiteres Zusammentreffen mit ihr freut und es kaum erwarten kann. Bla Bla Bla. So in etwa hatte es mit Diandre auch angefangen und plötzlich stehen mir Tyrones Bedenken klar vor Augen. Er hat bereits am Tag von Diandres Tod die Vermutung geäußert, dass der Russki etwas damit zu tun haben könnte. Ausgelacht habe ich ihn, weil es für Kirill keinen Grund gab, Diandre zu killen. Ty weiß nicht, was wir wissen und ich sehe Zero an, dass seine Gedanken in eine ähnliche Richtung laufen wie meine.

Zwischen Diandres und Kaylas Geschichte gibt es kaum nennenswerte Unterschiede. Außer dass Diandres Eltern noch immer leben und, solange sie auf der Academy war, ihr auch niemand nach dem Leben trachtete. Das änderte sich erst, als wir nach New York gingen und nachdem sie im Licht der Öffentlichkeit stand.

Auf den ersten Blick sprach alles dafür, dass ihr Tod ein verdammter Unfall war, aber was, wenn es am Ende keiner gewesen ist? Auszuschließen ist das nicht. Jetzt zumindest nicht mehr. Zwei Frauen, die sich ziemlich ähnlich sehen, die eine tot, die andere in akuter Gefahr. Könnte man für einen Zufall halten, aber ich glaube nicht an Zufälle und zwar schon lange nicht mehr.

"Wir sollten mit Kayla sprechen und sie zumindest fragen, ob sie mit Kirill reden will. Wer weiß: Vielleicht hat er bereits weitere Infos und will tatsächlich helfen." Diese Äußerung hätte ich mir sparen können. Zero prustet los.

"Echt, Vance! Du glaubst anscheinend noch an Santa Claus! Ich fasse es nicht."

"Hast recht, aber ehrlich gesagt: ich weiß auch nicht, was wir machen sollen", schnaube ich wütend und auch ein bisschen hilflos. "Das Thema "Russland" killt mich gerade – es sind einfach zu viele Dinge, die in diese Richtung deuten und die Kasparows scheinen dabei gerade unser geringstes Problem zu sein." Ich hole geräuschvoll Luft, sodass Zero mich überrascht anschaut. "Kirill, der die Kleine unter seinen Schutz stellen will, ein russisches Kindermädchen, eine Mutter, die in Russland geboren ist und zu allem Überfluss eventuell auch noch der russische Geheimdienst – wobei der ja bisher nur eine Vermutung ist. Das sind mir ein paar zu viele Hinweise, die auf dieses Land hindeuten, und wenn ich jetzt auch noch den Schmuck dazu nehme, der wahrscheinlich von Fabergé gefertigt wurde, dann wird es haarig. Immerhin hat dieser Juwelier unter anderem die russischen Adeligen mit seinen Arbeiten versorgt. Die gehörten quasi zu seinen Stammkunden – selbst das Zarenhaus." Hinter Zeros Stirn arbeitet es, das kann ich durchaus erkennen. Doch als er den Mund öffnen will, um mir eine Antwort zu geben, erklingen plötzlich draußen Stimmen.

Tyrone und Kayla! Die beiden haben sich den ungünstigsten Zeitpunkt für ihre Rückkehr ausgesucht. Keine Sekunde später wird auch schon die Tür aufgerissen und die beiden stürmen ins Zimmer. Sie wirken locker und irgendwie so, als hätten sie eine entspannte Zeit miteinander verbracht. Es tut mir in der Seele weh, dass ich diesen Zustand gleich in Grund und Boden stampfen muss. Selbst wenn die Süße nicht weiß, was die Einladung zum Ball der Kasparows bedeutet, Ty wird es genau wissen und dementsprechend reagieren. Da bin ich mir ziemlich sicher.

"Was ist los?", will unser Freund auch sogleich wissen. Tyrone hatte schon immer eine Antenne für Schwingungen – vor allem für die schlechten. "Es sind Bad Vibes hier drinnen", bestätigt er auch sogleich meine Befürchtungen. "Ihr beide seht aus, als wäre jemand gestorben." Noch nicht, aber vielleicht in absehbarer Zeit.

"Wir haben eine Einladung erhalten, die wir nicht ausschlagen können", lasse ich ihn wissen und wedle mit dem schwarzen Briefumschlag. "Kasparow gibt einen Ball und will uns dabeihaben – auch die Süße!" Ty erstarrt im selben Moment – allerdings nur für den Bruchteil einer Sekunde.

"Nur über meine verfickte Leiche!" Genau das habe ich befürchtet. Mit Zero lässt sich noch einigermaßen reden, doch wenn Ty blockiert, wird es schwierig. Verdammt schwierig. "Dich haben sie doch zu heiß gebadet. Wie kannst du auch nur eine einzige verfickte Sekunde darüber nachdenken? Mit mir nicht. Kommt nicht infrage!" Im selben Moment greift Ty in seine Hosentasche, zieht das Zippo hervor und beginnt damit zu spielen. Nein! Das ist keine gute Idee, denn wo das hinführt, wissen Zero und ich nur zu gut.

"Darf ich fragen, worüber ihr redet?" Dass Kayla sich in diesem Moment einmischt, damit habe ich überhaupt nicht gerechnet. Auch nicht damit, dass sie ihre Hand über die von Ty legen könnte, um ihn unbewusst oder bewusst daran zu hindern, weiter mit dem Feuerzeug zu spielen.

"Vance hat versucht, unserem Freund klarzumachen, dass du der Mittelpunkt einer verdammten Einladung bist, die keiner von uns annehmen möchte, die wir aber auch nicht verweigern können, weil es sonst verdammt ungemütlich für uns werden könnte." Zero ist gerade mein Retter in der Not, weil ich es nicht besser hätte ausdrücken können.

Ich bin leider gerade viel zu sehr damit beschäftigt, Ty zu beobachten, der völlig perplex auf die schmale Hand starrt, die seine umfasst hält. Insgeheim spanne ich bereits die Muskeln an, um im Notfall eingreifen zu können. Sehr zu meiner Überraschung ist das jedoch gar nicht nötig. Tyrone zuckt nicht mit einer einzigen Wimper, er schaut nur völlig überrascht auf ihre Hand, so als könne er nicht fassen, dass sie sich wirklich getraut hat, das zu tun. Ich muss mir das Grinsen verkneifen. Hätte ich unserem Psycho vor ein paar Tagen gesagt, dass er in ihrer Gegenwart nicht mehr ausflippt, hätte er mich mit seinem Messer bearbeitet – da bin ich mir ziemlich sicher.

"Eine Einladung?", hakt die Kleine nach und schaut dabei erwartungsvoll von einem zum anderen, bis ihr Blick schließlich an mir hängenbleibt. Wie es aussieht, komme ich aus der Erklärnummer nicht raus. Fuck!

"Du erinnerst dich an den Russen? Den Jüngeren der beiden?" Augenblicklich läuft ein Frösteln durch ihre Gestalt. Das Beben ist deutlich zu erkennen. Ja, sie kann sich erinnern und nein, sie mag Kirill nicht. Noch nicht. Das ist ziemlich deutlich zu sehen. "Der Mann hat uns eine Einladung zu einem Wohltätigkeitsball zukommen lassen und leider schließt diese Einladung auch dich mit ein. Das wäre nicht weiter dramatisch, wenn wir nicht die Befürchtung hätten, dass du seine Villa zwar problemlos betreten, aber nicht so leicht wieder verlassen wirst. Ich hoffe, du verstehst, was ich damit andeuten will?" Natürlich versteht sie es und in ihren blauen Augen malt sich Schrecken ab.

Ja, Babe, du spielst hier mit bösen Jungs – das hätte dir eigentlich klar sein müssen, als du uns das erste Mal über den Weg gelaufen bist. Ich fürchte, das ist alles eine Nummer zu groß für dich. Dummerweise steckst du bereits mittendrin und das Spiel kann nicht mehr abgebrochen werden, denn in der Zwischenzeit hat der Joker seinen Platz eingenommen und wie es aussieht, fordert auch dieser sein Recht ein. Noch weiß ich nicht, warum er so scharf darauf ist, dich in die Finger zu kriegen, aber ich habe vor, es herauszufinden.

"Wenn ich sage, dass ich dort nicht hinwill, würde das etwas ändern?"

Sie sieht in diesem Moment so klein und hilflos aus, und nichts erinnert mehr an die junge Frau, die vor nicht allzu langer Zeit ihrer Erzfeindin den Ellbogen ins Gesicht gerammt hat. Das geschah sehr zielgerichtet und hatte mit einem Versehen nur sehr wenig zu tun. Als ich an diese Situation denke, huscht ein Lächeln über meine Züge. Tyrone hat recht. In dem Moment wirkte sie auch auf mich eher wie ein junger Falke, der seine Krallen in Esmees Fleisch bohrte. Kurz und äußerst schmerzhaft. Fürs erste dürfte der Bitch die Lust an ihren Spielchen vergangen sein, es ist aber nur eine Frage der Zeit, bis sie sich von dem ersten Schrecken erholt hat. Dann wird Kayla sich in Acht nehmen müssen.

"Nein, leider nicht", hilft Zero mir ein weiteres Mal aus der Patsche. Im selben Moment höre ich allerdings, wie Ty mit den Zähnen knirscht.

"Ihr seid irre, wenn ihr denkt, dass ihr Dove auf dem Grundstück der Russen beschützen könnt. Hat er sie erst einmal in seinen Klauen, ist es vorbei. Das werde ich nicht zulassen und mir ist es verfickt egal, was uns das kostet. Sie geht nicht hin und damit Basta." Er schiebt sich tatsächlich vor die Kleine, als müsse er sie vor uns beschützen.

"Ich bin ganz deiner Meinung", wirft Zero ein. "Nur leider haben wir keine andere Wahl. Immerhin haben die Kasparows uns gewissermaßen in der Hand und sollten sie beschließen, dass sie sich auch mit Gewalt holen könnten, was wir ihnen verweigern, sieht es ebenfalls nicht gut für uns aus. Wir haben zwar in der Zwischenzeit ne Menge Leute, aber noch sind wir nicht stark genug, wie du sicherlich weißt."

Tyrones Gesicht versteinert nach Zeros kleiner Ansprache und gleich darauf setzt er eine tödliche Miene auf. Müsste er jetzt einen Auftrag übernehmen, würde der ebenso in die Hose gehen wie der Letzte. Er würde ein Blutbad anrichten – da bin ich mir sicher. Doch dann passiert etwas, mit dem ich nicht gerechnet habe – nicht rechnen konnte. Kayla schiebt sich zögernd an Ty vorbei und baut sich vor mir auf. Dabei stemmt sie ziemlich energisch die kleinen Fäuste in ihre Hüften.

"Ich will jetzt augenblicklich von euch wissen, was ihr mit den beiden Typen zu tun habt und warum ihr zwar einerseits vor ihnen kuscht, euch aber andererseits so anhört, als wäre es kein Problem, die beiden mit einer Kugel ins Jenseits zu blasen?" Tja, meine Süße, that's the question. Ich fürchte nur, dass dir keiner von uns darauf eine Antwort geben wird – nicht einmal Tyrone, wobei der tatsächlich so aussieht, als wolle er auspacken.

"Das muss dich nicht interessieren!", antworte ich scharf. "Wir haben zugesagt, unseren Deal auszuweiten und dich zu beschützen, also ist es auch unsere Aufgabe, darüber nachzudenken, wie wir das anstellen. Zerbrich dir nicht dein hübsches Köpfchen – es reicht, wenn wir das machen."

"Das reicht mir nicht!", antwortet sie mit einer Stimme, die ich eher hinter Zero gesucht hätte, aber keinesfalls hinter ihr. "Ihr wollt an der Stelle anscheinend meine Zusammenarbeit, also denke ich, dass ich ein Recht habe, zu erfahren, um was es geht."

"Um krumme Geschäfte und um Rache, worum wohl sonst?", antwortet Tyrone, bevor ich überhaupt die Gelegenheit bekomme, mir eine gnädige Lüge auszudenken. "Um die Mafia und andere üble Dinge. Was denkst du denn, Dove, mit wem du dich ins Bett gelegt hast? Wie die Collegeknaben von einer Elite-Uni kommen wir wohl eher nicht rüber – oder was meinst du?"

Tja, Babe – das ist die knallharte Wahrheit, die ich dir gerne erspart hätte. Leider ist die Katze jetzt aus dem Sack und lässt sich auch nicht mehr einsperren. Der Schock malt sich so wunderschön in deinen Zügen ab, dass ich deine Angst förmlich riechen und auf der Zunge schmecken kann. Davon will ich mehr, sehr viel mehr. Ob du wohl langsam eine Ahnung davon bekommst, mit wem du spielst? Ich befürchte, das ist noch lange nicht das Ende, kleiner Vogel. Ich bin mir sicher, dass dein Gesang in absehbarer Zeit verstummen wird – ob du willst oder nicht – wir sind dein Untergang.

Tyrone

Die beiden Bastarde haben vor, dich Kirill vor die Füße zu legen wie ein verdammtes Geschenk. Nein, Dove! Das darf nicht geschehen. Ich weiß mehr über diesen Bastard, als mir lieb ist – mehr, als die beiden anderen ahnen.

Er wird dich nicht nur verderben, er wird dich brechen und die Reste von dir so lange bearbeiten, bis nichts mehr von dir übrig ist, das an einen Menschen erinnert. Der Typ ist ein verfickter Bastard und bevor er dich in die Finger kriegt, werde ich ihn killen – egal, was Vance davon hält.

Nur wir haben das Recht, dich fallen zu sehen ...

Kapitel 7

Seit Stunden liege ich im Bett und wälze mich von einer Seite auf die andere. Von jetzt auf gleich ist mir zu warm und ich strample das Federbett zur Seite. Irgendwann stehe ich sogar auf und öffne das Fenster. Dabei entdecke ich die beiden Wachposten, die unmittelbar vor meinem Fenster stehen und verhindern sollen, dass jemand in meine Räume eindringt. Wie bewegungslose Schatten harren sie stundenlang in der Dunkelheit aus und ich sollte wirklich dankbar sein, dass sie ihren Job so ernst nehmen. Immerhin schützen sie mein Leben. Leider empfinde ich weder Erleichterung, noch Dankbarkeit. Das Ganze geht mir einfach nur schrecklich auf die Nerven. Wie es aussieht, habe ich den einen Käfig gegen einen anderen eingetauscht und der hat noch engere Gitter als der in Kalifornien.

Wütend werfe ich mich auf der weichen Matratze herum und muss plötzlich an Esmee denken. An unseren

Zusammenstoß vor der Mensa. Zum ersten Mal habe ich mich gewehrt und es hat verdammt gutgetan, der miesen Bitch zu zeigen, dass ein bisschen mehr in mir steckt, als mich von ihr fertigmachen zu lassen. Ihr Blick hat mir sehr deutlich gezeigt, dass sie damit nicht gerechnet hat und ihre Bewunderinnen noch sehr viel weniger. Das Kreischen ihrer Fangirlies, die spitzen, kleinen Entsetzensschreie waren Musik in meinen Ohren – dafür sollte ich mich eigentlich schämen, tue ich aber nicht. Anscheinend steckt eine Bestie in mir, von der ich bisher gar nicht wusste, dass sie existiert.

Ein kalter Windzug streicht über meinen Hals und fröstelnd ziehe ich die Decke enger um mich herum. Es ist zum Schreien. Ich schaffe es einfach nicht, meinen Kopf zur Ruhe zu zwingen. Meine Gedanken kreisen immer wieder um diesen Tag und um die Dinge, die ich erlebt und erfahren habe. Dabei war der kurze Ausflug mit Ty wohl die erstaunlichste Begebenheit. Gerade von ihm hätte ich das nicht erwartet, denn ich bin mir ziemlich sicher, dass er mich anfangs gehasst hat. Vielleicht tut er es immer noch, aber zumindest lässt er mich seine Abneigung nicht mehr so deutlich fühlen. Irgendwie habe ich das Gefühl, dass wir beide Freunde werden könnten – nicht sofort natürlich, aber vielleicht in den kommenden Tagen und Wochen. Er gibt mir zumindest ein gutes Gefühl – so als wäre ich nicht nur ein Gegenstand, den man nach Belieben benutzen und anschließend wegwerfen kann.

Ein weiteres Mal wälze ich mich herum und seufze. Die innere Unruhe will einfach nicht weichen, zumal jetzt auch wieder Vance und Zero in meinem Kopf die Oberhand gewinnen. Ganz schlimm wird es, als ich mit meinem Hintern über die Matratze rutsche und damit ein leichtes Brennen in meinen Pobacken hervorrufe. Zeros Hiebe … ich habe den Eindruck, sie immer noch spüren zu können. Auch die Lust, die er damit in meinem Unterleib entfacht hat. Der Schmerz hat mich nicht etwa abgetörnt, sondern mich unfassbar erregt. Ebenso wie die Angst, die Scham und die Dominanz, die er dabei ausstrahlte. Gott, er hätte in diesem Moment alles mit mir tun können, ich hätte ihn nicht abgewiesen – aber er hat es nicht getan und das ist genau das, was nach wie vor an mir nagt. Ich habe ihn so sehr gewollt – er muss es gesehen haben – aber es war ihm egal. Auch, dass Tyrone mir nicht verraten will, warum Zero als einziger noch nicht mit mir geschlafen hat, lässt mich nicht zur Ruhe kommen. Er weiß es. Da bin ich mir ganz sicher.

Fuck, Kayla! Bist du so notgeil, dass dir Ty und Vance nicht reichen?

Muss es denn unbedingt auch noch Zero sein?

Ja! Ja! Ja und noch einmal Ja!

Ich weiß, dass ich mich schämen müsste, aber auch das funktioniert nicht wirklich. In den letzten Tagen habe ich mich damit abgefunden, dass ich alle drei Männer will. Dass ich nicht genug von ihnen bekommen kann und am liebsten ständig alle Drei um mich herum hätte. Dass das irre ist, völlig abgedreht und unnormal, muss mir niemand sagen. Ich bin intelligent genug, um zu wissen, dass das absolut verdorben und verwerflich ist. Und dass ich am Arsch bin, habe ich ja schon ziemlich oft festgestellt – ein weiteres Mal ist nicht nötig. Mir ist sogar gleichgültig, dass die Drei offensichtlich Verbrecher sind. Das war mir schon vor Tyrones Worten klar, denn immerhin hatte Cendra bereits Andeutungen in diese Richtung gemacht. Wobei ich diese gekonnt ignoriert habe.

Sei ehrlich! Genau diese Gefahr zieht dich mega an.

Die Tatsache, dass die Drei sich nicht an Recht und Gesetz halten, dass sie überhebliche Arschlöcher sind und sich nehmen, was sie wollen, ist genau das, was dich zu ihnen zieht.

Du willst sie gar nicht anders haben. Gib es zu.

Vielleicht wärest du sogar gerne selbst ein bisschen wie diese finsteren Typen.

Mein Gewissen will einfach nicht schweigen. Und mein Verstand brüllt mir eine Warnung nach der anderen zu. Was macht man eigentlich, wenn man die ganzen Ermahnungen nicht länger hören *will?* Leider nicht viel, denn ich kann meinen Kopf nicht einfach per Schalter ausknipsen. Schön wäre es.

Bevor ich mich erneut herumwerfe, die Decke wieder von mir strampeln muss, weil mir zu warm wird, richte ich mich auf und rutsche bis zur Bettkante. Ein schneller Blick auf die Uhr sagt mir, dass es erst kurz nach Mitternacht ist, wobei ich gedacht habe, es wäre bereits weitaus später. Trotzdem hat es keinen Sinn, mich weiter im Bett herumzuwälzen. Solange meine Gedanken wie irre gewordene Flipperkugeln durch die Gegend zischen, ist an Schlaf nicht zu denken, aber ich erinnere mich daran, dass Olga gerne abends vor dem Schlafengehen einen kleinen Wodka getrunken hat. Um abzuschalten, wie sie es nannte. Vielleicht funktioniert das ja auch bei mir. Einen Versuch ist es wert.

Im Haus ist es absolut ruhig, was eigentlich einem Wunder gleichkommt. Sonst ist Vance noch bis spät in die Nacht wach und arbeitet. Ich weiß, dass sich im Wohnzimmer eine Bar befindet, denn in den letzten Tagen habe ich oft genug mitbekommen, wie die Männer sich dort ihre Drinks eingegossen haben. Vielleicht hilft mir ein bisschen Alkohol dabei, endlich runterzukommen.

Auf nackten Füßen tappe ich durch mein Zimmer und versuche gleich darauf die Tür möglichst geräuschlos zu öffnen. Den kurzen Gang durch das Entree der Villa nutze ich, um noch einmal in die Stille zu lauschen. Es bleibt ruhig und die Männer scheinen bereits zu schlafen – im Gegensatz zu mir. Vorsichtig betrete ich den riesigen Wohnraum und stelle erleichtert fest, dass im Kamin noch immer das Feuer brennt. Zwar nicht mehr ganz so warm und hell wie vor wenigen Stunden, aber immer noch ausreichend, um den Raum zu beleuchten. Außerdem fällt durch das große Panoramafenster das Licht des Vollmondes in den Raum, sodass ich mich problemlos orientieren kann.

Leise trete ich an die Bar heran und finde auf Anhieb eine teuer aussehende Wodkaflasche, die ich öffne und mir eines der Gläser halb fülle. Olga hat das Zeug immer in einem Zug runtergekippt – also Augen zu und durch. Ich schütte den Inhalt des Glases in meinen Mund, schlucke und ... bekomme keine Luft mehr. Ich röchle, ich huste und das Brennen in meinem Hals ist dermaßen unangenehm, dass ich mich kurz krümme. Am liebsten würde ich den Dreck wieder ausspucken, geht nur leider nicht.

"Tut nicht gut!", dringt plötzlich Zeros leise Stimme an mein Ohr. Ich fliege herum und erst jetzt bemerke ich, dass er in einem der Sessel neben dem Kamin sitzt – ebenfalls ein Glas in der Hand haltend.

"Was?", krächze ich und muss mir Mühe geben, überhaupt ein Wort über die Lippen zu bringen.

"Alkohol!" Er lacht leise. "Wenn man die scharfen Sachen nicht gewohnt ist, kann es schon mal unangenehm werden, Kleines." Seine Stimme klingt rau, fast warm, so ganz anders als heute Mittag. "Kannst du nicht schlafen?"

Bingo! Der Kandidat hat einhundert Punkte auf seinem Konto gesammelt. Nur sagen werde ich ihm das nicht. Das scheint mir keine gute Idee zu sein. Nicht bei Zero. Er könnte auf die Idee kommen, dass ich eine weitere Lektion in Sachen Benehmen benötige und darauf lege ich gerade absolut keinen Wert. Unbewusst fahre ich mit einer Hand über meine Kehrseite und höre ihn gleich darauf belustigt auflachen.

"Tut es noch weh, Süße?" Arschloch! Natürlich tut es das und das weiß er auch ganz genau.

"Nein!", stoße ich schnell aus und stelle dabei fest, dass sich meine Stimme noch immer kratzig anhört.

Dafür spüre ich jetzt aber auch die Wärme, die sich in meinem Bauch breitmacht. Der Wodka entfaltet gerade seine Wirkung in meinem Inneren und ich überlege, ob ich nicht noch einen brauchen könnte. Hastig stelle ich das Glas ab. Der Gedanke an das unglaubliche Brennen in meinem Hals lässt den Wunsch sehr schnell verpuffen.

"Das war eine glatte Lüge! Hatten wir uns nicht schon einmal darüber unterhalten, dass ich Lügen nicht dulde? Und von dir erst recht nicht."

Zero steht auf und kommt langsam auf mich zu. Ich kann nicht verhindern, dass mein Unterkiefer sämtliche Spannung verliert, denn er bewegt sich gerade wie ein Raubtier auf der Pirsch. Das wird er wohl auch sein, nur dass in diesem Fall anscheinend ich die Beute werden soll. Fatal! Das ist nicht das, was ich gerade gebrauchen kann. Denk nach, Kayla! Du musst ihn irgendwie auf Abstand halten – du musst einfach.

"Kein Bedarf, Zero!", sprudelt es über meine Lippen und ich wundere mich über mich selbst. So habe ich noch nie geredet und mein Blick fällt automatisch auf die Wodkaflasche. Ich kann mir zwar nicht vorstellen, dass die Wirkung so schnell einsetzt, aber irgendetwas hat mich vergessen lassen, dass ich ja eigentlich ein *braves* Mädchen bin. Und brave Mädchen würden so etwas nicht sagen – oder etwa doch? "Es sei denn, du möchtest beenden, was du heute Mittag begonnen hast." Jetzt ist es amtlich. Ich bin kein *braves* Mädchen mehr, denn ansonsten würde ich ihn nicht so sehr provozieren, wie ich es gerade mache.

Zero bleibt stehen, starrt mich überrascht an und ballt gleich darauf beide Hände zu Fäusten, bis die Knöchel leise knacken. Ob er wohl wütend ist? Ja, ... ganz sicher sogar, aber ehrlich gesagt ist mir das gerade ziemlich egal. Ich war heute Mittag auch irgendwie wütend auf ihn und es hat ihn nicht interessiert. Im Gegenteil. Er hat mich nach der Session sogar links liegenlassen und das war mehr, als ich in dem Moment ertragen konnte.

"Ganz schön mutig, Kleines!", höre ich ihn sagen und irgendwie klinkt sich mein Verstand jetzt endgültig aus.

"Und du ... du bist feige!" Oh je! Habe ich das gerade wirklich gesagt? Und warum fühlt sich mein Hirn gerade an, als wäre es irgendwie weichgekocht ...

Als ich einen Blick in Zeros Gesicht werfe, wird mir klar, dass ich einen ziemlich großen Fehler gemacht habe. Seine Augen wirken im schwachen Licht beinahe schwarz, aber darin glimmt ein Feuer, das ich so an ihm noch nie gesehen habe. Sicherheitshalber trete ich einen Schritt zurück. Dann noch einen und noch einen. Ich pralle gegen den großen Esstisch und prelle mir schmerzhaft die Hüfte, doch das nehme ich gar nicht wirklich zur Kenntnis. Ich bin so fasziniert von Zeros düsterem Gesichtsausdruck, dass ich an nichts anderes denken kann. Ich will, dass er mich küsst, dass er die Gefühle in mir weckt, die mich alles um mich herum vergessen lassen. Ich will IHN! Mit schmerzhafter Intensität, die ich mir plötzlich problemlos eingestehen kann.

Als er sich jedoch plötzlich in Bewegung setzt, zucke ich trotzdem zusammen, denn er wirkt in diesem Moment so gefährlich, so dunkel, dass ich mir ernsthaft Gedanken darüber mache, ob ich das Folgende überlebe. Dann steht er vor mir und Gedanken an Flucht kann ich vergessen, denn seine Finger umfassen meine Oberarme wie Schraubstöcke. Sein Gesicht schwebt bedrohlich nah vor meinem und jetzt erkenne ich die Flammen in seinen Augen ganz deutlich. Sie lodern in einem höllischen Schwarz, das mir den Boden unter den Füßen wegzieht.

"Du denkst also, ich wäre feige!" Ja ... Nein ... ähm ... Seine Lippen legen sich auf meine, aber keinesfalls so, wie ich es mir ausgemalt habe.

Eigentlich war ich auf einen Überfall gefasst. Darauf, dass er rau und brutal vorgeht. Nichts hat mich auf die bittere Süße seines Kusses vorbereitet, nichts auf die sanfte Zärtlichkeit, mit der er meine Lippen berührt und seine Zunge darüberfahren lässt. Ich stöhne leise, als er mit einer Hand in meinen Nacken fährt und mich hält, und krümme meine Zehen, als ich merke, wie er mit dem Daumen vorsichtig über meine Halsschlagader fährt. Das fühlt sich einerseits bedrohlich, andererseits aber auch unglaublich beruhigend an.

Sein anderer Arm schlingt sich um meine Taille und er presst mich so eng an sich, dass ich seine harte Erektion an meinem Bauch spüren kann. Pochend drückt sie sich gegen meinen Körper und im selben Moment erwacht auch mein Unterleib. Ein kribbelndes Ziehen lässt meine Klit pulsieren und die Hitze, die ich vorhin noch in meinem Magen gefühlt habe, wandert eine Etage tiefer. Leise stöhne ich an Zeros Lippen und lasse mich völlig in diesen berauschenden Kuss fallen. Dabei spüre ich, wie seine Fingerspitzen unter mein Schlafshirt gleiten und über meine nackte Haut wandern. Langsam ... so quälend langsam nähert er sich meinen Brüsten und ich zucke bei jeder einzelnen Berührung zusammen, als stünde ich unter Strom. Eine Sekunde später stoße ich einen leisen Schrei aus, denn seine Finger erreichen meinen Nippel, streicheln zuerst beinahe zart darüber, nur um ihn in der nächsten Sekunde zwischen Daumen und Zeigefinger zu packen und so hart zu zwirbeln, dass ich auf die Zehenspitzen gehe. Ein heftiger Schmerzimpuls rauscht durch meinen Körper. Zero lacht leise auf, scheint aber in keiner Weise von mir ablassen zu wollen. Statt aufzuhören, legt sich seine Hand um die zweite Brust, knetet sie sanft, um dann die harte Beere ebenso zu zwirbeln wie die andere.

"Feige bin ich also in deinen Augen, Kleines ... Vielleicht sollten wir uns überraschen lassen, ob du mutiger bist, als du aussiehst."

Im selben Moment packt er mit beiden Händen mein Schlafshirt und reißt es der Länge nach auf. Das Ratschen des Stoffes ist so laut, dass jeder im Haus es gehört haben muss. Meine Brüste beben und ich kann mich nur mit Mühe davon abhalten, die Hände schützend davor zu legen, um ihm den Zugang zu meinen pochenden Nippeln zu verwehren. Dass mir das nicht viel nutzen wird, ist mir klar, als ich in Zeros Augen schaue. Seine Iriden setzen mich in Flammen und dazu muss er mich nicht einmal berühren. Seine Blicke genügen völlig. Auch die Tatsache, dass er mich plötzlich anhebt und auf dem Tisch absetzt, lässt mich förmlich zerfließen – im wahrsten Sinne des Wortes. Ich werde mit jeder Sekunde feuchter für ... ihn. Bevor ich jedoch zu Atem kommen kann, hat er meinen Slip ebenso zerfetzt wie zuvor mein Shirt. Die kümmerlichen Reste rieseln zu Boden und ich hocke nackt vor ihm – mit gespreizten Schenkeln und so nass, dass er augenblicklich in mich eindringen könnte. Stattdessen fährt er mit den Fingerspitzen durch meine Spalte, teilt das willige Fleisch und küsst dabei meinen Hals, bis zu dem Moment, in dem er zubeißt. So hart, dass ich einen weiteren Schrei ausstoße.

"Wären wir jetzt in meinem Zimmer, würde ich deine Schenkel mit einer Spreizstange versehen, dich auf einem Keilkissen drapieren, sodass dein wundervoller Arsch offen vor mir liegt. Ich würde dich fesseln, deinen süßen, jungfräulichen Anus mit einem Plug versehen und den dicksten Vibrator in dich schieben, den mein Schrank hergibt. Immer und immer wieder, bis du schreist, weil ich dich nicht kommen lassen werde." Seine Lippen legen sich um meinen Nippel, saugen so heftig daran, dass weitere qualvolle Impulse durch meinen Körper jagen, die meine Klit noch heftiger pochen lassen.

Gleichzeitig steckt er drei Finger in mein zuckendes Loch und beginnt mich zu fingern – mal vorne, mal so tief, dass ich mich ihm vor Verlangen entgegenpresse. Plötzlich drückt er mich nach hinten, sodass ich hart auf die Holzplatte des Tisches falle, und noch immer fickt er mich. In meinem Unterleib zieht sich alles zusammen – vor Unsicherheit, vor Lust, aber auch vor Sehnsucht. Wie von selbst greife ich nach seinem Unterarm und halte mich an Zero fest, doch dieses Mal entzieht er mir den Halt – er reißt den Arm einfach weg und als ich einen Blick in seine Augen werfe, erkenne ich dort nichts anderes als Dunkelheit. Eine alles verschlingende Düsternis, die mein Herz angstvoll pochen lässt. Nur, dass diese Furcht meine Lust noch weiter antreibt, statt sie zu dämpfen.

Zero küsst meine Brüste, meinen Bauch und arbeitet sich langsam nach unten vor. Als er an meinem Venushügel ankommt, stöhne ich so laut, dass jeder im Haus es hören muss und als seine Lippen sich um meine geschwollen Lustperle legen, bin ich bereits auf dem besten Weg, den Gipfel der Lust zu erklimmen. Er saugt, er knabbert, aber ich weiß genau, dass mir gleich weiterer Schmerz bevorsteht. Alles in mir zieht sich zusammen, ich spanne die Muskeln an, doch nichts hat mich auf das Gefühl vorbereitet, das mich erfasst, als Zero tatsächlich meine Klit unfassbar hart zwischen seine Zähne saugt. Vor lauter Pein schreie ich auf und mein Rücken hebt sich von der Tischplatte. Gleich darauf leckt er den Schmerz fort, umspielt ganz zart den pochenden Nervenknoten und schiebt gleichzeitig seine Finger noch tiefer in mich. Dann beginnt er mich so hart zu fingern, dass mir Tränen aus den Augen stürzen. Heiße brennende Tränen, die ich nicht zurückhalten kann, weil es sich einerseits so gut anfühlt, ich andererseits aber so viel mehr von ihm will. Und genau das will er mir nicht geben – ich merke es ganz genau. Trotzdem kann ich nicht verhindern, dass er mich dem Gipfel entgegenjagt und eine Sekunde später fliegen lässt. Der Orgasmus ist so hart, rauscht so heftig durch meinen Unterleib, dass ich wimmere und stöhne, nur bleibt dabei mein Herz leer – so schrecklich leer, dass weitere Tränen unter meinen geschlossenen Lidern hervorrinnen. Sie perlen über meine Schläfen und fallen dann auf die Tischplatte.

Ja, ich habe das hier herausgefordert. Ja, ich wollte es, aber gerade komme ich mir unsagbar dumm vor. Natürlich habe ich gehofft, dass Zero seine

Zurückhaltung aufgibt und ... Gott! Ich weiß auch nicht, was ich erwartet habe. Mir hätte doch klar sein müssen, dass ich ...

"Ich liebe deine Tränen, Kleines! Es wird noch sehr viele Gelegenheiten geben, in denen ich sie für mich einfordern werde. Verlass dich drauf!" Damit tritt er einfach zurück und lässt mich mit gespreizten Beinen auf dem Tisch liegen.

Langsam richte ich mich auf und schaue ihn dabei unentwegt an. Vor lauter Tränen kann ich kaum etwas erkennen. Es mag naiv sein, vielleicht auch dumm, aber ich merke genau, dass Zero mich mit aller Macht verletzen will und das gelingt ihm auch. Und genau diese Erkenntnis macht mich wütend. Ich erinnere mich noch zu genau an seinen Spruch, dass ich schon bald unter ihm liegen und seinen Namen schreien würde, während er mich fickt. Davon ist nichts übrig geblieben, nur ein bitterer Nachgeschmack. Vielleicht bin ich eine Enttäuschung für ihn, vielleicht kann er auch diese Diandre nicht vergessen, aber ich finde, dann soll er es sagen und mich nicht für was auch immer benutzen.

Langsam rutsche ich vom Tisch, ich bin splitterfasernackt und zum ersten Mal stört es mich nicht im Geringsten. Selbst als das ins Zimmer sickernde Mondlicht meinen Körper wie in ein helles Spotlight hüllt, versuche ich nicht, mich zu bedecken. Wozu auch? Es gibt keine Stelle meiner Haut, die Zero noch nicht gesehen hätte. Außerdem ist der Schmerz in meinem Herzen viel zu groß, um mir über solche Nebensächlichkeiten Gedanken zu machen.

"Warum, Zero?", flüstere ich und schaue ihm direkt in die Augen. Das fällt mir schwerer als alles andere, aber ich kann den Blickkontakt einfach nicht abbrechen. "Warum tust du das?"

"Du willst wissen, warum ich dir einen Orgasmus geschenkt habe?", höhnt er leise und seine Augen werden noch dunkler. Eigentlich hätte ich das nicht für möglich gehalten, aber es ist so. "Reichen dir zwei Schwänze nicht, Kayla? Muss es auch noch meiner sein?"

Ich habe nicht gedacht, dass er den Schmerz in meinem Inneren noch vergrößern kann – er kann. Ich habe sogar das Gefühl, dass irgendetwas in meinem Inneren reißt und splittert. Vielleicht treffen mich seine Worte so hart, weil ich sie gerade von Zero nicht erwartet habe, sondern eher von Ty, der bisher keine Gelegenheit ausließ, mir zu zeigen, wie wenig er mich leiden kann. Zero war für mich immer mein Anker. Derjenige, der mir Sicherheit gegeben hat – die hat er mir gerade genommen.

"Fass mich nie wieder an, hörst du! Nie, nie wieder!" Die Worte sprudeln über meine Lippen, bevor ich darüber nachdenken kann.

"Und du denkst, ich würde darauf hören?" Er legt den Kopf in den Nacken und lacht böse auf. Dann schaut er mich an und seine silbrigen Augen schimmern unheilverkündend. "Du vergisst, dass wir einen Deal haben, Kleines, und aus dem werden wir dich auch nicht entlassen. Finde dich damit ab, dass ich dich noch verdammt oft anfassen werde. Und denk immer daran: Es macht mir nichts aus, wenn ich Gewalt anwenden muss. Ganz im Gegenteil!"

Ich drehe mich auf dem Absatz um, denn ich habe genug gehört. Mehr braucht es nicht, um mir zu sagen, welchen Stellenwert ich bei Zero innehabe. Blind vor Tränen flüchte ich aus dem Wohnzimmer und pralle prompt gegen einen weiteren, harten Körper. Ohne hinzusehen, weiß ich, dass es sich um Vance handelt. Was auch immer er hier macht, ich bin froh, dass er seine starken Arme um mich legt und mich gleich darauf mit in sein Zimmer nimmt …

Vance

Fuck, Zero! Klär den Scheiß, bevor es dich zerreißt.

Du hast einen Fehler gemacht, aber der muss nicht endgültig sein.

Wir bekommen das hin, so wie wir bisher alle Hindernisse aus dem Weg geräumt haben. Wenn du so weitermachst, wird es dich zerstören und sie auch.

Du willst sie, dann nimm sie. Wir haben alle unsere Abgründe, doch die haben uns bisher nicht aufhalten können. Seit wann hast du Skrupel? Sie gehört längst uns, was gibt es da zu überlegen?

Kayla wird sich fügen, wenn sie den Grund versteht. Warte ab! Das Täubchen ist kein braves Mädchen. Das merke ich genau.

Kapitel 8

Im Licht des neuen Tages kommt es mir fast lächerlich vor, dass ich mich in Vance' Armen in den Schlaf geweint habe. Eng an seine Brust gekuschelt bin ich irgendwann eingeschlafen. Ich fürchte nur, dass ich ihn mit meinem Verhalten um seine Ruhe gebracht habe. Heute Morgen beim Frühstück wirkte er ziemlich übernächtigt. Davon kann allerdings in diesem Moment keine Rede mehr sein.

Ich weiß nicht, wer von den Kerlen auf die Idee gekommen ist, ich bräuchte dringend weitere Unterweisungen in Sachen Selbstverteidigung, aber ich hasse sie alle dafür. Wir befinden uns in der Halle der Kampfsportler, sind natürlich nicht alleine, weil nicht nur Vance hier trainiert, sondern auch die Schüler, die er unterrichtet. Ein ums andere Mal lande ich mit einem lauten Ächzen auf dem Rücken. Sehr zur Freude aller Anwesenden.

"Du bist schon wieder tot, Babe!", lässt Vance mich wissen und presst seinen Unterarm hart genug auf meine Kehle, dass ich Mühe habe, Luft zu holen. Arschloch! "Habe ich dir jetzt nicht ein gutes Dutzend Mal zu verstehen gegeben, dass du die Augen deines Gegners beobachten musst? Dann, und nur dann, wirst du genau erkennen können, wann er zum Angriff übergeht." Ja, erklärt hast du mir das jetzt schon öfters, aber das ändert leider nichts.

"Warst du schon mal Frau?", krächze ich gegen den Druck seines Arms an und er zieht sich augenblicklich zurück. Dabei starrt er mich an, als hätte ich einen Dachschaden. Wahrscheinlich habe ich den auch. "Nein?", setze ich nach. "Dann kannst du auch nicht verstehen, dass Frau ganz andere Dinge sieht, wenn du mit nacktem Oberkörper vor ihr herumtänzelst." Ächzend richte ich mich auf, während Tyrone im Hintergrund in schallendes Gelächter ausbricht.

"Hey, Bro! Das war ein Kompliment, wenn auch ein recht seltsames!", feixt er und lacht ungeniert weiter, während Vance' Blicke mich plötzlich regelrecht durchbohren.

Himmel! Der Kerl kann doch nicht wirklich denken, dass man ihm in die Augen schaut, wenn man dieses Six Pack vor Augen hat. Wenn er das glaubt, ist er naiver, als ich es bin. Hand drauf. Meine Gedanken scheinen irgendwann auch zu ihm durchzudringen, denn er beginnt zu grinsen, und selbst das sieht höllisch heiß aus.

Gleich darauf hält Vance mir die Hand hin und zieht mich in die Höhe, aber mit so viel Schwung, dass ich vor den Augen aller Schüler hart gegen seine Brust pralle, wo er mich spielend leicht festhält. Ich hätte die Klappe halten sollen. Das habe ich jetzt davon, denn jetzt lachen alle Typen, die sich zum Training hier versammelt haben.

Auch Shane, der neben Cendra auf einer der Bänke hockt und darauf wartet, mit Vance in den Ring zu steigen.

"Shane! Sei so gut und komm rüber. Ich fürchte, ich lenke Kay zu sehr ab. Versuchen wir es doch mit dir."

Augenblicklich zieht Cendra ein Gesicht, als hätte man ihr den Lieblingslolli geklaut. Auch Shanes Oberkörper ist nackt, das bedeutet mir aber nichts. Ich hoffe nicht, dass sie denkt, ich würde ihr den Freund ausspannen wollen. Der Typ sieht zwar gut aus, aber weckt in meinem Bauch keine Sehnsüchte oder Begierden. Da sind keine flatternden Schmetterlingsflügel, oder etwas in der Richtung. Seine Muskeln, die beinahe ebenso imposant wie die von Vance sind, lassen mich ehrlich gesagt ziemlich kalt. Das ist dann auch der Moment, in dem ich mir eingestehen muss, dass Tyrone, Vance und Zero vom ersten Moment an etwas in meinem Inneren ausgelöst haben. So sehr ich mir auch wünschen würde, es wäre anders, ich kann es leider nicht leugnen.

Shane grinst finster, kommt zu uns rüber und geht vor mir in die Aufstellung. Problemlos gelingt es mir, den Augenkontakt mit ihm zu halten und Vance hat tatsächlich recht. Wenn man genau aufpasst, sieht man wirklich, wann der Angreifer zuschlägt. Es ist ein winziges Zucken des Augenmuskels, nicht wirklich viel, aber man kann es erkennen. Bevor Shane mich treffen kann, ducke ich mich unter seinen zuschnappenden Armen weg und trete ihm gleich darauf von hinten in die Kniekehlen. Er bricht zwar nicht zusammen, schafft es gleich darauf auch, mich mit seinen starken Armen zu Boden zu ringen, aber ich bin bei ihm zumindest einen Schritt weitergekommen als bei Vance.

"Na, bitte! Geht doch!" Ty grinst und nickt mir aufmunternd zu. Ich bin mir immer noch nicht sicher, wie ich mit dem neuen, veränderten Tyrone umgehen soll, aber für den Moment freue ich mich einfach, dass er so anders zu mir ist. Und vor allem darüber, dass ich jetzt begriffen habe, was Vance mir vermitteln wollte. Lange genug hat es ja gedauert.

"Für heute ist es genug, Babe! Wir machen morgen weiter. Dann aber sofort richtig!" Auch Vance zwinkert mir zu, während Shane sich Startklar für sein Training mit ihm macht. "Du hattest heute schon Tanztraining bei Zero, eine Vorlesung und gerade das Training bei mir. Am besten nutzt du den Rest des Tages, um ein bisschen zu entspannen." Ich krabble unter den Schnüren der Absperrung hindurch und greife mir das Handtuch, das Zero mir hinhält.

Als ich versuche, ihm in die Augen zu schauen, weicht er mir aus und wendet sich stattdessen an Vance, den er in ein Gespräch verwickelt. Mich lässt er einfach stehen. Das tut weh, vor allem, da ich nicht weiß, was ich falsch gemacht habe. Habe ich überhaupt etwas falsch gemacht? Oder habe ich mehr in Zeros anfänglicher Freundlichkeit gesehen, als da war?

Kälte macht sich in mir breit, als ich mir den Schweiß von der Stirn wische und in Cendras Richtung schaue. Der Platz, an dem sie gerade noch gesessen hat, ist leer und auch das tut weh. Die fröhliche, junge Frau war seit meiner Ankunft auf der Stoneheart Academy immer an meiner Seite und jetzt sieht es so aus, als würde auch sie mir aus dem Weg gehen. Den Grund dafür kann ich mir denken, denn die drei Männer lassen noch immer keine Gelegenheit aus, um allen zu zeigen, zu wem ich gehöre. Nicht etwa zu einem von ihnen, sondern gleich zu allen dreien. In den Augen vieler macht mich das wohl zu einer Schlampe – etwas anderes wäre es wohl, wäre ich ein

Mann. Die dürfen so etwas, ohne dass man ihnen schiefe Blicke zuwirft. An dieser Stelle ist das Frauenbild noch regelrecht altmodisch und die Emanzipation noch nicht sonderlich weit vorangeschritten. Seufzend schnappe ich mir meine Trainingstasche, hadere mit mir selbst und einem verkorksten Gesellschaftsbild und will bereits die Sporthalle verlassen, als Ty sich mir in den Weg stellt.

"Komm, Dove! Lass uns gehen. Irgendwie stinkt es mir hier gerade", redet er so laut auf mich ein, dass jeder es hören muss. Als ich aufschaue, sehe ich auch, wer mit den Worten gemeint war, denn Zero schaut Ty an, als wolle er ihm im nächsten Moment an die Gurgel gehen. Wie es aussieht, können die beiden sich gerade nicht sonderlich gut leiden – warum auch immer.

Er fasst nach meinem Arm und führt mich aus der Halle. Kaum, dass wir durch die Tür gehen, sehe ich Cendra. Sie lehnt an der Wand und schaut mir entgegen. Als sie jedoch Tyrone an meiner Seite entdeckt, zieht sie ein komisches Gesicht. Es wirkt auf mich, als hätte sie mit mir reden wollen, doch den Gedanken im selben Moment wieder begraben, als sie Ty an meiner Seite sieht. Statt zu warten, ob ich reagiere, dreht sie sich wortlos um und rast den Gang hinunter, als wären sämtliche Dämonen der Hölle hinter ihr her. Ty hat Cendra nicht einmal registriert, so als wäre sie Luft für ihn. Wahrscheinlich ist sie das auch und bei Tyrone bin ich mir auch nicht sicher, ob das nicht am Ende gesünder für Cendra ist. Obwohl er mir in den letzten Tagen sehr friedlich vorkommt, spüre ich immer wieder dieses *Andere* in ihm. Die schreckliche Dunkelheit, die ich bereits bei unserer ersten Begegnung an ihm wahrgenommen habe. Sie ist immer noch da und lauert nur auf eine Chance, hervorzubrechen.

"Wir haben eine Überraschung für dich, Dove!", lässt er mich wissen, gleich nachdem wir das Schulgebäude verlassen haben. Dann schaut er auf seine Uhr. "Und sie müsste bereits eingetroffen sein. Leider wird das mit dem Feierabend nichts, weil Vance das Date schlicht und ergreifend vergessen hat."

"Das Date?", frage ich dümmlich, denn ich kann mir auf seine Worte keinen Reim machen. "Ehrlich, Ty! Ich bin total erledigt und mir steht nicht der Sinn nach irgendeinem Date. Was auch immer du damit andeuten willst." Ich seufze. "Viel lieber würde ich unter die Dusche, oder noch besser, in die Wanne verschwinden, um, wie Vance es vorgeschlagen hat, zu entspannen."

"Das kannst du danach immer noch machen – ich wasche dir auch den Rücken. Versprochen!"

Dabei wirft er mir einen dermaßen anzüglichen Blick zu, dass ich diesen nicht missverstehen könnte, selbst dann nicht, wenn ich blind, blöd oder im schlimmsten Fall beides wäre. Dass mir dabei verdammt warm wird, liegt nur an der Sonne und den fast frühlingshaften Temperaturen, die den Schnee schmelzen lassen – zumindest würde ich mir das gerne einreden.

Als wir uns der Villa nähern, erkenne ich bereits von weitem den großen Lieferwagen, der auf dem Parkplatz vorm Haus steht und dabei erinnere ich mich an das unangenehme Zusammentreffen mit den beiden Russen, als das letzte Mal ein fremdes Fahrzeug vor der Villa stand. Ich hoffe nur, dass mir dieses Mal eine unliebsame Überraschung erspart bleibt. Kurz bevor wir den Eingang erreichen, bleibt Ty stehen und hält mich fest. Sein Gesicht ist jetzt das eines Engels … und zwar ausnahmslos. Die Finsternis ist völlig verschwunden, so als würde sie gar nicht existieren.

"Ich ziehe im Übrigen die Dusche vor. Mehr Bewegungsspielraum, wenn du verstehst, was ich dir damit sagen will." Hat er das gerade wirklich gesagt? Das kann einfach nicht sein Ernst sein und ich verdrehe die Augen, bei so viel Unverfrorenheit. "Das habe ich gesehen, Dove. Dafür werde ich mir eine passende Strafe überlegen." Er lacht leise, aber dabei rinnt mir eine Gänsehaut über den Rücken. Eine, die mir einen rasenden Herzschlag beschert und meinen Verstand ausschalten will. Das ist nicht die beste Zeit, um mich in Tagträumen zu verlieren und seien sie noch so ... heiß. Da steht Besuch vor der Tür und zwar einer, den ich augenscheinlich noch nicht kenne.

Als wir näherkommen, bemerke ich eine hübsche, brünette Frau, die neben dem großen Wagen wartet und immer wieder fast gelangweilt auf ihre Uhr starrt. Anscheinend gab es eine feste Terminvereinbarung und wir sind nicht pünktlich. Das lässt uns auch ihr aufgesetztes Lächeln wissen, als wir neben ihr ankommen.

"Hi, Sydney! Wartest du schon lange?" Tyrone hat einen Ton am Leib, der der Fremden deutlich rät, sich mit Vorwürfen zurückzuhalten. Obwohl ich die drei Männer noch nicht lange und auch nicht gut kenne, kann ich das sehr deutlich heraushören. Dementsprechend fällt die Begrüßung der Frau auch äußerst knapp aus und ich beobachte, wie sehr sie sich zusammenreißen muss, um nicht ausfallend zu werden. Stattdessen wendet sie sich in meine Richtung, ihre Augen nehmen Maß an meinem Körper, wobei sie mich als Person dabei sehr geschickt ausklammert. Fast so, als wäre ich gar nicht anwesend.

"Ist sie das?"

"Ja! Aber vielleicht sollten wir erst einmal reingehen. Deine Angestellte wirkt ziemlich verfroren." Tyrone deutet mit dem Kopf auf eine weitere Frau, die mir erst in diesem Moment ins Auge fällt. Sie steht auf der anderen Seite des Lieferwagens und wird von diesem fast völlig verdeckt.

Ty öffnet die Tür, während die beiden Frauen sich am Fahrzeug zu schaffen machen und gleich darauf Unmengen Kisten und Tüten ins Innere des Hauses schleppen. Während ich meine Jacke und meine Schuhe ausziehe, kommt ein fahrbarer Kleiderständer dazu, an dem unzählige verhüllte Kleidungsstücke hängen. Ich frage mich, was das hier werden soll, als Ty erscheint, meine Hand umfasst und mich schließlich in einen der beiden Sessel neben dem Kamin drückt.

"Du brauchst neue Klamotten", lässt er mich wissen. "Ich fürchte, deine haben sich in den letzten Tagen deutlich dezimiert und das wollen wir doch nicht. Kann nicht sein, dass unsere Süße demnächst keine Wäsche mehr hat, die wir ..."

"Tyrone", knurre ich leise, weil das hier eindeutig zu weit geht. Ich werde mir auf keinen Fall von den Männern Klamotten kaufen lassen. Im Leben nicht. "Sollte das hier werden, was ich mir gerade denke, kannst du die beiden augenblicklich fortschicken."

"Nein!", bestimmt er und macht auch nicht den Eindruck, als ließe er sich umstimmen. "Außerdem brauchst du mehrere Kleider, die zum Ausgehen taugen. Solange wir nicht endgültig darüber entschieden haben, ob der Ball bei den Kasparows für uns infrage kommt, müssen wir zumindest dafür sorgen, dass du ein standesgemäßes Kleid besitzt. Ich sehe nämlich kommen, dass meine idiotischen Freunde das tatsächlich in Angriff nehmen wollen." Im selben Moment blitzt eine so große Dunkelheit in seinen Augen auf, dass ich regelrecht zusammenzucke.

Zeitgleich lüftet die Brünette namens Sydney die Abdeckung der Kleider und ich halte den Atem an. Das sind keine Klamotten von der Stange – nie im Leben. Das sind alles sehr exklusive Einzelstücke und ein jedes ist für sich genommen ... sehr aufreizend. Obwohl die Kleider meist bodenlang sind, wurde dort so wenig Stoff verarbeitet, dass es fast schon unanständig ist und ich kann mir lebhaft vorstellen, wie die Stücke an mir aussehen werden. Das kann nicht Tyrones Ernst sein.

Flehend schaue ich ihn an, doch er wirft mir lediglich ein wölfisches Grinsen zu. Gleich darauf zieht er einen Joint aus seinem Silberetui, steckt sich das Ding an und lässt sich auf die Couch sinken.

"Showtime, Ladies!" Das war's. Es wird kein Entkommen für mich geben.

Die nächste Stunde verbringe ich damit, ein Kleid nach dem anderen und die dazu passenden Schuhe anzuprobieren. Bei einigen nickt Ty, andere lässt er augenblicklich wieder verschwinden, wobei ich ihm bei diesen Dingern auch von Herzen dankbar bin. Das waren alles Stücke, in denen ich mehr nackt als angezogen war. Das soll aber nicht heißen, dass die anderen Kleider weniger freizügig sind, nur haben diese an bestimmten Stellen keine durchsichtige Spitze. Der Stapel der Kleidung, die er für mich aussucht, wird immer größer. Dazu kommen Dessous, Jeans, sagenhaft weiche Pullis und drei Handtaschen, die ich eigentlich gar nicht benötige. Das Grinsen der Verkäuferin wird immer breiter, da sie im Geiste bereits damit beschäftigt ist, die Scheinchen zu zählen, die sie hier verdient.

"Das da!" Ty zeigt auf ein rotes Ensemble, dass im Gegenteil zu den langen Abendkleidern kurz ist. Als die Verkäuferin das Stück von der Stange nimmt, erkenne ich, dass es sich um eine Art Cocktailkleid handelt. Etwas, das nicht unbedingt für einen Ball, aber für ein schickes Abendessen oder einen kleineren Empfang geeignet ist. Eigentlich ist Rot so gar nicht meine Farbe, und Lust, mich ein weiteres Mal umzuziehen, habe ich auch nicht, also stoße ich ein genervtes Seufzen aus, das mir von Tyrones Seite eine hochgezogene Braue und eine steile Stirnfalte einbringt. "Auch das habe ich gesehen, Dove. Die Liste wird immer länger." Ich weiß zwar nicht, was er für eine verdammte Liste meint, kann es mir aber lebhaft vorstellen.

Fünf Minuten später stehe ich in dem Cocktailkleid vor ihm, während er um mich herumläuft und mich begutachtet, als wäre ich ein verdammtes Studienprojekt. Als er hinter mir stehen bleibt und seine warmen Hände auf meine nackten Schultern legt, flattern plötzlich tausend Schmetterlingsflügel durch meinen Bauch ... und leider nicht nur dort. Mir ist, als würde die Hitze seiner Hände auf mich überspringen und an Stellen Flammen entzünden, die ich gerade mal so gar nicht gebrauchen kann.

"Das hier nehmen wir auch noch. Bis auf das Ensemble, das noch abgeändert werden muss, kannst du die Sachen gleich hierlassen. Die Rechnung begleichen wir auf dem üblichen Weg." Er nickt der Frau zu und die packt hastig die Reste der privaten Modenschau zusammen. Ich will nicht wissen, was das alles kostet, aber es gibt ja zum Glück noch mein Privatkonto. Ich fürchte nur, dass das ein großes Loch in das Geld reißen wird, das mein Onkel hier für mich hinterlegt hat.

"Ich bezahle das selbst!", zische ich Ty leise zu und der schaut mich an, als wäre er gerade irgendwie vom Panzer überrollt worden. Dann beginnt er zu lachen. So laut und belustigt, dass ich die Hände zu Fäusten balle.

"Dove! Ich habe ja schon einmal festgestellt, dass du durchaus witzig sein kannst, aber damit hast du jetzt echt den Vogel abgeschossen." Er fasst mich bei den Schultern und lacht weiter und ich frage mich tatsächlich, was so lustig ist. "Bezahlen? Wovon denn? Etwa von deinem Bargeldkonto?" Ich bin nur froh, dass die beiden Frauen in der Zwischenzeit ihren Kram gepackt haben und bereits den Lieferwagen beladen, weil ich nämlich kurz davorstehe, Tyrone eine zu scheuern.

"Wenn du mir nicht augenblicklich sagst, was der Spaß hier kostet, dann ..."

"Ja, Dove! Was dann?" Von einer Sekunde auf die andere schaltet Ty komplett um. Haben seine Augen gerade noch vor Belustigung gefunkelt, glitzert jetzt etwas weitaus Gefährlicheres in den Tiefen seiner Iriden.

Seine Hand fährt in die Höhe und bevor ich reagieren kann, hat er meinen Hals umfasst und schiebt mich vor die nächstbeste Wand. Dabei komme ich mir jetzt tatsächlich vor, als wäre ich nicht mehr als ein kleiner Vogel, dem er nach Belieben den Hals brechen kann. Vollkommen irre ist jedoch die Tatsache, dass mich das unfassbar anmacht. Die Art und Weise, wie er mich ansieht, wie er mich beherrscht und selbst meine eigene Hilflosigkeit ist unfassbar erregend. Plötzlich will ich, dass er noch sehr viel weitergeht.

Im selben Moment taucht ein Lächeln auf seinem Gesicht auf und das ist genauso brutal wie die Kraft, die gerade von ihm ausgeht. Automatisch legen sich meine Hände um seinen Arm, der mich noch immer spielend leicht an die Wand nagelt und mir die Luft raubt. Atmen kann ich zwar, aber es ist anstrengend.

"Und jetzt, Dove? Was wirst du jetzt tun? Jetzt, wo ich das Täubchen gefangen habe und es nur noch lahm mit den Flügelchen flattert?" Sein Gesicht kommt meinem näher und meine Augen fixieren seine Lippen, wobei ich an nichts anderes denken kann, als dass er mich endlich küsst. Seit wir gemeinsam in der Fechthalle waren, ist Ty mir nicht mehr zu nahe gekommen und ... Fuck! Ich will ihn und das, obwohl ich genau weiß, wie gefährlich er werden kann. "Sollen wir uns noch ein bisschen länger darüber unterhalten, wer hier die Rechnungen bezahlt, oder hältst du jetzt den süßen Mund und wir gehen duschen?" Duschen hört sich phantastisch an – absolut himmlisch. Seine Lippen streifen ganz zart über meine, bevor er ein weiteres Mal Abstand nimmt und mich ansieht. Dabei lockert er den Griff seiner Finger um meinen Hals so weit, dass ich wieder völlig normal atmen kann. "Habe ich es mir doch gedacht. Los, Dove! Ab mit dir ins Bad!" Er lacht ein weiteres Mal und mir bleibt vor Überraschung der Mund offenstehen.

Als ich mich umdrehe, um zu tun, was er mir befohlen hat, trifft mich ein leichter Klaps auf meinen Allerwertesten und das erinnert mich an die Session mit Zero. Keine gute Idee, denn sobald ich an ihn denke, brennt sich ein glühender Schmerz durch meine Eingeweide. So heftig, dass ich tief Luft hole, um ihn irgendwie beherrschen zu können. Das bringt mir auf der Stelle einen misstrauischen Blick von Tyrone ein und ich habe plötzlich den Eindruck, dass er weitaus besser in mir lesen kann, als ich es jemals für möglich gehalten habe. Er scheint in jeder Sekunde des Tages zu wissen, was ich denke und wie ich mich fühle. Ihm selbst merkt man jedoch so gut wie nie an, was in ihm vorgeht. Es gibt Gelegenheiten, in denen ich tatsächlich denke, dass Ty keine Gefühle hat und andere – so wie gerade in diesem Moment – da spürt man, dass in seinem Herzen so viel mehr ist. Vielleicht mehr, als er selbst es glaubt.

Zero

Du hast die Spielregeln festgelegt, Kleines, jetzt musst du damit leben.

Ich kann dir nicht geben, was du willst, egal, ob du mich dafür hasst. Du würdest mich noch sehr viel mehr hassen, wenn ich es täte. Es ist besser, wenn du auf Abstand bleibst – für mich, für dich ... für uns alle.

Wir sind nicht das, was du in uns siehst. Weder können wir deine Retter sein, noch sind wir Männer, die ein Herz haben. Jeder von uns hat andere Gründe zu tun, was er tut und allesamt sind sie finster. Wann begreifst du endlich, dass wir dich nur benutzen?

Kapitel 9

Vance und Zero werden erst früh am kommenden Morgen zurück sein. Heute wird eine weitere Lieferung erwartet und obwohl wir die Pisser beim letzten Mal vernichtend geschlagen haben, sind wir alle einer Meinung: In nächster Zeit werden wir selbst dabei sein, wenn uns das Dope geliefert wird. Wir können uns einfach keine weiteren Ausfälle mehr leisten. Jetzt erst recht nicht, wo Vance neue Leute angeheuert hat, die uns eine Menge Kohle kosten und die leider unentbehrlich geworden sind. Das niedliche Täubchen weiß es zwar nicht, aber unsere Wachposten haben in der letzten Woche drei Mal verhindern müssen, dass sich Fremde auf das Gelände der Academy verirren, und jedes Mal waren die Typen schwer bewaffnet. Dass es bisher nicht zu einer Schießerei gekommen ist, hat weniger mit Glück als mit der Ausbildung unserer Männer zu tun, zeigt uns aber auch, dass wer auch immer es auf die junge Frau abgesehen hat, nicht aufgeben wird. Bisher bedauere ich nur, dass keiner der Typen überlebt hat, sodass ich ihm ein bisschen auf den Zahn fühlen kann. Das würde mir extrem gefallen, denn mein Dämon wird langsam unruhig. Zu lange bin ich nicht mehr aktiv geworden. Die Untätigkeit zerrt heftig an meinen Nerven und die Dunkelheit in meinem Inneren wütet noch heftiger, wenn ich an den restlichen Verlauf des Tages denke.

Meine beiden Freunde denken tatsächlich, dass unser Vögelchen auf dem Ball der Kasparows sicher ist. Wenn Kirill sie wirklich alleine sprechen will, wird er sie innerhalb seiner Villa sonst wohin verschleppen. Dass das sein Plan ist, steht für mich außer Frage. Sobald wir sie in das Haus seines Vaters bringen, werden wir sie verlieren – da bin ich mir mehr als sicher und genau das kommt für mich nicht infrage. Deshalb habe ich mir etwas anderes überlegt. Das wird Dove zwar nicht gefallen, aber sie hat keine andere Wahl, als mir zu gehorchen, denn heute wird es keinen Vance und keinen Zero geben, die meine Pläne vereiteln könnten. Ein nettes, lauschiges Abendessen unter Freunden – allerdings mit einer Menge unserer Wachen im Hintergrund. Was Vance und Zero darüber denken dürften, ist müßig, weil es mich einfach nicht interessiert. Ihre Reaktionen auf mein Vorhaben kann ich mir lebhaft vorstellen – vor allem die von Vance dürfte hart ausfallen. Doch das ist es nicht, was mich gerade beschäftigt. Es ist das Täubchen, das noch immer in voller Montur vor mir steht und mich anstarrt, weil ich so augenscheinlich das Bad nicht verlassen will. Im Gegenteil.

Langsam trete ich mir die Schuhe von den Füßen, ziehe gleich darauf mein schwarzes Shirt über den Kopf und weide mich an ihren großen Augen, die mir staunend dabei zusehen, wie ich mich entkleide. Als ich die Jeans öffne, gibt sie einen erstickten Laut von sich und will an mir vorbei aus dem Raum schlüpfen. Wie lustig ist das denn bitte?

Meine Hand kracht neben ihr gegen die Wand und ich schüttle belustigt den Kopf.

"Was, Dove, hast du vorhin nicht verstanden, als ich dich wissen ließ, dass ich dir den Rücken wasche? Hast du gedacht, es wäre ein Witz?" Sie schaut mich völlig entsetzt, nicht aber verschreckt an. Anscheinend hat sie es tatsächlich für einen Witz gehalten, nur war es eben keiner. "Ich weiß ja nicht, wo du hinwillst, aber hier drinnen ist es wärmer als draußen im Eingangsbereich. Um nackt zu sein, bietet sich das Bad eher an, vor allem dann, wenn man sich den Schweiß von der Haut waschen will." Ich beobachte jede noch so kleine Regung in ihren ausdrucksstarken Augen. In den letzten Tagen habe ich mehr als einmal beobachten können, dass sie stärker ist, als ich anfangs dachte und der Name Dove will eigentlich gar nicht so recht zu ihr passen. Dummerweise habe ich mich an ihn bereits gewöhnt.

"Du willst ... ich meine ..."

"Ja, ich will!" Ich ziehe die Hand von der Wand, mache ihr den Durchgang frei, was nicht heißen soll, dass sie mir entkommen kann. Das wird sie nicht. Nicht, solange ich hier stehe und mein Schwanz mir sehr deutlich zu verstehen gibt, was er will. Der presst sich seit einigen Minuten schon sehr auffordernd gegen den Stoff der Hose und ich kann es nicht erwarten, ihn aus seinem Gefängnis zu befreien. "Und jetzt zieh dich aus, Dove. Ich möchte nicht noch mehr deiner Klamotten zerstören, nur weil du nicht begreifen willst, wann es besser ist, einem Befehl nachzukommen." Sie schluckt niedlich, leckt sich eine Sekunde später unbewusst mit der Zungenspitze über die volle Unterlippe und begreift gar nicht, wie heiß das aussieht und wie sehr es mich anmacht. Der Gedanke, in wenigen Minuten zwischen ihren erdbeerfarbenen Lippen abzuspritzen, lässt mich noch härter werden und ich streife meine Jeans hastig nach unten. Die Boxer nehme ich gleich mit, sodass mein Schwanz steif und hart nach vorne wippt. Ihr Blick fällt auf das Piercing und ihren Lippen formen dieses bezaubernde O, dem ich nicht widerstehen kann. Wenn sie nicht gleich anfängt, sich selbst von den überaus unschönen Klamotten zu befreien, hat sie ein verficktes Problem und das scheint sie gerade zu begreifen, denn ihre Finger nesteln am Saum ihres Shirts herum. Trotzdem braucht sie verdammt lange, um sich das Teil über den Kopf zu ziehen. Die harten Spitzen malen sich unter dem BH ab und das sieht verflucht geil aus. Ja, das Täubchen ist erregt und kann es nicht verbergen. Ich möchte wetten, dass ihre Spalte bereits heiß und glitschig ist – mehr als bereit, mich willkommen zu heißen. Aber da will ich gar nicht hin – es sei denn, sie zeigt mir, dass sie ein böses Mädchen sein kann.

"Runter mit der Hose, Dove! Ich bin nicht unbedingt der geduldigste Mensch." Sie schiebt langsam die Trainingshose nach unten und ich helfe derweil beim BH nach. Ihre festen, runden Brüste mit den harten Nippeln sehen einfach zu verlockend aus, sodass ich meine Hände um beide schließe und dabei mit beiden Daumen über die prallen Spitzen streichle. Sie stöhnt leise und ist kaum noch in der Lage, sich von ihrem Slip zu befreien. Langsam schiebe ich sie vor mir her – immer tiefer in den Raum hinein und sie stolpert fast, als ihr String endgültig zu Boden rutscht. Als wir die große Regendusche erreichen, lege ich meine Rechte an ihre Hüfte und schiebe sie vor die kalten Fliesen. Sie drückt den Rücken durch und presst sich dabei an meinen heftig zuckenden Schwanz. Am liebsten würde ich sie umdrehen und von hinten in sie eindringen, ihr enges Loch ficken, bis sie laute Schreie ausstößt, weil sie gar nicht anders kann. Ich will meine Finger in ihren langen Haaren vergraben und ihren Kopf so weit nach hinten ziehen, dass ich noch tiefer in sie stoßen kann. Fuck! Vorher will ich aber …

Hastig stelle ich das Wasser der Dusche an und im ersten Moment trifft uns ein Schwall von Kälte. Sie piepst, während ich den kurzen Schock durchaus brauche, um ein bisschen runterzukommen. Dass mich das Täubchen so sehr anmachen könnte, habe ich nicht für möglich gehalten.

Langsam wird das Wasser wärmer und ich greife mir die Shampooflasche. Ich bin mir zwar nicht sicher, ob ich das hier lange durchhalte, aber versprochen ist versprochen. Ich will mir nicht am Ende nachsagen lassen, dass ich die Situation schamlos ausgenutzt hätte. Wobei es genau das ist, was ich vorhabe.

Ich verteile das Shampoo in ihren Haaren und massiere ihren Kopf. Es fühlt sich erstaunlich gut an, aber so richtig gerate ich in Fahrt, als sie sich mir entgegenstreckt und mehr will. Sie räkelt sich förmlich und ihr runder Po streift mehr als einmal meinen Schwanz, der jedes Mal mit einem heftigen Zucken auf die fast schon unschuldigen Berührungen reagiert. Plötzlich dreht sie sich um und schaut mir tief in die Augen. Ich weiß nicht, was sie dort sieht, aber auf einmal lässt sie sich langsam vor mir zu Boden sinken, bis sie kniet. Sie schaut auf und in ihren Iriden finde ich nur den Wunsch, dass ich sie gewähren lasse. Fuck! Ich weiß nicht, ob ich das bringe, bin mir nicht sicher, ob ich dem Drang widerstehen kann, nicht einfach ihren Mund zu ficken, wie ich es brauche.

Als sie ihre weiche Hand um meinen harten Schaft legt, stöhne ich auf. Mein Kopf sinkt in den Nacken, ich schließe die Augen und balle dabei die Hände zu Fäusten. Ich hoffe, dass ich mich so davon abhalten kann, ihre Haare zu packen und tief in ihren Rachen vorzustoßen. Dabei bin ich so was von lost, denn selbst das zarte Pumpen ihrer Finger, das viel zu sanfte Gleiten über meinen Schwanz ist so verdammt erregend, dass ich es kaum aushalte.

Der erste Kontakt mit Doves vollen Lippen ist ein regelrechter Schock. Als ihre Zunge mit meinem Piercing spielt, fast schon fragend durch den kleinen Schlitz fährt und sie dabei ihre Hand stärker zum Einsatz bringt, weiß ich, dass ich das hier nicht lange durchhalten werde, ohne das Spiel an mich zu reißen. Nicht, ohne sie zu packen und so zu benutzen, wie ich es will. Langsam lässt sie mich in ihren heißen Mund gleiten, ihre Zunge fährt an der Unterseite meines Schaftes entlang – tiefer und immer tiefer dringe ich in sie ein – aber sie ist es, die das Tempo bestimmt. Eine völlig neue Erfahrung für mich, die mich allerdings alles an Selbstbeherrschung kostet, die ich irgendwo in den Tiefen meiner Selbst ausgraben muss. Meine Finger zucken, ich will sie in ihren langen, nassen Haaren vergraben und schaffe es kaum noch, dem wilden Drang etwas entgegenzusetzen. FUCK! Was machst du mit mir, Dove?

Sie saugt mich tiefer in die nasse Höhle, hält kurz inne und ich merke, wie sie würgt. Sie will es, schafft es aber nicht, sich zu entspannen. Ich zittere, weil mir die Kontrolle zu entgleiten droht. Meine Muskeln sind angespannt und … by the hell: Ich fühle mich, als würde ich jeden Moment wie ein Pubertär abspritzen. Ohne jede Kontrolle und ohne eine Chance, es verhindern zu können.

"Entspann dich, Dove", knurre ich leise und schiebe mich ein Stück tiefer in ihren Hals. Sie folgt mir tatsächlich. Ich kann spüren, wie schwer es ihr fällt, aber sie muss die Kontrolle abgeben. Sonst wird das hier ein Fiasko.

Das warme Wasser, das noch immer auf uns beide niedergeht, sollte mich eigentlich entspannen – tut es aber nicht. Selbst meine Arme zittern vor unterdrückter Erregung, als ich meine Rechte an ihren Hinterkopf lege und sie viel zu sanft an mich heranziehe. Bevor sie überhaupt eine Ahnung davon bekommen kann, dass ich ihr die Luft raube, ziehe ich mich zurück. Ich beobachte sie genau und stoße ein weiteres Mal tief in ihren Mund. Ihre Augen werden groß, aber in den klaren Iriden ist keine Panik zu erkennen – nicht so wie beim letzten Mal. Ihre Finger pumpen noch immer meinen harten Riemen und ich ficke sie schneller und auch ein bisschen härter, was das Täubchen mit einem leisen Stöhnen quittiert. Und dann, dann lässt sie mich tiefer in ihren Hals gleiten, als ich es für möglich hielt. Ihre Finger graben sich plötzlich in meine Schenkel und sie zieht mich an sich heran. Ich habe gar keine andere Wahl, als ihr zu folgen und … es ist so geil, dass ich alles um mich herum vergesse. Selbst die Tatsache, dass ich sie nicht überfordern sollte. Sie lutscht mich, lässt mich immer tiefer in ihren engen Hals gleiten und als sie leise würgt, habe ich das Gefühl, noch nie etwas Besseres erlebt zu haben – auch wenn ich nicht so brutal vorgehe, wie ich es gewohnt bin. Vielleicht ist es aber genau das, was den Unterschied macht. Ich weiß es nicht, und das verwirrt mich mehr, als ich sagen kann. Mehr, als ich eigentlich zulassen will.

Mit einem üblen Knurren auf den Lippen ziehe ich meinen Schwanz aus ihrem Mund und bevor sie protestieren kann, packe ich ihre Oberarme und reiße sie in die Höhe. Meine Lippen knallen so hart auf ihre, dass sie ein leises Wimmern von sich gibt, sich aber gleich darauf völlig gehen lässt. Mit beiden Händen umfasse ich ihr Gesicht, verhindere, dass sie mir ausweicht und dabei wäre das nicht einmal nötig. Sie küsst mich so gierig, als hinge ihr Leben davon ab. Mag sein, dass wir Dove gezwungen haben, dass wir ihr unsere Nähe aufgenötigt haben, aber das hier hat nichts mit Zwang zu tun. Es ist die reine, unverfälschte Leidenschaft, die sie dazu bringt, meine Zunge in einen Kampf zu verwickeln, wie ich ihn noch nicht erlebt habe. Dove ist Feuer pur und garantiert alles, nur kein braves Mädchen.

Doch auch jetzt reiße ich mich los. Fuck! Ich will sie so sehr, dass ich es nicht mehr erwarten kann, meinen Schwanz in ihr zu versenken. Hart reiße ich sie herum, presse ihren heißen Körper gegen die kalten Fliesen, sodass sie leise keucht – es ist mir egal.

"Hände an die Wand!", kommandiere ich kurz, weil ich zu mehr gar nicht mehr in der Lage bin.

Ich bringe sie in Position, ziehe ihren runden Arsch nach hinten und beuge sie nach unten, bis sie den Rücken durchdrücken muss. Noch sind ihre Schenkel geschlossen, aber das ändere ich in der nächsten Sekunde, indem ich mein Knie zwischen ihre Beine drücke und sie immer weiter für mich aufspreize. Ihre Ritze geht auseinander, ihr süßer Anus scheint zu zucken und gleich darunter erkenne ich die engen Lippen, die sich in wenigen Sekunden heiß und nass um meinen Schwanz schließen werden.

Mit meiner Eichel fahre ich durch ihre nassen Falten und höre sie jammern. Sie drückt sich mir tatsächlich entgegen und in diesem Moment kann ich nicht mehr an mich halten. Ich positioniere meinen dicken Schwanz an ihrem Eingang und schiebe mich langsam vor – nicht, weil ich sie schonen will, sondern weil der Anblick ihres rosigen Fleisches einfach umwerfend ist. Wie ihre Pussy sich für mich teilt, wie sie sich dehnt, um mich aufzunehmen, ist unfassbar erregend. Ich kralle meine Finger in ihren runden Po, schaue dabei zu, wie sie sich umsieht und mir einen so heißen und verruchten Blick zuwirft, dass alles andere zur Nebensache verkommt. Scheiß drauf, dass sie noch unerfahren ist. Wer mich so herausfordert, muss die Konsequenzen ertragen können. Mit einem heftigen Ruck meines Beckens ramme ich mich bis zum Anschlag in ihre heiße Pussy. Sie schreit auf, als sie mein Piercing in ihrem Inneren zu spüren bekommt. Ja, Dove – ein ganz besonderes Stück, das dich um den Verstand bringen wird.

Ich ziehe mich ein winziges Stück zurück, nur um dann noch heftiger in sie zu stoßen, und bei jeder meiner Bewegungen zuckt ihr kleiner enger Anus höchst verräterisch. Oh ja, Täubchen! Auch dieses Loch werde ich nicht verschonen ...

Ich ficke sie immer schneller und mit dem Daumen meiner Rechten gehe ich dazu über, immer wieder gegen ihr Poloch zu drücken. Mal hart, sodass ich sie zum Nachgeben zwinge, dann jedoch wieder so leicht, dass es für sie nur ein Streicheln ist. Sie seufzt, sie spannt sich an und bei jedem Stoß meines Schwanzes schreit sie leise auf. Ihre Muskeln schließen sich immer enger und fester um meinen Riemen und ich halte den Druck kaum noch aus. Die Finger meiner linken Hand graben sich immer tiefer in ihren Hintern und ich ficke sie so hart, wie ich es kaum für möglich gehalten habe – nicht bei dem ach so unschuldigen Täubchen.

Ich merke genau, dass sie kurz davor ist, den Gipfel zu erreichen, und ich bin ihr dicht auf den Fersen. Lange halte ich das hier nicht mehr aus, aber … ich will sie schreien hören. Erneut presse ich den Daumen gegen ihren engen Schließmuskel und dieses Mal gebe ich mich nicht mit wenigen Millimetern zufrieden. Ich spüre, wie sie sich versteift, wie sie dem Druck meines Fingers nicht nachgeben will, doch ich lasse nicht nach – im Gegenteil. Ich ficke sie und erhöhe den Druck auf ihren jungfräulichen Po, bis sie gezwungen ist, mich einzulassen. Mein Daumen rutscht in ihr Inneres und im selben Moment stößt sie einen lauten Schrei aus. Voller Lust, voller Pein, aber auch, weil ein gewaltiger Orgasmus sie durchschüttelt. Ihre Kontraktionen erfassen meinen Schwanz, quetschen ihn regelrecht aus und dann spritze ich ab – tief in ihr vergraben. Währenddessen ficke ich mit dem Daumen ihren süßen Hintereingang. Ich schenke ihr keine Ruhe, sondern treibe sie vor mir her, bis zu dem Moment, in dem sie nicht anders kann, als ein zweites Mal für mich zu kommen.

Ich weiß nicht warum, aber plötzlich überkommt mich eine ungeheure Ruhe – etwas, dass ich normalerweise so nicht kenne. Auch das verwirrt mich, macht mich irgendwo ärgerlich und dann auch wieder nicht. Langsam ziehe ich mich zurück, sehe dabei zu, wie mein Schwanz aus ihr herausgleitet – bedeckt mit meinen und ihren Säften, und wieder fühlt es sich richtig an, aber das sollte es nicht. Oder doch?

Dove bewegt sich nicht einen Millimeter. Obwohl ich sie längst freigegeben habe, rührt sie sich nicht. Nur ihr Körper bebt und zittert. Fuck! War ich schon wieder zu hart? Hat ihre kleines unschuldiges Seelchen etwa …

Plötzlich dreht sie sich um und ihre Augen strahlen mir wie zwei glänzende Saphire entgegen. So klar und perfekt, dass jetzt ich derjenige bin, der mühsam schlucken muss. Dann wirft sie sich mir an den Hals und ich weiß nicht, wo ich mit meinen verdammten Händen hinsoll. Erwartet sie jetzt etwa, dass ich mit ihr kuschle? Das ist aber nicht ihr Ernst – oder?

Trotzdem lege ich meine Hand locker um ihre Hüfte, ziehe sie an mich und küsse sie. Aber nicht sanft, sondern so, wie es meiner Natur entspricht. Wild, ungezügelt und mit einem dunklen Brummen, das aus den Tiefen meines Körpers nach oben dringt. Wenn dem Täubchen das zu viel sein sollte, ist das ihr Problem, nicht meins. Ich werde es auch nicht zu meinem machen, weil ich dazu gar nicht in der Lage bin.

Bevor ich über mein Handeln nachdenken kann, nehme ich ein weiteres Mal das Duschgel zur Hand, seife sie und mich ein und gebe mir tatsächlich Mühe, sie sanft zu behandeln. Der Schock wird sie in wenigen Minuten ereilen, viel früher, als ich es mir wünschen würde. Und auch das sind seltsame Überlegungen, denn normalerweise ist es mir ziemlich gleichgültig, wie meine Mitmenschen sich fühlen. Ich kann ihre Empfindungen nicht einmal nachvollziehen, als warum mache ich mir ausgerechnet bei ihr solche Gedanken?

Bevor das hier noch weiter ausufern kann, drehe ich das Wasser ab und im selben Moment kann ich bereits das Klappern aus dem Wohnzimmer vernehmen. Die Angestellten der Mensa verrichten bereits ihre Aufgaben und es wird Zeit, Dove zu erklären, was ihr heute noch bevorsteht. Gefallen dürfte ihr das nicht. Hastig bringe ich Abstand zwischen uns beide.

"Du wirst dich jetzt hübsch machen und das schnell. Viel Zeit wird dir nicht bleiben, denn wir erwarten Besuch." Sie schaut auf und wirkt verwirrt von meiner Ansage.

"Besuch?"

"Ja, Besuch! Was gibt es daran nicht zu verstehen, Dove?" Meine Stimme klingt jetzt wieder einigermaßen gefasst. Besser ist das. "Du wirst das rote Cocktailkleid und die dazu passenden Schuhe tragen. Genau dafür habe ich die Sachen ausgesucht."

"Für diesen einen Besuch?" Sie klingt wie eine Schwachsinnige und ehrlich gesagt habe ich auch nur wenig Lust, ihren persönlichen Fragenkatalog mit ihr abzuarbeiten.

"Ja! Und falls deine nächste Frage lautet, wer uns heute Abend Gesellschaft leistet, so lautet die Antwort: Kirill Kasparow." Klar! Mit der Reaktion hätte ich rechnen müssen. Begeisterung sieht definitiv anders aus.

"Das ist jetzt nicht dein Ernst, oder?" Es ist nicht so, dass sie mich anschreit, oder hysterisch wird – fast wäre mir das lieber, als die tödliche Ruhe, die sie gerade ausstrahlt. "Warst nicht du es, der mich auf keinen Fall in Kirills Klauen sehen will und jetzt wirfst du mich dem Arsch regelrecht zum Fraß vor?"

"Genau das mache ich eben nicht. Er will mit dir reden und Kirill bekommt immer, was er will. Hier auf dem Gelände kann er nicht viel anrichten, anders sieht es in seiner Villa aus. Würde er dich dort einfach mitnehmen, könnten wir nichts dagegen machen. Hier haben wir die Oberhand – nicht er. Das hier ist UNSER Terrain."

"Und natürlich wissen Zero und Vance Bescheid, dass Kirill auf ein lockeres Abendessen vorbeikommt?"

Tja, Dove! Das ist der Haken an der Geschichte – die beiden wissen es nicht und besser wäre es, wenn es auch genauso bliebe.

Tyrone

Du machst etwas mit mir und ich weiß nicht, ob mir das gefällt.

Das hier sollte ein Spiel sein – das ist es längst nicht mehr, denn der Einsatz hat sich verdoppelt. Jetzt geht es nicht mehr nur darum, dass wir dich bezwingen, sondern um sehr viel mehr. Es geht um dein Leben.

Für meinen Geschmack stehen zu viele Mitspieler auf dem Spielfeld – es wird Zeit, die Reihen auszulichten. Kirill wird dich nicht bekommen – vertrau mir, Dove. Ich werde es nicht zulassen.

Kapitel 10

Kirill Kasparow sieht verdammt gut aus und wenn ich ihn vielleicht unter anderen Umständen kennengelernt hätte, würde ich ihn wahrscheinlich sogar anhimmeln. Eventuell hätte ich die Finsternis in ihm nicht einmal wahrgenommen. Seine blauen Augen, die schwarzen, akkurat geschnittenen Haare und die Bräune seiner Haut – das alles könnte eine Frau vergessen lassen, mit wem sie es zu tun hat, und sein fast schon unverschämt weit offenstehendes Hemd erst recht. Seine Muskeln sind ausgeprägt, fein definiert und sprechen dafür, dass er sich fit hält – mit was auch immer. Ich will es wahrscheinlich gar nicht wissen.

Mir persönlich läuft nämlich eine Gänsehaut über den Rücken, als er das Wohnzimmer betritt und sich an den Tisch setzt, ohne mich eines Blickes zu würdigen. Eigentlich sollte mir das recht sein und sein unhöfliches, fast schon beleidigendes Auftreten erst ebenfalls, aber ich weiß, warum er hier ist – da hilft es auch nichts, wenn er mich erst einmal ignoriert und so tut, als wäre ich nicht anwesend. Manchmal, wenn er sicher ist, dass ich es nicht mitbekomme, starrt er mich allerdings an, als wolle er mich mit den Blicken ausziehen – oder schlimmer noch, als säße ich bereits nackt vor ihm am Tisch. Am liebsten würde ich ihm den Rotwein über sein makellos weißes Hemd schütten, ich fürchte nur, dass ich dann ein Problem bekommen werde. Eines, das ich auf keinen Fall haben möchte.

Tyrone hat mir geduldig erklärt, warum er diesen Besuch zulässt und ihn so getimt hat, dass seine Freunde nichts davon mitbekommen. Ich habe ihm aufmerksam zugehört, vor allem, als er mir sagte, wie ich mich in Kirills Beisein zu benehmen habe. Ja, ich habe zugestimmt, aber insgeheim hat mein Blut gekocht. Ich soll nur dann reden, wenn ich angesprochen werde, soll ansonsten meinen Blick gesenkt halten und vor allem nicht frech werden. Das ist ja wie im finstersten Mittelalter. Das kann Ty unmöglich ernst meinen. Er kann nicht von mir verlangen, dass ich mich den ganzen Abend benehme wie ein blondes Dummchen ohne eigene Meinung. Sollte Kasparow ausfallend werden, dann können die beiden ihre Unterhaltung direkt vergessen. Ich habe mich lange genug von allen möglichen Menschen herumschubsen lassen. Damit ist jetzt Schluss. Selbst dann, wenn es bei dem Treffen um mich und die Tatsache geht, dass irgendjemand es auf mich abgesehen hat. Seit ich Esmee gezeigt habe, dass ich nicht ganz so unbedarft bin, wie sie es gerne hätte, kocht mein Blut. Es fühlt sich an, als wäre die Kay erwacht, die ich jahrelang nicht sein durfte.

Durch mein neu erwachtes Selbstbewusstsein verdränge ich sogar sehr gekonnt die Tatsache, dass Vance, Zero und Ty mich in der Hand haben – irgendwie.

Auch dass mein Onkel momentan nicht für mich greifbar ist, will ich nicht an mich heranlassen. Obwohl ich innerhalb der letzten Tage mehrfach versucht habe, ihn unter seiner Handynummer zu erreichen, habe ich ihn nicht erreichen können. Es ist, als wäre er vom Erdboden verschwunden – sozusagen auf einen anderen Planeten ausgewandert. Aber selbst die Tatsache, dass ich von den drei Männern abhängig bin, kann meinen Zorn nicht dämpfen. Also balle ich unterm Tisch erst einmal meine Rechte zur Faust und denke mir meinen Teil.

Vor dem Panoramafenster stehen zwei Wachleute, ansonsten ist außer uns Dreien niemand im Raum. Niemand, der ein Wort mithören könnte. Darauf hat Ty bestanden und Kirill sogar untersagt, eigenes Personal mitzubringen. Dass der Russe sich überhaupt darauf eingelassen hat, wundert mich. Auch, dass er erst einmal eine fast schon harmlos erscheinende Unterhaltung mit Ty führt, überrascht mich. Tyrone ist es auch, der unsere Gläser füllt und die Vorsuppe in die edlen Teller füllt. Keine Ahnung, was die beiden Männer für einen Tanz aufführen, aber mir scheint, dass beide nicht zum Punkt kommen wollen. Das ist für mich kaum zum Aushalten.

Irgendwann, in der Zwischenzeit sind wir beim Hauptgang angelangt, halte ich die Spannung am Tisch nicht mehr aus. Sie ist so deutlich fühlbar, dass ich sie mit den Händen greifen kann. Klappernd lege ich mein Besteck auf den Teller und schiebe das köstliche Essen von mir. Ich bringe einfach keinen Bissen mehr herunter, solange ich nicht weiß, was dieser Russe von mir will und ob er vielleicht Informationen für mich hat, die wichtig sein könnten. Letzteres, da bin ich mir ziemlich sicher, wird er sich bezahlen lassen – die Frage ist nur, womit?

"Iss!", grollt der Russe plötzlich leise, dafür allerdings umso bedrohlicher und ich ertappe mich tatsächlich dabei, dass meine Hand zur Gabel zuckt. Wütend beiße ich mir auf die Unterlippe und funkle ihn böse an. Dann rücke ich leicht vom Tisch ab und verschränke die Arme vor der Brust. Es ist mir völlig egal, was der Typ von mir hält.

"Nein!" Das ist die einzige Antwort, die er auf seinen Befehl von mir bekommen wird.

"Nein?", fragt er sanft und schaut mich dabei süffisant von oben bis unten an. Wieder einmal habe ich das Gefühl, völlig nackt vor ihm zu sitzen und spüre, wie mir Hitze in die Wangen schießt. Das lässt mich allerdings noch wütender werden. "Wie es aussieht, haben die Drei dir noch kein Benehmen beibringen können. Es wird mir eine Freude sein, sie in diesem Punkt zu unterstützen." Geräuschvoll sauge ich Luft in meine Lungen. Ich kann nicht glauben, dass er das gerade wirklich gesagt hat und noch weniger will ich den Sinn seiner Worte an mich heranlassen – obwohl Letzteres kaum missverständlich war.

"Vom Alter her könntest du tatsächlich fast mein Dad sein, aber ... Nein danke, ich verzichte! Erziehe von mir aus, wen immer du willst, aber nicht mich!" Und natürlich antworte ich ihm auf Russisch, um Ty auf die Palme zu bringen. Er ist schuld, dass ich mit Kirill an einem Tisch sitzen und seine Blicke ertragen muss. Eine völlig bescheuerte Idee, aber das hätte ich ihm im Vorfeld bereits sagen können.

"Oh ..." Er beugt sich nach vorn und sein Gesicht kommt meinem dabei so nahe, dass ich die goldenen Sprenkel in seinen blauen Augen problemlos erkennen kann. "Du darfst mich gerne *Daddy* nennen." Mehr sagt er nicht, das ist aber auch nicht nötig, denn seine Stimme hat so anzüglich geklungen, dass kein Irrtum darüber entstehen kann, was er mir gerade mitgeteilt hat. Ich öffne den Mund, will ihm eine gepfefferte Antwort um die Ohren hauen, als sich Tyrones Finger in meinen Oberschenkel bohren. Er drückt so fest zu, dass mir Tränen in die Augen schießen.

"Bist du verrückt, Ty?", herrsche ich ihn an, während der Russe sich lächelnd nach hinten lehnt und mir zumindest das Sichtfeld wieder freimacht.

"Ich habe dir gesagt, dass du dich benehmen sollst. Falls du das nicht kannst, darf Zero sich nachher noch an dir auslassen. Danach wirst du das Wort Gehorsam garantiert verinnerlicht haben." Tyrone wirft mir einen mehr als mahnenden Blick zu. Das ändert aber nichts an dem Fakt, dass dieser Kirill mich fuchsteufelswild macht. Am liebsten würde ich ihm eine schallende Ohrfeige verpassen, befürchte allerdings, dass ich das Echo höchst unerfreulich finden würde.

"Wie schön, dass wir ausnahmsweise einmal einer Meinung sind, Tyrone!" Der blöde Russe lacht. "Frauen sollten möglichst früh lernen, wo ihr Platz im Haus eines Mannes ist. Im Zweifelsfall mit gespreizten Beinen auf der Matratze. Zu etwas anderem taugen sie nicht."

Die blauen Augen scheinen Funken in meine Richtung zu sprühen und plötzlich dämmert mir, dass er mich nur provozieren will und ich blöde Kuh bin auch prompt drauf reingefallen. Aber diese Spielchen sind einfach nur dumm und wie es aussieht, ist auch Tyrone der Meinung, dass es jetzt reicht. Zumindest lässt der Druck seiner Finger in meinem Oberschenkel augenblicklich nach.

"Es ist ja äußerst nett, mit dir zu plaudern, Kirill, zumal ich auch deine Begeisterung für folgsame Frauen teile, aber wir sollten so langsam zum Thema kommen. Warum haben wir eine Einladung zum Ball deines Vaters erhalten? Soweit ich mich erinnern kann, war das noch nie Thema zwischen uns. Hattest du nicht irgendwann behauptet, es wäre ein reines Familiending?"

"Habe ich das?", antwortet der Russe und starrt Ty abwartend an. "Wobei ihr ja quasi zur Familie gehört – oder etwa nicht?" Ich bekomme am Rande mit, wie Ty dem Russen einen warnenden Blick zuwirft, kann mir aber nicht erklären, warum er das macht. Irgendwie habe ich gerade ein ganz mieses Gefühl und das verschwindet auch nicht, als Kirill sich wieder an mich wendet.

"Wenn du schlau bist, Prinzessin, packst du umgehend deine Koffer und verlässt mit mir gemeinsam das Schulgelände. Du magst dich gerade sicher fühlen, bist es aber nicht. Die Drei können dich nicht beschützen, denn ..."

"Und ob wir das können, Kirill! Du wirst sie nicht mitnehmen, aber das sagte ich dir bereits, bevor du deinen Arsch in Bewegung gesetzt hast, um herzukommen. Diese Option steht nicht zur Debatte." Tyrones Stimme klingt gefährlich kalt und er greift sich in die Hosentasche, um sein Zippo in die Finger zu nehmen. Keine Sekunde später ertönt das laute Klacken, als er es auf- und wieder zuspringen lässt.

"Ich denke, das sollte die Süße selbst entscheiden und zwar, nachdem sie gehört hat, was ich ihr zu sagen habe. Oder bist du etwa anderer Meinung?" Wenn Blicke töten könnten, würde der Russe gerade in einer Blutlache zu Boden sinken – in seinem eigenen, dunkelroten Körpersaft, der sich auf dem Marmorboden verteilt.

Der Russe langt über den Tisch, er greift meine linke Hand so schnell, dass ich nicht mehr dazu komme, sie ihm zu entreißen und natürlich drückt er so fest zu, dass es wehtut. Arschloch!

"Am besten hörst du jetzt genau zu, Kayla Morrell! Ich weiß zwar nicht, wer du bist, und auch nicht, warum man Jagd auf dich macht, aber ich kann dir versichern, dass Profis an deinen Fersen kleben."

"Also doch der russische Geheimdienst?" Ty lehnt sich zurück und das laute Klackern des Zippos wird schneller und immer schneller, bis es plötzlich abrupt verstummt. Dabei durchbohrt er den Russen jetzt mit seinen Blicken.

"Nein! Der KGB ist es nicht. Wir haben alle Kontakte spielen lassen, haben selbst die Datenbank der Idioten geknackt, aber der Typ, den Kayla abgemurkst hat, ist nirgendwo aufzutreiben und genau das ist es, was mich stutzig werden lässt. Wenn du ein bisschen länger über die undurchsichtige Situation nachdenkst, müssten selbst dir die Parallelen zu einer anderen Frau in den Sinn kommen. Einer Frau, die ihr ebenfalls nicht beschützen konntet." Jetzt ist es der Russe, dessen Augen Blitze in Tyrones Richtung abfeuern. Seine Iriden glitzern so kalt, als bestünden sie aus purem Eis. Verschwunden sind die warmen goldenen Sprenkel, aber dafür horche ich auf. Redet er etwa gerade von Diandre? Von der Frau, die mir so ähnlich sah und die tot ist?

"Wenn es nicht der KGB ist, wer ist es dann?"

Ty geht in keiner Weise auf den Vorwurf ein, obwohl ich genau erkennen kann, wie sehr ihm die Anschuldigung zusetzt. Ich weiß, dass er Diandre geliebt hat und ihr Name aus dem Mund des Russen ist mehr, als er ertragen kann. Trotzdem hat er sich bemerkenswert gut im Griff. Nur dass Kirill noch immer meine Hand in seiner hält, gefällt ihm nicht.

"Irgendeine verdammt mächtige Organisation steckt dahinter und davon gibt es leider eine Menge. Welche genau, kann ich nicht sagen, aber wer ohne Probleme zwei ausgebildete Bodyguards im Nahkampf besiegt und mit einem Messer abmurkst, ist garantiert niemand, der sein Geschäft nicht beherrscht, sondern diejenigen sind durch und durch Killer. Und davon kleben offenbar eine Menge an den Fersen der Süßen." Wieder wendet der Russe sich an mich, aber irgendwie kaufe ich ihm die aufgesetzte Freundlichkeit nicht ab. "Im Haus meines Vaters wärest du sicher, Prinzessin. Du könntest ..."

"Und natürlich tust du das nur aus reiner Menschenfreundlichkeit?", falle ich Kirill ins Wort. Er gehört der Mafia an und kennt keine Skrupel. Er will etwas von mir, dessen bin ich mir sicher. "Ehrlich gesagt kann es dir doch gleichgültig sein, was mit mir geschieht. Also? Welchen Preis müsste ich wohl für deinen Schutz zahlen?", höhne ich und entreiße ihm dabei die Hand.

"Darüber können wir reden, wenn es so weit ist", antwortet Kirill glatt, aber sein Blick spricht Bände. Das ist ein Preis, den ich nie und nimmer bezahlen werde. Selbst dann nicht, wenn ich sterben müsste. Wieder ist es Ty, der mir zu Hilfe kommt. Er wechselt das Thema so schnell, dass mir schwindelig wird.

"Wenn ich dich bei unserem letzten Telefonat richtig verstanden habe, gehst du von Söldnern aus. Was bringt dich eigentlich auf diese Idee?" Der Russe wendet seinen Blick in Tyrones Richtung. Die Frage passt ihm ganz und gar nicht – das merkt man ihm deutlich an.

"Wie du sicher mitbekommen haben dürftest, haben wir uns darum gekümmert, dass die Leichen von Kaylas Leuten verschwinden und die Villa gesäubert wird. Anschließend waren nur noch rauchende Trümmer übrig. Die Bullen haben die Gasexplosion geschluckt, was nicht weiter schwierig war, da mehr als die Hälfte dieser Cops auf unserer Lohnliste stehen." Mir wird heiß und kalt, als ich ihm zuhöre, zumal er auch über Menschen redet, die mir nahestanden. Ich kann nicht an mich halten, ich muss es einfach wissen.

"Was habt ... habt ihr mit den Leichen gemacht?", flüstere ich leise und dieses Mal drückt Ty mein Bein sehr vorsichtig, als wolle er mich trösten. Wahrscheinlich weiß er bereits, was mit Olga, Sebastian und seinem Cousin geschehen ist.

"Wir haben sie weit aufs offene Meer hinausgeschafft und ihnen ein Seemannsbegräbnis zukommen lassen", antwortet Kirill knapp, aber nicht unfreundlich.

Trotzdem sagen seine Worte nichts anderes aus, als dass man Olgas Leichnam einfach ins Meer gekippt hat, damit sie als Fischfutter endet. Ich muss mich sehr zusammenreißen, um nicht laut aufzuschreien. Dass sich Nässe in meinen Augenwinkeln bildet, kann ich allerdings nicht verhindern, ebenso wenig wie die Tatsache, dass ich die Menschen hasse, die mir meine Nanny genommen haben. Ich würde sie am liebsten alle töten und der grellrote Zorn, den ich gerade empfinde, erschreckt mich selbst am meisten. Ich bekomme kaum mit, wie der Russe weiterredet.

"Nachdem sich die erste Aufregung über die zerstörte Villa gelegt hat, haben meine Männer die nähere Umgebung durchkämmt und sind nach zwei Tagen auf eine Art Camp mitten im Wald gestoßen. Circa fünf Meilen vom Haus entfernt, hat ein Trupp von ungefähr zwölf Leuten in Zelten übernachtet. Die Abdrücke im Schnee waren deutlich zu erkennen. Sie haben sogar ein Lagerfeuer entzündet, was darauf hindeutet, dass sie sich mehr als nur ein bisschen sicher gefühlt haben. Meine Männer konnten ein gutes Dutzend unterschiedlicher Schuhprofile ausmachen, was aber nicht heißen soll, dass es nicht noch mehr Personen waren."

"Auf das Gelände der Academy hat es bisher nur einer geschafft und der hat seine Tat mit dem Leben bezahlt. Das war zu einem Zeitpunkt, als wir noch nicht vorgewarnt waren", antwortet Tyrone scharf, aber in seinem Gesicht arbeitet es.

Die Tatsache, dass Unbekannte sich draußen in den Wäldern herumtreiben, Männer, die es auf mich abgesehen haben könnten, schmeckt ihm nicht. Mir auch nicht, aber trotzdem denke ich zu keiner Zeit darüber nach, die Academy zu verlassen, um mein Leben Kirill anzuvertrauen. Irgendwie fühlt sich das an, als würde ich den Bock zum Gärtner machen wollen – wobei er mir bisher noch keinen Anlass für Misstrauen gegeben hat. Sieht man mal von seinen schmierigen Blicken ab.

"Ja, und in der Zwischenzeit habt ihr drei weitere Männer gekillt, das hast du mich bereits wissen lassen. Das ist alles gut und schön, aber ich bin mir verdammt sicher, dass sie irgendwann mit mehr Männern an eure Haustür klopfen werden, und was dann? Hier sind die Kinder verdammt reicher und einflussreicher Persönlichkeiten untergebracht. Wie willst du diesen Typen erklären, dass ihr kostbarer Nachwuchs in einem Kugelhagel gestorben ist?" Erneut wendet er sich an mich. "Falls du etwas weißt … falls du irgendeine Ahnung hast, wer dir ans Leder will, wäre ich dir überaus dankbar, wenn du mir einen Tipp geben würdest. So ist es ein blindes Stochern im Dunkeln." Irgendwie habe ich plötzlich den Eindruck, dass Kirill Kasparow gerade großes Theater spielt. Die Antwort auf seine Frage scheint ihn nämlich in keiner Weise zu interessieren – so fühlt es sich für mich zumindest an.

"Sie weiß nichts!", fällt Tyrone mir ins Wort, bevor ich etwas sagen kann. Anscheinend hat er Angst, ich könne mich verplappern, was mir garantiert nicht passiert wäre. Nicht bei diesem Russen, dessen Blicke immer feuriger werden und denen ich kaum noch ausweichen kann.

"Ich habe sie gefragt, nicht dich, Ty!", bringt Kirill Tyrone zum Schweigen und ich wundere mich, dass dieser tatsächlich den Mund hält. Dafür klackert er augenblicklich wieder mit seinem Feuerzeug herum.

"Ich ... ich weiß nichts", stammle ich leise und das ist die Wahrheit. Ich habe absolut keine Ahnung, was da in meinem Leben so schrecklich schiefgelaufen ist. Die Tatsache, dass es da draußen Menschen gibt, die mich umbringen wollen – aus welchen Gründen auch immer – erschreckt mich zu Tode.

"Warst du jemals in Russland?", fragt Kirill mich unvermittelt und bevor ich darüber nachdenken an, bewegen sich meine Lippen wie von selbst.

"Ich ... ich weiß es nicht. Ehrlich nicht! Mein Onkel hat immer behauptet, ich wäre in Kalifornien geboren und auch nie von dort weggekommen, aber ..."

Da sind diese Träume. Die von Schnee und einem herrlichen Palast, der am Rand eines großen Waldes steht. In den letzten Tagen werden diese Träume immer klarer und einiges kann ich bis in den Tag hinein retten. Immer wenn ich die Augen aufschlage, habe ich zwar den Eindruck, dass dort etwas Schreckliches geschehen ist, aber mehr als ein Gefühl ist es nicht.

"Aber?", hakt Kirill nach und ich schaue Ty fragend an. Der nickt und ich richte meine Aufmerksamkeit wieder auf den Russen.

"Ich träume manchmal von einer weiten, tief verschneiten Landschaft, von einem dichten, dunklen

Wald und einem Fluss. Am Himmel zucken in der Nacht wunderschöne bunte Lichter und die Sterne schimmern so hell, wie ich es in Kalifornien noch nie gesehen habe. Da ist ein Palast wie aus einem Märchen und ein Park, und manchmal sehe ich auch einen Mann, der mit mir einen Schneemann baut. Das sind alles Dinge, die ich laut meinem Onkel niemals erlebt haben kann – aber irgendwie erinnert sich etwas in mir daran."

"Das klingt, als würdest du einen Ort in Sibirien beschreiben und nicht in Kalifornien. Hat Ty dir eigentlich bereits gesteckt, dass du überhaupt nicht existierst?" Sein Blick bekommt etwas Berechnendes und mein Kopf fliegt zu Tyrone herum.

"W-Was? Was meint er damit?" Ty wirft Kirill einen finsteren Blick zu und schenkt mir gleich darauf ein schwaches Lächeln, das mich allerdings in keiner Weise beruhigen kann.

"Er will damit sagen, dass es laut den amerikanischen Behörden keine Kayla Morrell gibt. Es gibt nirgendwo einen Nachweis über deine Existenz, aber das will nichts heißen. Wie du sagst, hat dein Onkel dich vor aller Welt verborgen, um dich nicht in Gefahr zu bringen. Kaum, dass du auf der Bildfläche erschienen bist, wurde es ja auch direkt … kompliziert. Er hatte anscheinend gute Gründe dafür, dich nicht aus dem Haus zu lassen. Egal, wie man das finden mag." Irgendetwas in mir weiß genau, dass Ty die Wahrheit sagt, aber es zu akzeptieren ist eine völlig andere Sache.

Nicht genug damit, dass ich völlig auf mich allein gestellt bin, weil keiner mehr da ist, der mir sagen könnte, was eigentlich los ist, erfahre ich nebenbei auch noch, dass es mich eigentlich gar nicht gibt.

"Du solltest dich fragen, Kayla Morrell, warum man dich so unbedingt vom Antlitz der Erde tilgen will und wieso du eine so große Ähnlichkeit mit einer Toten hast. Mit Diandre, die Vance, Tyrone und Zero ebenfalls nicht beschützen konnten. Die Drei würden mir liebend gerne die Schuld an ihrem Tod in die Schuhe schieben, nur leider bin ich gänzlich unbeteiligt daran. Ich hoffe, dass auch Tyrone das bald einsieht, denn ich für meinen Teil will dich nicht tot sehen – es gibt weitaus bessere Dinge, die man mit dir anstellen kann." Er lächelt, aber so dermaßen teuflisch, dass mir dieses Mal dutzende Spinnen über den Rücken krabbeln. Was er mit seinen Worten andeuten will, ist mir nur zu klar. "Überlege dir gut, wem du dein Leben anvertrauen willst. Du hast Zeit bis zum Ball, dann erwarte ich eine Antwort von dir und in meinen Augen wärest du dumm, wenn du hierbleibst."

Auch das war sehr deutlich. Tyrone hat gehofft, mir mit dem Abendessen den Ball ersparen zu können, aber wie es aussieht, wird dieser Kasparow-Sprössling auf unserem Erscheinen bestehen. Was mich jedoch am meisten irritiert, ist sein wissendes Lächeln und das finstere Funkeln in Tyrones Augen.

Tyrone

Fuck you, Kirill! Die Gier in deinen Augen war nicht zu übersehen, aber sie will dich nicht. Ich weiß, dass dir das egal ist – das war bei Diandre auch nicht anders. Ich höre sie noch heute weinen. Nachts, wenn die beiden anderen geschlafen haben, hat sie in ihr Kissen geschluchzt und ich konnte ihr nicht helfen, weil sie es nicht zugelassen hat.

Du, Dove, wirst sicher sein. Vielleicht kann ich nicht lieben, aber ich kann dich schützen. Die Fehler von damals – ich werde sie nicht noch einmal wiederholen.

Kapitel 11

Das Boot schaukelt auf den nachtschwarzen Wellen und wir warten auf die verdammte Lieferung. Dass wir hier sind und Ty mit der Kleinen alleine, ist etwas, das mir überhaupt nicht gefallen will. In den letzten Tagen ist er zwar merklich ruhiger geworden, aber das will bei ihm nichts heißen. Er ist und bleibt ein Psycho, dessen Launen jederzeit umschlagen könnten. Es war Vance, der meinte, wir können ihn mit Kayla allein lassen und dass nichts passieren würde. Woher er diesen Glauben nimmt, ist mir absolut nicht klar, zumal Ty immer noch an Diandre zu hängen scheint – wie wir alle im Übrigen. Allerdings ist er der Einzige von uns, der nicht weiß, dass wir sie auch verloren hätten, wenn der schreckliche Unfall nicht passiert wäre.

"Die Idioten sollen sich beeilen. Ich habe keine Lust, die halbe Nacht auf dem Wasser zu verbringen." Trotz der warmen Klamotten läuft mir ein Frösteln über den Rücken.

In den letzten Tagen ist es zwar merklich wärmer geworden, aber noch hat der Frühling nicht begonnen und auf dem Meer weht ein eisiger Wind. Einer, der dazu führt, dass ich den Kragen meiner Jacke hochschlage und mir wünsche, neben dem Kamin in der Villa zu sitzen. Nicht, dass ich etwas gegen Kälte habe, aber heute spüre ich den beißenden Wind irgendwie stärker als sonst.

"Eine halbe Stunde noch, dann sollten sie hier sein. Bisher sind sie pünktlich und der letzte Funkspruch lässt darauf schließen, dass alles nach Plan verläuft. Entweder hat mein Bastard-Vater seine Bemühungen aufgegeben – wovon ich nicht ausgehe – oder er hat diese Lieferung nicht auf dem Schirm, weil wir uns jede nur erdenkliche Mühe gegeben haben, den exakten Zeitpunkt geheim zu halten."

"Da gehe ich auch von aus. Ich finde es im Übrigen äußerst interessant, dass er überhaupt Wind von unseren Aktivitäten bekommen hat. Eigentlich sind wir viel zu weit von Florida entfernt, als dass er von uns etwas mitbekommen *sollte*." Ich starre in die Dunkelheit und denke fieberhaft darüber nach, wie Vance' Vater auf unser lukratives Nebeneinkommen stoßen konnte. Nein! Mal eben so ist das garantiert nicht geschehen. Der Kerl hat einen Spitzel. Einen Informanten ...

"Ich weiß, was du denkst und ich bin mittlerweile zur selben Überzeugung gelangt. Ohne einen Tipp wäre das Arschloch niemals darauf gekommen, womit wir unser Vermögen machen. Und ich befürchte, er weiß in der Zwischenzeit auch, dass wir es gegen ihn verwenden – ihn regelrecht vom Thron stoßen wollen. Das macht die Angelegenheit natürlich um einiges gefährlicher. Ein Mann, der in die Ecke getrieben wird, kann nur um sich schlagen."

Ich nicke. Was das angeht, sind Vance und ich wie immer einer Meinung, auch wenn wir das in den letzten

Tagen bei anderen Dingen nicht immer waren. Zum Beispiel bei der Tatsache, dass Ty gerade mit Kayla allein ist und Vance vorhat, sie tatsächlich zum Ball des Russen zu schleppen. Wir wissen beide sehr genau, was Kirill von der Kleinen will und Vance ist bereit, sie für seine ... für unsere Pläne zu opfern. Bei Diandre war es etwas anderes, denn sie stand auf den Russki – auch wenn ich bis heute nicht begreife, was sie an dem Kerl fand. Bei Kayla bilde ich mir aber ein, nichts anderes als Abscheu in ihrer Miene gelesen zu haben, als die Sprache auf die beiden Kasparows kam. Fuck you, Vance! Das kannst du einfach nicht machen.

"Du solltest im Übrigen langsam mit der Süßen reden, Zero! Garantiert kommt es nicht gut, wenn sie von deinem kleinen Geheimnis überrascht wird. Kann ich mir zumindest nicht vorstellen." Vance schaut mich durchdringend an und in seinen hellbraunen Augen liegt die klare Anweisung, dass ich das regeln soll.

"Und du? Was ist mit dir? Ich soll meine Angelegenheiten also regeln und du hast Ty bis heute nicht gesagt, dass Diandre uns verlassen wollte – am Abend, als sie starb. Er glaubt bis heute, dass die Frau uns unsterblich geliebt hat. Er hätte es längst erfahren müssen und das weißt du." Ich schnaube ungehalten. "Also halte mir keine Moralpredigten, denn dafür bist du definitiv nicht der Richtige." Für den Bruchteil einer Sekunde sehe ich blanke Wut in Vance' Augen aufblitzen, dann wendet er sich ab und starrt wie ich aufs dunkle Meer hinaus.

"Du hast recht! Ich hätte es ihm längst sagen müssen, aber irgendwie war nie der rechte Zeitpunkt." Vance gibt ein undefinierbares Geräusch von sich – halb ein wütendes Schnauben, halb ein resigniertes Seufzen.

"Unmittelbar nach Diandres Tod hätte er die Wahrheit nicht verkraftet. Du weißt, wie er ist und er hätte die Welt um sich herum in Schutt und Asche gelegt. Auf jeden Fall hätte ich nicht hinter ihm aufräumen wollen. Sollte ich ihm an Diandres Grab etwa sagen, dass sie sich für Kirill entschieden hatte? Dass sie bereits mit ihm verlobt war und ihn sogar heiraten wollte? Sie hätte es ihm selbst gesagt – am Abend, als sie starb. Leider kam sie nicht mehr dazu, wie du weißt."

"Ja! Stimmt! Trotzdem hättest du es Ty längst sagen müssen. Immerhin hast du es ja auch geschafft, mit mir über das Thema zu reden. Du warst der Einzige, der es zum Zeitpunkt ihres Todes wusste und es ist deine Aufgabe ..."

"Fuck, Zero! Du standest Diandre nicht so nahe wie Ty. Muss ich noch deutlicher werden? Ihr Tod ging dir nahe, aber nicht, weil deine Gefühle so extrem tief waren, sondern weil du dir bis heute die Schuld an ihrem Tod gibst. Dass das bescheuert ist, darüber müssen wir nicht reden." Ich würde meinem Freund am liebsten die Faust in die Fresse rammen. Er hat ja keine Ahnung, wie ich mich fühle. "Der ganze Quatsch von wegen, dass Diandre nicht von diesem Auto erfasst worden wäre, wenn du sie nicht hättest fallenlassen, ist ebenso absurd wie die Tatsache, dass du die Schuld am Tod deiner Mutter trägst. Komm endlich von dem Trip runter, dass du für das Elend dieser Welt allein die Verantwortung trägst. Das steht dir nicht und ist auch nicht wahr. Wir wissen doch beide in der Zwischenzeit, dass Diandre keinem normalen Unfall zum Opfer fiel und spätestens seit eine Kayla Morrell an der Academy auftauchte, und im Gefolge ein paar sehr üble Typen mitbrachte, muss doch auch dir klar sein, dass irgendwer auch Diandre aus dem Weg räumen wollte. Und Kirill war es mit Sicherheit nicht. Welchen Grund sollte es dafür gegeben haben?" Ja, welchen? Das frage ich mich ja selbst die ganze Zeit.

Vance schweigt und es scheint mir auch nicht so, als wolle er zu dem Thema noch etwas sagen. Dafür rutschen meine Gedanken weit zurück in die Vergangenheit. Zu einem Zeitpunkt, den ich am liebsten nie wieder erleben möchte, der sich aber immer wieder in meinen Kopf drängt und mich nicht zur Ruhe kommen lässt.

Meine Mum ... meine wunderschöne Mutter. Für mich als Kind stand jedes Mal die Welt still, wenn sie tanzte. Wenn sie sich bewegte, als würde die Schwerkraft dieser Welt für jeden existieren, nur für sie nicht. Obwohl mein mieser Lappen von einem Vater ihr streng verboten hatte, mir das Tanzen beizubringen und obwohl er sie bedrohte, sie schlug und misshandelte, nutzte sie jede freie Minute, um mir zu zeigen, wie wundervoll ihre Welt ist – und genau deshalb liebte ich sie so sehr.

Das Leben im Haus meines Vaters war geprägt von Strenge, von Lieblosigkeit und Härte. Selbst die Dienstboten blieben nicht verschont und meinem Vater rutschte gerne bei den jüngeren Hausangestellten die Hand aus – vor allem bei den weiblichen. Anfangs dachte ich noch, dass er das tat, weil er Frauen generell hasste, aber irgendwann kam ich dahinter, dass ihm einer abging, wenn die Mädchen heulten und schrien. Als ich ihn das erste Mal in seinem privaten Gewölbe beobachtete, ist mir schlecht geworden. Mein Vater, der Sadist ...

Er ist ein Mann, der auf seine weiblichen Gespielinnen keine Rücksicht nimmt und sie mit so unfassbarem Schmerz überzieht, dass einige am nächsten Tag nicht einmal mehr laufen konnten. Die meisten haben danach fluchtartig das Haus verlassen, allerdings nicht ohne ein hohes Schweigegeld von meinem Alten zu verlangen. An eines seiner Opfer erinnere ich mich noch ganz genau. Die Kleine war erst sechzehn, … die Tochter unserer Köchin. Man fand sie mit durchtrennter Kehle im Wald. Ihr Rücken war gezeichnet von so vielen Peitschenstriemen, dass sie wahrscheinlich ohnehin gestorben wäre, aber anscheinend wollte ihr Peiniger auf Nummer sicher gehen. Sie sollte nicht reden. Sie sollte niemandem verraten können, wer sie so zugerichtet hatte.

Kein Mensch kam damals auf die Idee, meinen Dad zu verdächtigen, … oder vielleicht doch. Vielleicht hatten die Angestellten einfach zu viel Angst vor ihm und als mächtiger CEO, wer weiß, vielleicht hat er auch die Cops geschmiert. Ich war damals einfach noch zu jung, um zu verstehen, was um mich herum vor sich ging.

Doch dann kam der Tag, an dem ich von einer Sekunde auf die andere verstand – der Tag, an dem der Bastard beschloss, meine Mum umzubringen. Ich war mit ihr in dem kleinen Tanzstudio, das sie sich unterm Dach unserer Villa eingerichtet hatte, und ich tanzte. Ich vergaß die Welt um mich herum, wenn ich mich zu den zauberhaften Klängen der alten Musikbox bewegen konnte und dabei machte es auch keinen Unterschied, dass es sich nicht um eine große Theaterbühne handelte, sondern nur um ein winziges Zimmer, das meine Mutter meinem Vater abgetrotzt hatte.

Wir dachten, er wäre auf einer Geschäftsreise und käme erst in drei Tagen wieder nach Hause, aber der Deal war geplatzt und so kam es, dass er plötzlich vor uns beiden stand. Das war kurz vor meinem elften Geburtstag und ich erinnere mich noch an diesen Tag, als wäre es erst gestern gewesen.

Ohne ein Wort zu sagen, packte mein Vater mich am Arm, zerrte mich aus dem Studio und schlug mir die Tür vor der Nase zu. Gleich darauf hörte ich lautes Poltern aus dem Zimmer und die schmerzerfüllten Schreie meiner Mum. Ich hörte ihr Weinen, ihr Flehen und Schluchzen und konnte nicht zu ihr gelangen, weil mein Erzeuger die Tür abgeschlossen hatte. In meiner Panik rannte ich die Treppen nach unten und schrie um Hilfe, aber es kam niemand. Kein Angestellter war bereit, meiner Mutter zu helfen ... nur der Gärtner war plötzlich zur Stelle – allerdings nicht, um die Polizei zu rufen, oder die Tür aufzubrechen. Er packte mich, riss mich einfach mit sich nach draußen und machte auch erst halt, nachdem wir seine karge Unterkunft erreichten. Dort angekommen, nahm er mich in die Arme, aber ich wehrte mich gegen seine Umklammerung. Immer wieder flüsterte der ältere Mann mir zu, dass ich leise sein müsse, dass ich nicht schreien dürfe, denn ansonsten würde mein eigener Dad mich töten. Warum auch immer: Irgendwann glaubte ich dem Mann und schwieg.

Ich schwieg auch am nächsten Tag, als meine Mutter wie ein Schatten ihrer selbst durchs Haus schlich, sich kaum bewegen konnte und ihr wunderschönes Gesicht grün und blau von seinen Schlägen war. Ich versuchte, zu ihr zu gelangen, doch im nächsten Moment hatte mein Vater mich gepackt und zurückgezogen. Er ließ mich sie nicht einmal umarmen.

"Sieh sie dir gut an, mein Sohn!", sagte er damals zu mir. "Präge dir das arme Geschöpf und ihr Leiden genau ein. Nicht mehr lange und sie wird fort sein." Was er damit meinte, verstand ich erst eine Woche später. An meinem elften Geburtstag standen auf einmal die Cops vor unserer Tür, um uns mitzuteilen, dass meine Mutter

einem bedauernswerten Unfall zum Opfer gefallen wäre. Ihr Wagen sei von der Straße abgekommen, gegen einen Baum geprallt und sogleich in Flammen aufgegangen.

Ich wusste sofort, dass das nie und nimmer stimmen konnte, denn meine Mutter wäre gar nicht in der Lage gewesen, zu fahren. Ihre Augen waren noch immer zugeschwollen von den Schlägen meines Alten. Der Blick, mit dem er mich damals bedachte – er hat es nicht einmal vor mir versteckt. Ich sollte wissen, dass er es getan hat.

"Hör auf, darüber nachzudenken, Zero! Du weißt, dass es nichts bringt. Und im Übrigen haben wir deinen Alten bald in unseren Klauen. Wir haben bereits die Aktienmehrheit und können jederzeit losschlagen. Du musst nur das Go geben. Dann wirst du genau das machen, was du schon immer geplant hast: Du zerschlägst die Firma und treibst den Bastard in den Bankrott!" Vance kennt mich zu gut. Er hat mir genau angesehen, an was ich gerade gedacht habe ... oder vielmehr an wen.

"Das reicht mir nicht!", werfe ich meinem Freund wütend entgegen. "Ich werde erst Frieden finden, wenn ich ihm endlich gegenüberstehe und mein Messer in ihm versenke – immer und immer wieder – bis er endlich verreckt."

"Das hätte Ty schon längst und liebend gerne für dich erledigen können. Das ist dir hoffentlich klar."

"Nein! Das ist etwas, dass ich selbst tun muss. Ich will dem Bastard in die Augen schauen, wenn er stirbt. Ich will sehen, wie er leidet, wie die Schmerzen ihn langsam um den Verstand bringen und er erkennen muss, dass sein eigener Sohn ihm den Tod bringt. Etwas anderes wird mich nicht zur Ruhe kommen lassen." Ich sehe, wie Vance den Kopf schüttelt. Anscheinend ist er, was das angeht, nicht meiner Meinung. Ich weiß genau, dass er einen schnellen, sauberen Tod durch eine Kugel vorzieht, aber ich weiß auch, dass er vor Folter nicht zurückschrecken würde, wenn es sein muss. Man wird nicht in ein Kartell hineingeboren, ohne zu lernen, wie man an Informationen gelangt, die einem nicht freiwillig gegeben werden.

"Lass uns das Thema wechseln." Er seufzt ein weiteres Mal, doch bevor er weiterreden kann, meldet sich einer unserer Männer zu Wort.

"Sie kommen!" Der Typ deutet in Richtung Steuerbord und deutlich sind dort bereits die Positionslichter des zweiten Bootes zu erkennen. Wie es aussieht, bleiben uns in dieser Nacht tatsächlich Kämpfe erspart.

Die nächste halbe Stunde sind wir mit Umladen beschäftigt und nach einer weiteren Stunde erreichen wir endlich die künstliche Grotte, die wir im Felsen unterhalb des Leuchtturms angelegt haben. Ab hier können unsere Männer alleine weitermachen. Vance' und meine Anwesenheit ist beim Entladen der Ware nicht vonnöten. Wir überzeugen uns noch davon, dass die Männer ihre Arbeit zügig und sauber erledigen und beginnen dann die steilen Treppen bis zur Klippe emporzusteigen.

Es ist bereits weit nach Mitternacht, als wir den Leuchtturm verlassen und oberhalb der Steilküste ankommen. Vance bleibt kurz stehen und starrt zurück aufs Meer. Augenblicklich weiß ich, dass er noch etwas zu sagen hat und schaue ihn abwartend an.

"Es gibt da etwas, das mir keine Ruhe lässt und seit unserem Gespräch auf dem Boot denke ich pausenlos darüber nach."

"Was ist es?" Vance zieht ein Gesicht, das ich nur zu gut von ihm kenne und meist bedeutet es nichts Gutes.

"Wie du weißt, habe ich ziemlich lange geglaubt, dass Diandres Tod ein Unfall war und du ahnst sicherlich, dass ich davon mittlerweile Abstand genommen habe. Kirill ist für mich aus dem Rennen, denn Diandre hatte sich für ihn entschieden. Warum sollte er sie also killen? Das ergibt für mich keinen Sinn."

"Keine Ahnung! Aber es besteht zumindest noch die kleine Unsicherheit, dass er sie gar nicht heiraten wollte und ihr nur irgendein Theater vorgespielt hat. Zumindest sollten wir diese Möglichkeit in Betracht ziehen."

"Möglich!", flüstert Vance leise und scheint dabei völlig in Gedanken versunken. "Das Wichtigste ist aber, dass wir endlich herausfinden, wer zur Hölle Kayla Morrell ist und warum man Jagd auf die Kleine macht. Vielleicht wäre es klug, mit den Eltern von Diandre zu reden. Es könnte immerhin möglich sein, dass wir über die beiden etwas rausfinden. Etwas, das uns bisher völlig durchgegangen ist. Die beiden leben und erfreuen sich bester Gesundheit, ganz im Gegensatz zu Kaylas Eltern. Tyrone könnte das übernehmen, denn der war irgendwann einmal mit Diandre zu Besuch in ihrem Elternhaus. Das war kurz, bevor sie starb. Die Beiden kennen ihn und dürften nicht allzu misstrauisch sein, wenn er plötzlich vor der Tür steht. Immerhin hat Diandre ihn damals sogar als ihren Verlobten präsentiert und sich einen Spaß daraus gemacht, dass ihre Mutter Ty umsorgt hat, als wäre er ihr eigenes Küken. Du kannst dir sicherlich vorstellen, wie der Gute das fand. Hat damals wohl ziemlich an seiner Selbstbeherrschung gekratzt." Ich muss lachen, denn ich erinnere mich noch genau an den Tag, von dem Vance gerade spricht und an Tyrones Gesicht, als er am Abend wieder zu uns stieß. Am liebsten hätte er damals sofort jemanden gekillt, vorzugsweise Diandre, die ihm den Familientag aufgedrückt hatte.

"Bist du sicher, dass Ty der Richtige für den Job ist? Ich denke, das könnte Tote geben, wenn die Frau ihn wieder so bemuttert wie bei seinem ersten Besuch. Da steht unser Psycho mal so gar nicht drauf."

"Ist mir egal! Er hat den besten Draht zu ihren Eltern und ich denke, dass die beiden eher mit ihm als mit uns reden werden, wo sie uns doch nicht einmal persönlich kennen. Wir sollten ihn damit ködern, dass er der Kleinen so vielleicht das Leben retten kann, denn falls es dir noch nicht aufgefallen ist, hat er seine Abneigung gegen die Maus so ziemlich abgelegt. Ich wäre im Leben nicht drauf gekommen, dass er ihr tatsächlich Diandres Zimmer überlässt. Du etwa?"

"Auf keinen Fall, aber bist du sicher, dass er wirklich sauber spielt? Könnte ebenso gut sein, dass er uns nur in Sicherheit wiegen will, um sich Kayla bei erstbester Gelegenheit vom Hals zu schaffen. Wir wissen doch beide, dass Ty sich niemals in die Karten schauen lässt und es nur sehr wenige Gelegenheiten gibt, in denen man ihm ansieht, was er gerade denkt. Sicher bin ich mir bei ihm nie."

"Das können wir auch nicht sein, aber ich habe zumindest ..." Im selben Moment brummt Vance' Handy und er zieht es aus der Jacke.

Mein Freund wirft einen kurzen Blick auf das Display, verzieht fast angewidert das Gesicht, doch dann nimmt er das Gespräch nach kurzem Zögern entgegen.

"Kasparow! Je später die Nacht, desto erfreulicher die Anrufer." Natürlich meint er genau das Gegenteil und ich bin mir ziemlich sicher, dass Kasparow genau weiß, wie willkommen sein Anruf gerade ist. "Willst du wissen, wie es gelaufen ist? Dann kann ich dir sagen, dass alles ..."

Ich kann zwar nicht verstehen, was der Russe Vance gerade mitteilt, aber er hat ihn einfach unterbrochen und das kommt eigentlich äußerst selten bis gar nicht vor. Zumindest kann ich mich nicht an eine solche Gelegenheit erinnern. Angespannt beobachte ich Vance' Gesicht und erkenne, dass sich seine Augen schlagartig verfinstern. Da zieht ein Orkan auf und ich trete unruhig von einem Bein aufs andere. Wenn Vance so drauf ist, läuft gerade etwas gewaltig schief. Und wenn er ein Gespräch mit den Worten abbricht, dass er es verstanden habe, dann brennt bereits der Planet. Irgendetwas stimmt hier ganz und gar nicht.

"Rate mal, was der Pisser von einem Psycho getan hat!" Fuck! Ty hat irgendetwas angestellt und ich bin mir nicht sicher, ob ich hören will, was es ist. Ist er am Ende ausgerastet? Hat er an der Academy jemanden umgebracht? Ich hoffe nicht.

"Keine Ahnung, aber du wirst es mir hoffentlich gleich sagen."

"Ja, werde ich und anschließend reiße ich dem Idioten den blöden Schädel vom Hals. Der Bastard hat unsere Abwesenheit genutzt und Kirill zu einem lauschigen Abendessen in unsere Villa eingeladen. Kasparow hat sich gerade für unser Vertrauen bei mir bedankt und dass wir Kirill die Gelegenheit gegeben haben, mit *SEINEM* Mädchen zu reden." Im selben Moment spurtet Vance los und ich habe Mühe, seine letzten Worte zu verdauen. Hat der Russe das wirklich gesagt? Hat Kirill wirklich seinem Vater gegenüber von *SEINEM* Mädchen gesprochen?

Falls er das denkt, ist er ein noch sehr viel dümmerer Bastard, als ich bisher angenommen habe.

Vance

Nein, Zero! Ich habe dir gerade nicht die volle Wahrheit gesagt und ich hoffe, dass du niemals herausfinden wirst, wie weit ich gehen würde, um mir zu holen, was mir gehört.

Glaubst du wirklich an Liebe? Die gibt es nicht. Frauen sind berechnend, sie sind kalt und reißen uns das Herz aus der Brust, wenn ihnen der Sinn danach steht. Ich habe gelernt, dass man sie benutzen kann – mehr darf ich nicht zulassen – mehr will ich nicht zulassen.

Ich weiß, du wirst mich hassen! SIE wird mich hassen, aber ich habe etwas zu erledigen und dieses Ziel werde ich erreichen. Koste es, was es wolle.

Kapitel 12

Gleich nach dem Besuch des Russen bin ich in mein Zimmer verschwunden und habe versucht, die Angst loszuwerden, die den ganzen Abend mein ständiger Begleiter war. Es ist mir nicht gelungen. Immer wieder muss ich an die stechend blauen Augen denken, an seine Blicke, die mir das Gefühl gegeben haben, nackt am Tisch zu sitzen. Die Art, wie dieser Kirill mich ansah, hatte etwas Besitzergreifendes und absolut Bedrohliches. Kann sein, dass ich keine Ahnung von Männern habe, aber der Typ hat mir ein so mieses Gefühl gegeben, dass ich jetzt noch sehr viel weniger zu diesem Ball gehen will. Auch die Andeutungen, dass ich an seiner Seite sehr viel sicherer sei und es dumm wäre, seinen Schutz nicht anzunehmen, haben mir deutlich gezeigt, dass er mich um jeden Preis in seine Gewalt bringen will. Mir fällt dafür nur kein Grund ein und das ist mein großes Dilemma.

Ich bin nicht so eingebildet, dass ich glaube, ein solcher Typ könne sich in mich verknallt haben – warum sollte er auch – immerhin könnte er mit seinem Aussehen und seinem Reichtum jede Frau für sich gewinnen. Nur mich nicht. Ich würde ihn auch nicht wollen, wenn er der einzige Mann auf diesem gottverfluchten Planeten wäre. Er jagt mir eine Scheißangst ein. Das haben nicht einmal Vance, Zero und Tyrone zustande gebracht und die Drei haben mich immerhin erpresst und mich zu Dingen genötigt, die …

Die du ganz klar wolltest, Kayla! Mach dir doch bitte nichts vor, Liebes.

Ja, wollte ich und genau das ist der Unterschied. Allein die kurze Berührung des Russen an meiner Hand hat mich schaudern lassen, und zwar nicht vor Lust. Da waren ganz andere Gefühle im Spiel und kein einziges davon war wirklich gut.

Das aufreizende Kleid habe ich längst ausgezogen und ich bin mir nicht sicher, ob ich es jemals wieder anziehen kann, ohne an diese Blicke zu denken, die sich tief in mein Innerstes laserten. Obwohl ich einen warmen Jogger trage, friere ich plötzlich und überlege schon, ob es Sinn machen würde, zu Ty ins Bett zu krabbeln. Ich weiß genau, bleibe ich hier, werde ich die ganze Nacht kein Auge zutun, weil Kirill Kasparow mich nicht zur Ruhe kommen lässt.

Ich seufze leise, richte mich auf und will gerade das Bett verlassen, als plötzlich ein lautes Poltern und wütende Stimmen aus dem Wohnzimmer zu vernehmen sind. Wie es aussieht, sind Vance und Zero heimgekehrt und noch offensichtlicher ist, dass sie ziemlich angepisst sind. Es kracht ein weiteres Mal, gleich darauf erklingt das Scheppern von zerbrechendem Glas und jetzt hält mich nichts mehr in meinem Zimmer. Hastig reiße ich die Tür auf und renne los. Die Strecke ist nur kurz und als ich das Wohnzimmer erreiche, bietet sich mir ein Bild der Verwüstung.

Ty und Vance stehen sich wie zwei wütende Bulldoggen gegenüber und belauern sich. Beide bluten an den Lippen und Vance sieht so aus, als hätte er bereits ein blaues Auge. Das hält ihn aber nicht davon ab, erneut auf Tyrone loszugehen und ihm einen Haken zu verpassen. Tyrones Kiefer knirscht so laut, dass ich zusammenschrecke und hoffe, dass nichts gebrochen ist. Verdammt! Ich befürchte, die beiden wissen genau, was hier während ihrer Abwesenheit geschehen ist. Jetzt ist es Tyrone, der auf Vance zufliegt und ihn mit seinem ganzen Gewicht zu Fall bringt.

"Tu etwas, Zero!", schreie ich schrill, als die beiden durch das Glas einer kaputten Flasche rollen und ich genau hören kann, wie die Splitter in noch kleinere Teile zerspringen. "Halt sie auf! Die beiden bringen sich ja um!" Ich zerre an seiner Jacke, doch er wirft mir lediglich einen sehr grimmigen Blick zu und dabei wird mir augenblicklich klar: Er wird nicht eingreifen.

Im selben Moment kracht Tyrones Faust in Vance' Bauch, doch der gibt nicht einmal ein Stöhnen von sich. Es ist, als ob er den Schlag nicht einmal wahrgenommen hätte. Ein weiteres Mal rollen die beiden durch den Raum – bis vor meine Füße. Es ist mir scheißegal, was hier los ist, aber ich kann nicht tatenlos dabei zusehen, wie Vance und Tyrone sich gegenseitig Krankenhausreif prügeln. Auf gar keinen Fall kann ich das – zumal ich mir den Grund auch denken kann und daran habe auch ich meinen Anteil. Ich hätte Ty ganz unumwunden klarmachen können, dass er sich das Abendessen mit Kirill dahin stecken kann, wo niemals ein Sonnenstrahl hintrifft.

Aber natürlich hättest du das machen können ... Die Frage ist nur, wie weit du damit gekommen wärest.

Habe ich schon mal erwähnt, wie sehr ich diese innere Stimme hasse? Wie sehr ich mir wünschte, sie würde endlich die Klappe halten?

Bevor ich über mein Handeln nachdenken kann, werfe ich mich auf Tyrones Rücken und umklammere ihn mit beiden Armen. Im Hintergrund höre ich Zero schreien, Vance' Augen werden riesig groß und im ersten Moment habe ich tatsächlich den Eindruck, als wolle Ty mich abschütteln wie ein lästiges Insekt. Die Muskeln auf seinem Rücken spannen sich an, ich merke, wie alles an ihm hart wird und rechne damit, jeden Moment durch die Gegend zu fliegen – doch es passiert NICHTS. Statt mich vor die nächstbeste Wand zu katapultieren, erstarrt Tyrone unter mir und bewegt sich nicht mehr, was dann dazu führt, dass auch Vance davon Abstand nimmt, ihm die bereits geballte Faust ins Gesicht zu rammen. Stattdessen stehe ich plötzlich im Mittelpunkt des allgemeinen Interesses. Das ist nicht gut – gar nicht gut.

"Bist du irre?", herrscht Zero mich an und reißt mich von Tyrones Rücken.

Die beiden Männer, die gerade noch am Boden lagen, springen ebenfalls auf und umringen mich. Ehrlich gesagt bekomme ich gerade Luftnot, weil die Drei mich einkesseln und ich das Gefühl habe, ihre Augen würden Löcher in meinen Körper bohren. Plötzlich ist vom Streit der Drei nicht mehr viel zu erkennen und sie scheinen sich sehr einig darüber zu sein, dass ich gerade etwas völlig Unerhörtes getan habe. Etwas, das die Drei auf keinen Fall dulden werden. Zumindest macht es auf mich nicht den Eindruck.

"Ist dir eigentlich klar, dass ich dich hätte verletzen können? Hätte ich nicht im letzten Moment die Reißleine gezogen, lägst du jetzt mit gebrochenen Knochen in der Ecke neben dem Kamin." Tyrones hellgrüne Augen glitzern gefährlich und er sieht plötzlich so aus, als würde er mich liebend gerne übers Knie legen – wobei das ja bekanntlich Zeros Part ist.

Ich werfe einen schnellen Blick in Vance' Richtung, doch auch von ihm ist keine Hilfe zu erwarten. Er schaut dermaßen bedrohlich aus der Wäsche, dass ich automatisch den Blick senke und versuche, mich so unsichtbar wie möglich zu machen. Wobei ich mich im selben Moment frage, warum ich das tue? Immerhin habe ich nichts Falsches gemacht – nur verhindert, dass die beiden Holzköpfe sich die dummen Schädel einschlagen. Vielleicht sollte ich ...

"Was hast du dir eigentlich dabei gedacht? Wie konntest du Kirill hierher einladen und ausgerechnet dann, wenn ihr beide allein im Haus seid? Ist dir nicht klar, was alles hätte passieren können?", herrscht Zero in diesem Moment Ty an und dieser wirbelt herum.

"Ich habe getan, was ich für richtig hielt und würde jederzeit wieder so entscheiden. Ich bin nicht bereit, Dove in sein Haus zu bringen. In ein Haus, in dem Kirill die Zügel und alle Trümpfe in der Hand hält. Das könnt ihr beide vergessen." Er ballt ein weiteres Mal die Hände zu Fäusten, schiebt aber gleich darauf seine Rechte in die Hosentasche und greift sich sein Feuerzeug. Allerdings hält er es dieses Mal nur in der Hand, ohne es ständig aufschnappen zu lassen. "Immerhin hat er uns mitteilen können, dass der Typ, den Dove abgemurkst hat, nicht wie angenommen dem KGB angehört. Und er hat mich ebenfalls wissen lassen, dass seine Männer ein Lager außerhalb des Ortes gefunden haben, in dem wohl ungefähr zwölf Männer gehaust haben. Wahrscheinlich Söldner, die nur zu einem Zweck hergekommen sind. Ich befürchte, dass es noch weitaus mehr sein könnten, nachdem wir ebenfalls schon drei von diesen Scheißkerlen gestoppt haben. Aber das scheint euch ja herzlich wenig zu kümmern."

"Darum geht es nicht und das weißt du ganz genau, Ty!" Jetzt mischt sich auch Vance ein. "Du hast selbst gesagt, dass Kirill Kayla wahrscheinlich in seine Hände bekommen will und dass er deshalb die Einladung zu dem ominösen Ball geschickt hat. Was hätte ihn eigentlich daran hindern sollen, sie jetzt und hier einfach einzukassieren und mitzunehmen? Weißt du eigentlich, wie gefährlich das war – für dich, aber auch für sie?"

"Du hältst mich echt für total bescheuert, Bro! Glaubst du ernsthaft, dass Kirill Kasparow auch nur einen Schritt in unsere Villa gemacht hätte, wenn ich nicht für unsere Sicherheit garantieren kann? Draußen standen zwölf unserer eigenen Männer – er selbst durfte nur zwei mitbringen und die mussten im Wagen bleiben. Und natürlich war ich bewaffnet ..."

"Du warst ... WAS?" Ich schaue Ty an und glaube nicht, was ich gerade höre. Es kann doch nicht sein, dass er mit Waffe am Tisch saß und so aussah, als könne er kein Wässerchen trüben. Gott! Ich kann und will nicht glauben, dass er tatsächlich geschossen hätte, wenn Kirill eine falsche Bewegung gemacht hätte.

"Fuck, Dove! Glaubst du ernsthaft, ich würde nicht für deine Sicherheit sorgen und das bei einem Typen wie Kirill? Hast du wirklich gedacht, wir bewerfen uns mit Wattebällchen, wenn es hart auf hart kommt?" Sein Gesicht kommt meinem plötzlich so nahe, dass ich wieder einmal das Gefühl habe, im Jadegrün seiner Augen zu ertrinken. "Hast du denn noch immer nicht begriffen, dass in unserer Welt nur die Starken überleben? Bist du stark, Dove, oder bist du das Vögelchen, das beim nächsten Windstoß mit gebrochenen Flügeln elendig zugrunde geht?" Ich merke genau, dass er sich in Rage redet, weiß aber ehrlich gesagt auch nicht, wie ich ihn davon abhalten soll. In diesem Moment ist er so völlig der Teufel, den ich am ersten Abend in ihm gesehen habe, dass mir ganz anders wird. Jemand, der über Berge von Leichen steigt, wenn es in seine Pläne passt.

"Hör auf, Ty! Ich denke, sie hat es verstanden ..." Zero legt seine Hand auf Tyrones Schulter und dieser zuckt tatsächlich zusammen. Dafür klärt sich langsam sein Blick. Für den Bruchteil einer Sekunde hat er mir beinahe mehr Angst eingejagt als der Russe. "... und wir haben es auch verstanden. Ich hätte mir nur gewünscht, wir wären dabei gewesen. Ich traue Kirill nicht. Nicht, wenn es um *sie* geht." Und dabei wirft er mir einen bedeutungsschwangeren Blick zu. Was er mir damit sagen will, möchte ich gar nicht wissen. Irgendwie haben mir die Andeutungen des Russen bereits gereicht.

"Wir sollten jetzt Schlafengehen. Es ist verdammt spät und Kayla muss morgen ganz normal am Unterricht teilnehmen. Da ich ebenfalls Teil ihrer Übungsstunden bin, würde ich es vorziehen, wenn wir jetzt alle runterkommen und den Rest der Nacht ausruhen. Wir können gerne morgen weiterstreiten – falls dann noch Bedarf besteht." Zero schaut uns der Reihe nach an und seine Miene ist dabei durchaus streng, so als dulde er keinerlei Widerspruch.

Es sieht auch nicht so aus, als wolle hier jemand protestieren. Selbst Ty gähnt und wirkt angeschlagen. Das war ein verdammt langer Tag und selbst ich, die vorhin noch nicht die geringste Müdigkeit verspürt hat, merke, wie es mir mit jeder Sekunde schwerer fällt, die Augen offenzuhalten. Ohne ein Wort zu sagen, drehe ich mich um und will bereits den Rückzug in mein Zimmer antreten, als Vance meinen Arm greift und mich aufhält.

"Du gehst von hier aus auf direktem Weg in mein Zimmer. Keine Widerrede. Sollte ich dich nachher holen müssen, wirst du es bereuen." Sein Blick ist finster und die steile Falte auf seiner Stirn sagt mir deutlich, dass er an dieser Stelle keinen Ungehorsam dulden wird. Ich zucke mit den Schultern und nicke zum Zeichen, dass ich ihn verstanden habe. Erst dann lässt er mich los.

Ganz kurz flammt in mir der Wunsch auf, Vance zu zeigen, dass ich nicht sein persönliches Eigentum bin und er nicht frei über mich verfügen kann, wie es ihm gerade passt, doch dann fällt mir ein, dass ich ihm und seinen Freunden tatsächlich gehöre. Ich habe mich auf einen Deal mit den Dreien eingelassen, was wahrscheinlich der größte Fehler meines Lebens war. Keine Ahnung, wohin das führen wird.

Wohin wohl, Süße? Zum allerbesten Sex deines Lebens!

Du bist den Typen doch längst verfallen.

Selbst ohne den bescheuerten Deal würdest du dich von den Kerlen dominieren lassen – weil es genau das ist, was du willst.

Stimmt genau, aber manche Dinge muss ich deswegen trotzdem nicht mögen.

Ich betrete sein Schlafzimmer, ziehe die Decke zurück und lege mich hin. Aus dem Wohnzimmer höre ich noch immer die leisen Stimmen der Jungs und das Geräusch ist so beruhigend, dass ich langsam in den Schlaf gleite. Die Wärme, Vance' frischer Duft, der in den Kissen hängt, das alles wirkt so entspannend, dass ich langsam ins Reich der Träume wechsle.

"Behüte sie, Olga! Du darfst meinen Schatz nicht im Stich lassen! Niemals! Hörst du?" Ich höre ihre Stimme, obwohl ich noch gar nicht wirklich wach bin. Blinzelnd versuche ich die Augen zu öffnen, doch das grelle Licht blendet mich so sehr, dass ich sie wieder schließe. Die leisen Stimmen verschwinden jedoch nicht und sie sind mir sehr, sehr nahe. "Denk nicht an mich, nicht an meinen Mann – wir bekommen die Strafe, die wir verdient haben. Aber sie ... sie ist unschuldig. Sie kann nichts für die Sünden ihrer Eltern und ich will nicht, dass sie den Preis für unsere Dummheit zahlen muss. Bring sie weg von hier. Weit, weit weg!"

Das Licht geht aus, die Stimmen entfernen sich und ...

Ich merke, wie die Matratze sich senkt, wie ein warmer Körper zu mir unter die Decke gleitet und öffne die Augen, nicht sicher, ob ich gerade geträumt habe, oder ob die Stimmen real waren. Seltsamerweise ist dieses Mal die Erinnerung sehr klar und es macht auf mich auch nicht den Eindruck, dass sie wieder verschwindet. Ganz deutlich habe ich Olgas Namen vernommen und ich weiß plötzlich mit Sicherheit, dass die andere Stimme meiner Mutter gehörte. Woher ich das weiß – ich habe keine Ahnung. Als ich zusammenzucke, macht Vance sich bemerkbar.

"Habe ich dich geweckt?" Ja! Nein! Keine Ahnung. Ich bin mir nicht sicher, ob ich durch ihn wachgeworden bin, oder ob mein Unterbewusstsein mir signalisiert hat, dass mein Traum eine unerfreuliche Wendung nehmen wird, wenn ich ihn nicht auf dem schnellsten Weg verlasse.

"Nein!", antworte ich. "Ich habe etwas Seltsames geträumt und ich denke, es wäre unerfreulich weitergegangen. Meist kann ich mich nicht an meine Träume erinnern – nur an wirre Fetzen, die keinen Sinn ergeben, aber in diesem Fall war es ein Gespräch zwischen Olga ... und meiner Mum. Zumindest glaube ich, dass es meine Mum war. An sie erinnere ich mich eigentlich gar nicht. Auch nicht an meinen Dad. Da sind nur diese verschwommenen Bilder, die manchmal auftauchen, aber auch sehr schnell wieder verschwinden. Wenn mein Onkel mir keine Fotografien meiner Eltern überlassen hätte, wüsste ich wahrscheinlich nicht einmal, wie sie aussehen." Ich reibe mir über die Schläfe, wende den Kopf leicht und schaue Vance an. Ruhig erwidert dieser meinen Blick, so als wolle er mich nicht unterbrechen. "Ich habe gerade im Halbschlaf gehört, wie meine Mutter Olga den Befehl gab, sich um mich zu kümmern, egal, was mit ihr oder meinem Dad geschieht. Ihre Worte waren, dass ich nicht für ihre Sünden bezahlen soll. Was auch immer das heißen mag!"

"Das wüsste ich auch gerne! Vielleicht ist das der Grund, aus dem man Jagd auf dich macht – ein folgenschwerer Fehler deiner Eltern."

Ich wünschte, ich würde darauf eine Antwort finden, aber dafür müsste ich mich erst einmal deutlicher erinnern und das dürfte schwer werden, denn immerhin war ich zu diesem Zeitpunkt noch sehr, sehr klein. Statt weiter darüber nachzudenken – weil ich genau weiß, dass es am Ende nichts bringt – schaue ich Vance tief in die Augen. Unbewusst hebe ich meine Hand und fahre mit dem Zeigfinger die Kontur seines Mundes nach. Durch den natürlichen Schwung seiner Lippen sieht es immer ein bisschen so aus, als würde er spöttisch lächeln – auch jetzt wieder.

"Du willst mich etwas fragen? Dann frag! Ich sehe dir an, dass da etwas ist, was raus muss." Jetzt lächelt er und es wirkt dieses Mal auch kein bisschen zynisch.

"Ty hat ... hat angedeutet, dass du bestimmte Vorlieben hast."

"Hat er das?"

Vance lächelt erneut, nur jetzt bedeutend dunkler. In seinen Augen scheinen plötzlich dunkle Wolken zu wirbeln und ein Sturm braut sich zusammen. Plötzlich bin ich mir nicht mehr sicher, ob das hier eine gute Idee ist. Ich halte sie sogar für ziemlich mies, wenn ich ehrlich sein soll, und eine Antwort bekomme ich auch nicht. Dumm nur, dass mein Mund schneller unterwegs ist als mein Verstand. Der sagt mir nämlich deutlich, dass es besser wäre, die Klappe zu halten.

"E-Er hat gesagt, dass du auf Rollenspiele stehst und ich frage mich, warum d-du ..." Vance stützt sich auf einem Arm in die Höhe und plötzlich schwebt sein Gesicht dicht über meinem.

"Du möchtest wissen, warum ich mich bisher zurückhalte?" Jetzt hat sein Grinsen etwas überaus Gefährliches und ich schlucke mühsam. "Vertraust du mir?" Was für eine selten dämliche Frage. Natürlich nicht. Ich schüttle den Kopf – aber nicht sonderlich deutlich, denn ich bin gerade viel zu gefangen von seinen Augen und seinen Lippen, die sich meinen nähern. "Gut so! Du solltest keinem von uns Dreien vertrauen." Ja, so weit war ich auch schon. Dumm nur, dass es für all diese Überlegungen bereits zu spät ist. Mein Mund wird staubtrocken, während ich wie hypnotisiert in sein Gesicht schaue. "Vertraust du mir denn, wenn es darum geht, beim Sex nicht mehr von dir zu fordern, als du erträgst?" Ich nicke, bevor ich mich selbst davon abhalten kann. Warum auch immer, aber dabei vertraue ich Vance wirklich – aber auch nur da. "Gut! Das gehört nämlich dazu, denn wenn ein Spiel beginnt, gibt es kein Zurück!"

"W-Was bedeutet das?"

"Das bedeutet, dass es kein Nein gibt, kein Stopp und keine Reißleine, die du ziehen kannst, sollte dir danach sein. Genau das ist der Reiz eines Rollenspiels und auch der Grund, warum ich darüber bisher noch nicht nachgedacht habe, aber nach diesem Gespräch ..." Den letzten Rest des Satzes lässt er bedeutungsschwanger in der Luft hängen und raubt mir damit den Atem.

Ty sprach damals von Rape-Fantasien, von Doktorspielchen und einigen anderen Sachen, und ich habe nicht einmal eine vage Vorstellung von den Dingen, die Vance mir dabei antun würde. Da ist einerseits eine gewisse Furcht, die sich durch meinen Unterleib wühlt, andererseits aber auch eine riesige Faszination. Der Gedanke daran, dass Vance wahrscheinlich mit mir macht, was ihm gefällt, dass ich allein ihm und seiner Lust dienen soll, ist leider nur halb so abschreckend, wie es das wohl sein sollte.

"Ich will es!", platzt es plötzlich aus mir heraus und ich beobachte, wie das Lächeln in Vance' Gesicht noch ein bisschen finsterer wird. Dafür legt sich sein Daumen allerdings sehr sanft an meine Unterlippe und streichelt darüber. Zart und unschuldig.

"Dann wirst du schon sehr bald meine Welt kennenlernen, Babe, aber sag nachher nicht, ich hätte dich nicht gewarnt." Seine Lippen legen sich auf meine und auch dabei ist er erstaunlich sanft. Sanfter, als ich ihn bisher kennengelernt habe. "Und jetzt gib endlich Ruhe. Viel Zeit zum Schlafen haben wir nämlich nicht mehr." Er legt sich hin, zieht mich in seine Arme und fünf Minuten später erkenne ich an seinem tiefen und gleichmäßigen Atem, dass er eingeschlafen ist. Ich werde in dieser Nacht keinen Schlaf mehr finden, denn ich grüble die ganze Zeit darüber nach, was ich Vance gerade gestattet habe und warum ich so leichtsinnig gewesen bin.

Vance

Oh, Babe! Das hättest du nicht tun sollen. Deine Erlaubnis ist wie ein Flammenmeer, das erst gelöscht werden kann, wenn du diejenige bist, die brennt. Ty hat dir also gesteckt, dass ich auf Rollenspiele stehe – aber da bin ich nicht der Einzige. Es gibt noch jemanden, der meine Leidenschaft teilt und ich fürchte, dass wir jetzt beide über dich herfallen werden wie Wölfe, die das Lamm reißen wollen.

Bist du sicher, dass du uns gewachsen bist, kleines Täubchen? Oder wird am Ende nicht viel mehr von dir übrigbleiben als ein paar zerrupfte Federn?

Kapitel 13

Als ich am kommenden Morgen aufwache, wundere ich mich tatsächlich darüber, dass ich am Ende doch noch eingeschlafen bin. Nachdem ich blinzelnd die Augen geöffnet habe, stelle ich sehr schnell fest, dass ich alleine im Bett liege und Vance bereits aufgestanden ist. Die Zimmertür ist nur angelehnt und ich höre lautes Klappern aus der Küche. Gleich darauf erreicht mich der herrliche Duft von frischem Kaffee und als ich ein weiteres Mal schnüffelnd Luft in meine Lungen sauge, bilde ich mir sogar ein, Speck und Eier zu riechen. Hastig sprinte ich aus dem Bett, fahre einmal mit den Fingern durch meine zerzausten Haare und werfe dann einen Blick aus dem Fenster.

Auch in Vance' Zimmer dominiert eine breite Fensterfront die komplette Wand und in der Zwischenzeit ist die Sonne bereits aufgegangen. In den letzten Tagen war es unfassbar warm und der Schnee ist mittlerweile so weit geschmolzen, dass auf dem Rasen vor der Villa erste grüne Flecken sichtbar werden. Langsam bricht der Frühling herein und fast bedauere ich diese Tatsache. Der Schnee – ich liebe ihn. Vielleicht, weil es so etwas in Kalifornien nicht gibt.

"Komm frühstücken, Schlafmütze!", höre ich Vance rufen. Er klingt heute Morgen sehr locker und gelöst – ganz anders als in der letzten Nacht. Er war unfassbar angepisst, als er sich auf Ty gestürzt hat, weil dieser Kirill eingeladen hat. Für den Bruchteil einer Sekunde habe ich sogar gedacht, er schlägt Tyrone tot – wobei der sich durchaus wehren kann. Das hätte mir eigentlich klar sein müssen.

Ein paar Sekunden später betrete ich die Küche und stelle erstaunt fest, dass nur zwei Gedecke auf dem großen Holztisch stehen. Die Plätze, auf denen Ty und Zero normalerweise sitzen, sind leer. Keine Teller, keine Tassen und auch kein Besteck. Wie es aussieht, sind die beiden nicht da und das bedeutet dann wahrscheinlich auch, dass ich heute Morgen allein zum Training bei der Martin gehen muss. Ein Gedanke, der mir nicht unbedingt behagt. Wahrscheinlich werde ich dort auch Esmee begegnen – zum ersten Mal, seit ich der Bitch den Ellbogen vor die böse Klappe gerammt habe. Hat sie das verdient? Und ob … und noch sehr viel mehr davon. Ich hoffe allerdings, dass sie darauf verzichtet, mich ein weiteres Mal herauszufordern. Nur, weil ich es kann, heißt das nicht, dass ich es gerne tue.

Vance dreht sich um, packt mir den Teller voll mit Ei und Speck und legt einen Bagel daneben. Hungrig mache ich mich über mein Frühstück her. Im Gegensatz zu den meisten Ballerinen habe ich nie auf mein Gewicht achten müssen. Meist esse ich eh zu wenig, denn sobald ich nervös bin oder traurig, bekomme ich nichts mehr runter.

"Zero hat mich angewiesen, dich heute auf alle Fälle zum Training zu bringen. Er ist nicht hier, hat aber im Vorfeld bereits mit Noah abgesprochen, dass er heute seinen Platz bei dir vertritt." Klappernd fällt mir die Gabel aus den Fingern. Na Bravo! Ausgerechnet Noah!

"Zero weiß aber schon, dass Noah Esmees Tanzpartner ist? Oder ist ihm das in der Zwischenzeit entfallen?", frage ich bissig. Vance zieht umgehend eine Augenbraue in die Höhe, was ihm ein ziemlich düsteres Aussehen verleiht.

"Und wo ist das verfickte Problem?", will er leise von mir wissen.

"Esmee teilt nicht! Niemals! Und wie du sicherlich weißt, sind wir beide nicht unbedingt das, was man Freundinnen nennt. Ich habe ehrlich gesagt keine Lust, ihr noch einmal ein Körperteil von mir ins Gesicht zu rammen, zumal ich gehört habe, dass der Schulleiter ein strenges Arschloch ist, der Schüler von der Academy wirft. Insbesondere solche, die sich nicht benehmen können."

Hast du irgendwie Todessehnsucht, Kayla? Was zur Hölle stimmt nicht mit dir?

"So, so! Du hast also gehört, dass der Besitzer der Schule ein strenges Arschloch ist?" Vance stützt sich mit einem Ellbogen auf dem Tisch ab und beugt sich zu mir rüber. "Erzähl mir mehr! Ich bin ganz Ohr!" Ihn zu reizen, ist eine verdammt dämliche Idee gewesen, das wird mir allerdings erst klar, als es bereits zu spät ist.

"Ach, vergiss es einfach!", stoße ich japsend hervor, weil mir mal wieder die Luft zum Atmen fehlt. "Ich habe nichts gesagt!"

"Doch, ... hast du! Und ich kann dir versichern, dass du heute noch ein Date mit ebendiesem Arschloch haben wirst." Er schaut streng auf meinen Teller. "Und jetzt iss. Deine Eier werden kalt und wenn ich eines auf den Tod nicht leiden kann, dann sind es Schüler, denen der Magen knurrt, weil sie so einfache Dinge vergessen, wie die Gabel zum Mund zu führen." Er lacht finster auf und in meinem Magen bildet sich ein riesiger Knoten – einer, der auch nicht so schnell wieder verschwinden wird. Wie soll ich dabei denn bitte essen?

Eine Stunde später – und ja, ich habe tatsächlich meinen Teller blitzblank hinterlassen – gehe ich mit Vance über die schneefreien Wege, dicht gefolgt von zwei Wächtern, die uns in gebührendem Abstand folgen. Mittlerweile habe ich mich an die Anwesenheit der Personenschützer gewöhnt. Die Freiheit, die ich anfangs an der Academy empfunden habe, ist in der Zwischenzeit nicht mehr vorhanden und ich bedauere, dass es so weit gekommen ist. Wenn ich nur wüsste, warum man mich aus dem Weg räumen will. Warum irgendjemand denkt, er müsse mich töten. Ich habe niemandem etwas getan, sieht man einmal von Esmee ab. Es kann also eigentlich nichts damit zu tun haben, dass ich etwas verbrochen habe, sondern muss andere Gründe haben.

"Du grübelst zu viel", lässt Vance mich wissen, als wir uns bereits dem Haupteingang nähern.

"Würdest du auch, wenn man dich umbringen wollte und du dir nicht erklären kannst, warum das so ist."

"Wahrscheinlich, aber ich weiß aus Erfahrung, dass es nichts bringt."

Das hört sich sehr düster an und als ich einen schnellen Seitenblick auf sein Gesicht werfe, erkenne ich die finsteren Flammen, die plötzlich in seinen Augen tanzen. In der Zwischenzeit habe ich begriffen, dass jeder der Männer mit seinen eigenen Dämonen zu kämpfen hat. Die von Ty scheinen besonders schwarz zu sein. Bisher habe ich angenommen, dass Vance derjenige der Drei ist, dessen Vergangenheit nicht ganz so finster abgelaufen ist, aber das scheint ein Irrtum gewesen zu sein.

"Wahrscheinlich hast du recht", antworte ich hastig, um das Gespräch nicht weiter zu vertiefen. Auch das scheint mir plötzlich keine gute Idee zu sein.

"Die beiden Wachposten werden dich zum Training begleiten. Auf dem Gang werden sich zwei weitere Personenschützer aufhalten. Sie haben Anweisung, dich nicht aus den Augen zu lassen." Vance führt mich die Treppe zum Hauptgebäude empor und hält mir gleich darauf die schwere Holztür auf.

"Kommst du nicht mit?" Im Grunde genommen fällt mir gerade ein Stein vom Herzen. Vance im Ballettunterricht ist etwas, dass ich mir nicht einmal vorstellen kann. Der Mann, der normalerweise in einem Ring steht und Reihenweise seine Gegner auf die Bretter schickt, würde im Tanzstudio völlig deplatziert wirken. So sehr, dass ich jetzt tatsächlich grinsen muss. Gott sei Dank bekommt er das nicht mit.

"Nein! Ich treffe mich mit Grayson Millwood. Es gibt einige Dinge, die ich mit ihm klären muss, aber ich denke, dass du mich nicht vermissen wirst." Er legt seine Finger um mein Kinn und hebt meinen Kopf an. "Ist es nicht so?"

Ja!

Nein!

Ach, scheiß drauf!

Es nutzt eh nichts, wenn ich Vance anlüge. Bisher haben die Drei noch jede meiner Lügen entlarvt. Es macht also keinen Sinn, die Unwahrheit zu sagen.

"Nein! So ist es nicht. Ich fühle mich in deinem Beisein irgendwie ... sicher." Über das letzte Wort bin ich selbst erstaunt, stelle aber fest, dass es wahr ist.

Tatsächlich gibt Vance' Gegenwart mir immer das Gefühl, beschützt zu sein – zumindest meistens. Nur nicht dann, wenn er mich ansieht wie in diesem Moment ...

Hölle! Muss das ausgerechnet hier sein? Hier, wo jeder sieht, was gerade zwischen uns beiden abgeht? Und ausgerechnet Noah ist es, der an uns vorbeigeht, als sich Vance' Lippen auf meine legen. Holy shit!

"Ich bin nur gespannt, ob du das noch immer so siehst, wenn du dein Date mit dem *Arschloch* hinter dir hast." Vance lacht dreckig und schiebt mich vorsichtig von sich. "Und jetzt viel Spaß beim Training und achte auf deinen Körper. Du wirst ihn heute noch brauchen!" Das ist genau die Art von Ansage, die ich jetzt überhaupt nicht brauchen kann, denn im selben Moment rauscht Hitze durch meine Adern und sammelt sich zwischen meinen Schenkeln.

Das hat das *Arschloch* mit voller Absicht gemacht und ich reiße mich hastig von ihm los. Mit wütenden Schritten stapfe ich von dannen, dicht gefolgt von den Bodyguards und verfolgt von Vance' schallendem Gelächter. Das sind genau jene Momente in meinem Leben, in denen ich durchaus in der Lage wäre, einen Mord zu begehen.

Fünf Minuten später betrete ich das Studio. Cendra hockt bereits auf dem Boden und schnürt ihre Tanzschuhe. Die beiden Wachposten lassen es sich nicht nehmen, ebenfalls den Raum zu betreten. Sie stellen sich allerdings an den Rand der Tanzfläche, wo sie tatsächlich nicht weiter auffallen. Zum ersten Mal seit Tagen bekomme ich die Gelegenheit, mit Cendra zu reden und lasse mich sofort neben ihr auf dem Boden nieder. Sie schaut kurz auf, widmet sich aber gleich darauf wieder ihren Schuhen. Irgendwie wirkt sie sauer, ich weiß nur nicht, warum das so ist – wie bei so vielen Dingen, die ich mir nicht erklären kann.

"Bist du irgendwie enttäuscht von mir? Oder sauer?", frage ich leise, behalte dabei aber den Eingang im Auge. Liv Martin kann es nicht leiden, wenn wir schwatzen und erst recht nicht, wenn sie das Studio bereits betreten hat.

"Was erwartest du denn?" Cendra wirft mir einen schnellen Seitenblick zu, widmet sich dann aber wieder der Schnürung ihres zweiten Schuhs, während ich gerade dabei bin, den ersten zu binden. "Seit Tagen versuche ich dich irgendwie zu sprechen, aber wie es aussieht, muss man mittlerweile ein schriftliches Gesuch bei dir einreichen, wenn man mal eben unter vier Augen mit dir reden will. Immer ist einer der Typen um dich herum und wie du weißt, lege ich nicht unbedingt Wert auf ein Zusammentreffen mit den Dreien." Dann deutet sie ohne hinzusehen auf die beiden Wachposten, die bemüht unauffällig am Rand der Tanzfläche stehen. "Und jetzt auch noch das hier. Müssen die Drei dich bewachen lassen, damit du ihnen nicht wegläufst?"

Das kann sie doch unmöglich glauben. Oder etwa doch? Dummerweise habe ich den Eindruck, dass in ihrer Stimme so etwas wie Furcht mitschwingt. Sie hat mich Anfangs vor den Herrschern der Academy gewarnt und ich habe sie ignoriert, aber das ist mit Sicherheit nicht der Grund für den Frust, den sie gerade ziemlich deutlich bei mir ablädt.

"Hast du etwa Angst vor ihnen?" Dabei fällt mir ein, dass sie gar nicht weiß, was in der Zwischenzeit alles geschehen ist. Dass man versucht hat, mich umzubringen und meine Nanny getötet hat. Zum einen, weil ich es niemandem sagen darf, zum anderen, weil ich nicht einmal wirklich weiß, wem ich überhaupt noch vertrauen kann. Das Wort *niemandem* schwebt ziemlich deutlich durch meinen Kopf und das dürfte so ziemlich den Nagel auf den Kopf treffen.

"Du solltest auch Angst haben und falls du nur einen Hauch von Verstand besitzt, würdest du schleunigst das Weite suchen. Die Drei sind Gift für jede Frau. Zumindest für jede, die heil an Körper und Geist bleiben will. Wie es aussieht, legst du auf beides keinen Wert. Und dann hast du dich auch noch auf alle Drei eingelassen. Einer hat dir anscheinend nicht gereicht."

So krass sehe ich Tyrone, Vance und Zero jetzt nicht unbedingt, aber ich frage mich ernsthaft, wie Cendra auf die Idee kommt, dass die Männer mir größeren Schaden zufügen könnten. Sie sind gefährlich, aber wie brutal und bedrohlich die Drei sind, davon hat Cendra nicht die geringste Ahnung. Sie kennt nur Gerüchte und Tratsch – das sollte aber keinesfalls die Basis ihrer Erzählungen sein. Es sei denn, es steckt etwas anderes dahinter – etwas, von dem ich bisher noch nichts weiß und was sie mir noch nicht gesagt hat.

"Ich weiß nicht, was du meinst und was du mir sagen willst. Was ich mit wem auch immer im Bett treibe, geht nur mich etwas an, oder frage ich dich etwa danach, was du mit Shane machst, wenn ihr beide allein seid? Würdest du ihm etwa den Laufpass geben, wenn ich behaupte, dass er irgendwelche krummen Dinger dreht? Wahrscheinlich eher nicht."

"Nur mit dem Unterscheid, dass er keine Verbrechen begeht und ein überaus fleißiger Schüler ist. Was man von deinen Lovern nicht unbedingt behaupten kann." Sie macht eine wegwerfende Handbewegung. "Ach ... ist auch egal. Du musst selbst wissen, was du tust." Cendra springt auf und will an mir vorbei zu ihrem Platz an der Stange laufen, als ich sie zurückhalte. Ich komme ebenfalls auf die Füße und fasse nach ihrem Arm. Für den Bruchteil einer Sekunde sieht es fast so aus, als wolle sie sich losreißen, doch dann seufzt sie leise auf und bleibt stehen.

"Tut mir leid", flüstert sie versöhnlicher. "Ich mache mir eben Sorgen um dich, weil ich denke, dass du dir keine Vorstellungen davon machst, wer die Drei sind und was sie alles anstellen. Natürlich ist es deine Entscheidung, aber sei bitte vorsichtig. Ich möchte nicht, dass du so endest wie diese Diandre."

Will Cendra etwa damit andeuten, dass Vance und seine beiden Freunde etwas mit ihrem Tod zu tun haben? Das kann ich mir beim besten Willen nicht vorstellen. Wenn ich an Tyrones Trauer denke, dann kann ich ihre Worte erst recht nicht ernst nehmen. Auch die Tatsache, dass Zero nach Diandres Tod nicht mehr tanzen wollte, spricht eigentlich für sich selbst.

Ich schaue sie an, flüstere ein leises Danke, denn mehr ist leider nicht drin, weil im selben Moment unsere Trainerin den Raum betritt und wir alle unsere Plätze an den Stangen einnehmen müssen.

Obwohl Zero heute nicht da ist, macht mir das Training unglaublich viel Spaß. Im Takt der Musik dehnen und strecken wir uns, gehen auf die Spitzen und versuchen alles, um unseren Bewegungen den letzten Schliff zu verleihen. Seit meinem ersten Training an der Stoneheart Academy, nach Ms Martins ersten, recht rüden Zurechtweisungen, hat sie mich weitgehend in Ruhe gelassen. In der Zwischenzeit sind ihre Anweisungen sehr viel genauer geworden und tatsächlich stelle ich in den letzten Tagen fest, dass sie eine gute Lehrerin ist – wenn sie es sein will. Anfangs sah das leider anders aus und dass sie ihre Abneigung gegen mich abgelegt hat, verdanke ich wahrscheinlich lediglich Zeros ziemlich direkter Ansage in ihre Richtung.

Der freie Tanz, den ich heute mit Noah absolvieren muss, ist so ganz anders, als ich erwartet habe. Anfangs hatte ich Angst, dass ich ihm nicht genügend vertrauen kann, doch bereits bei der zweiten Hebung merke ich, wie sicher er mich hält und entspanne mich. So sehr, dass sogar die Martin am Ende der Stunde voll des Lobes für uns beide ist. Nur Noah tut mir leid. Er hat nicht nur mit mir tanzen müssen, sondern auch mit Esmee, wobei ihm das augenscheinlich nicht viel ausgemacht hat, denn er wirkt immer noch taufrisch und kein bisschen außer Puste.

Immer wieder habe ich einen Blick in Esmees Richtung geworfen und irgendwann im Laufe der Stunde hat diese mir sogar zugenickt – mit der Andeutung eines Lächelns auf dem Gesicht. Das war der Moment, in dem mir komisch wurde. Eine Esmee, die mich fast schon freundlich anlächelt, ist nichts, was ich auf die leichte Schulter nehme. Erst recht nicht, nachdem ich mit ihrem Tanzpartner getanzt habe.

Als Liv Martin die Stunde beendet, habe ich es dementsprechend eilig, meine Schuhe von den Füßen zu bekommen, um mich möglichst schnell aus dem Staub zu machen. Ich lege ehrlich gesagt keinen Wert auf einen weiteren *Schlagabtausch* mit der Bitch und ihrem Gefolge. Nur leider scheint Esmee das völlig anders zu sehen. Sie tritt mir in den Weg, als ich meine Tasche schultere. Die beiden Bodyguards bleiben augenblicklich stehen und betrachten stillschweigend die Szene – bereit einzugreifen, falls es nötig werden sollte.

Aus den Augenwinkeln sehe ich, wie Cendra sich nähert, aber augenblicklich von dem Fangirlie-Club umringt wird. Wie es aussieht, will sich Esmee heute eine blutige Nase bei mir abholen und ich balle bereits die Rechte zur Faust. Von mir aus! Das kann sie haben, auch wenn ich es vorziehen würde, sie nicht schlagen zu müssen.

"Das war richtig gut, ... Noah und du, ihr beide harmoniert klasse als Tanzpaar! Verwunderlich, wenn man bedenkt, dass ihr beiden nicht aufeinander eingespielt seid." Sie lächelt und ich frage mich augenblicklich, wo die Fußfalle, die Glassplitter oder andere gefährliche Dinge verborgen sind? Meine Augen werden kugelrund und ich starre Esmee mit offenstehendem Mund an.

"Ist alles in Ordnung mit dir?", stoße ich völlig perplex hervor und starre einfach weiter. Das hier kann unmöglich die Esmee sein, der ich vor ein paar Tagen meinen Ellbogen gegen die Klappe gestoßen habe. Oder sie ist es doch und ich habe einen größeren Schaden angerichtet, als ich gedacht habe.

"Natürlich geht es mir gut!", lacht sie und ich trete sicherheitshalber einen Schritt zurück. "Warum auch nicht?"

"Vielleicht, weil deine Lippe aufgeplatzt war, als ich dich das letzte Mal sah und ich nicht unschuldig daran gewesen bin." Ob es eine gute Idee ist, sie daran zu erinnern, wage ich zu bezweifeln, aber die Situation hier ist gerade so unwirklich, sie könnte ebenso gut aus einem total irren Fantasyfilm stammen.

"Vielleicht habe ich genau das gebraucht, um zu erkennen, dass du gar nicht so übel bist. Du weißt doch bestimmt, dass die besten Freundschaften meist mit einer Schlägerei beginnen."

Weiß ich das?

Denk dran, was Cendra gesagt hat: Wenn die Bitch dir ihre Freundschaft anbietet, dann renn.

Ja, an diesen Satz erinnere ich mich noch sehr genau und ich bin geneigt, ihrem Rat auf der Stelle zu folgen. Komischerweise wollen sich meine Füße aber nicht bewegen. Ich bin immer noch viel zu fasziniert von dem offenen und freundlichen Lächeln, das Esmee mir gerade schenkt ... und von der ausgestreckten Hand, die sie mir hinhält. Ähm ... jaaaaa. Und jetzt? Was soll ich jetzt machen?

Wie wäre es mit rennen?

Es wäre schön, wenn die nervige Stimme ab und an mal Pause machen würde. So langsam geht sie mir schrecklich auf den Geist.

Trotz aller Bedenken ergreife ich Esmees Hand und drücke sie leicht. Nicht, ohne mich dabei zu vergewissern, dass sie nicht zufällig Glassplitter dort verborgen hat – aber da ist nichts.

"Wir können es ja erst einmal dabei belassen, dass wir quitt sind." Ob das jetzt unbedingt die beste Ansprache ist, kann ich nicht sagen, aber die plötzliche Freundlichkeit der Frau ist momentan mehr, als ich irgendwie verdauen kann.

"Lass sie in Ruhe, Esmee!", knurrt in diesem Moment Cendra so laut, dass sie nicht zu überhören ist, doch statt auf ihre Worte einzugehen, beugt Esmee sich plötzlich näher zu mir heran.

"Du solltest dir sehr genau überlegen, ob du ihr traust, Kayla. Das haben bereits andere vor dir getan und es bitter bereut", flüstert sie mir zu und tritt gleich darauf lächelnd zurück. Jetzt starre ich sie noch mehr an, denn mit so einer Warnung bezüglich Cendra habe ich absolut nicht gerechnet.

Hastig drehe ich mich um und flüchte regelrecht aus dem Studio. Weit komme ich jedoch auch dieses Mal nicht, denn augenblicklich haben mich die beiden Wachposten eingeholt.

"Hier lang!", brummt der Ältere und deutet in die Richtung der Büros und dabei fällt mir ein, dass ich jetzt zwei Stunden mit Grayson Millwood verbringen darf, der sich jede nur erdenkliche Mühe geben wird, mich fit für die Internet-Welt zu machen. Im Übrigen ein hoffnungsloses Unterfangen.

Zero

Vance vertraut dir, Bro, aber ich weiß nicht, ob ich das bringe. Irgendwie passt die plötzliche Freundlichkeit nicht zu dem Tyrone, den ich kenne. Selbst bei Diandre hast du anders agiert als jetzt. Du warst mehr Dämon als Engel.

Was ist los mit dir?

Ich kann nicht glauben, dass sie es ist, die diese Veränderungen bei dir bewirkt. Du hast Diandre vergöttert und Kayla gehasst – vom ersten Moment an. Was hat sich verändert? Sag es mir …

Kapitel 14

"Bist du sicher, dass du weißt, was du zu sagen hast?" Fuck! Wenn Zero mich das jetzt noch einmal fragt, schraube ich ihm den hässlichen Schädel von den Schultern.

"Wie oft noch?", will ich von ihm wissen und lasse den Wagen am Straßenrand ausrollen.

Das kleine, schmucke Einfamilienhaus in Bangor, vor dem wir gerade anhalten, gehört Diandres Eltern. Als ich einen Blick in die Auffahrt werfe, stelle ich fest, dass sich seit meinem ersten Besuch nichts verändert hat. Es sieht alles noch aus wie damals. Ein bisschen, als wäre die Zeit stehengeblieben. Fast rechne ich damit, dass Diandre plötzlich aus dem Haus kommt und uns beiden freudestrahlend entgegenläuft – aber das ist nur ein sehr abgefuckter Wunschtraum.

Unser Mädchen hatte an diesem Tag sehr viel Spaß – ich weniger. Ich erinnere mich sogar noch daran, dass sie mich mehrmals davon abhalten musste, mein Zippo aus der Tasche zu holen, um mich irgendwie abzureagieren.

Die Mutter – ja, sie war lieb, sogar total lieb – für meinen Geschmack aber etwas zu zuckersüß. Ihr ganzes Gehabe hatte etwas von Einhornglitzerstaub, der sich überall auf meinem Körper festgesetzt hat und mir die Luft zum Atmen nahm.

"Und du weißt auch, dass du die beiden nicht killen darfst?" Ich verdrehe die Augen, wobei mir einfällt, dass ich das in den letzten Tagen gar nicht so oft gemacht habe, wie ich vor Kurzem noch befürchtet habe.

"Bist du jetzt endlich fertig mit deinen moralinsauren Ansagen, oder hast du noch weitere Anweisungen für mich, an die ich mich halten muss? Ich weiß, was ich sagen muss, was ich fragen soll und wie ich mich im schlimmsten Fall zu benehmen habe. Aber sollte dir das nicht reichen, darfst du gerne selbst gehen. Ich bin mir sicher, dass du den Job sehr viel besser erledigen kannst als ich."

"Dich kennen Diandres Eltern, mich nicht. Soll ich ihnen etwa erklären, dass ihre Tochter gleich mit mehreren Männern zusammengelebt hat? Ich denke nicht, dass das besonders gut bei ihnen ankommen würde." Wo er recht hat, hat er recht.

Für die Mutter würde ihre heile Welt zusammenbrechen und ich bin mir sicher, dass Diandres Vater mich kastrieren wollen würde – und das wäre der Moment, in dem mein innerer Schweinehund die Oberhand erlangen würde. Dann wäre nämlich ganz schnell Schluss mit lustig.

Ich werfe einen weiteren Blick in die schneefreie Einfahrt und auf den alten Brunnen, der rechts neben dem Haus steht, dann öffne ich die Tür und mache mich auf den Weg. Dass Zero mir noch eine Ermahnung mit auf den Weg gibt, überhöre ich geflissentlich. Der Arsch kann mich mal kreuzweise. Am besten geht er mir für den Rest des Tages aus der Sonne, denn das hier ist kein Job, um den ich mich reiße. Die Jungs können für gewöhnlich alles von mir verlangen, aber dieses menschliche Miteinander ist mal so gar nicht mein Ding. Ich weiß jetzt schon, was mich drinnen erwartet und auf dicke Kullertränen habe ich mal so gar keinen Bock. Ich stutze.

Plötzlich stelle ich fest, dass der Gedanke an Diandre lange nicht mehr so schmerzhaft ist wie vor zwei Wochen noch. Ich versuche, mir ihr Gesicht vorzustellen, während ich auf das Haus zugehe, und dabei merke ich, dass sich immer wieder Doves Lächeln und ihre Augen in meinen Kopf mogeln. Ich schaffe es kaum noch, Diandres Abbild festzuhalten, geschweige denn, mir vorzustellen, wie ich sie in den Armen halte. Bin ich tatsächlich dabei, sie zu vergessen?

Unwirsch schüttle ich den Kopf, als ich die vier Stufen zur Veranda emporsteige und dann die Klingel betätige. Irgendwie ist mir nicht wohl bei dem Gedanken, dass ich sie tatsächlich langsam vergessen könnte. Ihr Lachen, ihren Tanz, die lustvollen Laute, die sie …

Im selben Moment wird die Tür aufgerissen und ihre Mutter steht vor mir. Sie ist dünner, als ich sie in Erinnerung habe. Auch ihre Haut wirkt blasser und faltiger, aber sie scheint mich auf Anhieb zu erkennen, denn augenblicklich huscht ein Strahlen über ihr Gesicht.

"Tyrone! Bist du das wirklich? Wie schön, dass du uns besuchen kommst." Resolut greift sie nach meiner Hand und zieht mich ins Innere des Hauses. Von der erstaunlichen Kraft, die sie bereits damals an den Tag gelegt hat, hat sie nichts eingebüßt, wie ich erstaunt feststelle.

Im Haus selbst hat sich auch nichts verändert und als ich das Wohnzimmer mit den geblümten Vorhängen und der ebenfalls geblümten Couchgarnitur betrete, ist mir, als wäre mein Besuch nicht fast zwei Jahre, sondern nur wenige Tage her. Nur eins hat sich verändert. Über dem Kamin hängt jetzt eine große Fotografie, die Diandre tanzend zeigt, und daran befestigt ist eine schmales, schwarzes Satinband.

Selbst als ich das Bild anschaue, empfinde ich nicht den überwältigenden grellen Zorn, der mich bisher jedes Mal erfasst hat, sobald ich an ihren Tod denke. Es ist auf einmal anders.

"Setz dich doch!" Die Frau drückt mich fast mit Gewalt aufs Sofa und innerlich muss ich grinsen. Nein! Manche Sachen ändern sich wahrscheinlich nie. Genauso hat Diandres Mutter mich auch damals schon begrüßt. "Möchtest du einen Tee? Ein paar Kekse dazu?" Alles, nur das nicht. Bitte nicht. Keinen Tee ...

Bevor ich dankend abwinken kann, steht die Tasse mit dem übelriechenden Gebräu bereits vor mir und ich weiß, ich werde das Zeugs trinken müssen. Und ebenso werde ich die Haferkekse essen müssen, die ich beim besten Willen nicht runterbringen werde. Im Leben nicht.

"Es ist so schön, mal wieder einen jungen Menschen im Haus zu haben. Seit Diandre nicht mehr ..." Sie unterbricht sich selbst und starrt auf das Bild über dem Kamin. Wenn sie jetzt heult, bekomme ich ein gewaltiges Problem und ich schlucke mühsam. Instinktiv lasse ich meine Hand in die Hosentasche gleiten und umfasse mein Feuerzeug.

"Ich vermisse sie sehr", lässt sie mich wissen und ich versuche verzweifelt, mir ein paar Worte zurechtzulegen. "Sie war so ein tolles Mädchen und ich weiß, sie hat dich geliebt. Das konnte man sehen." Fuck you, Vance! Ich kann das hier nicht. Das geht so etwas von in die Hose. "Nimm doch einen Keks. Ich habe sie heute Morgen frisch gebacken. Ich weiß doch, wie gut sie dir schmecken." Seufzend nehme ich von dem Gebäck und knabbere daran – es schmeckt noch immer so widerlich süß, wie ich es in Erinnerung habe.

"Ja, Diandre war eine tolle Frau. Ich vermisse sie ebenfalls und ich frage mich manchmal, wie sie als Kind gewesen ist. War sie damals schon so unabhängig?" Hölle! Ich habe keine Ahnung, wie ich auf den Kern des Gespräches kommen soll, ohne etwas zu verraten.

Vance hat mir die strikte Anweisung erteilt, nichts von Dove zu erzählen. Ich darf sie nicht einmal erwähnen. Ich frage mich nur, was er sich dabei gedacht hat. Er glaubt doch nicht ernsthaft, dass Diandres Eltern auch nur entfernt etwas mit dem Tod der eigenen Tochter zu tun gehabt haben. Im Leben nicht. Er will wissen, ob unsere ehemalige Geliebte eventuell adoptiert war. Glaubt er wirklich, ich könnte mit dieser Frage einfach rausplatzen, ohne dass eine Gegenfrage kommen wird? Sollte ich diesen Verdacht äußern, wird mich ihre Mutter zu Recht fragen, wie ich auf so eine absurde Idee komme. Nicht einmal in diesem Fall darf ich die große Ähnlichkeit zwischen Diandre und Kayla zur Sprache bringen. Eine Lösung für dieses Problem hat Vance mir natürlich nicht angeboten und als ich danach fragte, lautete die lapidare Antwort, dass ich das schon irgendwie deichseln würde. Er kann sich sein fucking Vertrauen sonst wohin stecken. Ich habe keine Ahnung, wie ich das hier überleben, geschweige denn, die gewünschten Antworten erhalten soll.

"Diandre war schon immer eigensinnig. Schon in der Elementary School haben die Lehrer uns gesagt, dass die Kleine ihren Weg machen wird. Ehrgeizig war sie, meine Kleine ... und auch schlau. Sie hat immer gewusst, wie sie Menschen um den kleinen Finger wickeln konnte, um zu bekommen, was sie wollte." Ja ... das konnte sie wirklich und an der Stelle ist Dove erfrischend anders. An ihr ist nicht der kleinste Hauch berechnend, was man von Diandre nicht unbedingt behaupten konnte. Aber genau das war es, was mich so sehr an ihr faszinierte. Die Art, wie sie die Zügel in die Hand nahm und sich diese auch nicht wegnehmen ließ. Ich lache leise.

"Ja, das wusste sie genau. Wir ... ich habe ihr keinen Wunsch abschlagen können. Selbst als sie nach New York ans Theater wollte, bin ich mitgegangen, obwohl ich eigentlich andere Aufgaben gehabt hätte." Beinahe hätte ich mich verplappert, aber wie es aussieht, ist es ihrer Mutter nicht einmal aufgefallen.

"Ja, so war sie! Immer schon!" Der Blick der Frau fällt auf die Fotografie an der Wand und ich kann sehen, wie sich Feuchtigkeit in ihren Augenwinkeln sammelt. Wenn sie jetzt anfängt zu heulen, dann war es das. Dann kann Zero weitermachen und ich bin raus aus der Nummer.

"Wem von euch beiden sieht sie eigentlich ähnlich?", versuche ich es vorsichtig und erinnere mich dabei tatsächlich an ein Gespräch mit Diandre, in dem sie kurz anzweifelte, das Kind ihrer Eltern zu sein. Sie hatte Stress mit Maria – ihrer Mum. Die beiden haben sich so sehr gezofft, dass Diandre die Ferien zuhause vorzeitig abgebrochen hat und ganz schnell wieder bei uns an der Academy aufkreuzte. Eigentlich hatte sie eine ganze Woche zuhause verbringen wollen, war aber nach zwei Tagen wieder zurück. Über den Grund des Streites wollte sie nicht mit uns reden und auch das war seltsam.

"Ich weiß es nicht genau", antwortet Maria und ein weiteres Mal fällt ihr Blick auf das Bild. "Die Form des Mundes – das ist eindeutig mein Mann und der Schnitt ihrer Augen könnte von mir sein."

Jetzt schaue auch ich mir das Bild an. Die Lippen, ja, die könnten tatsächlich von ihrem Vater stammen, aber mit ihrer Mutter hat Diandre überhaupt keine Ähnlichkeiten gehabt. Weder die Nase, noch die hohen Jochbeine – auch ihre Haarfarbe war gänzlich anders. Ich runzle die Stirn. Diese Tatsache ist mir bisher gar nicht aufgefallen und die Entdeckung lässt mich ein bisschen staunend zurück. Normalerweise nehme ich solche Kleinigkeiten wahr, denn die könnten für mich am Ende überlebenswichtig sein. Hier natürlich nicht, aber an anderen Stellen. Und dann wird mir noch eine Tatsache bewusst, die mir bisher auch entgangen ist. Weder Diandre noch Dove haben Geschwister. Beide sind Einzelkinder. Ob das allerdings etwas zu bedeuten hat – keine Ahnung. Die Entdeckung führt allerdings dazu, dass ich unbewusst nach der Teetasse greife und einen Schluck des bestimmt gesunden, aber widerlich schmeckenden Gebräus in meinen Hals kippe. Dass ich es nicht wieder ausspucke, ist nur meiner puren Selbstbeherrschung zu verdanken.

"Diandre hat mir mal erzählt, dass sie unglaublich gerne einen Bruder oder eine Schwester gehabt hätte und es sehr bedauert hat, dass sie alleine geblieben ist." Das ist eine glatte Lüge, die mir allerdings mehr als leicht von den Lippen geht. Ebenso wie das traurige Lächeln, das seit Betreten des Hauses auf meinen Lippen liegt.

"Ach, weißt du ... wir hätten auch gerne noch ein weiteres Kind gehabt. Als ich in Diandres Alter war, habe ich immer von einem ganzen Stall voller Kinder geträumt, so wie ich es von meinem eigenen Elternhaus gewohnt war. Da war immer was los." Marias Gesicht bekommt einen verträumten Ausdruck und jetzt lächelt sie tatsächlich. Ihre Erinnerungen scheinen wirklich schön zu sein – ganz im Gegensatz zu meinen eigenen. Wenn ich an meine Kindheit denke, erinnere ich mich nur an Gewalt, an Schläge und Blut. "Leider hat es bei mir mit dem Kinderkriegen nicht geklappt – zumindest nicht auf normalem Weg." Sie seufzt. "Mein Mann und ich haben es jahrelang probiert und zuerst habe ich gedacht, dass es an ihm liegen könnte, aber irgendwann hat er sich untersuchen lassen und das Ergebnis war positiv. Er konnte ganz normal Kinder zeugen – nur ich leider nicht." Sie schaut mich traurig an. "Ich habe viel zu wenige Eizellen produziert und die meisten waren nicht einmal ausgereift, wenn es denn dann zu einem Eisprung kam. Wir haben es mit allem versucht. Mit Hormonbehandlungen, mit Ruhe, mit Ernährungsumstellung – nichts hat geholfen. Wir hatten damals die Hoffnung schon aufgegeben."

Diandres Mutter schaut auf meinen angebissenen Keks und ich weiß genau, was sie mir damit zu verstehen geben will. Der Kelch wird nicht an mir vorbeigehen. Auch dann nicht, wenn ich ihn am liebsten ignorieren möchte – also Augen zu und durch. Mit Todesverachtung schiebe ich mir das krümelige Monster in den Mund und schlucke es beinahe ohne zu kauen runter. Dass das nicht gutgehen konnte, hätte mir eigentlich klar sein müssen. Natürlich verschlucke ich mich, huste erbärmlich und sofort ist Maria hilfreich zur Stelle. Wie bei einem Kleinkind klopft sie mir auf den Rücken und drückt mir gleich darauf die Tasse mit dem ekligen Tee in die Finger. Habe ich schon mal erwähnt, dass ich Tee hasse?

"Nicht so gierig, Tyrone! Es sind doch noch genügend Kekse da. Ich bin ja froh, dass du sie so gerne magst, aber du solltest trotzdem nicht so schlingen." Das *Ja, Mama* liegt mir bereits auf der Zunge und ich kann mich erst im allerletzten Moment davon abhalten, es laut auszusprechen.

"Und dann?", krächze ich heiser, nur um Diandres Mutter wieder auf den Kern unseres Gesprächs zu bringen.

"Dann? Ach ... du willst wissen, wie ich am Ende doch noch schwanger wurde?" Ich nicke. Das ist im Prinzip das Einzige, was mich wirklich interessiert, aber sagen darf ich auch das nicht. "Wir sind durch puren Zufall auf eine Klinik in New York aufmerksam geworden, die sich genau auf mein Problem spezialisiert hat. Eine sehr teure und exklusive Klinik, die wir uns unter normalen Umständen nicht einmal hätten leisten können, doch zu diesem Zeitpunkt suchten sie Menschen, die an einer Studie teilnehmen würden und da haben wir uns beworben. Natürlich haben wir nicht damit gerechnet, dass sie uns auswählen, aber zwei Wochen später bekamen wir die Nachricht, dass ich tatsächlich zu Studienzwecken dabei sein dürfe. Du kannst dir gar nicht vorstellen, wie glücklich ich in diesem Moment war, denn ich wusste genau, dass es meine einzige Chance auf ein eigenes Kind sein würde." Maria schließt verträumt die Augen. Gerade ist sie völlig in der eigenen Vergangenheit abgetaucht, was man ihr auch problemlos ansehen kann. "Sechs Wochen musste ich in der Klinik bleiben – aber ich habe nicht eine Sekunde, nicht einen Schmerz – ich habe nichts davon jemals bereut." Wieder fällt ihr Blick auf die Fotografie an der Wand. "Diandre war jeden verdammten Schmerz wert, den ich ertragen musste. Ich frage mich nur immer wieder, warum sie uns so schnell genommen wurde. Warum man den Fahrer nicht erwischen konnte, der meine Kleine auf dem Gewissen hat. Manchmal denke ich, dass sich die Polizei überhaupt keine Mühe gegeben hat, weil mein Mann und ich nicht reich und berühmt sind – weil wir ganz normale Menschen sind. Menschen mit einem kleinen Haus, kleinen Wünschen – eben nichts Besonderes."

Verunsichert stelle ich fest, dass mich Marias Worte treffen. Irgendetwas in meinem schwarzen Herzen regt sich, wobei Mitleid mir doch fremd sein sollte. Ist es Zorn, den ich gerade spüre? Nein, denn dann würde ich die Hütte hier in Schutt und Asche legen. Diesen Drang verspüre ich jedoch gerade gar nicht – nur eine gewisse Sorge, dass es so weit kommen könnte.

"Gibt es die Klinik eigentlich noch?", will ich wissen. Ich brauche den Namen. Ich brauche den verfickten Namen. Alles andere ist unwichtig – auch dieses seltsame Gefühl, das sich gerade brennend durch meine Eingeweide windet. Ich will es nicht zulassen – ich darf einfach nicht.

"Natürlich! Und in der Zwischenzeit werden dort auch ganz normale Frauen behandelt. Also nicht nur die, die über das nötige Bankkonto verfügen. Es ist das Lucky-Baby-Hospital auf Long Island. Mittlerweile kommen Frauen aus dem ganzen Land dorthin, um sich ihren Kinderwunsch erfüllen zu lassen."

Warum auch immer, aber die letzte Aussage von Maria lässt eine eiskalte Gänsehaut über meinen Rücken rieseln. Ein siebter Sinn schickt gerade heftige Warnimpulse an mein Hirn und instinktiv weiß ich: Diese Klinik hat etwas mit Diandre zu tun – vielleicht sogar mit ihrem Tod. Auf jeden Fall habe ich eine Spur und das ist mehr, als ich gehofft habe, als ich herkam.

Die nächste Stunde plaudere ich mit Maria über ihre Empfängnis, die angewendete Methode und sie taut mehr und mehr auf. So sehr, dass sie mir zum Abschied noch eine Dose ihrer schrecklichen Kekse in die Hand drückt, weil ich diese ja so gerne esse. Diandres Vater habe ich nicht zu Gesicht bekommen, aber das ist vielleicht auch gut so. Er ist nämlich weitaus misstrauischer als Maria – war er bei meinem ersten Besuch bereits. Ich erinnere mich noch genau daran, wie oft er seine Tochter und mich mit Blicken bedacht hat, die Bände sprachen. Und zwar keine Guten.

Natürlich fließen dann am Ende doch noch Tränen, genauer gesagt, als ich mich verabschiede, und ich bin heilfroh, als ich endlich das Weite suchen kann. Warum mich der Besuch in Diandres Elternhaus so sehr mitnimmt – keine Ahnung – vielleicht will ich es auch gar nicht wissen. Die Blase, in der ich mein bisheriges Leben verbracht habe, eine die aus Gefühllosigkeit und Kälte besteht, legt sich wie Balsam um mich, als ich mich meinem Wagen nähere. Drei Stunden war ich fort. Drei Stunden hat Zero allein im Wagen gehockt, aber als ich die Fahrertür erreiche, erkenne ich, dass er sich die Decke vom Rücksitz geschnappt und die Zeit für ein Nickerchen genutzt hat. Er bekommt nicht einmal mit, wie ich die Tür öffne und mich auf den Fahrersitz gleiten lasse. Erst als ich ihm die Keksdose auf den Schoß pfeffere, reißt er erschrocken die Augen auf und nimmt sogleich eine Abwehrhaltung ein. Zumindest diese Reflexe funktionieren noch bei ihm.

"Sieht so aus, als hättest du nette Träume gehabt!" Ich grinse ihn böse an, während Zero ein paar Sekunden braucht, um sich zu orientieren.

"Bastard!", knurrt er leise und ich lache, während ich den Wagen starte.

"Das ist jetzt aber hoffentlich nichts Neues für dich. Dass ich ein Bastard bin, weißt du seit dem Tag unseres Kennenlernens. Also beschwer dich nicht."

"Wie wäre es denn damit, wenn du nur einmal in deinem Leben normal tickst, Psycho?" Erneut lache ich, aber dieses Mal klingt meine Stimme schon bedeutend dunkler.

"Wäre ich normal, hätten Vance und du mich gar nicht erst beachtet. Ihr hättet mich in der dunklen Gasse einfach abgemurkst und mich liegenlassen. Manchmal ist es von Vorteil, wenn man eben nicht funktioniert wie der Rest der ach so tollen Gesellschaft. Und am besten stopfst du dir dein Schandmaul mit den leckeren Keksen, die Diandres Mutter für mich eingepackt hat. Du gehst mir nämlich gerade extrem auf den Sack!"

Lustigerweise lässt Zero sich das nicht zweimal sagen. Er öffnet die Dose und schiebt sich den ersten Keks in den Mund. Eigentlich habe ich damit gerechnet, dass er die Krümel gleich in hohem Bogen wieder ausspuckt, aber nichts dergleichen geschieht. Er nimmt sich direkt den Zweiten und kaut genüsslich darauf herum. Dabei krümelt er mir den ganzen Sitz voll, wie ich knurrend zur Kenntnis nehme.

"Zieh nicht so ein Gesicht. Ich mache nachher sauber!" Zero grinst mich an. Er weiß genau, was ich gerade denke. Das hier ist eine der wenigen Gelegenheiten, in denen es mir nicht gelingt, mein Pokerface aufrecht zu halten. "Erzähl lieber, ob du was herausfinden konntest. Wir sind ja nicht den weiten Weg wegen irgendwelcher Kekse hergekommen. Die Dinger schmecken im Übrigen phantastisch. Willst du auch einen?" Wenn Zero so weitermacht, frisst er gleich Stahl. Er besitzt tatsächlich die Frechheit und hält mir die Dose unter die Nase.

"Falls es dich neben der ganzen Sauerei, die du hier gerade veranstaltest, interessiert, ich habe tatsächlich etwas herausgefunden. Die Spur führt zu einer Klinik auf Long Island. Wie es aussieht, war Diandres Mutter unfruchtbar und hat sich dort über viele Wochen behandeln lassen. Das Ergebnis war Diandre. Angeblich ist ihr Vater tatsächlich ihr Vater, aber die außerhalb des Körpers befruchtete Eizelle stammt nicht von Diandres Mutter, sondern von einer Spenderin." Zero bleibt der letzte Keks im Hals stecken und jetzt hustet er. Wahrscheinlich denkt er gerade dasselbe wie ich. Die Ähnlichkeit zwischen Dove und Diandre ist vielleicht gar nicht so zufällig, wie wir bisher dachten.

Vance

Oh, Babe! Schlafende Hunde sollte man nicht wecken. Das solltest selbst du wissen.

Ich werde dir heute so viel mehr geben, als du erwartest. Meine Welt! Du willst tatsächlich meine Welt kennenlernen? Sie besteht aus Furcht, aus Scham ... aus so vielen Dingen, die du dir nicht einmal vorstellen kannst.

Ich bin mir nicht sicher, ob du dafür bereit bist, aber jetzt gibt es kein Zurück mehr. Nicht für dich und nicht für mich.

Ich werde sie dir zeigen, meine Welt, aber sag am Ende nicht, ich hätte dich nicht gewarnt.

Kapitel 15

Ich schwitze Blut und Wasser und das liegt nicht an Graysons Unterricht. Der Nerd gibt sich wirklich jede erdenkliche Mühe, mich mit den Tücken des Internets vertraut zu machen, aber mein Kopf will heute nicht so, wie er sollte. Das liegt daran, dass Vance sich mit uns im Büro befindet, locker in der Sitzecke abhängt und, wie es aussieht, mit mäßigem Interesse in seiner Zeitung blättert. Immer wieder streifen mich seine Blicke und die werden mit jedem Mal dunkler. Verdammt! Wie soll ich mich da denn konzentrieren? Ich weiß nämlich noch genau, dass ich ihn darum gebeten habe, mir seine Welt zu zeigen. Vielleicht hätte ich mit meinem Wunsch vorsichtiger sein sollen – ganz bestimmt sogar. Für diese Erkenntnis ist es jetzt allerdings zu spät.

Millwood erklärt mir gerade, wie ich mir im Netz eine eigene Seite anlege und ich höre mal wieder nur mit halbem Ohr hin, weil ich mittlerweile Vance einfach nur noch anstarre. Pure Angst strömt durch meine Adern, nur dass diese nicht dazu führt, dass ich runterkomme. Das Gegenteil ist der Fall und ich beginne unruhig auf meinem Stuhl hin und her zu rutschen. Ich bin kaum noch in der Lage stillzusitzen und das fällt natürlich auch meinem Peiniger auf. Und ebenso klar ist es, dass er auf meine Signale reagiert. Er grinst dermaßen dreckig, dass mich ein Schaudern erfasst.

Ja, Kayla! Was jetzt?

In diese beschissene Situation hast du dich mit deiner Neugierde selbst gebracht.

Du vertraust den Typen nicht.

Wie auch, wo sie dich doch gezwungen haben, ihnen zu gehören, aber du vertraust ausgerechnet ihm – dem Erpresser – dass er dich nicht überfordern wird.

Gut gemacht! Dumm, dümmer ... am dümmsten.

Ich starre Vance in der Zwischenzeit so intensiv an, dass ich nicht einmal mitbekomme, wie Grayson den Monitor abschaltet und die Unterlagen zusammenräumt. Erst als die Tür hinter ihm ins Schloss fällt und ich alleine mit Vance im Büro bin, stelle ich fest, dass ich jetzt ein Problem habe. Ein gewaltiges Problem, in Form eines sehr finster dreinblickenden Mannes, der sich in diesem Moment langsam erhebt und auf mich zukommt. Hastig springe ich auf und weiche zurück, bis die Wand in meinem Rücken mich stoppt.

"Aber nicht doch, Ms Morrell! Sie dürfen sich nicht aufregen, das ist schlecht für Ihre Gesundheit." Seine Stimme klingt auf einmal völlig anders – so kühl und irgendwie aufregend. Und er siezt mich, als würden wir uns gar nicht kennen. "Wir werden jetzt umgehend die Krankenstation aufsuchen, wo ich Sie eingehend behandeln kann." Behandeln? Wovon redet Vance da? Was hat er vor?

Mein Herz schlägt mit jeder Sekunde schneller und meine Beine verwandeln sich in Wackelpudding. Als er meinen Arm umfasst, ich die Kraft seiner Finger zu spüren bekomme, weiß ich, dass ich nicht aus dieser Nummer herauskomme.

Als wir das Büro verlassen, ist der Gang menschenleer und in derselben Sekunde fällt mir ein, dass wir Freitag haben, es keinen Unterricht mehr im Gebäude gibt und auch die Krankenstation nicht mehr besetzt sein dürfte. Mir wird heiß, gleich darauf kalt, vor allem, da wir gerade dort ankommen, wo Vance hinwill.

"Gleich ist es soweit, Ms Morrell. Ich sehe genau, dass es Ihnen nicht gutgeht. Ich werde Sie sehr gründlich untersuchen und anschließend die Behandlung einleiten. Es wird Ihnen schon sehr bald wieder besser gehen." Blitze zucken durch meinen Körper und entzünden lodernde Flammen der Furcht in meinem Inneren. Furcht, die meine Klit pochen und Nässe mein Höschen tränken lässt.

"Ich habe es mir anders überlegt, Vance! Bitte ... wir ..." Ein dunkler Blick trifft mich.

"Mein Name ist Doktor Turner und Sie sind verwirrt, Ms Morrell. Das ist das Problem, aber darum werde ich mich sofort kümmern." Er öffnet eine Tür, die etwas links von den üblichen Behandlungsräumen liegt und schiebt mich in das dahinterliegende Zimmer. Als ich sehe, was mich dort erwartet, wirble ich auf dem Absatz herum und will die Flucht ergreifen, doch ich pralle augenblicklich gegen Vance' harte Brust, der sich mir blitzartig in den Weg schiebt.

"Das ... das ist nicht dein Ernst?", hauche ich ängstlich und empfinde dabei pure Scham, die mich allerdings nur noch mehr aufheizt.

Ich befinde mich nicht in einem Raum, der zur Krankenstation gehört – nie und nimmer. Das hier ist ein privates Spielzimmer, ausgestattet mit einem Behandlungsstuhl, wie ihn normalerweise ein Frauenarzt besitzt. Die Vitrinen, die am Rand des Zimmers stehen, enthalten allerdings nicht nur medizinische Geräte, sondern ebenfalls Dildos und Objekte, über deren Verwendungszweck ich nicht einmal nachdenken mag.

"*Doktor Turner* und *Sie* würde es korrekt heißen, aber das werden wir gleich haben." Er packt mich unnachgiebig bei den Schultern, dreht mich herum und schaut mich streng an. "Ich würde es begrüßen, wenn Sie sich jetzt Ihrer Kleidung entledigen, Ms Morrell. Widerrede werde ich nicht dulden, zeigt es mir doch nur, wie dringend Sie meiner Hilfe bedürfen." Ich schlucke mühsam und suche in Vance' Augen nach einem Hinweis, dass er noch immer der Mann ist, den ich kenne – ich finde nur leider keinen. Er wirkt vollkommen fremd, beherrscht und dominant auf mich. Seine Hand bewegt sich auf den obersten Knopf meiner Bluse zu. "Muss ich tatsächlich nachhelfen, Ms Morrell?"

Hastig trete ich einen Schritt zurück und nestle selbst an den winzigen Knöpfen herum. Dabei entweicht mir ein ängstliches Stöhnen. Die Bluse fällt, gleich darauf auch der Rock. Die Schuhe folgen und auch die Strümpfe schaffe ich noch. Nur in der schwarzen, sündhaft teuren Wäsche, die Ty für mich ausgesucht hat, stehe ich vor Vance ... oder vielmehr vor Doktor Turner, der mich keine Sekunde lang aus den Augen lässt. Sein Mund wird zu einem dünnen Strich, als ich keine Anstalten mache, auch noch den BH und den Slip auszuziehen, aber meine Finger zittern jetzt so sehr, dass ich auch nach dem dritten Versuch nicht in der Lage bin, den Verschluss des BHs zu öffnen.

Plötzlich steht er vor mir und ich schluchze ein weiteres Mal auf, als sein Hemd über meine nackte Haut schabt. Er strahlt so viel Macht und Dominanz aus, dass mir ganz anders wird. Mit einem Griff seiner Finger öffnet er den Verschluss und mein BH flattert zu Boden. Meine Brüste fühlen sich unter seinen forschenden Blicken unglaublich voll und schwer an, und als er mit dem Daumen über einen der prallen Nippel streicht, zieht sich mein Unterleib verlangend zusammen. Die Finger der anderen Hand hakt Vance in den Bund meines Slips und dann gibt es ein hässliches Geräusch, als das zarte Spitzengebilde in Fetzen geht.

"Ich wäre Ihnen sehr verbunden, wenn Sie sich jetzt auf den Stuhl setzen und die Beine in die dafür vorgesehenen Schalen legen. Dann können wir sofort mit der Untersuchung beginnen. Ich möchte Ihre kostbare Zeit nicht unnötig verplempern." Wie kann er nur so kalt und gleichgültig klingen, während ich zitternd vor ihm stehe?

Jedes seiner Worte rauscht mit der Kraft eines Unwetters durch mich hindurch und ich starre auf den Behandlungsstuhl, der bedrohlich vor mir aufragt. Während ich völlig nackt bin, ist Vance noch vollständig bekleidet. Das gibt mir zu aller Angst und Scham auch noch das Gefühl, ihm wehrlos ausgeliefert zu sein. Trotzdem krabble ich auf den Stuhl, drücke meinen Rücken gegen das kühle Kunstleder der Lehne und versuche, die Beine anzuheben – es gelingt mir nicht. Es fühlt sich an, als hätte ich keine Kraft mehr. Als würden meine Muskeln mir nicht gehorchen wollen. Ich presse meine Schenkel jetzt sogar aneinander, weil mir klar wird, dass ich, sobald meine Beine oben in den Schalen liegen, völlig gespreizt und offen vor ihm liegen werde. Dann kann Vance wirklich mit mir machen, was er will – und wie es aussieht, will er einiges. Erst jetzt entdecke ich den Rollcontainer, der vorhin aus meiner Position nicht zu sehen war. Darauf steht ein Tablett und als erstes fällt mir der große Dildo ins Auge. Die anderen Dinge kenne ich nicht, aber sie sehen allesamt nicht harmlos aus.

Sofort ist Vance zur Stelle. Er packt meine Knöchel und zieht mit Schwung meine Beine nach oben, sodass meine Waden auf den Lederschalen liegen. Dabei zieht er mich ein Stück weit nach vorn an den Rand des Sitzes und jetzt schluchze ich tatsächlich heftig auf. Seine Finger befestigen Manschetten an meinen Knöcheln, sodass ich meine Beine auch nicht mehr herunternehmen kann, selbst dann nicht, wenn ich es wollen würde. Ich öffne den Mund, will etwas sagen, doch in diesem Moment fällt mir ein, was Vance gesagt hat: Es gibt kein Zurück, sobald das Spiel angefangen hat. Kein Zurück ...

Ganz kurz schenkt er mir ein Lächeln, aber auch das ist so dunkel und voller heißer Versprechungen, dass es mich in keiner Weise besänftigt – eher das Gegenteil. Unruhig rutsche ich auf der glatten Unterlage hin und her, während Vance sich die Ärmel seines weißen Hemdes nach oben rollt und gleich darauf die Knöpfe öffnet, und mir damit einen phantastischen Blick auf seine zuckenden Muskeln gewährt. Nur der wird mir gleich darauf wieder genommen. Plötzlich hält Vance eine schwarze Binde in den Händen, die er im nächsten Moment über meine Augen zieht. Jetzt schreie ich tatsächlich auf. Da ist eine gewisse Panik, eine Wehrlosigkeit und ich fühle mich so unfassbar hilflos, dass mein Herz immer schneller und heftiger pocht –

aber nicht nur das. Ich merke genau, wie ich immer nasser werde und meine Erregung wächst. Ich kann zwar nichts mehr sehen, dafür habe ich aber den Eindruck, als würden meine anderen Sinne umso besser arbeiten. Heftig beiße ich mir auf die Unterlippe, als Vance mein linkes Handgelenk packt. Will er mir auch noch die letzte Bewegungsfreiheit rauben? Wird er ...

Ganz sacht streicht sein Daumen über die Innenseite meines Handgelenks. Genau dort, wo mein Puls besonders heftig klopft.

"Und jetzt, Ms Morrell, werden wir nachschauen, wo das Problem ist, das Sie mir beschrieben haben." Ich zucke zusammen, als sich seine raue Hand um meine Brust legt und sein Daumen jetzt sehr hart über meinen Nippel reibt. Sein Mund legt sich um den zweiten und er saugt so heftig an der anderen Spitze, dass mein Becken in die Höhe ruckt und ich laut aufstöhne. Das fühlt sich so unfassbar gut an, dass ich ein weiteres Mal schluchze, als seine Lippen jetzt die andere Seite umfassen und dort ebenfalls pure Hitze aufflammen lassen.

"Sehr schön, Ms Morrell! Hier scheint alles in bester Ordnung zu sein." Oh Gott! Ich hasse Vance für diese Stimme und gleichzeitig hasse ich mich selbst, dass sie eine so unfassbare Wirkung auf mich hat.

Er zwirbelt erst die eine, dann die andere Spitze – so hart, dass ich einen weiteren Schrei nicht zurückhalten kann. Feuerperlen rasen durch meine Adern und sammeln sich in meinem Schritt. Nässe rinnt aus meiner heißen Spalte und benetzt meine Labien – ich kann es spüren. Und ich höre genau, wie Vance einen Schritt zurücktritt, um sich dann auf einem Stuhl zwischen meinen Schenkel niederzulassen. Ja, ich merke sogar genau, dass sein Blick auf meiner weit geöffneten Scham liegt. Unruhig winde ich mich, versuche die Beine zu schließen, aber das verhindern die Manschetten.

"Nicht doch, Ms Morrell! Bitte bleiben Sie ganz ruhig. Sie wollen doch bei der Untersuchung keinen Schaden nehmen. Oder etwa doch?"

Eine weitere Welle von Furcht schwappt über mich hinweg und die befeuert meine Lust noch mehr. In der Zwischenzeit pulsiert meine Klit so heftig, dass ich es kaum noch aushalte und ich kann nichts tun, um mir ein bisschen Linderung zu verschaffen. Ich hebe den Kopf an, lausche in die Stille und bekomme mit, wie Vance einen Verschluss öffnet. Ein leises Klacken, mehr ist nicht zu vernehmen. Gleich darauf tropft etwas Kaltes und Nasses in meine Ritze und bedeckt meinen Anus.

Nein, will ich rufen, weil mir augenblicklich klar ist, was jetzt geschieht, aber aus meinem Mund dringt nichts anderes als nur ein heiseres Krächzen. Jedes weitere Wort erstirbt auf meinen Lippen, als ich gleich darauf einen enormen Druck an meinem Hintereingang spüre. Ein Druck, dem ich nicht ausweichen und dem ich mich nicht entziehen kann. Ich stöhne, ich winde mich und kann doch nicht entkommen. Vance kennt kein Mitleid und schiebt den kühlen Gegenstand immer tiefer in meinen Po. Anfangs schaffe ich es noch, ihm Widerstand entgegenzubringen, doch er lässt nicht nach. Millimeter für Millimeter dringt das Ding in mich ein und es brennt – es brennt göttlich. Dann halte ich es nicht mehr aus und gebe nach. Das Toy dringt tief in mich ein und ich stoße einen winselnden Schrei aus, weil meine Klit im selben Moment Feuer fängt. Der Druck ist höllisch und gleichzeitig so erregend, dass mir Tränen aus den Augen tropfen und die schwarze Binde tränken. Gleich darauf zieht Vance den Gegenstand fast völlig aus meinem Po, nur um ihn sofort wieder tief in mir zu versenken. Er fickt mich gnadenlos mit dem Spielzeug und nicht nur damit. Als ich mich stöhnend in den Fesseln winde, schiebt er einen zweiten Gegenstand in meine tropfnasse Pussy. Den Dildo, der vorhin auf dem Tablett gelegen hat. Er drückt ihn so tief in mein Inneres, dass mein Becken von der Unterlage schnellt und ich ununterbrochen stöhne. Dann beginnt das Teil in mir plötzlich zu Vibrieren – so heftig, dass ich zucke. Das hier werde ich nicht lange aushalten, denn es ist die pure Folter.

"Ah, Ms Morrell! Sie sind eine besonders gierige Patientin. Wie erfreulich!" Im selben Moment verschwindet die Vibration, obwohl ich gerade dabei war, den Gipfel zu erklimmen. Stattdessen packt Vance erneut das Toy in meinem Po, zieht es ganz heraus, nur um es dann mit noch mehr Druck ein weiteres Mal in mich einzuführen. "Stellen Sie sich einfach vor, es wäre nicht nur ein Untersuchungsinstrument, das in Ihrem noch jungfräulichen Loch steckt, sondern mein ganz privater Stab, der sich zwischen Ihren Pobacken versenkt." Wieder ist es Angst, die durch meine Adern rauscht. Sein Schwanz ist so riesig – das kann nie und nimmer … "Und wenn ich Sie dort erst ficke, wie mag sich das Brennen wohl anfühlen?" Jedes seiner Worte zündet Blitze in meinem Unterleib, die mich zucken lassen. Dann schütteln mich plötzlich wieder die Vibrationen des Dildos und jetzt schreie ich tatsächlich. Mittlerweile bedecken feine Schweißperlen meine Haut und ich habe das Gefühl, in meiner eigenen Hitze verbrennen zu müssen.

"Vance, … bitte …", schluchze ich leise.

"Doktor Turner!", korrigiert er mich fast schon sanft und fickt mich dabei mit dem Dildo – allerdings so behutsam, dass er mich gerade an der Schwelle hält, aber nicht über die Klippe stößt. Es ist sein Spiel und er ist nicht länger Vance ...

"Bitte, Doktor, h-helfen Sie mir", schluchze ich so erregt, dass ich kaum ein vernünftiges Wort über die Lippen bringe.

"Wenn eine Patientin so nett bittet, wie kann ich ihr dann widerstehen?" Seine Stimme klingt dunkel und rau. Augenblicklich zieht er den Luststab aus meiner nassen Pussy und ich höre, dass die Vibrationen deutlich höher werden. Dann drückt er den Dildo auf meine pulsierende Klit und ich gebe ein hohes Wimmern von mir. Gleichzeitig fickt er mich mit dem Toy in meinem Po und jetzt kann es niemand mehr aufhalten. Immer wieder facht er das Brennen in meinem Anus an, drückt den Gegenstand so tief in mich, dass ich ein ums andere Mal schreie und zucke, und mit jeder Sekunde treibt er mich dem Gipfel entgegen.

Dann falle ich. So hart und so unfassbar heiß, dass ich jeden einzelnen Muskel meines Körpers anspanne. Welle um Welle rast durch meinen pulsierenden Unterleib, als Vance den Plug in meinem Po bis zum Anschlag in mich schiebt. In diesem Moment ist mir alles egal. Ich reite auf den Wogen und werde irgendwohin getragen – wohin auch immer.

Dann verschwindet der Vibrator – noch während die letzten schwachen Kontraktionen des Orgasmus' durch meinen Unterleib rauschen. Aber es ist noch nicht vorbei. Während ich völlig erschöpft in mich zusammensinke, höre ich, wie Vance seine Hose öffnet, wie sie raschelnd nach unten sinkt und eine Sekunde später spüre ich seine pralle Eichel an meinem noch immer pulsierenden Geschlecht. Noch immer steckte der Plug in meinem Po und als er jetzt langsam in mich eindringt, habe ich das

Gefühl, in zwei Hälften gespalten zu werden. Ich kann merken, wie meine Falten auseinandergehen, während er sich langsam in mich schiebt – wie meine heißen Wände ihm Platz machen. Sein Riemen fühlt sich unglaublich groß an – viel praller als sonst. Ich bilde mir sogar ein, die dicken Adern, die seinen Schwanz von der Wurzel bis zur Spitze bedecken, genau fühlen zu können. Und sehr viel deutlicher als jemals zuvor fühle ich, wie sein Schwanz an dem einen Punkt in meinem Inneren vorbeireibt, der mich erneut zucken lässt.

Seine Finger graben sich in meine Hüfte und dann stößt er zu. Hart, dominant und tief. Ich stöhne laut auf, als er sich in mir bewegt. Mal sanft und zart und dann wieder so hart, dass ich glaube, zerspringen zu müssen. Vance fickt mich nicht nur, er nimmt mich in Besitz. Er markiert mich und zeigt mir genau, dass ich ihm gehöre. Dass er mit mir machen kann, was er will und ich ihn nicht aufhalten kann … und dabei will ich das auch gar nicht. Ich komme jedem seiner Stöße entgegen, soweit es die Fesselung zulässt, und obwohl ich gerade erst gekommen bin, bin ich schon wieder erregt und meine Muskeln ziehen sich eng um seinen Schwanz zusammen. So fest, dass er jetzt ebenso stöhnt wie ich.

Vance dringt immer tiefer in mich ein, fickt mich härter und schneller und ich weiß, ich werde ein zweites Mal die Flügel ausbreiten und fliegen. Wahrscheinlich so hoch, dass ich am Ende auf dem Boden zerschellen werde. Nichts wird mich davor bewahren können …

Zwei weitere Stöße und ich springe. Wie ein Orkan rauscht der Orgasmus durch mich hindurch und ich reiße Vance mit mir hinab in den Strudel aus Lust und Verlangen. Er spannt sich an, ich fühle, wie sein Schwanz tief in meinem Inneren härter wird und dann im Takt mit meinen Zuckungen pulsiert. Sein heißer Samen füllt mich und ich weine jetzt noch heftiger – einfach, weil es sich so perfekt anfühlt. Er und ich und das hier.

Vorsichtig senkt er seinen Körper auf mich. Zuerst nehme ich es nicht einmal wahr, doch dann spüre ich die Wärme seines Bauches und seiner Muskeln auf meiner Haut. Nur langsam löst er die Finger aus meiner Hüfte und ich ahne, dass ich an den Stellen morgen Blutergüsse haben werde. Es ist mir egal. Ich merke nicht einmal mehr, wie Vance mit einer Hand die beiden Manschetten an meinen Fußgelenken löst. Ich bleibe einfach so liegen, weil ich nicht mehr in der Lage bin, mich auch nur einen Millimeter zu bewegen – meine Muskeln wollen mir einfach nicht mehr gehorchen. Irgendwann richtet er sich auf, tritt an meine Seite und zieht mir die Augenbinde vom Gesicht. Meine Wangen sind nass von Tränen und auch das ist mir gleichgültig.

Als Vance sich zu mir beugt, mich in die Arme nimmt und hochhebt, schlinge ich automatisch meine Arme um seinen Hals und schluchze leise an seinen Hals, weil auch das sich gut und richtig anfühlt. Aber noch besser wird es, als er sich mit mir gemeinsam auf einem Sofa niederlässt und mich sacht in den Armen wiegt wie ein kleines Kind.

"Erinnerst du dich daran, dass ich dir einmal gesagt habe, dass ich deine Angst will? Dass sie genau das ist, was ich von dir bekommen werde?" Ich schaue ihn an, kann aber sein Gesicht vor lauter Tränen kaum erkennen. "Nun, jetzt weißt du, was ich damit gemeint habe."

Dann senkt er seine Lippen auf meine und sein Kuss ist so sanft wie ein warmer Landregen, der leise plätschernd auf die Erde niederregnet ...

Tyrone

Ich weiß nicht, ob mir gefällt, was ich herausgefunden habe. Kann es sein, dass Diandre und Dove tatsächlich irgendwie miteinander verwandt sind?

Möglich ist alles, aber erklärt das auch, warum ich mich plötzlich so sehr zu dem kleinen Täubchen hingezogen fühle? NEIN ... tut es nicht. Das muss einen anderen Grund haben. Einen, den ich mir selbst nicht erklären kann.

Wahrscheinlich liegt es daran, dass sie mich braucht – auch Vance und Zero. Ohne uns wäre sie bereits tot. Genau das ist es, was sie so wichtig für mich werden lässt. Diandre konnte ich nicht beschützen, aber dich, dich werde ich nicht sterben lassen, Dove. Keiner wird dir etwas tun. Nicht, solange ich an deiner Seite bin.

Kapitel 16

Der kommende Morgen beginnt für mich mit einem kleinen Schock. Als ich aufwache, liege ich nicht in meinem Zimmer, sondern in dem von Vance. Allerdings schaue ich nicht in sein Gesicht, sondern in Tyrones. Er schläft tief und fest, und ich frage mich tatsächlich, wann die beiden Männer die Plätze getauscht haben – mitbekommen habe ich nichts davon. Zum ersten Mal seit verdammt langer Zeit habe ich tief und, wie ich denke, auch traumlos geschlafen. Ich habe zumindest nicht das unangenehme, fast schon beklemmende Gefühl, das ich sonst öfters am Morgen verspüre. Dafür fühle ich aber die unglaubliche Schwäche meines Körpers und damit spülen auch die Erinnerungen an die Dinge über mich hinweg, die ich gestern mit Vance geteilt habe.

Brennende Hitze steigt mir in die Wangen. Mit einem leisen Seufzen schließe ich die Augen und denke noch einmal über die Session nach. Angst. Ja, ich hatte Angst, aber diese hat meine Erregung in einer Weise beflügelt, die ich mir nicht einmal habe vorstellen können. Ebenso wenig, wie ich geglaubt habe, dass Schmerz mich erregen könnte. Beim Lesen meiner Bücher habe ich mich oft gefragt, wie sich so etwas anfühlen würde – jetzt weiß ich es und ich will mehr und immer mehr davon. Mehr von dieser Dominanz, mehr von den Schmerzen und mehr von dem Gefühl, keine Wahl zu haben. Allein bei dem Gedanken daran schlägt mein Herz gleich doppelt so schnell und ich reibe unruhig die Schenkel aneinander, weil meine Klit augenblicklich reagiert. Bin ich verdorben? Ja … wahrscheinlich! Bereue ich es? Nein … auf keinen Fall! Auch dann nicht, wenn die kleine nervtötende Stimme in meinem Inneren mich andauernd zur Vorsicht mahnt.

Ich darf mich eben nur nicht in die drei Männer verlieben, und vertrauen darf ich ihnen auch nicht, wobei ich in den letzten Tagen immer öfter feststelle, dass mir beides unglaublich schwerfällt. Auf die ein oder andere Weise beherrschen sie mein gesamtes Denken und mein Blut rauscht mit einer unglaublichen Hitze durch meine Adern, sobald nur einer von ihnen in meiner unmittelbaren Nähe ist, so wie Ty in diesem Moment.

Ich öffne erneut die Augen und starre in funkelndes Grün. Ich zucke ertappt zusammen, denn das wissende Grinsen, das um seine Mundwinkel spielt, sagt mir alles, was ich wissen muss. Auch wenn Tyrone nicht weiß, über was ich gerade nachgedacht habe, er scheint es zumindest zu ahnen und seine nächsten Worte sagen mir auch recht deutlich, dass ich mir unbedingt ein Pokerface zulegen sollte – ich weiß nur nicht wie.

"Du siehst heute Morgen so entspannt aus und da ich Vance ziemlich gut kenne, gehe ich davon aus, dass er der Grund für deinen überaus zufriedenen

Gesichtsausdruck ist." Er lacht dunkel auf und legt dabei seine rechte Hand an meine Wange. Sanft streift er mit dem Daumen über meine Unterlippe. "Wenn Vance und Zero nicht bereits in der Küche wären und mit dem Frühstück auf uns warten, wüsste ich, wie ich den Morgen mit dir beginnen würde, aber der Tag ist ja noch lang. Wer weiß, was wir beide heute noch anstellen, Dove." Nach seiner Ansage schlucke ich mühsam und die Bilder, die Ty gerade in meinen Kopf pflanzt, führen auch nicht dazu, dass ich runterfahre – im Gegenteil. "Los, Täubchen! Raus aus den Federn, bevor ich es mir noch anders überlege und dich genau hier festbinde."

Er küsst mich auf die Stirn und als ich mich aus seinen Armen befreie und an den Bettrand rutsche, erhalte ich einen Klaps auf meinen Po, der mich quietschen lässt.

"Niedlich!", knurrt Ty dunkel und ich merke ihm an, dass er seine Drohung von gerade eben am liebsten in die Tat umsetzen würde.

Er wirkt heute Morgen unfassbar locker, fast schon normal. Den Teufel, den man ansonsten beinahe immer an ihm wahrnehmen kann – er scheint in diesen Minuten zu schweigen. Verblüfft schaue ich Ty an, während auch er jetzt aus dem Bett krabbelt. Nackt wie Gott ihn schuf und mit einem erigierten Glied, dass ... Hölle! Warum muss er auch so geil aussehen? Warum kann Tyrone nicht hässlich sein?

"Wenn du mich noch lange so anstarrst, fürchte ich, dass wir beide ein Problem miteinander bekommen. Und dann wirst du es nicht nur mit mir aufnehmen müssen, sondern gleich mit uns Dreien, denn ich bin mir sicher, dass meine beiden Freunde recht schnell nach dem Rechten schauen würden, wenn du schreist, wimmerst und stöhnst." Er lacht ein weiteres Mal und seine Hand schließt sich um seinen Schwanz, den er ein paar Mal recht hart pumpt. Vor und zurück. Vor und zurück. Ich kann nichts anderes machen, als fasziniert zu starren …

Pure Hitze schießt in meine Wangen und ich kann mir lebhaft vorstellen, wie stark sich mein Gesicht gerade einfärbt. Reflexartig schnappe ich mir ein Kissen und werfe es nach ihm, doch er schlägt es gekonnt zur Seite, bevor es ihn trifft. Bevor er mich noch weiter um den Verstand bringen kann, fliehe ich aus dem Raum und auf direktem Weg ins Bad, das an mein eigenes Zimmer angrenzt. Mein Blut, das bereits kurz vor dem Siedepunkt war, kühlt erst wieder runter, nachdem ich geduscht und angezogen bin. Bevor ich mich in die Küche begebe, wappne ich mich, denn ich glaube nicht, dass mich dort etwas anderes erwartet als weitere überaus heiße Bemerkungen, die ich jetzt nicht unbedingt hören will. Nicht, wenn ich den Rest des Tages einigermaßen überstehen möchte. Zero hat mir gestern nämlich ganz klar zu verstehen gegeben, dass heute ein Training in der alten Kirche ansteht, weil er gestern nicht konnte und ich in der letzten Zeit nicht unbedingt mit meinem tänzerischen Können geglänzt habe. Seine Worte haben mich getroffen, aber ich weiß auch, dass er recht hat. In seinem Beisein bin ich seit Neuestem seltsam gehemmt. Seit er mich mit den Worten abgekanzelt hat, dass mir zwei Schwänze anscheinend nicht genug sind, fehlt die Vertrautheit zwischen uns beiden. Es tut noch immer weh und ich kann nichts dagegen tun, dass mir bereits beim Gedanken daran brennende Feuchtigkeit in die Augen steigt. Ich habe mich in den letzten Tagen sehr oft gefragt, warum Zero mich so behandelt und was ich falsch gemacht haben könnte – ich habe nichts gefunden und das irritiert mich noch mehr als seine bösen Worte.

Als ich die Küche betrete, sitzen die Drei am Tisch und Zero schaut bereits mit einem finsteren Blick auf seine Uhr. Gleich darauf schaut er mich an. Er weiß genau, dass ich mit voller Absicht getrödelt habe – das sehe ich ihm an. Nur den Grund kennt er nicht und wenn ich könnte, wie ich wollte, würde ich heute das Training garantiert sausen lassen, und das wäre vor wenigen Tagen für mich noch undenkbar gewesen. Das zeigt mir allerdings auch, wie sehr sein Verhalten mich verletzt und aus den Schuhen hebelt. Ich will ihm einfach nicht zu nahe kommen, denn jede seiner Berührungen lässt mich den Schmerz doppelt und dreifach spüren.

Es tut weh, weil du von Anfang an mehr in den Jungs gesehen hast, als du solltest. Du und dein verräterisches Herz. Wenn das weiter so geht, werden die Drei es brechen und das weißt du. Also reiß dich zusammen, wenn du nicht willst, dass sie dir wehtun!

Verdammt! Ich weiß genau, dass die leise mahnende Stimme in meinem Inneren recht hat, aber ich kann nicht gegen meine Gefühle an ... und die werden mit jedem Tag stärker – auch, wenn ich es nicht will. Da nutzt es auch nichts, wenn ich mir immer wieder vorsage, dass die Drei Verbrecher sind. Auch nicht, dass sie mich gezwungen haben, ihnen zu gehören. Mein Herz gegen Vance, Tyrone und Zero zu verhärten, scheint unmöglich zu sein.

"Iss!", grollt Vance in diesem Moment. "Ohne Frühstück wirst du die Villa nicht verlassen und wenn ich mir Zero so anschaue, dann könnte dir eine Weigerung nicht gut bekommen." Ich werfe einen schnellen Blick in die Runde und stelle dabei fest, dass nur Ty grinst. Die beiden anderen haben eine strenge, fast schon düstere Miene aufsitzen. Statt Angst zu empfinden, wie es wahrscheinlich gesünder für mich wäre, macht sich plötzlich erneut Ärger in mir breit – und der wächst mit jeder Sekunde, in der die Drei mich anstarren. Ich lasse die Gabel mit dem Schinken auf den Teller sinken und schaue Zero an, dessen Blick augenblicklich eine Nuance dunkler wird, so als wüsste er bereits, dass ich keine freundlichen Worte für ihn auf Lager habe.

"Ehrlich gesagt ist es mir gleichgültig, was ihr wollt oder nicht wollt. Wir haben zwar einen Deal ...", und ich bemühe mich dabei ernsthaft, das Wort *Deal* auch nach einem solchen klingen zu lassen. "... aber das gibt euch noch lange nicht das Recht, über meine Angewohnheiten zu verfügen. Ich esse, wenn ich Hunger habe und gerade ist mir der Appetit vergangen." Provokativ schiebe ich den kaum angetasteten Teller nach hinten und rücke meinen Stuhl vom Tisch ab. Dann verschränke ich die Arme vor der Brust. Nutzen wird es mir nichts – das weiß ich genau.

"Wenn ich sage iss, dann isst du! Wenn ich sage tanz, dann tanzt du – du erinnerst dich daran, dass du eine ähnliche Ansage schon einmal von mir bekommen hast?"

Ja, daran erinnere ich mich noch ziemlich genau. Und auch an andere Worte, die Zero mir sagte. Bisher ist nur ein Bruchteil dessen eingetroffen, was er mir angedroht hat. Wut ist alles, was ich in diesem Moment empfinde. Ein grellroter Zorn, der mich alle Vorsicht vergessen lässt. Das ist nämlich auch der Augenblick, in dem ich mich an seine verletzenden Worte erinnere – an jedes einzelne.

"Und was, wenn es mir egal wäre? Wenn deine Drohung mich kaltlässt?" Ich höre, wie Vance geräuschvoll Luft in seine Lungen saugt und Ty einen leisen Pfiff ausstößt, der sogar ein bisschen anerkennend klingt. "Was willst du denn machen, wenn ich nicht gehorche? Mich übers Knie legen?

Das hatten wir schon. Mich hart vögeln? Wohl eher nicht! Dazu fehlt dir anscheinend ..."

Zero schiebt im selben Moment seinen Stuhl so hart zurück, dass er polternd umfällt. Gleichzeitig springt Vance auf und packt seinen Arm, um ihn festzuhalten. Selbst im Angesicht der durchaus finsteren Blicke, die die beiden Männer mir gerade zuwerfen, verspüre ich nicht das dringende Gefühl, fliehen zu wollen. Dafür bin ich ehrlich gesagt zu geladen. Ich starre Zero sogar recht provokativ in die Augen und plötzlich geschieht etwas, mit dem ich absolut nicht gerechnet habe. Er dreht sich auf dem Absatz um und verlässt türenknallend die Küche. Es dauert nur wenige Sekunden, bis auch die Haustür ins Schloss fällt – und zwar mit einer solchen Wucht, dass ich plötzlich Angst um die Glasscheibe in derselben bekomme.

"War das nötig?", will Vance von mir wissen, während ich auf Tyrones Gesicht ein Lächeln ausmachen kann. "Was sollte das werden? Dein Training kannst du für heute vergessen – das ist dir aber klar?"

"Ja, ist es! Und ja, er hat genau das verdient. Wenn du wissen willst wofür, frag Zero. Ich habe keine Lust, darüber zu reden."

Habe ich tatsächlich nicht. Ich werde weder Tyrone noch Vance stecken, dass Zero mich indirekt als notgeile Schlampe bezeichnet hat. Nichts anderes hatten seine Worte nämlich zu bedeuten. Dafür rücke ich jetzt wieder meinen Stuhl näher an den Tisch heran, greife nach meiner Gabel und beginne langsam zu essen. Hunger habe ich zwar keinen mehr und der köstliche Schinken schmeckt heute auch ein bisschen nach Pappe, aber zumindest bringe ich jetzt etwas runter. Blöd ist nur, dass sich mein kleiner Triumph nicht wirklich nach einem anfühlt – im Grunde genommen bereue ich den dummen Streit bereits, aber entschuldigen würde ich mich nicht. Zero hat seine harten Worte auch nicht zurückgenommen.

"Ich würde heute gerne mit Esmee sprechen und falls das möglich ist, unter vier Augen." Ich schaue Ty an, weil ich hoffe, dass er derjenige ist, der meinen Wunsch zumindest respektieren kann, wenn er ihn wahrscheinlich auch nicht verstehen wird. "Von mir aus könnt ihr euch gerne in der Nähe rumtreiben, aber ich möchte ungestört mit ihr reden können."

"Warum?" Tyrone sieht mich wachsam an. "Ich habe eigentlich nicht den Eindruck, dass ihr beide besonders gute Freundinnen seid. Bisher wart Cendra und du sehr viel mehr auf einer Wellenlänge – oder habe ich an der Stelle etwas falsch verstanden?" Seine Blicke werden immer durchdringender und das hier ist wieder einer der seltenen Momente, in denen ich das Gefühl habe, er könne selbst meine Gedanken lesen – was natürlich völliger Blödsinn ist.

"Weil sie etwas gesagt hat, was mir keine Ruhe lässt und ich mehr zu diesem Thema in Erfahrung bringen will." Das ist keine Lüge, das ist eine Tatsache.

Ich will tatsächlich wissen, warum ausgerechnet Esmee mich vor Cendra warnt. Ihre Worte waren unmissverständlich, da gibt es nichts dran zu rütteln. Was mich jedoch am meisten entsetzte, war die Tatsache, dass angeblich bereits vor mir Schülerinnen auf Cendra reingefallen sein sollen. Darüber will ich mehr wissen und ich hoffe, dass sich der böse Verdacht, den Esmee in mir gezündet hat, nicht am Ende erhärtet. Ich mag Cendra nämlich und auch wenn ich ihr nicht alles anvertrauen kann, würde ich sie doch gerne Freundin nennen können.

"Und du denkst, wir würden das gestatten, ohne mehr zu erfahren?" Vance durchbohrt mich regelrecht mit seinen Blicken und ich seufze genervt.

"Ja! Genau das erwarte ich! Es sei denn, ich bin seit Neuestem eure Gefangene. Bisher ..." An der Stelle unterbricht Ty mich.

"Ich bringe dich nachher ins Wohnheim der Frauen und bleibe so lange in deiner Nähe, bis wir Esmee davon überzeugen konnten, mit dir in die Mensa zu gehen. Dort werde ich mich ein paar Tische von euch entfernt platzieren. Mehr ist nicht drin, Dove!" Dass er damit Vance volle Breitseite in den Rücken gefallen ist, scheint ihm gleichgültig zu sein und als dieser Luft holt, um Ty die Meinung zu geigen, hebt der nur lässig die Hand und winkt ab. "Spar dir die Luft, Bro! Das Täubchen hat recht! Der erste Deal lautete: Wir schweigen und sie steigt mit uns in die Kiste. Der Zweite, der ja nur eine Erweiterung des Ersten ist, hat nur ihren Schutz miteingeschlossen. Ein bisschen Privatleben sollten wir ihr schon zugestehen. Dafür ist sie an anderer Stelle ja höchst kooperativ – wenn wir sie auch manchmal davon überzeugen müssen." Er grinst dreckig und Vance grollt irgendetwas, das ich allerdings leider nicht verstehe. Etwas Freundliches war es allerdings nicht.

Eine Stunde später sitze ich mit Esmee in der menschenleeren Mensa – nicht weit entfernt lümmelt Ty sich lässig auf einem der Stühle herum und beobachtet uns. Keine Sekunde lang lässt er den Blick von uns beiden, was selbst Esmee ein Lächeln abringt.

"Ganz schön irre, die Typen. Ich meine, ich kenne dieses Verhalten ja bereits von ihnen. Damals mit Diandre war es ähnlich." Sie grinst mich an. "Doch deshalb wolltest du garantiert nicht mit mir reden. Es geht um die Sachen, die ich über Cendra gesagt habe. Stimmt's?"

Ich nicke und sie lehnt sich entspannt zurück. Dabei bedenkt sie mich mit einem Blick, den ich nicht einschätzen kann. Er könnte freundlich sein, aber ebenso gut geringschätzig. Das hier ist wieder einer jener Momente, in denen ich meinen Onkel und Olga verfluche, dass sie mich so von aller Welt abgeriegelt haben.

"Gut! Dann werde ich dir jetzt etwas über Cendra sagen. Was du daraus machst, ist deine Sache." Sie seufzt und für den Bruchteil einer Sekunde sieht es für mich so aus, als wisse sie nicht genau, wo sie anfangen soll. Dann jedoch ... "Cendra kam an die Academy, kurz bevor die Talentscouts aus New York hier aufschlugen, und ob du es glaubst oder nicht, Diandre und ich waren befreundet – sehr gut sogar – obwohl wir beide in direkter Konkurrenz zueinander standen und ich genau wusste, dass ich ihr auf keinen Fall das Wasser reichen konnte. Mir war damals klar, für wen von uns beiden die Ballettmeister sich entscheiden würden und ich hätte sie auch für verdammt blind gehalten, wenn sie am Ende mich ausgewählt hätten. Wenn Diandre tanzte, dann hielt die Welt für kurze Zeit den Atem an. Das war uns allen klar – auch Cendra."

"Und was soll mir das sagen?" Ich begreife nicht, worauf Esmee hinauswill, wundere mich aber über den freundlichen Tonfall, den sie mir gegenüber an den Tag legt. Als sie sich vorbeugt, kann ich aus den Augenwinkeln heraus erkennen, wie Ty sich anspannt. Er ist tatsächlich bereit, im Notfall einzugreifen. Wobei ich das äußerst lustig finde, denn immerhin war er dabei, als ich Esmee gezeigt habe, dass ich nicht so wehrlos bin, wie sie dachte.

"Das soll dir sagen, dass du ab jetzt auf der Hut sein musst, denn Cendra will mit aller Macht ans New York Ballett. Ich habe noch nie einen Menschen gesehen, der so von Ehrgeiz zerfressen ist wie sie." Sie winkt im selben Moment lachend ab. "Ich weiß, dass sie dasselbe über mich behauptet und dir garantiert auch eingetrichtert hat, du sollst dich nach Möglichkeit von mir fernhalten. Diesen Trick hat sie bereits bei Sue und July angewendet. Die beiden haben mich irgendwann wissen lassen, was Cendra so alles über mich verbreitet hat und ... tja ... was soll ich dazu sagen? Dass ich kein netter Mensch bin, das weißt du ohnehin schon, aber ich bin auf keinen Fall die Bestie, die Cendra gerne aus mir machen würde."

"Du weichst mir aus!", werfe ich ihr vor und sie schaut mich erstaunt an. "Ich will wissen, was Cendra in deinen Augen so gefährlich macht. Deine Warnung war schon ziemlich deutlich. Also muss es doch etwas geben, was sie getan hat."

"Ja, natürlich hat es das! Da gäbe es so einiges zu erzählen, aber eigentlich reicht eine einzige Sache aus. Zwei Tage bevor die Talentscouts damals hier aufschlugen, hat Diandre nach dem Training den Spa-Bereich aufgesucht. Sie wollte dort duschen, weil ..." An der Stelle druckst Esmee ein bisschen herum und wirft einen unsicheren Blick in Tyrones Richtung. "Naja! Sie hatte ein Date mit Ty und ich denke, du weißt in der Zwischenzeit recht gut, was das bedeutet." Sie wirft einen weiteren Blick in seine Richtung und dabei bekommt ihr Gesicht einen fast schon wehmütigen Ausdruck. "Ehrlich gesagt: Ich beneide dich um ihn. Ich würde einiges darum geben, wenn er mich nur einmal so ansieht wie dich." Ich fasse es nicht. Obwohl Esmee mir gerade gestanden hat, dass sie mich um Ty beneidet, bleibt sie freundlich und das ist etwas, das ich von ihr bisher nicht gewohnt bin. "Aber ich schweife ab. Diandre wollte erst in die Dusche und danach kurz in die Sauna, um ihre Muskeln zu lockern. Allerdings ist sie nur bis zur Duschkabine gekommen. Als sie diese betrat, stand sie mitten in einem Haufen Scherben. Was das mit ihren Füßen angestellt hat, willst du nicht wissen. Sie hatte zahlreiche Schnittwunden und wäre sie ein normaler Mensch gewesen, hätte sie nicht vortanzen können, aber ..." An der Stelle unterbreche ich Esmee, weil die Geschichte in meinen Ohren etwas zu phantastisch klingt.

"Du glaubst ernsthaft, Cendra wäre das gewesen? Wie kommst du drauf und woher sollte sie überhaupt wissen, welche der Duschkabinen Diandre betreten würde? Das klingt ein bisschen sehr komisch, meinst du nicht?"

"Das ist eigentlich ganz einfach. Diandre hatte, wie fast jede von uns, eine Kabine, die sie bevorzugt hat. An diesem Tag musste es jedem leichtfallen, zu wissen, wo sie duschen will, denn sie hatte bereits vor dem Training dort ihr Shampoo deponiert." Mir wird warm und kalt zur gleichen Zeit.

"Aber warum sollte es ausgerechnet Cendra gewesen sein? Selbst, wenn Diandre ausgefallen wäre, hätte sie noch an dir vorbeigemusst und ich denke, dass ihr das verdammt schwergefallen wäre." Womit ich indirekt zugegeben habe, dass Esmee phantastisch tanzt – aber das ist nicht wirklich ein Geheimnis. Das dürfte die junge Frau auch ohne meine Bestätigung wissen. Ihre nächsten Worte sind allerdings ein Schock für mich.

"Tja, weil ich felsenfest davon überzeugt bin, dass sie mich am Tag des Vortanzens ebenfalls ausgeknockt hat. Ich konnte mich nämlich an dem Tag kaum auf den Füßen halten. Ich war so nervös, dass ich viel getrunken habe, aber zwischendurch meine Wasserflasche nicht ständig im Auge hatte. Als ich Tanzen musste, drehte sich der Raum um mich herum und am Ende war ich grottenschlecht. Aber Cendra hat die Rechnung ohne Diandre gemacht, denn die ist trotz ihrer Verletzungen angetreten und hat alle anderen in Grund und Boden getanzt. Dafür stand anschließend Blut in ihren Schuhen und sie hat eine Woche lang nicht laufen können. Das sei es ihr Wert gewesen, hat sie mir damals anvertraut, und sie hat mir gegenüber ebenfalls den Verdacht geäußert, dass sie Cendra für die Verantwortliche hält." Esmee schaut mich offen und direkt an und ich erkenne keine Lüge in ihren Augen. Das schockt mich tatsächlich noch mehr als das soeben Gehörte. "Ich habe dich jetzt gewarnt. Was du daraus machst, bleibt dir selbst überlassen. Du solltest jedenfalls wissen, dass mir dein Ellbogen sehr imponiert hat." Jetzt grinst sie tatsächlich und ich schlucke mühsam. "Genügend, um zu wissen, dass du nicht das kleine, hilflose Wesen bist, das ich anfangs in dir sah."

Tyrone

Ich sitze zu weit weg, um sie zu verstehen, aber Doves Gesicht ist für mich wie ein offenes Buch. Sie ist erstaunt, sie ist traurig und ein bisschen ratlos. Aber was zur Hölle hat sie mit Ich-bin-eine-Bitch-Esmee zu schaffen? Wieso gibt sie sich mit der Frau ab? Ich kapiere es nicht!

Aber Esmee lügt nicht – auch das kann ich sehen. Was auch immer die beiden zu bereden haben, Esmee belügt das Täubchen nicht. Das will ich ihr auch nicht geraten haben, denn tut sie ihr weh, wird sie leiden …

Kapitel 17

Ich hätte sie umbringen können. Am liebsten hätte ich in jenem Moment meine Finger um ihren schlanken Hals gelegt und sie so lange gewürgt, bis sämtlicher Atem aus ihrem Körper gewichen wäre. Ich hinterfrage nicht einmal mehr, ob ich ihre bösen Worte nicht genau so verdient habe. Ich will es nicht wissen, denn dazu bin ich gerade viel zu sauer.

"Komm runter, Zero! Ich bin mir sicher, dass sie es nicht mit Absicht ..." Weiter kommt er nicht, weil ich ihm hart ins Wort falle.

"Sie hat jedes verdammte Wort so gemeint und das kannst du gerne schriftlich von mir bekommen", knurre ich dunkel und hefte meinen Blick auf den armen Grayson, der gerade verzweifelt nach einem Loch sucht, in das er verschwinden kann. Ich befürchte, dass der Gute mir meine Laune am Gesicht ablesen kann und die ist bekanntlich gerade nicht die allerbeste.

Gelinde gesagt hätte ich Vance unangespitzt in den Erdboden rammen können, als er mich vor einer halben Stunde in das Überwachungsterminal einbestellt hat. Mir ist gerade nach allem, nur nicht danach, mich mit Kayla Morrell zu beschäftigen, denn das bedeutet, dass ihre Worte in Endlosschleife durch meinen Kopf geistern.

"Du weißt verfickt genau, dass sie recht hat!", setzt Vance noch einen obendrauf. Das hätte ich nun gar nicht gebraucht. "Du könntest ihr auch einfach sagen, warum du dich ihr noch nicht in dieser Weise genähert hast. Sie wird es eh erfahren, und dann?" Ja, ... was dann? Diese Frage habe ich mir auch schon gestellt und bin zu der Überzeugung gelangt, dass sie mich hassen wird. Besser ist, sie hasst mich jetzt schon, denn ich werde nichts daran ändern können. Das ist es, was mich umtreibt und Vance dazu bringt, mich immer wieder zu ermahnen, mit ihr zu reden.

"Ich weiß ja nicht, wonach ich Ausschau halten soll, aber den Namen von Diandres Eltern habe ich im System der Klinik nicht finden können. Das wundert mich aber kein bisschen. In Anbetracht des Datums, vor allem der Jahreszahl, ist davon auszugehen, dass die Akten dieser Patientin nur in Papierform existieren und ich gehe auch nicht davon aus, dass irgendjemand sich die Mühe gemacht hat, diese Daten zu digitalisieren. Das ist das größte Problem bei unserer Recherche."

Trotz meiner miesen Laune versuche ich, Graysons Ausführungen zu folgen. Nachdem Ty herausgefunden hat, dass Diandres Mutter in einer Klinik auf Long Island war, um sich dort eine befruchtete Eizelle einpflanzen zu lassen, verfolgen wir die neue Spur. Sehr viel weiter sind wir allerdings noch nicht gekommen. Immerhin wissen wir, dass Diandres Vater auch wirklich der Samenspender war – falls man ihre Eltern nicht im großen Stil belogen und betrogen hat. Die Eizelle wiederum stammte nicht von Diandres Mutter und das lässt natürlich sehr viel Spielraum für alle möglichen Überlegungen zu. Verdammt! Mir wäre wohler, wenn wir endlich herausfinden würden, wo es eine Verbindung zwischen Kayla und Diandre gibt – falls da überhaupt eine existiert.

"Schau einfach, ob du etwas findest. Vielleicht in einer Art Archiv. Es handelt sich ja nicht unbedingt um aktuelle Daten, aber wenn ich Tyrone richtig verstanden habe, hat Diandres Mutter an einer Art Studie teilgenommen und da gehe ich einfach mal davon aus, dass es darüber wichtige Unterlagen gibt."

"Wahrscheinlich ja und wahrscheinlich habe ich diese Dateien auch bereits gefunden und gesichtet, aber da stehen keine Namen drin, lediglich Fallnummern und das hilft uns leider nicht weiter. Die Namen zu den Fallnummern dürften sich in schriftlicher Form in irgendwelchen Ordnern im Keller der Klinik befinden. Also, ... entweder müsst ihr dort einbrechen, oder das war es an dieser Stelle."

"Wahrscheinlich werden wir genau das tun, wenn uns nichts anderes übrig bleibt", antwortet Vance trocken und ich beobachte, wie Graysons Augen kugelrund werden. Wahrscheinlich ist er sich nicht sicher, ob er Vance' Worten glauben kann, oder es besser lässt. Ich könnte ihm sagen, dass Vance niemals Witze macht. Zumindest nicht, wenn es sich um etwas so Wichtiges handelt wie das hier.

"Ähm ... ja ...", stottert der Nerd und wird dabei blass. Mit einem Finger schiebt er sich die Brille wieder nach oben. "Vielleicht habe ich aber trotzdem etwas gefunden. Ich weiß nur nicht, inwieweit das von Bedeutung ist."

"Am besten lässt du uns das entscheiden." Dieses Mal antworte ich und beuge mich tatsächlich interessiert nach vorne. "Mach's nicht so spannend, Millwood! Ich bin heute nämlich nicht unbedingt der geduldigste Mensch unter der Sonne." Der Knabe spannt sich sichtlich an und ich überlege, ob ich tatsächlich bei ihm den Eindruck hinterlasse, ihn killen zu wollen. Wenn Vance etwas sagt, ist er deutlich entspannter, dabei ist der sehr viel gefährlicher, als ich es bin.

"Nun ... ich kann zwar den gewünschten Namen nicht finden, aber dafür taucht der von Morrell-Industries in Dauerschleife auf. Sie beliefern das Hospital anscheinend mit allen möglichen Dingen. Von Medikamenten angefangen, bis hin zu OP-Materialien. Erstaunlich finde ich in dem Zusammenhang, dass es in der Klinik eine Datei über die Firma gibt, in die ich nicht mal eben problemlos eindringen kann. Ich lasse jetzt seit einer halben Stunde ein Decodierungsprogramm darüber laufen ... bisher Fehlanzeige. Wer auch immer diese Datei geschützt hat, war ein Ass."

"Heißt was?" Jetzt beugt sich auch Vance nach vorne und starrt auf den Bildschirm, auf dem wirre Zahlenkolonnen von oben nach unten durchlaufen – in einer Geschwindigkeit, dass mir schwindelig wird.

"Das heißt, dass jemand sich verdammt viel Mühe gegeben hat, unautorisierte Augen fernzuhalten. Das sind immer die Dinge, die am Interessantesten sind. Falls wir etwas finden, dann genau dort." Ich bin zwar kein Nerd und habe von Graysons Welt ungefähr so viel Ahnung wie von Tyrones Innenleben, aber ich weiß, dass er gerade die Wahrheit sagt.

Dass ausgerechnet Morrell-Industries diese Klinik beliefert, kann kein Zufall sein. Ebenso wenig wie die große Ähnlichkeit zwischen Diandre und Kayla. Die würde sich dann erklären lassen, wenn sie sich die Eizellen der gleichen Spenderin teilen würden. Aber ist es wirklich am Ende so einfach? Ich kann es fast nicht glauben, denn warum zur Hölle sollte jemand den Mädchen nach dem Leben trachten, nur weil sie von derselben Spenderin abstammen? Dafür muss es einen triftigeren Grund geben und meines Erachtens ist er nicht darin zu suchen, dass eine Studentin, die zufälligerweise Geld brauchte, ihre Eizellen an eine Klinik gespendet hat. Ich schaue Vance an und der erwidert meinen Blick. Ich sehe ihm an, dass er dasselbe denkt wie ich. Eine Spur haben wir, aber eben noch immer nichts Handfestes.

"Wie lange dauert das hier?", will Vance wissen und deutet auf den Bildschirm.

"Keine Ahnung!" Grayson schiebt ein weiteres Mal seine Brille wieder zurück auf ihren Platz. "Das kann in zehn Minuten geregelt sein, aber auch durchaus zwei bis drei Tage dauern. Je nachdem, wie stark die Codierung ist. Knacken werde ich sie am Ende auf jeden Fall, aber ich kann keine Auskunft darüber geben, wie lange es dauert." Er beugt sich vor und starrt auf die laufenden Zahlenkolonnen. "Wenn ich mir das bisherige Resultat anschaue, würde ich meinen, dass wir heute Abend ein Ergebnis haben werden."

"Heißt, wir können erst einmal die Beine hochlegen und uns anderen Dingen widmen." Das kommt mir sehr gelegen, denn in der Zwischenzeit habe ich mich so weit abreagiert, dass ich doch noch mit Kayla trainieren könnte. Wobei ich nicht genau weiß, ob das eine meiner besten Ideen ist.

Ich will noch etwas hinterherschicken, will noch etwas sagen, als Vance' Smartphone sich meldet. Ein Blick in das Gesicht meines Freundes sagt mir ziemlich deutlich, dass es einer der Kasparows ist, der sich meldet. Vance sieht augenblicklich so aus, als hätte er in eine saure Zitrone gebissen.

"Vance hier!", meldet er sich kurz angebunden und wer ihn kennt, der weiß sofort, dass er angepisst ist. "Was willst du, Kirill?" Ausgerechnet das Arschloch vom Dienst und warum der Typ sich meldet, ist mir klar. Es geht wahrscheinlich mal wieder um Kayla. Um was sonst?

Ich weiß nicht warum, aber ich würde dem Sack am liebsten eine verplätten, nur darf ich das leider nicht. Seine Vorlieben ähneln denen von Vance – das hat mein Freund mir irgendwann einmal gesteckt – nur mit dem Unterschied, dass er bei seinen Spielen keine Limits kennt. Diandre mag das heiß gefunden haben, ob Kayla das genauso sieht, wage ich zu bezweifeln. Ich würde alles dafür geben, wenn wir sie von Kirill fernhalten könnten, bin mir aber ziemlich sicher, dass wir an der Stelle ebenso scheitern werden wie bei Diandre.

Schon an dem Tag, an dem wir sie damals mit in den Club der Kasparows nahmen, war mir klar, dass unser Mädchen dem Charme des Russen erlag. Es war deutlich zu sehen. Kaum, dass wir die beiden einander vorstellten, röteten sich ihre Wangen, sie schlug die Augen nieder und in ihrem Gesicht stand deutlich zu lesen, dass Kirill sie haben konnte. Niemals werde ich Tyrones Blick vergessen. Ich glaube, in diesem Moment brach eine Welt für ihn zusammen, denn Diandre war immer UNSER Mädchen und für den Russki war an der Stelle kein Platz. Leider war Diandre egal, was Ty fühlte, oder auch nicht fühlte. Er hat sie immer in dem Glauben gelassen, dass er keine Emotionen besitzt und damals hätte ich ihm auch jederzeit beigepflichtet. Ich habe ihn für einen gefühllosen Psycho gehalten – in den letzten Tagen bin ich mir da nicht mehr so sicher. Irgendetwas hat sich verändert und es nagt an mir, dass ich nicht genau sagen kann, was es ist.

Manchmal, wie in der Nacht, als Vance und ich die Ladung auf dem Meer abholten und er Kirill die Gelegenheit gab, mit Kayla zu reden, habe ich den Eindruck, dass mehr unter seiner glatten Oberfläche schlummert, als er uns sehen lassen will. Und dann gibt es auch noch die Sekunden, in denen er sich unbeobachtet fühlt und sein Blick auf Kayla fällt. Manchmal ist dann etwas in seinen Augen, aus dem ich nicht schlau werde. Vielleicht will er sie immer noch loswerden – keine Ahnung – aber dann kann er es sehr gut verstecken.

Im Hintergrund erhebt Vance die Stimme. Er klingt pissed. So angepisst, wie ich ihn selten erlebt habe. Normalerweise wird er nicht laut, aber in diesem Fall macht er eine Ausnahme.

"Ich habe keine Ahnung, was das bringen soll, Idiot!", schnauzt er den jungen Kasparow an und dabei ist er normalerweise derjenige, der uns alle zur Mäßigung rät. Zumindest so lange, wie wir die russische Brut noch brauchen. Lange kann es nicht mehr dauern und dann bin auch ich endlich wieder frei. "Kein Thema!", brüllt Vance in sein Handy. "Das wird er sogar gerne tun, aber ich weiß nicht, warum du mich unbedingt im Club sehen willst. Meine Antwort lautet nach wie vor nein und das wird sich auch nicht ändern, wenn wir beide uns gegenübersitzen." Ich höre ihn seufzen und beobachte, wie er einmal mit gespreizten Fingern durch seine Haare wandert. Keine Frage. Das Gespräch setzt ihm gehörig zu, aber am Ende wird er nachgeben und sich mit Kirill treffen. Eine andere Wahl hat er gar nicht.

Offiziell sind die Kasparows unsere Chefs, inoffiziell arbeiten wir daran, die beiden Russen vom Thron zu stoßen. In den letzten Monaten sind wir einen großen Schritt vorangekommen, ohne dass die beiden Deppen etwas davon bemerkt hätten. Wir haben mehrere kleine Drogenbanden übernommen, mehrere Clubs in unsere Hände gebracht und mehr Leute rekrutiert, als die beiden Russkis es sich vorstellen können. Das alles unter einem gut funktionierenden Deckmantel, damit die beiden keinen Verdacht schöpfen. Wir haben sozusagen einen Kolumbianer, der uns als Clan-Chef dient und mit Freuden seinen Arsch für uns hinhält, weil wir ihn absolut fürstlich entlohnen. Außerdem hat er eine Kleinarmee um sich, damit sein kostbarer Arsch nicht in Gefahr gerät. Für die Kasparows sind wir nicht viel mehr als kleine Lichter, die für die Russen arbeiten. Genau das haben wir sie von Anfang an denken lassen und so soll es erst einmal auch bleiben – bis zu dem Moment, in dem es knallt. Darauf freue ich mich mehr als auf alles andere.

Mit einem wütenden Schnauben beendet Vance das Gespräch. Seine letzten Worte habe ich nicht mehr mitbekommen, denn ich war viel zu sehr in meiner eigenen Gedankenwelt versunken. Dafür schaue ich ihn jetzt umso erwartungsvoller an.

"Du wirst es nicht glauben, aber Kirill will mich heute Abend noch sehen. Im Club! Fernbleiben wird nicht geduldet. So hat er sich zumindest ausgedrückt. Ich habe den Eindruck, er sieht in uns nicht viel mehr als Lakaien."

"Genau das sind wir doch. Du vergisst, welche Rolle wir spielen und wenn er so denkt, ist unser Schauspiel überzeugend – nur darauf kommt es an."

"Da würde ich dir augenblicklich beipflichten, aber ich habe etwas dagegen, wenn man mir etwas befehlen will." Ich lache auf. Ja, damit hat mein Kumpel ein Problem. Das hätte im Übrigen jeder von uns – selbst ich. "Und da ich weiß, was er mit mir besprechen will, gefällt mir die ganze Sache noch sehr viel weniger."

"Meinst du nicht, dass du ihm die Sache ausreden kannst? Er wird doch wohl selbst schon mitbekommen haben, dass Kayla und Diandre sich zwar entfernt ähnlichsehen, aber ansonsten nicht sonderlich viel gemeinsam haben." Genau da setze ich meine Hoffnungen rein. Kirill mag ein Bastard sein, ein Idiot ist er nicht. Laut Tyrone hat die Kleine ihm ihre Abneigung sehr deutlich gezeigt – zwei Mal bisher. Das kann er nicht übersehen haben.

"Kennst du Kirill?", schnaubt Vance. "Falls ja, dann weißt du auch, dass er sich nichts ausreden lässt, was er sich einmal in den Kopf gesetzt hat. Was das angeht, ist er ein ziemlicher Pisser. Das kreide ich seinem Alten an, denn der hat dem kleinen Scheißer niemals einen Wunsch abgeschlagen. Für Kirill galt immer das Motto: Was nicht passt, wird passend gemacht."

"Ja, aber du weißt auch, dass er sehr charmant sein kann, wenn er es drauf anlegt. Ich bin mir absolut nicht sicher, ob Kayla ihm widerstehen kann, wenn es so weit ist. Also wenn es hart auf hart kommt."

"Sie wird. Verlass dich drauf! Hast du ihr Gesicht gesehen, als wir von der Einladung zum Ball gesprochen haben? Der Typ gruselt sie. Sie mag wenig Erfahrung mit

Menschen haben, aber intuitiv hat sie die Gefahr erkannt, die von Kirill ausgeht."

"Und die, die von uns ausgeht, hat sie dabei übersehen. Wie willst du das eigentlich mit Tyrone regeln? Er ist immer noch dagegen, dass wir das Täubchen in das Haus der Kasparows bringen und wie du weißt, kann er ziemlich gefährlich werden, wenn er sich gegen etwas sträubt. Und was Kirill angeht: Er traut ihm nicht und denkt sogar, er könne seine Hand bei Diandres Tod im Spiel gehabt haben. Wobei ich zugeben muss, dass ich in letzter Zeit auch öfters darüber nachgedacht habe, welchen Grund es geben könnte, dass die Kasparows bereits damals ein so reges Interesse an Diandre hatten, und sag mir jetzt bitte nicht, dass Kirill sich unsterblich in die Frau verliebt hat. Dann lache ich dich nämlich aus. Kirill und Liebe passt in etwa so gut zusammen wie die Martin und Unbestechlichkeit." Als ich Vance meine Argumente um die Ohren pfeffere, zieht er erneut eine Grimasse. Ja, Wahrheiten können zuweilen echt unbequem sein, aber in so einem Fall bringt es uns auch nicht weiter, wenn wir uns gegenseitig beruhigen.

"Leute! Ich will euch ja nicht unterbrechen, aber ich bin drinnen!", meldet sich in diesem Moment Grayson zu Wort. "Das solltet ihr euch unbedingt mal anschauen. Das ist ... ich habe keine Worte dafür!" Vance eilt sofort an seine Seite und auch ich drehe meinen Stuhl so, dass ich freie Sicht auf den Monitor habe. Ehrlich gesagt kann ich mit dem ganzen Fachchinesisch nur sehr wenig anfangen.

"Und welche Information haben wir hier?", fragt Vance im selben Moment nach. Anscheinend kapiert auch er nicht, was Grayson in solche Aufregung versetzt.

"Naja ... schaut mal hier und ... da auch noch mal. Morrell-Pharma beliefert die Klinik nicht nur mit den Eizellen, sondern ist auch Inhaber besagter Klinik. Das kann man zwar nur schwer nachvollziehen, aber schaut euch mal die Unterschriften an. Hier und hier!" Dabei deutet er mit dem Finger auf den Bildschirm. "Aus dieser Korrespondenz geht klar hervor, dass die Firma von Kaylas Vater die Klinik aufgekauft hat und dass sie ebenfalls hinter der besagten Studie stecken, an der die Mutter eurer toten Freundin teilgenommen hat."

Vance und ich starren wie hypnotisiert auf den Bildschirm. Uns fehlen gelinde gesagt erst einmal die Worte. Wir kommen dem Geheimnis immer näher und wie es aussieht, könnten Kayla und Diandre tatsächlich Halbgeschwister sein. Verschiedene Väter, aber die gleichen Eizellen von derselben Spenderin. Die Frage ist nur, was daran so schlimm ist und warum jemand dafür töten würde? Und was hat das Ganze mit Russland zu tun und dem Kreuz, das Kayla niemandem zeigen soll? Weder Vance noch ich können uns daran erinnern, dass Diandre ein ähnliches Schmuckstück besessen hätte. Darüber haben wir in der Zwischenzeit längst gesprochen.

"Als nächstes werden wir uns Morrell-Industries zur Brust nehmen. Wenn diese Bastarde die Studie in Auftrag gegeben haben, dann werden sie wohl irgendwo Unterlagen darüber haben. Ich kann mir nicht vorstellen, dass man eine kostenintensive Studie laufen lässt, Frauen ohne Kohle dazu einlädt, nur um dann die Ergebnisse nicht irgendwo abzuspeichern. Selbst wenn die Klinik die Unterlagen nicht digitalisiert hat, gehe ich davon aus, dass einer der größten Pharma-Konzerne etwas anders mit Papierkram umgeht. Hoffe ich zumindest."

Vance läuft unruhig im Raum auf und ab. Ich weiß nicht, was in ihm vorgeht, aber etwas Gutes ist es auf keinen Fall. Seine Miene ist finster, auf der Stirn steht eine steile Falte und seine Augen sind so düster, dass jeder, der ihn nicht kennt, schreiend Reißaus nehmen würde. Auch Grayson ist gerade sichtlich unwohl in seiner Haut. Feine Schweißperlen bilden sich auf seiner Stirn und ein weiteres Mal muss er seine dicke Brille nach oben schieben. Als Vance neben ihm stehenbleibt und sein Handy zückt, wird mir heiß und kalt, und beides zur selben Zeit. Irgendwie ahne ich, was er vorhat, ohne es wirklich zu wissen und bin mir nicht sicher, ob das eine gute Idee ist.

Als der Bildschirm aufflammt und ich das Foto sehe, das er Grayson unter die Nase hält, bestätigt sich meine Befürchtung und ich lege meine Hand auf seinen Arm. Wenn das in die Hose geht, dann bekommen wir ein gewaltiges Problem.

"Was ist?", herrscht Vance mich an.

"Glaubst du, dass das eine gute Idee ist? Was, wenn Grayson seine Nachforschungen nicht ausreichend verstecken kann und noch mehr Leute auf Kayla aufmerksam werden? Irgendwie habe ich in der Zwischenzeit das Gefühl, wir sind da in etwas hineingeraten, was tatsächlich eine Nummer zu groß für uns ist. Kirill redet von Söldnern, hier haben ebenfalls drei dieser Männer versucht einzusteigen und ich denke nicht, dass sie vorhatten, Rosenblätter zu streuen. Nehmen wir den dazu, den Kayla von den Klippen gestürzt hat, waren es bisher vier. Dazu der Überfall auf Kaylas Leute – ich denke, wir sollten ihr Foto nicht durchs Netz jagen – auch wenn es verführerisch ist, andere zu finden, die eventuell so aussehen wie sie. Ich denke, das sollten wir lassen, bis wir wissen, mit was wir es zu tun haben." Vance schaut mich eine Sekunde lang an und ich habe den Eindruck, dass er auf meine Bedenken scheißt.

Dann löscht er das Bild allerdings und schiebt das Smartphone wieder in seine Hosentasche.

"Du hast recht! War nicht eine meiner besten Ideen, aber es geht mir tierisch auf den Sack, nicht zu wissen, was los ist." Dann wendet er sich an Grayson. "Du sorgst dafür, dass wir Zugang zu Morrell-Industries bekommen und sollte dir das Kunststück gelingen, ohne aufzufallen, gibt es eine Extrazulage." Ich hoffe, er weiß, dass Grayson die gar nicht nötig hat und dass es völlig andere Gründe sind, die ihn dazu bewegen, mit uns zusammenzuarbeiten.

Vance

Ich habe kein gutes Gefühl bei der Sache – weder bei Kirill, noch bei dir, Prinzessin. Ihr beide, das passt nicht. Diandre war an der Stelle anders. Sie hat den russischen Bastard geliebt. Warum auch immer. Ich verstehe es bis heute nicht. Aber du … du wirst uns Schwierigkeiten machen, das weiß ich genau. Nur hinnehmen kann ich das nicht, weil *ER* es nicht hinnehmen wird.

Fuck! Ich habe keine Ahnung, wie ich aus der Nummer rauskomme, ohne alles zu verlieren, wofür ich bis hierher gekämpft habe. Ich bin mir nicht sicher, ob ich es wirklich schaffe, dich meinen Zielen zu opfern.

Kapitel 18

Die Fahrt zum Club in Bangor verläuft schweigend. Ty ist völlig in seinen eigenen Gedanken versunken. Als ich ihm gesteckt habe, dass die Kasparows einen Auftrag für ihn haben, war er alles, nur nicht begeistert, und das kenne ich an ihm gar nicht. Normalerweise braucht er das Töten, so wie jeder normale Mensch die Luft zum Atmen, aber dieses Mal sah Ty nicht so aus, als käme ihm der Auftrag gelegen, um sich auf seine Weise abzureagieren.

Als ich ihm sagte, dass Kirill den Aufenthaltsort der Männer kennt, die für den Anschlag auf Kaylas Leute die Verantwortung tragen, lag lediglich ein sehr düsteres Glimmen in seinen Augen – gesagt hat er nichts. Auch hat er nicht wie üblich sein Zippo aus der Hosentasche gezogen und damit gespielt. Das wäre seine normale Antwort auf diesen Job gewesen und deshalb schaue ich ihn immer wieder misstrauisch von der Seite an. Irgendetwas ist anders an ihm, ich weiß nur nicht was.

"Klemm dir den Scheiß, Vance! Ich bekomme genau mit, wie du mich ansiehst und es gefällt mir nicht. Ich werde den Job zu unserer Zufriedenheit erledigen und ja, ich werde mir von den Pissern Antworten holen. Darauf kannst du dich verlassen."

"Du weißt aber schon, dass du heute nicht alleine losziehst, sondern Kasparow-Männer an deiner Seite haben wirst."

"Bin ich ein Idiot, dem man alles doppelt und dreifach sagen muss?", kontert er kalt und starrt durch die Windschutzscheibe nach draußen. Ich parke den Wagen gerade auf dem VIP-Gelände ein, als er sich ein weiteres Mal in meine Richtung wendet. "Falls du dich mit Kirill auf einen Deal einlässt, werde ich dir bei lebendigem Leib die Haut abziehen und du tätest besser daran, meine Worte ernst zu nehmen. Du wirst ihm die Kleine nicht überlassen und das ist mein allerletztes Wort in der Sache."

"Geht es dir noch ganz gut?", fahre ich ihn an. "Was soll das werden? Etwa eine Drohung?" Ich kann nicht glauben, dass Ty das wirklich gesagt hat. Anscheinend geht ihm Dove in der Zwischenzeit so sehr unter die Haut, dass er sie selbst vor Zero und mir beschützen würde. Was für ein abgefuckter Scheiß ist das denn? "Ich werde immer das tun, was wir uns geschworen haben, aber niemals zulassen, dass der Kleinen ein Leid geschieht, das über ein paar gerupfte Federchen hinausgeht. Wir haben ein Ziel und soweit ich weiß, bist auch du an diesem beteiligt. Hat sich in der Zwischenzeit an deiner Loyalität zu uns etwas geändert, von dem ich wissen sollte?" Ty wirft mir einen gefährlich dunklen Blick zu.

"Nein! An meiner Loyalität hat sich nichts geändert, nur erstreckt diese sich nicht länger nur auf dich und Zero – das solltest du zur Kenntnis nehmen. Ich habe Diandre nicht schützen können – mit Kayla wird mir das nicht geschehen." Ty steigt aus, ohne mir ein weiteres Wort zukommen zu lassen.

Gleich darauf steigt er in den Wagen ein, in dem die Männer der Kasparows bereits auf ihn warten. Er ist längst auf dem Weg wohin auch immer, als ich noch immer über seine Worte nachdenke. Ich befürchte, dass die Nacht verdammt blutig enden wird, denn als Ty sich von mir verabschiedet hat, war in seinen Augen ein mehr als tödliches Versprechen zu erkennen gewesen. Ich weiß, ich sollte mir eigentlich keine Sorgen um ihn machen, weil er verdammt gut auf sich selbst aufpassen kann, aber irgendetwas sagt mir, dass er heute nicht er selbst ist. Etwas ist vorgefallen, etwas ist anders – und ich kann nicht glauben, dass es an dem Täubchen liegt. Das wäre ein bisschen zu viel des Guten.

Als ich im Club Kirills Privat-Lounge betrete, werde ich bereits von ihm erwartet. Und nicht nur von ihm, sondern auch von sechs halbnackten Weibern ohne jede Klasse. Sie sehen allesamt billig aus. Aufdringliches Make-up, billige aufreizende Klamotten und High Heels, auf denen die meisten von ihnen nicht einmal stehen, geschweige denn laufen können. Falls Kirill es auf eine Orgie mit mir anlegt, muss ich ihn leider enttäuschen. Danach steht mir gerade nicht der Sinn und schon gar nicht mit diesen aufgetakelten Bräuten, deren aufgesetzte Schlafzimmerblicke mir sogleich tierisch auf die Eier gehen. Auch Kirills falsches Lächeln fühlt sich an wie ein Schlag in die Magengrube und ich balle bereits beide Hände zu Fäusten. Nach der kleinen Auseinandersetzung mit Ty käme mir ein Fight mit Kasparow Junior gerade recht. Der wird sich nur leider nicht drauf einlassen und schon gar nicht in der Öffentlichkeit.

"Wie schön, dass du doch noch den Weg hierher gefunden hast. Ich habe bereits befürchtet, dass du die freundliche Einladung ignorieren würdest." Einladung? Der Kerl macht Witze. Es war ein Befehl und er weiß verfickt genau, dass ich mich diesem auch nicht widersetzen konnte. Am liebsten würde ich ihm das verdammte Lächeln aus dem Gesicht prügeln. "Setz dich, mein Freund! Es gibt einiges zu besprechen." Auch das war keine Bitte, selbst wenn es wie eine getarnt war.

"Ich frage mich, warum du die Angelegenheit nicht am Telefon mit mir klären konntest, Kirill, und seit wann sind wir Freunde? Habe ich etwas verpasst?"

"Natürlich sind wir Freunde, wo ihr doch quasi zur Familie gehört. Wie du weißt, geht Familie bei uns über alles, aber das muss ich dir hoffentlich nicht erklären." Ich lasse mich mit genügend großem Abstand auf die weiße Lederrundecke fallen und augenblicklich ist eine Bedienung an meiner Seite, bei der ich einen doppelten Bourbon bestelle.

Ohne auf seine Worte einzugehen, starre ich die anwesenden Weiber mit finsteren Blicken an und die meisten machen plötzlich einen großen Bogen um mich. Besser ist das für sie. Selbst der Geruch ihrer blumigen Parfums stößt mich ehrlich gesagt ab.

Während ich auf meinen Drink warte, werfe ich einen Blick auf den Boden. Unter uns befindet sich der Barbereich des Clubs. Den kann man problemlos einsehen, weil der Fußboden aus dickem Glas besteht und ja ... auch die Gäste können die Lounge einsehen, was Kirill schon des Öfteren dazu veranlasst hat, eine seiner Schnepfen vor aller Augen zu vögeln. Das waren immer die Abende, in denen der meiste Umsatz im Club generiert wurde. Abgefuckte Spanner ... allesamt.

"Mir wäre lieb, du würdest zur Sache kommen. Wie du sicherlich weißt, habe ich an der Academy einiges zu tun. Falls es dir nur um meine Gesellschaft geht, kann ich dir nur raten, das hier nicht noch einmal abzuziehen. Ich finde deine Einladung im Übrigen ..." Weiter komme ich nicht, denn Kirill hebt hoheitsvoll die Hand und verdammt mich auf diese Weise zum Schweigen. Gleich darauf scheucht er den Hühnerhaufen fort und ich atme tatsächlich auf, als das Tussengeschwader endlich die Lounge verlässt.

"Wir wissen beide, dass ich dich nicht eingeladen, sondern hierher zitiert habe. Wir können das Kind ruhig beim Namen nennen." Er redet erst, nachdem auch die letzte Frau gegangen ist und die Tür hinter sich zugezogen hat. "Ich finde es äußerst befremdlich, dass du immer noch nicht weißt, wo dein Platz ist, Vance. Denkt ihr wirklich, mein Vater und ich wären Idioten, die nicht merken, was ihr plant? Ihr müsst uns echt für total beschränkt halten. Ist es nicht so?" Der Abend nimmt einen denkbar beschissenen Verlauf und ich fürchte, dass es mir auch nicht viel bringen dürfte, mich dumm zu stellen. Versuchen muss ich es auf alle Fälle, denn etwas anderes bleibt mir gar nicht übrig.

"Ich habe keine Ahnung, was du mir sagen willst. Vielleicht schaffst du es, dich weniger rätselhaft auszudrücken, sodass ich dir folgen kann. Ansonsten wird das ein sehr einseitiges Gespräch." Kirill lacht kurz und hart auf und lehnt sich dann bequem in die Lederpolster zurück. Er wirkt äußerst zufrieden mit sich und dem Rest der Welt, was man von mir gerade nicht behaupten kann.

"Mein Vater und ich wissen beide um deinen Plan, bezüglich deines Alten und seines Kartells im Süden der

Staaten. Natürlich haben wir nichts dagegen, wenn du seinen Platz einnimmst, denn bisher sind wir davon ausgegangen, dass es sich lohnen könnte, mit dir Geschäfte zu machen. Mein Vater ist immer noch dieser Meinung, aber ich habe dich in der Zwischenzeit durchschaut. Ich gestehe, es war nicht ganz einfach, dir auf die Schliche zu kommen." Er nimmt einen Schluck aus seinem Whiskyglas und schaut mich böse grinsend an. "Mittlerweile weiß ich, dass du nicht nur deinen Vater beseitigen willst, sondern auch uns. Das würde dich zum mächtigsten Unterweltboss Amerikas machen."

"Wie kommst du auf so eine abgefahrene Idee, Kirill? Verrate mir doch mal, was ich davon hätte?" Mir wird heiß und kalt, und zwar beides zur selben Zeit. Natürlich darf ich mir nichts anmerken lassen, denn dann wäre ich ziemlich schnell am Arsch. Das hier ist ein Club der Kasparows und hier wimmelt es von ihren Leuten. Selbst wenn ich Kirill um die Ecke bringen würde – lebend käme ich nicht aus dem Schuppen raus. Das ist mir durchaus klar.

"Sagen wir es mal so, ich habe eigene Recherchen angestellt und weiß in der Zwischenzeit, dass du ohne Ende Leute mit zweifelhaftem Ruf anwirbst. Wozu, frage ich dich, wenn du doch bei einem Kampf mit deinem Alten auf unsere Leute zurückgreifen kannst? Fällt dir dazu nur eine einzige plausible Erklärung ein? Mir nicht!" Sein Lächeln wird noch breiter, dafür aber auch eine ganze Spur finsterer. "Außerdem bin ich bestens darüber im Bilde, was an deiner Academy vor sich geht. Und dazu sage ich nur Kayla Morrell. Selbst wenn ihr Drei blind und blöd, im schlimmsten Fall sogar beides wäret, ist euch garantiert die große Ähnlichkeit mit Diandre nicht verborgen geblieben. Laut meinem Informanten habt ihr die Kleine auch augenblicklich gejagt."

"Na und?" Ich werfe ihm jetzt ebenfalls einen finsteren Blick zu. "Mir war gar nicht klar, dass ich dich mittlerweile um Erlaubnis fragen muss, wenn ich eine Frau flachlegen will. Was hat die Kleine bitte mit meinem Verhalten deiner Familie gegenüber zu tun? Das ist lausig – selbst für dich! Nur, weil du mit deinem falschen Charme nicht bei ihr landen kannst, willst du jetzt aus meinen Freunden und mir Verräter machen. Pack dir mal an den Kopf, Kerl! Du bist nämlich nicht mehr ganz dicht." Mehr als eine Flucht nach vorne ist das hier nicht. Als Kirill von einem Informanten an der Schule sprach, ist mir nämlich ganz anders geworden. Er wusste also bereits von Kaylas Anwesenheit, lange bevor Tyrone ihn um Hilfe bei dem toten Russen gebeten hat. FUCK!

"Von mir aus legst du alle Weiber an der Schule flach, aber bei dieser Einen hätte ich gerne ein Wörtchen mitgeredet. Du weißt immerhin, wie nah Diandre und ich uns standen."

"Selbst wenn! Kayla kann dich nicht leiden und das kann man ihr durchaus ansehen. Es sei denn, man ist blind und blöd", setze ich seine eigenen Worte gegen ihn ein.

"Ja, und genau das wirst du ändern." Ich springe auf die Füße, balle ein weiteres Mal die Hände zu Fäusten und baue mich vor dem Pisser auf.

"Gar nichts werde ich, Kirill! Du willst sie, dann regle das selbst. Deine Anschuldigungen bezüglich eures Kartells sind haltlos und ..."

"Ich bin sehr gespannt darauf, wie mein Dad das sieht, wenn ich ihm berichte, dass ihr ihn in New York und allen größeren Städten des Nordens immer mehr zurückdrängt und dass ihr eine kubanische Strohpuppe benutzt, um euch hinter diesem angeblichen Mafia-Boss zu verstecken. Ich kann mir nicht vorstellen, dass es ihn amüsieren wird, davon zu hören."

Kirill lacht heiter auf. Das kann er sich auch leisten, denn er weiß, dass er jetzt am Drücker ist. Der Bastard hat mich an den Eiern und ich kann nichts anderes machen, als im Takt seiner Musik zu tanzen. Ich frage mich nur, wer die Ratte ist, die uns verpfiffen hat. Sollte ich das jemals herausfinden, kann derjenige sein Testament machen – so viel steht fest. Und einen leichten Tod wird er auch nicht sterben, dafür dürfte Tyrone schon sorgen.

"Ich habe dir schon einmal gesagt, dass die Sache mit dem Mädchen eine Nummer zu groß für euch ist und dass ihr sie auf Dauer nicht beschützen könnt. Ich will euch nur unnötige Arbeit ersparen, denn am Ende wird auch Kayla tot sein und ihr habt sie auf dem Gewissen, weil ihr einfach nicht wisst, worauf ihr euch eingelassen habt."

"Aber du weißt es? Zumindest hört sich das für mich so an, als ob ..."

Ty hat also doch recht gehabt, als er behauptete, dass Kirill genau weiß, warum Diandre sterben musste, und mittlerweile bin ich mir auch nicht mehr sicher, ob der Bastard nicht doch Anteil daran hatte. Im selben Moment denke ich an Tyrone und heiße Angst rast durch meine Adern. Er ist mit Kirills Männern unterwegs, völlig auf sich allein gestellt und wenn ich das richtig gesehen habe, saßen mindestens sechs Kasparow-Männer in den beiden dunklen Fahrzeugen. Es können aber auch mehr gewesen sein. Sollten die den Befehl erhalten haben, Ty auszuschalten, dann wird er sterben. Verdammte Scheiße! Wir haben uns viel zu lange sicher gefühlt und waren es nicht. Das ist auch der Moment, in dem ich mich fragen muss, wie lange Kirill schon über unsere Pläne im

Bilde ist, denn dass er es ist, steht außer Frage. Dass er mich in der Hand hat, ebenfalls. Deshalb auch sein siegessicheres Lächeln.

"Ja, ich weiß es, aber ich werde eher meine Seele dem Teufel verkaufen, als euch einzuweihen. Du solltest sie mir einfach überlassen, den Rest regle ich und ich gebe dir sogar schriftlich, dass die Kleine überleben wird. Sie wird alt und grau werden und ihre und meine Enkelkinder auf dem Schoß schaukeln." Mir wird gerade schrecklich übel.

"Ihre und deine ..."

"Ja, was dachtest du denn? Ich werde sie heiraten, ebenso wie ich Diandre zur Frau genommen hätte, um sie und euch zu schützen. Hast du ernsthaft gedacht, ich würde Diandre lieben? Oh je, dann bist du echt noch weitaus naiver, als ich bisher dachte. Du weißt aber schon, in welchem Bett ich geboren wurde?" Er fängt an zu lachen und nicht zum ersten Mal an diesem Abend verspüre ich das dringende Bedürfnis, meine Hände um seinen Hals zu legen und zuzudrücken. Verdammte Scheiße! Aus der Nummer kommen wir nicht ohne Probleme wieder raus und unser größtes Problem heißt momentan Kayla. Sie wird nie und nimmer einwilligen, Kirills Frau zu werden, und noch sehr viel weniger wird sie mit ihm ins Bett steigen. Und Kirill? Dem wird es eine Freude sein, uns hochgehen zu lassen, wobei es nicht einmal eine Garantie für sein Schweigen gäbe, wenn Kayla tun würde, was er verlangt. Mein Hass wird immer größer, meine Furcht um Tyrone ebenso. Plötzlich klingt die Jagd auf die angeblichen Söldner eher wie eine gut inszenierte Falle. Mit einem Mal mache ich mir tatsächlich Gedanken darüber, ob es nicht Kirills Männer waren, die Kaylas Begleiter umgebracht haben. Es würde zumindest zu ihm passen. Fuck! Fuck! Und noch einmal ... FUCK!

"Ich weiß überhaupt nicht, wo dein Problem ist, mein Lieber! Sieh es einfach so: Ich mache euch das Leben sehr viel leichter, verschweige meinem Dad, dass ihr ihm eigentlich an die verdammte Karre pissen wollt und ihr bemüht euch ab jetzt, sehr wertvolle Mitarbeiter zu sein. Dann, und nur dann, ist euer Leben noch etwas wert. Natürlich kannst du mir meinen Wunsch verweigern, aber dann fahrt ihr zur Hölle und ich bekomme das Mädchen trotzdem. Ganz wie du möchtest, Vance! Das Ende ist bereits geschrieben – du musst mir nur deutlich sagen, welche Variante du bevorzugst." Sein Blick bekommt etwas Spöttisches und mir läuft eine Gänsehaut über den Rücken, als er auf seine Uhr schaut. "Und du solltest dir mit der Antwort nicht mehr allzu viel Zeit lassen, denn ich befürchte, dass meine Männer und dein Freund bereits ihren Zielort erreicht haben. Es könnte sein, dass sich dummerweise eine Kugel in die falsche Richtung verirrt, wenn du verstehst, was ich dir damit sagen will." Meine Zähne prallen knirschend aufeinander. Natürlich weiß ich, was er mir mitteilen will. Falls ich ihm seinen Wunsch verweigere, wird Ty sterben und wenn nicht heute, dann bei einer anderen Gelegenheit.

Kirill weiß genau, dass ich jetzt meine Zustimmung geben, sie aber gleich wieder vergessen könnte, sobald Ty in Sicherheit ist. Das hier ist nur großes Theater, das mir klarmachen soll, wo wir stehen, und momentan ist unsere Position denkbar beschissen. Ich habe zwar keine Ahnung, welche Beweise Kasparow Junior gegen uns gesammelt hat, aber dass er welche hat, steht für mich außer Frage. Viel zu genau wusste er über unsere Pläne Bescheid. Wir haben die Kasparows für dämlich gehalten

– das rächt sich gerade. Vorsichtig lasse ich mich wieder auf der Rundecke nieder und starre Kirill an.

"Gut! Du hast gewonnen, aber du wirst bis zum Ball warten. Das hattest du sowieso vor, also wirst du dich jetzt auch genau an diesen Plan halten. Und pfeif dein Mordgeschwader zurück. Sollte Tyrone auch nur ein Haar gekrümmt werden, bringe ich die Kleine eher selbst um, als sie dir zu überlassen – und wir wissen doch jetzt beide, wie wichtig sie dir ist."

Ich kann nur hoffen, dass mir bis zum Ball eine zündende Idee kommt. Bei dem Gedanken, dem Bastard Kayla zu überlassen, sträubt sich alles in mir. Als Diandre damals unbedingt mit ihm spielen wollte, war ich derjenige, der dabei war und ich habe bis heute nicht verstanden, was Diandre so faszinierend an ihm fand. Er war für sie wie eine Droge, einmal davon gekostet, wollte sie mehr und immer mehr. Er hat sie gedemütigt, geschlagen, seine Rollenspiele waren mehr als nur Hardcore und sie fuhr voll drauf ab – auch auf seine sadistische Ader, die mehr eingefordert hat, als Diandre eigentlich zu geben bereit war. So habe ich das zumindest gesehen, aber sie war damals blind und taub für meine Warnungen und rannte immer wieder zu Kirill, und wir hatten alle nicht den Arsch in der Hose, sie zurückzuhalten. Das ist jetzt allerdings anders – zumal Kayla ganz deutlich zu erkennen gibt, dass sie den Bastard gruselig und abstoßend findet. Es muss mir gelingen, einen Ausweg zu finden, ansonsten fürchte ich ...

"Ich habe meine Männer gerade zurückgepfiffen. Du bekommst deinen kostbaren Jungen unversehrt zurück, aber wenn ich du wäre, würde ich mir ernsthaft Gedanken um den Typen machen. Normal ist der nicht. Ich habe mir Bilder von seinem letzten Schlachtfeld angesehen. Als meine Jungs mir davon erzählt haben, wie er dort gewütet hat, wollte ich es zuerst nicht glauben, aber die Fotografien sprachen Bände." Wie gut, dass Kirill seine Männer zurückgehalten hat. Im ersten Moment habe ich natürlich um Tyrones Leben gefürchtet und dann ist mir aufgegangen, dass er wahrscheinlich am Ende der Überlebende gewesen wäre, während Kirill Gift und Galle gespuckt hätte. Ich kann mir nicht vorstellen, dass sie es geschafft hätten, ihn zu killen, und wenn der Scheiß nicht beim ersten Schuss gesessen hätte, wären die Typen am Ende allesamt Geschichte gewesen – so wie beim letzten Mal, als Ty eigentlich nur einen Kerl killen sollte. Am Ende hat er ein gutes Dutzend Männer erledigt und eine Bar in Schutt und Asche gelegt. Eigentlich sollte Kirill das eine Warnung sein – ist es aber anscheinend nicht und vielleicht ist Ty genau das Zünglein an der Waage, das wir jetzt brauchen, denn wenn ich eines weiß: Er wird das Täubchen nie und nimmer dem Russen überlassen – eher wird er die beiden Männer eigenhändig ausbluten lassen wie Lämmer, die geschächtet werden. Darauf kann Kirill sich verlassen. Jetzt bin ich es, der sich deutlich entspannter zurücklehnt. Wir werden einen Weg finden – wie auch immer, und nur darauf kommt es an.

"Wenn sie sich dir freiwillig hingibt, habe ich kein Problem damit, mein Bester." Dass das eine glatte Lüge ist, muss er nicht wissen. "Du wirst mir dein Ehrenwort geben, dass du die Finger von ihr lässt, wenn sie dich nicht will."

"Wie du willst! Sie wird mich wollen, dafür werde ich sorgen."

Sei dir da nicht so sicher, Bastard! Sie ist nicht Diandre, sie ist anders …

Tyrone

Diese elenden Motherfucker haben tatsächlich gedacht, sie könnten mich in einen Hinterhalt locken und mir eine Kugel durch den Kopf jagen. Elende Wichser ohne Ehrgefühl, die einem reellen Kampf aus dem Weg gehen wollten. Sie haben mich kurz angekratzt, aber dafür haben sie einen hohen Preis gezahlt. Und ich weiß genau, wem ich das zu verdanken habe.

Nun denn, Kirill! Ich hoffe, das war es dir wert – ich hoffe, der Tod der sechs Männer tut dir nicht allzu doll weh. Versuch es ruhig noch einmal. Das Ergebnis wird dasselbe sein. Nie und nimmer wirst du es schaffen, mich aus dem Weg zu räumen. Ich habe eine Aufgabe und der werde ich nachkommen. Wenn du das Täubchen haben willst, wirst du mich erst aus dem Weg räumen müssen.

Kapitel 19

Zwei Tage sind seit meinem Gespräch mit Esmee vergangen. Zwei Tage, in denen ich den Eindruck bekomme, dass Vance und Zero mir aus dem Weg gehen. Wenn ich am Morgen aufwache, haben sie das Haus bereits verlassen und nur Tyrone ist da, um mir Gesellschaft zu leisten und um mich zum Unterricht zu begleiten. Dabei stelle ich am ersten Morgen fest, dass er humpelt, doch als ich ihn nach dem Grund fragte, hat er lediglich ein dumpfes Knurren ausgestoßen und gemeint, dass er sich ein bisschen dumm beim Training angestellt hat – was ich ihm nicht glaube.

Tyrone stellt sich niemals dämlich an. Jede seiner Bewegungen ist äußerst kontrolliert und ich kann mich an keine Gelegenheit erinnern, in der er nicht wie eine sprungbereite, äußerst elegante Raubkatze auf mich wirkte. Auf jeden Fall nicht wie jemand, der aus Versehen stolpert und sich vertritt.

Vorgestern Abend haben Zero und ich noch trainiert und es war ein gutes Training. Zero hat zwar kaum ein Wort gesprochen, aber er hat mir immer wieder bestätigend zugenickt. Dass er sich so sehr von mir fernhält, schmerzt noch immer, aber was ich auch mache – er nähert sich mir nicht mehr in der Weise, die ich so sehr liebe. Er ist nicht mehr dominant und seine Berührungen beim Tanzen vermitteln nur noch Professionalität – aber keinerlei Begehren. Das war anfangs völlig anders.

Am liebsten würde ich ihn schütteln, doch meist fällt mir dann ein, dass ausgerechnet Zero es war, der mir zu verstehen gab, dass es besser wäre, wenn ich ihn hasse. Er tut tatsächlich alles dafür, dass es genauso kommt, denn mittlerweile spüre ich in seinem Beisein nur noch eine Mischung aus Wut und Traurigkeit. Mein Herz pocht schmerzhaft, sobald er in der Nähe ist und ich kann nichts anderes tun, als ihn immer und immer wieder anzuschauen. Die fast weißen Haare, die ihm so verwegen in die Stirn fallen, wenn er sich bewegt, die Muskeln, die während des Tanzens so herrlich zucken, und sobald ich seine warme Haut berühre, wird die Sehnsucht nach ihm so groß, dass ich es kaum noch aushalte. Warum muss ausgerechnet Zero so ein Arschloch sein und mich ignorieren?

Weil er recht hat, Kay! Zwei Schwänze sollten dir reichen. Das ist eigentlich schon mehr, als du haben solltest. Du bist ein verdorbenes Mädchen. So hat man dich nicht erzogen.

Nein! Natürlich nicht, aber ich fühle weder Bedauern noch Reue, noch schäme ich mich meiner Gefühle. In der Zwischenzeit weiß ich, dass ich etwas für die Drei empfinde, das weit über das Körperliche hinausgeht.

Wenn ich mir vorstelle, dass einem von ihnen etwas zustoßen könnte, krampft mein Herz sich jedes Mal voller Angst zusammen und wenn ich darüber nachdenke, dass sie durch mich eventuell in Gefahr geraten könnten, spüre ich diese Furcht gleich doppelt. Deshalb macht es mich auch so nervös, dass ich Vance und Zero kaum noch zu Gesicht bekomme. Irgendetwas geht vor sich und ich befürchte, es ist nichts Gutes.

Als Ty mich heute Morgen zum Ballettunterricht bringen wollte, habe ich ihm gesagt, dass ich mich nicht gut fühle und das Training ausfallen lassen möchte. Er hat das Gesicht verzogen und mir zu verstehen gegeben, dass Zero das gar nicht gerne sehen wird. Das ist mir klar, aber es ist mir gleichgültig. Sollte Zero wollen, dass ich trainiere, dann soll er seinen Arsch in Bewegung setzen und mich zum Unterricht begleiten, denn ehrlich gesagt: So nice wie das Tanzen mit Noah auch sein mag, er kann Zero für mich nicht ersetzen.

Ty gibt allerdings erst Ruhe, als ich ihm verspreche, nach der Mittagsvorlesung noch eine Runde allein zu tanzen – im Studio der Academy und unter seinen Augen. Letzteres hätte ich jetzt nicht unbedingt gebraucht, aber besser so, als gar nicht.

Die Vorlesung wird für mich zu einem kompletten Desaster, denn heute sehe ich Cendra zum ersten Mal seit meinem Gespräch mit Esmee. Leider kann ich nicht vergessen, was diese mir anvertraut hat und Cendra benimmt sich seit Tagen äußerst seltsam. Auch sie geht mir aus dem Weg und mittlerweile bin ich mir ziemlich sicher, dass es nicht nur an den Herrschern der Schule liegt. Auch heute schaut sie mich nicht an, sondern kritzelt eifrig in ihren Unterlagen herum. Mit ihr reden kann ich auch nicht, denn sie kommt erst an, nachdem der Professor seinen Platz am Pult bereits eingenommen hat und verlässt fast schon fluchtartig den Saal, nachdem die Vorlesung beendet ist. Dabei rennt sie beinahe Tyrone über den Haufen, der sie tatsächlich festhalten muss, damit sie nicht auf ihren Hintern plumpst. Sie schafft es nicht einmal, eine Entschuldigung zu murmeln, sondern hastet einfach weiter, als wäre der Teufel höchstpersönlich hinter ihr her. Allerdings kann ich mitansehen, wie Ty ihr kopfschüttelnd und mit gerunzelter Stirn hinterher schaut. Anscheinend findet auch er ihr Verhalten komisch und das kommt *mir* wiederum seltsam vor. Normalerweise sind Tyrone die anderen Schüler völlig egal. Er registriert sie für gewöhnlich nicht einmal. Dass er Cendras Flucht mit misstrauischen Blicken verfolgt, sagt mir, dass auch er ihr verändertes Verhalten wahrnimmt.

Ich denke noch immer über ihr absonderliches Verhalten nach, als ich mit Tyrone an meiner Seite das Studio betrete und dabei feststelle, dass wir beide alleine sind. Aufatmend lasse ich mich an der Wand zu Boden sinken und hole die Tanzschuhe aus der Sporttasche. Umziehen muss ich mich nicht, weil ich bereits zur Vorlesung meine Trainingssachen getragen habe.

Während ich die Ballettschuhe binde, geht Ty vor mir in die Hocke und schaut mich durchdringend an. Obwohl ich auf meine Füße schaue, kann ich seine Blicke sehr deutlich auf mir spüren. Sie scheinen sich regelrecht in mein Inneres zu lasern. Seufzend blicke ich auf.

"Was ist los?", will ich von ihm wissen. "Du hast doch etwas. Das merke ich genau. Besser du sagst es gleich, bevor ich mir beim Tanzen die ganze Zeit den Kopf darüber zermartere, was es sein könnte. Dann kann ich mich nämlich nicht konzentrieren." Tyrone grinst und lässt sich gleich darauf neben mir auf dem Boden nieder.

"Ich stelle fest, dass du nicht nur hübsch und witzig bist, Dove, sondern auch scharfsinnig. Und wenn wir gerade beim Thema sind: Ich warte jetzt seit zwei Tagen darauf, dass du mir sagst, was du mit Esmee zu bequatschen hattest. Glaub nur ja nicht, dass ich ihr verändertes Verhalten dir gegenüber nicht bemerkt hätte. Das von Cendra im Übrigen auch."

"Und? Was sagst du dazu? Zu Esmee?" Ich schaue ihn erwartungsvoll an.

"Erst erzählst du mir, was sie von dir wollte und danach beantworte ich vielleicht deine Frage."

"Oh, no!" Ich setze einen bitterbösen Blick auf. Zumindest hoffe ich, dass er bitterböse ist. "Du wirst mir versprechen, dass du meine Fragen beantwortest, wenn ich dir erzähle, was zwischen uns beiden gesprochen wurde. Vorher sage ich keinen Ton!" Ty lacht dunkel, umfasst mit seiner Rechten mein Kinn und dreht meinen Kopf so, dass ich ihn anschauen muss.

"Witzig ... ich habe es ja gerade noch gesagt." Seine Lippen kommen meinen näher und mein Puls beginnt zu rasen. Plötzlich ist alles andere Nebensache und ich hoffe, dass Tyrone mich küsst. Dass seine Lippen mich in Besitz nehmen und mir zeigen, wie wichtig ich ihm bin. "Ich könnte jetzt natürlich sagen, dass ich deine Fragen beantworte, aber wer sagt dir, dass ich mich daran halte? Ich könnte dich auch nach Strich und Faden belügen." Seine Lippen streifen ganz sacht über meine Mundwinkel, während er spricht und ... Holy shit! Ich will mehr davon. "Außerdem solltest du dringend an deinem bösen Blick arbeiten. Der reizt einen Kerl wie mich eher zum Lachen." Er lässt mich abrupt los und ich erkenne augenblicklich, dass seine Mundwinkel amüsiert zucken. Er lacht mich tatsächlich aus. Der ... der ...Idiot!

"Und wer sagt dir, dass ich die Wahrheit sage? Immerhin könnte ich auch lügen!" Jetzt lacht Ty schallend los und ich weiß auch genau, was er so witzig findet.

"Mach dich nicht lächerlich, Täubchen", wirft er mir an den Kopf, als er sich einigermaßen wieder unter Kontrolle hat. "Ich habe noch keinen Menschen kennengelernt, der so schlecht lügen kann wie du." Wo er recht hat, hat er recht. Leider!

"Komm schon, Ty!", verlege ich mich aufs Betteln. "Ich verrate dir, worüber wir beide gesprochen haben und du beantwortest mir ein paar Fragen. Das ist nur fair."

"Wie kann ich da widerstehen? Also schieß los: Was wollte Esmee von dir?"

"Zwei Tage nachdem ich ihr meinen Ellbogen ins Gesicht geknallt habe, stand sie nach dem Ballettunterricht auf einmal neben mir und hat mich vor Cendra gewarnt. Sie hat nichts Genaueres gesagt, deshalb wollte ich auch ungestört mit ihr reden. Seit meiner ersten Minute an der Academy hat Cendra mich irgendwie unter ihren Schutz gestellt, mir alles erklärt und gezeigt und ich ..." Ich schüttle den Kopf, weil ich es immer noch nicht glauben kann. "Sie hat mich vor euch Dreien gewarnt. Ihr wäret gefährlich und ich sollte nach Möglichkeit einen großen Bogen um euch machen. Das hat bekanntlich nicht sonderlich gut funktioniert."

"Dass sie dich vor uns gewarnt hat, ist durchaus berechtigt, aber das hast du in der Zwischenzeit ja selbst herausgefunden. Dafür brauchte es die Warnung der Frau nicht." Ich nicke. "Aber das war nicht das Einzige, was Esmee zu dir gesagt hat. Das war nur ein erster Hinweis, auf den du angesprungen bist, mit dem du aber nicht sonderlich viel anfangen konntest. Also hast du dich mit ihr getroffen, um mehr zu erfahren. Ist es nicht so?" Wieder nicke ich.

"Ja, und Esmee hat mir anvertraut, dass sie eng mit ... mit Diandre befreundet war." Fast erwarte ich, die dunklen Schatten in Tyrones Augen zu sehen, doch die bleiben dieses Mal erstaunlich klar. "War das so? Waren die beiden so fest befreundet, wie Esmee behauptet?"

"Ja! Esmee und Diandre waren unzertrennlich. An der Stelle hat sie nicht gelogen. Die beiden sind sich vom Charakter her sehr ähnlich, auch wenn ich das nicht gerne zugebe."

"Warum nicht?" Ich schaue ihn erstaunt an.

"Weil ..." Jetzt schaut er mich an und ich bilde mir ein, zum ersten Mal so etwas wie Schmerz in seinem Blick zu erkennen. "Weil Diandre ein Mensch war, der zur Not über Leichen ging – ebenso wie Esmee. Darin sind die beiden sich sehr einig. Sie wollten den Erfolg und haben alles dafür gegeben. Aber deshalb willst du wahrscheinlich nicht wissen, ob die beiden befreundet waren, sondern es hat etwas mit Cendra zu tun. Nicht wahr?" Ich weiß nicht, ob es Ty bewusst ist, aber seine Hand liegt plötzlich in meinem Nacken und sein Daumen fährt sanft über die Stelle, an der mein Puls jetzt heftig hämmert.

"N-Nein!", stammle ich verwirrt über den völlig veränderten Tyrone. "Esmee hat auch behauptet, dass Cendra ebenso von Ehrgeiz zerfressen ist und alles dafür tun würde, von den Talentscouts entdeckt zu werden. Sie ... sie soll Glasscherben in der Dusche deponiert haben – zwei Tage bevor die Leute vom New York Ballett hier eintrafen." Im selben Moment verfinstert sich Tyrones Miene und plötzlich sind sie wieder da: Die finsteren Dämonen, die unter seiner Oberfläche wüten.

"Das hat Esmee behauptet?" Selbst seine Stimme klingt plötzlich extrem kalt und dunkel.

"Ja! Und jetzt wüsste ich gerne, was an der Behauptung dran ist. Esmee hat zwar gesagt, dass sie keinerlei Beweise hat, aber kein anderer unter den Tänzern hätte einen Grund gehabt, Diandre aus dem Rennen zu kicken." Ich scheine gar nicht zu Ty durchzudringen, denn er reagiert in keiner Weise auf meine Worte. Was zur Hölle geht gerade in ihm vor?

"Das würde so einiges erklären", murmelt er plötzlich mehr zu sich selbst. Meine Anwesenheit scheint er in diesem Moment völlig auszublenden. "Ich weiß, dass sie am Tag des Vortanzens verletzt war, aber Zero hat mich nicht zu ihr gelassen. Angeblich auf ihren Wunsch. Ihr Fuß! Er hatte etwas von ihrem Fuß und dass sie Ruhe bräuchte." Ty schaut mich an, scheint mich aber immer noch nicht wahrzunehmen. Fast so, als wäre ich Luft.

"Aber Zero hätte sie niemals mit einer solchen Verletzung am Fuß tanzen lassen. Bei mir ..." Sein Blick klärt sich wieder und er lacht bitter auf.

"Niemand konnte Diandre etwas verbieten. Sie ließ sich nichts sagen – von keinem."

"Auch von euch nicht?" Das kann ich einfach nicht glauben. Vor allem dann nicht, wenn ich daran denke, wie die Dominanz der Männer mich regelrecht überrollt hat. Ich kann mir einfach nicht vorstellen, dass es Diandre an der Stelle anders ergangen sein soll als mir.

"Du scheinst es nicht zu verstehen, Dove!" Ty lacht und jetzt klingt er wieder einigermaßen normal. Trotzdem lodert noch immer die pure Finsternis in seinen hellgrünen Augen. "Diandre und du – ihr seht euch ähnlich – das steht außer Frage, aber charakterlich habt ihr beide nichts miteinander gemein." Er streichelt mit einem Finger über meine Wange und seine Augen bekommen einen wehmütigen Ausdruck.

"Du vermisst sie, nicht wahr?" Er seufzt und schließt die Augen, während er den Kopf an die Wand lehnt. Dabei scheint er in sein Inneres zu lauschen, aber ich bin mir nicht sicher, ob er die Antwort, die er sucht, dort finden wird.

"Ich weiß nicht, wie ich dir das erklären soll, Dove. Ich kann nicht ja, aber auch nicht nein sagen." Jetzt verstehe ich gar nichts mehr. Immerhin hat Tyrone anfangs versucht, mich loszuwerden, weil ich nicht Diandre war und er sich von mir ... gestört fühlte. "Ich sehe dir an, dass dich das verwirrt. Vielleicht hilft es dir, wenn ich dir sage, dass ich keine Gefühle habe – zumindest nicht so, wie du oder andere Menschen sie haben."

Ich starre Ty an, als wäre er ein Wesen von einem anderen Planeten. Nein! Das kann nicht sein. Ich glaube ihm kein Wort, denn viel zu oft erkenne ich in seinen Augen so unfassbar dunkle Gefühle, dass mir angst und bange wird.

"Das glaube ich dir nicht!", rufe ich aus, ohne darüber nachzudenken. "Ich weiß, wie sehr du Diandre ..." Ty stößt ein leises Knurren aus und jetzt legen seine Finger sich mit Nachdruck um mein Kinn, sodass ich seinem Blick nicht ausweichen kann.

"Diandre hat gewusst, dass ich nicht lieben kann. Dass ich dieses Gefühl nicht kenne – ebenso wenig wie ich Bedauern, Angst oder Mitleid nachempfinden kann. Ich bin ein Psycho, Dove! Und das ist kein schlechter Witz von Vance oder Zero, sondern die grausame Wahrheit, die du akzeptieren musst. Manchmal beschließe ich, dass ein Mensch es wert ist, sich um ihn zu kümmern – so wie ich es bei dir beschlossen habe – aber mehr wird da nie sein."

Mein Herz wird kalt und schwer, als ich seinen Worten lausche, aber irgendwie habe ich noch immer den Eindruck, dass er nicht die ganze Wahrheit sagt. Dass er sich am Ende vielleicht sogar selbst belügt. Ich weiß nicht, warum ich so empfinde, denn eigentlich sollte ich ihm glauben – ich schaffe es nur einfach nicht. Mir vorzustellen, dass er Liebe nicht kennt, Zuneigung und Mitleid, ist mehr, als ich begreifen kann.

"Ich ... ich glaube nicht, dass du nicht lieben kannst, Ty!" Ich weiß nicht, woher ich den Mut nehme, mit beiden Händen sein Gesicht zu umfassen und meine Lippen auf seine zu legen, aber ich muss es einfach tun. Mein Kuss ist sanft, warm und ich lege all meine eigenen Gefühle hinein. Dann ... "Irgendwann, Ty, irgendwann wirst du einer Frau begegnen, die du lieben kannst. Und dann wirst du verstehen, wie schön das ist. Es ist ein Gefühl, das dich von innen wärmt und dein Herz schneller schlagen lässt. Es bringt dich dazu, nur an diese eine Person zu denken und immer bei ihr sein zu wollen. Irgendwann wirst du wissen, wie es sich anfühlt." Er erstarrt unter meinen Händen und in seinen wundervollen Augen tanzen seltsame Funken, die ich wieder einmal nicht einordnen kann.

"Es gab jemand anderen, der ähnliche Worte zu mir sagte. Du solltest jedoch nicht darauf hoffen, Dove!" Ich weiß augenblicklich, wer diese Worte zu ihm sagte und bin mir sicher, dass diese auch damals schon etwas in ihm auslösten, so wie meine in diesem Augenblick. "Lass uns das Thema wechseln, Täubchen. Es ist nicht gut, wenn ich allzu oft und lange an vergangene Dinge denke. Meist bekomme ich dann schlechte Laune und das ist gar nicht gut." Er räuspert sich, lässt mich los und nimmt wieder Abstand, als wäre nichts gewesen. "Du hast vorhin gesagt, dass Cendra von der ersten Sekunde an immer an deiner Seite war. Was soll mir das sagen?" Eigentlich bedauere ich den Themenwechsel, denn ich hätte gerne mehr über Tyrone erfahren, aber ich weiß genau, dass er nur so viel von sich selbst preisgibt, wie er will – und gerade will er nicht mehr.

"Cendra hat mich beim ersten Betreten der Academy bereits am Eingang abgefangen und mir gesagt, dass ihr der Auftrag erteilt wurde, sich um mich zu kümmern. Sie wäre für mich so etwas wie ein Coach, der dem Neuling zeigt, wo es langgeht. Natürlich habe ich gedacht, sie käme von der Schulleitung, um mich willkommen zu heißen." Ich schaue Ty an, der zunächst jedoch keine Miene verzieht. Dann schaut er mich jedoch ungläubig an.

"Sie hat tatsächlich behauptet, sie wäre von der Schulleitung dazu abkommandiert worden, dich rumzuführen und dir alles zu zeigen? Wo waren denn die Hausangestellten? Eigentlich sollten die ..."

"Nicht da! Zumindest nicht, als ich das Wohngebäude betreten habe. Außerdem sind wir ja kurze Zeit später auf Vance gestoßen und der hat auch nicht durchblicken lassen, dass Cendra eigentlich gar nicht bei mir sein sollte."

"Warum sollte er auch? Könnte ja sein, dass ihr euch zufällig auf dem Gang begegnet seid und den Weg gemeinsam fortgesetzt hättet. Ich kann dir allerdings versichern, dass das Herumführen normalerweise die Aufgabe des Personals ist. Was das angeht, hat Cendra dich belogen. Kein Schüler dieser Schule muss andere einweisen. Das hat es hier noch nie gegeben." Er lacht leise auf. "Oder kannst du dir vorstellen, wie eine Esmee Neulinge hier herumführt und ihnen alles erklärt? Nach einer halben Stunde in ihrer Gesellschaft würden Frischlinge schreiend Reißaus nehmen – oder was meinst du?" Da hat er natürlich recht. Mich beschäftigt, aus welchem Grund Cendra mich angelogen haben könnte. Und wenn sie an der Stelle gelogen hat, an welchen noch? Es gab immerhin so einige Stories, die sie mir erzählt hat und ob ich die noch glauben kann, ist fraglich.

"Darf ich dir einen guten Rat geben, Dove?" Ich nicke. "In deiner Situation ist es ratsam, wenn du niemandem vertraust. Keinem einzigen Schüler, keinem Lehrer und am allerwenigsten uns!" Er lacht und plötzlich scheint er wieder ganz der Alte zu sein – der Tyrone, mit dem ich am Morgen die Villa verlassen habe. "Wir sind Bastarde und das solltest du niemals vergessen. Kleinen Täubchen wie dir rupfen wir die Federn und wenn sie nicht mehr fliegen können, werfen wir sie zum Spaß von den Klippen."

"Blödmann!", kontere ich knapp. Ich weiß genau, dass er mir mit seinen Worten Angst einjagen will, doch stattdessen verspüre ich nur den dringenden Wunsch, ihm meinen Ellbogen in die Rippen zu rammen. "Deine Warnung kommt ein bisschen spät, oder meinst du nicht?"

Ich bin mir nicht sicher, was mir sein Augenausdruck sagen will. Vielleicht ist es eine Warnung, vielleicht Belustigung – es könnte aber auch Sorge sein. Gerade werde ich aus seiner Miene nicht schlau. Dann bricht Tyrone plötzlich in lautes Lachen aus.

"Weißt du: besser spät als gar nicht. Du solltest meine Worte ernst nehmen, Dove. Ansonsten könnte das hier tatsächlich ein böses Erwachen für dich werden."

Wundervoll! Genau das habe ich jetzt gebraucht. Mich jetzt noch auf mein Training zu konzentrieren, dürfte ziemlich in die Hose gehen.

Zero

Vance hat recht! Ich sollte es dir sagen, aber das kann ich nicht. Du würdest nicht verstehen, was Menschen bereit sind zu tun, um ihre Rache zu bekommen – und die will ich mehr als alles andere. Ich weiß: Wenn ich dir verrate, warum ich dich nicht ficke, wird eine Welt für dich zusammenbrechen.

Deine Blicke habe ich gesehen. Niemandem sind sie verborgen geblieben. Das mit uns ist schon lange kein Spiel mehr für dich. Vielleicht war es das nie. Spätestens nachdem du Exklusivität von uns eingefordert hast, wusste ich, ich muss mich von dir fernhalten, wenn ich dich nicht zerstören will.

Kapitel 20

In der Nacht habe ich kaum Schlaf gefunden. Die ganze Zeit habe ich über das Gespräch mit Tyrone nachdenken müssen und heute Morgen bin ich dementsprechend müde. Als ich den Hörsaal zur ersten Vorlesung betrete, renne ich prompt in Cendra hinein. Erstaunt stelle ich fest, dass diese lächelt und mich warm in ihre Arme schließt, als wäre in den letzten Tagen nicht das Geringste zwischen uns beiden vorgefallen. Ich werde steif und erinnere mich dabei daran, was Esmee mir über sie erzählt hat. Ty hat ihre Worte zwar nicht wirklich bestätigt, aber zumindest hat Esmee mich nicht belogen, als sie von ihrer Freundschaft zu Diandre sprach.

"Herzlichen Glückwunsch!", schallt es mir von Cendra fröhlich entgegen und ich starre sie vollkommen perplex an. Hat sie mir gerade gratuliert? "Sag jetzt nur nicht, du hast deinen eigenen Geburtstag vergessen. Mensch, Kayla! Du bist ja mittlerweile so was von durch den Wind, dass es nicht mehr normal ist." Sie lacht erneut und ich starre sie einfach weiter an, weil ich keine passende Antwort auf Lager habe. Ich habe tatsächlich meinen eigenen Geburtstag vergessen, was wohl daran liegen dürfte, dass um mich herum gerade mein Leben so ziemlich aus den Fugen geraten ist.

"D-Danke!", nuschle ich hastig und gleite auf meinen Platz. Dabei registriere ich Esmees auf mir ruhende Blicke und auch das Lächeln, das sie mir zuwirft. Schon wieder wirkt es auf mich offen und ehrlich und ich habe null Plan, was ich davon halten soll. Ebenso wenig wie von Cendras fast schon überschwänglicher Gratulation. "Woher weißt du eigentlich, wann ich Geburtstag habe?" Ein gewisses Misstrauen färbt meine Stimme. Ich habe es nicht unterdrücken können. Sie lächelt

"Das ist nicht wirklich schwer. Das Datum deines Geburtstages hängt am schwarzen Brett aus – von jedem von uns! Das hat Vance vor langer Zeit eingeführt, damit die Schüler nicht ständig ins Büro rennen, um dort die Geburtstagspläne einzusehen." Dann runzelt sie plötzlich die Stirn. "Hey!", raunt sie mir leise zu, nachdem sie ihren Platz neben mir einnimmt. "Ist das alles? Du wirkst irgendwie merkwürdig."

Ich frage mich ehrlich gesagt, was sie von mir erwartet. Tagelang tut sie so, als hätte ich irgendeine hochansteckende Seuche und plötzlich ist alles wieder beim Alten. Von ihrem sich blitzartig verändernden Verhalten bekomme ich gelinde gesagt ein Schleudertrauma. Hastig schaue ich mich um. Unser Professor ist noch nicht anwesend und deshalb wende ich mich an Cendra und schaue sie fest an.

"Tatsächlich bin ich ein bisschen verwundert darüber, dass du dich überhaupt getraut hast, mich anzusprechen.

In den letzten Tagen hatte ich eher den Eindruck, dass du meine Existenz liebend gerne vergessen würdest. Was ist heute auf einmal so anders, dass du mich sogar in den Arm nimmst? Ich bin mir nämlich nicht sicher, ob ich das gut finden muss." Ich beobachte ihr wechselndes Mienenspiel in der Hoffnung, irgendeinen Anhaltspunkt dafür zu bekommen, dass sie ein falsches Spiel mit mir spielt, nur leider ist da nichts. Ihr Lächeln bleibt freundlich, es erreicht ihre Augen und selbst ihre Stimme klingt warm, als sie mir antwortet.

"Ich denke, dass ich mich ganz schön blöd verhalten habe. Du hast recht: Es ist deine Sache, wenn du mit den Dreien zusammen bist und es geht mich nichts an. Ich habe nur versucht, dich vor dir selbst zu schützen. Dass das ein Fehler war, habe ich in der Zwischenzeit eingesehen." Dann schaut sie mich treuherzig an. "Freunde?" Sie hält mir die Hand hin und ich zögere instinktiv.

"Bevor ich einschlage, Cendra, will ich von dir wissen, ob du mich hintergehen würdest, so wie Sue, July und ... Diandre!" Zugegeben, das ist sehr hoch gepokert. Vor allem, da es keinerlei Beweise für Cendras Schuld zu geben scheint – nur Esmees sehr plausible Vermutungen. Dementsprechend perplex schaut Cendra mich auch an. Die hingehaltene Hand zuckt leicht und irgendwie sieht sie gerade aus, als hätte ich ihr eine Ohrfeige verpasst. Wahrscheinlich fühlt es sich für sie auch genauso an.

"Ich habe verdammt noch mal keine Ahnung, von was du sprichst. Ich habe keiner der drei Frauen etwas getan. Ich habe nicht einmal etwas mit ihnen zu tun gehabt, sieht man einmal von der Tatsache ab, dass wir alle im selben Ballettkurs waren." Ich bin mir ziemlich sicher, dass Cendra die Wahrheit sagt. Der Schock in ihren Augen, das Entsetzen über meinen Verdacht – das kann sie nicht spielen und so greife ich plötzlich nach ihrer Hand.

"Tut mir leid", sage ich. "Im Moment bin ich anscheinend nicht ich selbst. Vielleicht sollten wir beide versuchen, alles zu vergessen und noch einmal bei Null anfangen."

Vielleicht hätte ich das nicht tun sollen – ganz bestimmt hätte ich das nicht tun sollen, aber irgendwie kann ich in Cendra nicht das sehen, was Esmee mir über sie erzählt hat. Dummerweise habe ich aber auch bei Esmee nicht den Eindruck gehabt, dass sie mich belügt und dabei drängt sich mir erneut Tyrones Warnung in den Kopf: Du darfst niemandem vertrauen! Genau das hätte auch Olga zu mir gesagt. Sebastian ebenfalls. Aber ist es dafür nicht längst zu spät? Habe ich nicht mein Leben bereits in die Hände von Vance, Zero und Tyrone gelegt? Sie wissen so viel mehr über mich als alle anderen und wahrscheinlich haben sie in der Zwischenzeit weitaus mehr Informationen über mich, als ich selbst. Ein Schauer kriecht über meinen Rücken. Ich hätte die Männer nie so nah an mich heranlassen dürfen, aber das konnte ich am Ende nicht verhindern. Wie auch?

Die Drei haben geschworen, mich zu beschützen, aber wer beschützt mich am Ende vor ihnen? Und Tyrones Warnung ... ich habe nicht den Eindruck, dass er sie grundlos ausgesprochen hat. Es war ihm mehr als ernst.

Im selben Moment betritt Professor Duncan den Hörsaal und ich muss mich auf die Vorlesung konzentrieren – was allerdings gar nicht so einfach ist. Meine Gedanken schweifen immer wieder ab und in meinem Kopf herrscht ein heilloses Chaos.

Kaum, dass der Unterricht beendet ist, stopfe ich meinen Krempel hektisch in die Tasche und dieses Mal bin ich es, die beinahe fluchtartig den Raum verlässt. Ich höre zwar noch, dass Cendra mich fragt, ob wir nach dem Tanztraining gemeinsam zu Mittag essen sollen, doch eine Antwort bekommt sie von mir nicht. Ich kann nur hoffen, dass sie es mir nicht übel nimmt, denn ansonsten fangen wir nicht nur bei Null wieder an, sondern bei Minus Zehn.

Draußen heften sich augenblicklich zwei Personenschützer an meine Fersen, aber mittlerweile nehme ich die Männer nicht einmal mehr wahr. Ihre Anwesenheit ist für mich in der Zwischenzeit so normal wie Luftholen. Eigentlich habe ich Zeit, denn das Training bei der Martin beginnt erst in einer guten halben Stunde, aber irgendwie sehne ich mich gerade nach der Ruhe des Tanzstudios und hoffe, dass Zero vielleicht schon vor Ort ist. Warum ich ausgerechnet ihn in diesem Moment sehen will, ist mir ein Rätsel, denn er hat sich in den letzten Tagen mir gegenüber noch sehr viel arschiger benommen als Cendra. Und dann denke ich an meinen Anfang an der Academy zurück – an die Zeit, in der ausgerechnet Zero mir den nötigen Halt gab. Ohne ihn wäre ich verrückt geworden, aber warum hat er sich so sehr verändert? Was ist los mit ihm und warum hält er mich momentan so sehr auf Abstand? Er muss doch merken, dass er mich mit seinem Verhalten verletzt und ich nicht verstehe, was plötzlich so anders zwischen uns beiden ist. Vielleicht schaffe ich es ja heute, mit ihm zu reden. Ihn zu fragen, was mit ihm los ist.

Allerdings stirbt diese Hoffnung in dem Moment, in dem ich das Ballettstudio betrete. Zero ist zwar schon da, aber er ist nicht alleine. Er steht neben der Musikanlage und unterhält sich intensiv mit Ms Martin. Die beiden bekommen nicht einmal mit, wie ich den Saal betrete und laut seufze. Ich höre Worte, die wahrscheinlich nicht einmal für meine Ohren bestimmt sind, die ich aber trotzdem mitbekomme.

"Sie wissen genau, dass niemand ihr das Wasser reichen kann. Wo ist das Problem?" Ms Martin lässt offen, von wem sie redet, aber Zero verzieht unwillig das Gesicht.

"Sie werden Kayla Morrell nicht aufstellen. Ich hoffe nicht, dass ich noch deutlicher werden muss."

Mir wird kalt, gleich darauf heiß. Eine Sekunde später spüre ich, wie feine Schweißperlen meine Stirn bedecken. Das ist auch der Moment, in dem Zero auf mich aufmerksam wird. Das helle Grau seiner Augen wird zu einem dunklen Silber und auf seiner Stirn erscheint eine steile Falte. Er ist nicht erfreut, mich hier zu sehen und noch weniger scheint es ihm zu passen, dass ich seine letzten Worte mitbekommen habe. Ich hoffe nur nicht, dass sie bedeuten, was ich gerade denke.

Aufstellung? Wo will Zero mich nicht aufstellen lassen? Dabei kann es sich doch eigentlich nur um den Besuch der Talentscouts aus New York handeln. Dafür hat er mit mir hart trainiert, ich habe wirklich alles gegeben, und jetzt will er mich nicht einmal vortanzen lassen? Und das alles, ohne es mit mir vorher abzusprechen ... das ist es, was mir den Boden unter den Füßen wegzieht. Aber es ist auch der Moment, in dem ich beschließe, dass ich in jedem Fall tanzen werde – ob es ihm passt oder nicht, ist mir egal. Notfalls tanze ich auch allein.

Noch vor wenigen Tagen wäre ich bei dem Gehörten in Tränen ausgebrochen, heute spüre ich nichts anderes als einen tiefen Zorn, der mich die Hände zu Fäusten ballen lässt. Ich will etwas sagen, will Zero meine Meinung zu dieser Angelegenheit mitteilen, doch dazu kommt es nicht mehr. Im selben Moment betreten Noah, Esmee und ihre Freundinnen das Studio und Esmee lässt sich ausgerechnet neben mir auf dem Boden nieder, um sich ihre Tanzschuhe anzuziehen. Auch sie gratuliert mir zum Geburtstag, weil sie es während der Vorlesung bei Cendra mitbekommen hat – mehr Zeit bleibt nicht, denn das Training beginnt.

Als ich an der Stange meine Dehn- und Streckübungen mache, den knappen Anweisungen der Martin folge, kocht der Groll ein weiteres Mal in mir hoch und als wir in den freien Tanz übergehen, bin ich so wütend, dass ich Zeros Anweisungen zum ersten Mal ignoriere und so tue, als hätte ich sie nicht bemerkt. Das bringt mir natürlich einen Tadel der Lehrerin ein, aber auch das ist mir egal. Leider kann ich Zero nicht lange ignorieren, denn irgendwann beginnen wir mit den Hebefiguren und als er mich berührt, zucke ich regelrecht zusammen, weil ich es einerseits herbeisehne, andererseits aber gerade so wütend bin, dass ich ihm am liebsten in die Weichteile treten würde. Vielleicht ergibt sich ja eine Gelegenheit ... wer weiß!

Als wir an der Reihe sind und die Musik des Schwarzen Schwans ertönt, weiß ich bereits, wie sehr seine Hände mich aus dem Konzept bringen werden. Wie sie an meiner Seite entlangstreifen und mir zeigen, was Leidenschaft bedeutet – nur heute ist mir eher nach einem Mord. Als er seine Hände zum ersten Mal an meine Taille legt, mache ich eine schnelle Drehung, lächle kokett und tanze fort aus seiner unmittelbaren Reichweite. Verführung – Zero – du hast mir gezeigt, worauf es ankommt und jetzt werde ich diese Karte gnadenlos gegen dich ausspielen. Bisher hast du unseren Tanz dominiert – das wird sich ab heute ändern. Heute werde ich diejenige sein, die hier den Ton angibt.

Ich lasse mich von ihm heben, doch immer dann, wenn er nach mir greifen will, bin ich bereits fort und lasse meinen Körper sprechen, sodass selbst die Martin begeistert applaudiert. Zero scheint das jedoch anders zu sehen, denn seine Miene wird immer finsterer, während mein Lächeln immer lockender wird.

Kaum, dass wir am Rand stehen und Esmee und Noah zusehen, greift er grob nach meinem Oberarm und zieht mich dicht an sich heran.

"Was soll das werden, Kayla?" Seine Stimme klingt wie die eines äußerst aggressiven Wolfes. "Wenn du so weitermachst, dann ..."

"Dann was, Zero?" Ich werfe ihm einen spöttischen Blick zu. "Verbietest du mir das Tanzen dann gleich ganz? Oder nur den Unterricht? Vielleicht aber auch das Vortanzen. Ist es nicht so?", fahre ich ihn an und reiße mich los. "Was auch immer du vorhast: Vergiss es! Ich werde vortanzen. Mit dir, aber notfalls auch ohne dich. Du hast kein Recht, über mein Leben zu bestimmen. Es ist meines, nicht deines. Vergiss das nicht!" Er knurrt ein weiteres Mal, doch jetzt ist mein Solopart dran und ich wirble davon, ohne ihm auch nur einen letzten Blick zu gönnen.

Ich lege all meine Wut und meinen Schmerz über seinen Verrat in meinen Tanz, sodass selbst Esmee am Ende meiner Darbietung einen leisen Pfiff ausstößt und Cendra mich mit offenstehendem Mund anstarrt. Als Esmee dran ist, stelle ich mich neben Cendra, die sich augenblicklich in meine Richtung beugt.

"Das war nicht nur gut, das war genial. Ich weiß jetzt schon, wen die Leute vom New York Ballett aussuchen werden. Wir anderen haben da keine Chance." Ich höre ihre Worte, aber da schwingt kein Neid in ihrer Stimme mit. Sollte sie wirklich diejenige gewesen sein, die

Diandre die Glasscherben in die Dusche gelegt hat? Ich kann es immer noch nicht glauben. Ein Mensch kann sich doch nicht so perfekt verstellen. Oder etwa doch?

Irgendwann ist die Stunde zu Ende und ich schaffe es perfekt, Zero aus dem Weg zu gehen, indem ich mich unmittelbar neben Esmee und ihren Freundinnen auf den Boden setze und munter mit den jungen Frauen schwatze, während ich meine Schuhe von den Füßen ziehe und in meiner Tasche verstaue. Zero wird währenddessen von Noah in Schach gehalten, der, wie es scheint, Unmengen an Fragen auf ihn abfeuert. Das kann mir nur recht sein, denn ich rapple mich blitzschnell auf und stürme aus dem Studio. So schnell bin ich noch nie in meinem Leben gelaufen und ich weiß auch bereits, wohin ich gehen werde – wieder einmal dicht gefolgt von den beiden Bodyguards.

Ich höre Zero etwas hinter mir her brüllen, trotzdem bleibe ich nicht stehen. Er kann mich mal. Für heute habe ich genug von ihm gehört und am liebsten wäre mir, er würde mir heute nicht mehr unter die Augen kommen. Ich weiß: Ein frommer Wunsch.

Vorhin wolltest du doch noch mit ihm reden. Und jetzt?

Jetzt würde ich ihn am liebsten grillen – so sieht es aus. Und es ist gut, dass er mir nicht folgt, denn ansonsten hätte es sein können, dass ich mich tatsächlich vergesse und ihm auf dem Schulflur eine Szene hingelegt hätte.

Kurze Zeit später befinde ich mich bereits in den Kellerräumen, aber dieses Mal ist nicht die Halle der Boxer mein Ziel, sondern der Ort, an dem Tyrone die Fechter unterrichtet. Soweit ich weiß, ist er gerade mit einer Gruppe Anfänger beschäftigt, die in wenigen Minuten mit ihrer Stunde anfangen. Vielleicht schaffe ich es, pünktlich da zu sein und kann an deren Training teilnehmen. Ich erinnere mich noch gut an meine ersten Übungen und ehrlich gesagt: Die haben mir gefallen. Ty hat Recht behalten: Fechten und Tanzen sind sich sehr ähnlich … und heute ist mir danach, ein Herz zu durchbohren – egal welches.

Leider ist das Training bereits in vollem Gange, als ich dicht gefolgt von den beiden Personenschützern in die Halle stürme. Ty schaut mich kurz an, seine Miene zeigt Erstaunen, dann widmet er sich aber augenblicklich wieder seinen Schülern und mir bleibt nichts anderes übrig, als mich am Rande der Trainingsbahnen auf eine Bank zu setzen. Trotzdem fühle ich mich hier deutlich wohler als vorhin im Tanzstudio und dabei fällt mein Blick unbewusst auf die Nische, in der der Mattenwagen steht. Die bis gerade empfundene Kälte weicht einer unglaublichen Hitze, als ich daran denke, was Ty an dieser Stelle mit mir und seinem Feuerzeug angestellt hat. Fast wünsche ich mir, dass er das noch einmal macht, obwohl ich damals echt Schiss hatte, er würde mich verbrennen.

Automatisch öffne ich den Reißverschluss meiner Fleecejacke, weil mir immer wärmer wird, und ernte dafür ein ziemlich dreckiges Grinsen von Ty. Der hat mich beobachtet und genau gesehen, wohin ich geschaut habe. Wahrscheinlich hat er auch ganz genau erkannt, was mir dabei durch den Kopf ging. Fuck! Er gibt seinen Schülern ein paar Anweisungen und lässt sich gleich darauf neben mir auf der Bank nieder. Dabei nimmt er mich augenblicklich in den Arm und küsst mich – heiß und feurig. Es ist ihm völlig egal, dass einige seiner überwiegend männlichen Schüler johlen und pfeifen und die beiden Frauen, die heute anwesend sind, leise seufzen.

"Herzlichen Glückwunsch zum Geburtstag, Dove!" Er löst sich von mir, zwinkert mir schelmisch zu und greift dabei in seine Hosentasche. Als ich sehe, dass er ein kleines Kästchen in der Hand hält, beschleunigt sich mein Puls. Nicht nur, dass er an meinen Geburtstag gedacht hat, er hat auch noch ein Geschenk für mich. "Mach es auf, Täubchen! Ich will wissen, was du sagst."

Vorsichtig nehme ich die edel aussehende Schatulle in die Hand und klappe den Deckel auf. Im selben Moment setzt mein Herz einen Schlag aus, nur um gleich darauf mit doppelter Geschwindigkeit davonzurasen. Auf schwarzem Samt liegt ein goldener Anhänger in Form einer Taube, die die Flügel ausbreitet. Besetzt ist das Schmuckstück mit leuchtenden Steinen, die garantiert nicht unecht sind. Der Vogel wirkt so lebensecht, als würde er wirklich gleich abheben und davonfliegen, aber am schönsten sind die vier filigranen Buchstaben, die in den Leib eingraviert sind: Dove! Bis jetzt habe ich mir nicht vorstellen können, dass ich Tyrones anfangs abfällig gemeinten Namen für mich irgendwann einmal lieben könnte – aber genauso ist es.

Ohne darüber nachzudenken, dass wir nicht alleine sind, falle ich ihm um den Hals und drücke mich ganz eng an ihn. Dabei merke ich, wie er sich zuerst anspannt, nur um gleich darauf meine Umarmung zu erwidern. Und wieder habe ich den Eindruck, dass Ty sich selbst belügt, wenn er behauptet, keine Gefühle zu besitzen. Ich kaufe ihm das auf jeden Fall nicht ab. Er könnte kein solch wundervolles Geschenk aussuchen, ohne sich Gedanken um andere Menschen zu machen – ohne zu wissen, wie diese fühlen. Ich schluchze leise auf, weil gerade all die Wut von mir abfällt, die ich vorhin noch empfunden habe.

"Hey! Wer war böse zu dir, Dove? Ich merke genau, dass du etwas hast, also sagst du am besten gleich die Wahrheit, bevor ich sie mit meinem Zippo aus dir herauskitzeln muss." Ich schaue auf und sehe, wie er einen sehr anzüglichen Blick in Richtung Mattenwagen wirft.

"Nicht dein Ernst, Ty, oder?", flüstere ich und versuche dabei, ein weiteres Schluchzen zu unterdrücken. Ich will ihm nicht noch mehr Futter geben, aber es ist bereits zu spät.

"Lass mich raten ... Zero war mal wieder der Übeltäter. Was hat er dieses Mal angestellt? War er hässlich zu dir? Hat er sich dir wieder einmal verweigert, oder war es dieses Mal schlimmer?"

"Es war schlimmer", schniefe ich leise und kann nicht verhindern, dass meine Augen dabei unangenehm brennen.

Ehrlich gesagt fühle ich mich von Zero verraten und hintergangen – egal, welche Gründe er dafür haben mag. Dann beginne ich zu erzählen und Ty lauscht meinen Worten, ohne mich zu unterbrechen. Ich berichte von dem Moment, in dem ich das Studio betreten habe und dass weder Zero noch die Martin es mitbekommen haben, von den Worten, die ich belauscht habe und die garantiert nicht für meine Ohren gedacht waren. Ich erzähle Tyrone auch, wie übel ich Zero habe auflaufen lassen. Dabei wandert ein ziemlich breites Grinsen über sein Gesicht. So als würde er sich freuen, dass ich Zero einen Denkzettel verpasst habe.

"Oh, oh! Das wird dem Guten aber nicht gefallen haben. Ich hoffe, dein Arsch hält aus, was er gerade garantiert für dich plant." Ty schaut mich lächelnd an, aber ich erkenne genau, dass er jedes seiner Worte verflucht ernst meint.

An Zeros Revanche habe ich natürlich keinen einzigen Gedanken verschwendet, weil es mir in dem Moment schlicht und ergreifend egal war. Dafür wird mir jetzt sehr deutlich bewusst, wen ich da eigentlich gereizt habe und augenblicklich steht mir auch wieder sein finsterer Gesichtsausdruck klar vor Augen. Unbewusst fasse ich an mein Hinterteil und Ty lacht schallend los.

"Ich fürchte, dir steht ein heißer Abend bevor, Dove! Ich bin gespannt, wie der sich entwickelt." Dann nimmt er die Kette aus der Schatulle und legt sie mir um den Hals. Als er meine Haare an die Seite schiebt, sein Atem über meinen Nacken streicht, spüre ich ein sehnsuchtsvolles Kribbeln – nicht nur zwischen meinen Schenkeln. Ich weiß, ich soll den drei Männern nicht vertrauen, aber ich würde so gerne. Etwas in mir zwingt mich regelrecht in ihre Richtung und plötzlich kann ich die Heldinnen meiner Bücher voll und ganz verstehen. Oft habe ich gedacht, sie wären naiv und dumm, sich auf solche Kerle einzulassen – jetzt spüre ich am eigenen Leib, dass auch ich nicht anders handeln kann.

"Du solltest auf jeden Fall mit Zero reden", unterbricht Ty meine seltsamen Gedankengänge. "Er hat so hart mit dir trainiert, ich glaube nicht, dass er dich nicht aufstellen lässt. Es muss einen anderen Grund geben, dass er das zu der Martin gesagt hat. Vielleicht will er verhindern, dass dir jemand eine ebenso böse Falle stellt wie damals Diandre. Ich habe den ..."

"Du hast ihm von Esmees Verdacht erzählt?" Ich schaue Ty entsetzt an. Er hat geplaudert und das hätte ich von ihm als Letztes erwartet.

"Ja, Täubchen, habe ich. Und das würde ich auch jederzeit wieder machen. Wenn eine Schülerin absichtlich Glasscherben in der Dusche verteilt, um sich selbst einen Vorteil zu verschaffen, ist das etwas, dass Vance wissen muss. Nicht nur, weil es gefährlich ist, sondern auch, weil keiner von uns dulden wird, dass du dich verletzt. Und es gilt, diejenige zu finden, die damals dafür verantwortlich war – wer auch immer dahintersteckte." Ich weiß, dass er recht hat, aber irgendwie gefällt mir nicht, dass Cendra jetzt im Fokus der drei Männer steht. Ich bin mir nämlich immer noch nicht sicher, ob sie etwas damit zu tun hatte. "Und jetzt mache ich hier Schluss und wir machen uns einen schönen Tag. Soweit ich weiß, hat Vance etwas geplant und wir wollen doch nicht, dass nachher zwei dominante Kerle eine Rechnung mit dir offen haben." Er lacht dreckig und ich weiß genau, woran er gerade denkt – ich leider auch.

Tyrone

Fuck, Zero! Wieso tust du das? Merkst du nicht, dass du sie Tag für Tag ein bisschen mehr zerstörst? Statt zuerst mit ihr zu reden, hast du sie von der Wettbewerbsliste streichen lassen. Ist dir nicht klar, dass es ihr größter Traum ist? Du machst gerade einen Fehler nach dem anderen und fühlst dich dabei auch noch im Recht. Ich würde dir ja eine verpassen, wenn das helfen würde – nur weiß ich leider, dass du dagegen immun bist. Viel Zeit bleibt dir nicht mehr. Nutze sie, denn ich habe keine Lust, die Scherben aufzusammeln, die du gerade hinterlässt.

Kapitel 21

Als ich mit Tyrone die Villa erreiche, warten Vance und Zero bereits auf uns. Letzterer schaut mich so grimmig an, dass ich automatisch hinter Tyrone Schutz suche. Dass mir das nicht allzu viel bringen dürfte, weiß ich selbst, aber man kann es ja mal versuchen. Oder etwa nicht?

Obwohl man Zero durchaus ansehen kann, dass er mit mir noch eine Rechnung offen hat, gratuliert auch er mir, reißt mich stürmisch an sich und küsst mich, bis mir schwindelig wird. Und er hat ebenfalls ein Geschenk für mich – eine komplett neue Trainingsgarnitur – kuschelig warm und bestens für ein Training in der kalten, zugigen Kapelle geeignet.

Vance hat sich etwas anderes ausgedacht, und nachdem auch er mich geküsst hat, bis ich nicht mehr weiß, wo vorne und hinten ist, deutet er auf einen großen Korb, der so unschuldig im Eingangsbereich der Villa steht und nur darauf wartet, dass er zum Einsatz kommt. Dann deutet er nach draußen und grinst übers ganze Gesicht. Vance lächelt selten, aber wenn er es macht, so wie in diesem Moment, könnte ich dem Typen einfach alles verzeihen. Ehrlich gesagt schmelze ich in solchen Augenblicken wie Schnee in der Sonne und verwandle mich in ein sabberndes Groupie. Hölle! Warum müssen die Drei eigentlich so heiß sein? Mutter Natur hat bei ihrer Erschaffung garantiert nicht an uns Frauen gedacht – oder vielleicht sogar ein bisschen zu sehr.

"Bist du schon mal mit einem Boot aufs Meer rausgefahren, Kleine?", will Vance plötzlich von mir wissen und ich löse mich nur mühsam von seinem Aussehen, um mich auf seine Frage konzentrieren zu können. Ich schüttle den Kopf. "Nein? Habe ich mir gedacht! Dann feiern wir heute gleich zwei Premieren." Jetzt grinst er dreckig und ich bekomme eine Ahnung davon, was er mit der zweiten Premiere meinen könnte, freue mich gerade aber viel zu sehr auf meinen ersten Bootsausflug, um die unterschwellige Drohung in seinen Worten wahrnehmen zu wollen.

Natürlich war ich noch nie auf einem Boot. Wie denn auch, wenn ich die Villa meines Onkels nicht verlassen durfte und Mauern mein luxuriöses Gefängnis umgeben haben? Olga hätte niemals zugelassen, dass ich die Yacht meines Onkels betreten hätte. Wie alles, war auch das zu gefährlich. Was sie damit gemeint hat, weiß ich erst seit Kurzem und ein Schatten huscht über mein Gesicht, als ich an meine Nanny denke. Irgendwo da draußen liegt sie in ihrem nassen Grab – Futter für die Fische. Das hat Olga definitiv nicht verdient.

"Hey! Augenblicklich wirst du jetzt an etwas Schönes denken, bevor ich dir dabei helfen muss." Wieder einmal ist es Ty, der mich aus dem Loch zieht, in das ich gerade zu fallen drohe. "Heute will ich keine dunklen Wolken in deinem Gesicht sehen. Erst, wenn Zero dir zeigt, was es heißt, nicht zu gehorchen."

Vorsichtig werfe ich einen Blick in Zeros Richtung und ernte ein sehr düsteres Lächeln. Falls ich noch eine Sekunde daran gezweifelt habe, dass er sich etwas sehr Schmerzhaftes für mich ausdenken wird, dann ist gerade jeder Zweifel in mir gestorben. Mir droht heute noch eine Lektion in Sachen Gehorsam, aber statt Angst macht sich in mir ein fast verstörendes Kribbeln breit. Ich sage jetzt nicht mehr, dass ich am Arsch bin, denn an der Stelle würde ich mich nur wiederholen.

Eine halbe Stunde später erreichen wir den Leuchtturm. Ich habe mir auf Drängen der drei Männer wärmere Klamotten angezogen und sehr, sehr festes Schuhwerk, damit ich mich auf dem Boot bewegen kann, falls uns etwas härterer Seegang überraschen sollte. Laut Vance ist das Meer heute zwar ruhig, aber das kann sich auf dem Wasser sehr schnell ändern. Als wir den Leuchtturm erreichen, staune ich nicht schlecht, als Zero daran vorbeigeht und sich zu einem der kleineren Nebengebäude Zutritt verschafft. Eine stabile Stahltür sorgt an dieser Stelle dafür, dass Unbefugte nicht hineinkommen und nur die Inhaber des Schlüssels die Tür passieren können.

Dahinter führt eine schmale Wendeltreppe in die Tiefe und mir wird ein bisschen schwindelig, weil die Stufen kein Ende zu nehmen scheinen. Unten angekommen öffnet sich vor mir eine riesengroße Grotte, die auf den ersten Blick natürlich zu sein scheint – aber auch nur auf den ersten Blick. Auf den Zweiten wirkt sie eher, als wäre sie künstlich angelegt worden. Deutlich zu erkennen an den bearbeiteten Felswänden.

Mehrere Boote, unter anderem auch eine recht große Motoryacht, schaukeln an einem hölzernen Steg, während hinter mir in der Felswand eine weitere Stahltür in den Felsen eingelassen ist. Neugierig schaue ich das massive Stahltor an.

"Was befindet sich dahinter?"

"Nichts, was kleine, neugierige Frauen etwas angeht", antwortet Vance lachend und schnippt mit seinem Finger einmal leicht gegen meine Nase. Blödmann!

Als ob ich mir nicht denken könnte, welche Geheimnisse sich hinter der Tür verbergen. In der Zwischenzeit weiß ich ziemlich genau, dass ich mit *bösen* Jungs abhänge und eigentlich sollte es mir nicht egal sein – ist es aber. Falls mich das zu einem schlechten Menschen macht, dann bin ich anscheinend einer. Und hinter der Tür verbergen sich garantiert all die schlimmen Dinge, mit denen die Drei ihre Kohle machen. Drogen, Amphetamine und andere Sachen, von denen ich eigentlich nichts wissen will.

Als wir endlich die Yacht betreten, rast mein Herz vor lauter Aufregung und Freude, und als wir die geschützte Grotte verlassen, die Yacht schnell Fahrt aufnimmt und ich an der Reling stehe, die Sonne im Gesicht und den Wind in den Haaren, ist es so ziemlich das schönste Erlebnis, das ich bisher hatte. Die weiße Gischt, die am Rumpf vorbeizieht, die Wellen, die das Schiff heben und senken – noch nie habe ich mich so frei gefühlt wie in diesem Moment. Ich lasse tatsächlich die Reling los, breite die Arme aus und stelle mich so in den Fahrtwind, dass meine Haare wie wild im Wind flattern.

"Scheint dem Täubchen zu gefallen", höre ich Ty sagen und Zero gibt nur ein sehr tiefes Brummen von sich. Im selben Moment trifft eine härtere Woge den Bug und die Yacht wird angehoben. Ganz kurz komme ich aus dem Gleichgewicht und stolpere nach hinten, wo starke Arme mich augenblicklich auffangen. "Hoppla!" Tyrone lächelt mich an. "Sei ein bisschen vorsichtiger, sonst, fürchte ich, kannst du nach der kommenden Nacht tatsächlich nicht mehr sitzen. Zero guckt nämlich gerade ziemlich finster drein."

"Ich dreh euch beiden die dürren Hälse um, wenn sie sich ein Bein bricht. Das sollte Vance und dir klar sein. Ich war von Anfang an dagegen, aber auf mich hört ja keiner."

Wieso macht er sich Sorgen um meine Beine? Es kann ihm doch egal sein, da er mich eh nicht tanzen lassen will. Zero verwirrt mich von Tag zu Tag mehr und ich kenne mich bei ihm gar nicht mehr aus. Hätte man mich anfangs gefragt, wem von den Dreien ich am meisten vertraue, wäre meine Wahl augenblicklich auf ihn gefallen. Das ist leider mittlerweile anders. Ihm vertraue ich mittlerweile gar nicht mehr, weil ich ständig das Gefühl habe, er legt es darauf an, mich zu verletzen. Dummerweise gelingt ihm das auch spielend.

In den nächsten Minuten genieße ich die Fahrt und bewundere ab und zu Vance, wie er am Ruder der Yacht steht und das riesige Geschoss spielend über die Wellen navigiert. Irgendwann steuert er eine der zahlreichen, vorgelagerten Inseln an und lenkt das Boot schließlich in eine weitläufige Bucht. Dann löst er per Knopfdruck den Anker und rasselnd setzt sich die starke Ankerkette in Bewegung. Einen schöneren Platz hätte Vance nicht aussuchen können.

Das Wasser in der Bucht ist tiefblau und man kann bis auf den Grund schauen. Ganz genau erkenne ich den

Anker und die auf dem Boden liegende Kette. Auch ein paar Fische, die träge unter uns ihre Bahnen ziehen. Die Insel ist mit Nadelbäumen bewachsen, der Duft der Kiefern ist betörend und das Sonnenlicht glitzert auf dem ruhigen Wasser. Ich kann mich gar nicht sattsehen an meiner Umgebung und bekomme überhaupt nicht mit, wie Zero und Ty im Heck den Korb auspacken, weil ich von einer Seite der Yacht ständig auf die andere wechsle, um nur ja nichts zu verpassen.

"Hey, Kleine! Komm essen, bevor du uns verhungerst!" Vance! Ja, ich habe ihn genau gehört, mag mich aber immer noch nicht von dem wundervollen Anblick lösen. "Du hast auch von hier einen herrlichen Ausblick."

Als ich in Richtung Heck schaue, wird mir erst bewusst, dass die Drei ein ganzes Geburtstagsessen in dem riesigen Korb verstaut haben und erst jetzt merke ich, wie hungrig ich bin. Ich flitze regelrecht in Richtung der luxuriösen Sitzgruppe, die halb überdacht im Heck der Yacht liegt. Von hier aus hat man eine wunderbare Aussicht auf die Küste Maines und den Leuchtturm, der sich majestätisch vor dem strahlend blauen Himmel erhebt. Ja, es ist kalt, die frische Meeresbrise färbt meine Wangen rot und ich merke, wie ich glühe, aber um nichts in der Welt würde ich diesen Ausflug verpasst haben wollen.

Erst als ich satt bin, mich in den weichen Polstern zurücklehne, finde ich meine Sprache wieder. Bis dahin habe ich nichts anderes zustande gebracht als leise Seufzer des Wohlbehagens.

"Danke!", flüstere ich leise und schaue einen nach dem anderen an.

"Nicht dafür!", grollt Vance leise und irgendwie habe ich in diesem Moment das Gefühl, er würde etwas sagen wollen. Dann presst er jedoch die Lippen fest aufeinander und das verleiht ihm ein fast schon grimmiges Aussehen.

Auch Zero ist merkwürdig still, scheint mit seinen Gedanken sehr oft woanders zu sein und auch bei ihm kann ich deutlich merken, dass etwas nicht stimmt. Er will nur leider nicht darüber reden. Der Einzige, der überhaupt redet, ist Tyrone und von dem hätte ich es am wenigsten erwartet. Nicht, wenn man bedenkt, wie er anfangs zu mir war.

"Du kannst dich gerne auf angenehme Weise bei uns bedanken. Uns fällt garantiert etwas ein, wie du den netten kleinen Ausflug *bezahlen* kannst." Er betont die Worte so deutlich, dass ich genau weiß: Er macht nur Spaß. Sein Grinsen ist unbezahlbar und auch das gibt mir deutlich zu verstehen, dass er keine Gegenleistung *verlangt.*

"Du bist und bleibst ein Idiot!", grollt Zero leise und verpasst Ty eine Kopfnuss. Dieser lacht laut auf.

Obwohl das Geplänkel auf den ersten Blick freundschaftlich wirkt, spüre ich trotzdem die unterschwellige Spannung, die zwischen den Dreien herrscht. Als ich anfangs auf die drei Männer stieß, schien es, als könne sich nichts zwischen sie drängen. Da bin ich mir mittlerweile nicht mehr so sicher. Es ist die Atmosphäre, die sich verändert hat, die Art, wie sie miteinander umgehen und ich befürchte, dass ich den Grund dafür sehr genau kenne. Ich bin schuld – niemand anderer. Wahrscheinlich auch die Tatsache, dass morgen der Ball bei den Kasparows stattfinden wird und Tyrone absolut nicht damit einverstanden ist, mich mitzunehmen.

In den letzten Tagen hat Vance mir unumwunden klargemacht, dass ich keine andere Wahl haben werde, als sie zu begleiten. Es würde auf einen Kampf mit Kirill und seinen Männern hinauslaufen, wenn ich mich weigere. Das kann und will ich nicht riskieren, denn mittlerweile sind mir alle drei Männer so sehr ans Herz gewachsen, dass ich keinen in Gefahr bringen will. Ich weiß selbst, dass es bescheuert ist, eben weil die Drei selbst Verbrecher sind und vor keiner Straftat zurückschrecken, aber ich kann es einfach nicht ändern. Ich habe mich oft gefragt, wie es sein kann, dass das Herz über den Verstand triumphiert. In der Zwischenzeit weiß ich es.

Als Ty aufsteht, sich streckt und dann ein paar Schritte bis an die Reling macht, sieht man das Hinken ganz deutlich. Auch Zero sieht es und runzelt die Stirn. Anscheinend weiß er genau, was passiert ist und man sieht ihm deutlich an, dass ihm die Angelegenheit nicht gefällt. Es macht den Anschein, als hätte Ty irgendetwas getan, dass Vance und Zero missfällt, ihn selbst aber allem Anschein nach nicht belastet. Ich wüsste zu gerne, was es ist und eine Sekunde später bin ich mir ziemlich sicher, dass ich die Wahrheit wahrscheinlich gar nicht ertragen würde. Mehr als einmal hat Ty mir in der Zwischenzeit zu verstehen gegeben, dass er sich nichts aus Menschen macht und wenn es ihn erwischt hat, will ich gar nicht wissen, was aus seinem Angreifer geworden ist. Ich kann nicht verhindern, dass ein Frösteln über meinen Körper läuft und ebenso wenig kann ich verhindern, dass plötzlich Bilder vor meinem inneren Auge entstehen, die Ty mit einer Waffe in der Hand zeigen – auf einem Berg aus Leichen stehend. Olga würde behaupten, dass ich schon immer über eine zu lebhafte Fantasy verfügt habe. Ich weiß nur nicht, ob es sich in diesem Fall wirklich nur um eine Ausgeburt meiner allzu regen Fantasie handelt – das ist mein Problem.

"Wir sollten langsam Richtung Hafen abdampfen. Nicht mehr lange und es wird dunkel. Außerdem hat unsere Süße heute noch ein Date zum Tanztraining!" Vance schaut erst mich, dann Zero durchdringend an und ich zucke zusammen. Das erinnert mich leider sehr deutlich an das Gespräch, das ich heute Morgen belauscht habe.

"Wozu?", werfe ich kalt ein, denn augenblicklich ist sie wieder da. Die Wut. "Da ich eh nicht aufgestellt werden soll, ist es doch ziemlich egal, ob ich trainiere oder nicht!" Jetzt bin ich es, die Zero mit den Augen durchbohrt. "Oder wie soll ich deine Worte an Ms Martin deuten?" Eine Sekunde lang blitzt Ärger in den silbergrauen Augen auf, dann schaut Zero Vance an, doch der sieht nicht so aus, als wolle er ihm zu Hilfe eilen.

"Ich habe dir von Anfang an gesagt, dass das eine Scheiß Idee ist. Du wolltest nicht auf mich hören und zuerst mit der Kleinen reden. Jetzt löffle die Suppe gefälligst selbst aus und denk ja nicht, dass ich dir helfen werde. Das gilt im Übrigen auch für eine andere Sache." Vance lächelt nicht, sondern sieht sehr ernst aus und das beunruhigt mich. Die Kluft zwischen den Freunden scheint tiefer und tiefer zu werden. Nur am Rande bekomme ich mit, dass es anscheinend mehrere Dinge gibt, über die Zero mit mir reden sollte.

Von den anderen beiden werde ich nichts erfahren. Das hat Tyrone mir an unserem gemeinsamen Nachmittag oben auf dem Leuchtturm zu verstehen gegeben. Keiner der Männer spricht über die Angelegenheiten des anderen. Was das angeht, sind sie verschwiegen wie Gräber. Irgendwie ist es nice, dass sie ihre Geheimnisse untereinander wahren, aber für mich eher von Nachteil.

"Ty hat mir erzählt, was Esmee bezüglich Diandres Verletzung vermutet. Wir haben uns damals alle gefragt, wie sie sich so den Fuß aufschneiden konnte, doch Diandre wollte dazu nichts sagen – oder konnte es nicht. Keine Ahnung!" Das ist der Moment, in dem ich mich frage, warum Diandre sich den Dreien nicht anvertraut hat, denn wenn Esmee es wusste, dann muss auch Diandre einen Verdacht gehabt haben. Von selbst wäre Esmee nie darauf gekommen und für mich macht es den Anschein, als hätte Diandre sich eher ihrer Freundin als den Männern anvertraut, die sie doch angeblich geliebt hat. "Sie hat damals nur gemeint, dass sie sich ungeschickt angestellt hätte, was ich jetzt natürlich nicht mehr glaube." Jedes seiner Worte stärkt meine Vermutung, dass Diandre schlau genug war, den Dreien nicht zu vertrauen. Warum auch immer? Sie war anscheinend stark genug, sie selbst zu bleiben – ganz im Gegensatz zu mir. In den letzten Tagen habe ich mich mehr und mehr in den Schutz der Männer fallenlassen, doch jetzt ... jetzt bin ich mir nicht mehr so sicher, ob das wirklich so eine gute Idee ist.

"Und das ist der Grund, warum du mich von der Liste hast streichen lassen?" Meine Stimme klingt rau, weil es mir noch immer wehtut, aber mein Zorn wächst mit dem Schmerz. "Dazu hattest du kein Recht! Ich werde tanzen. Ob es dir passt oder nicht, ist mir egal. Notfalls tanze ich alleine." Ich kann nur hoffen, dass die Angelegenheit damit geklärt ist, denn ich traue Zero durchaus zu, dass er mich irgendwo ankettet, damit er seinen Willen bekommt.

"Ich hatte nie vor, dich *nicht* tanzen zu lassen. Ich habe dich nur von der Schulinternen Liste streichen lassen. Das ist alles. Die Schüler und auch die Lehrer sollen denken, dass du bei den Talentscouts nicht antreten wirst. Das habe ich getan, damit du sicher bist." Genau das hat Ty auch bereits angedeutet, aber warum hat Zero dann nicht vorher mit mir darüber gesprochen?

"Und das konntest du mir natürlich nicht sagen, bevor du mit Ms Martin gesprochen hast?" Mein Blut kocht.

"Nein! Das konnte ich nicht und ich finde es auch jetzt beschissen, dass ich es dir anvertrauen musste. Im Normalfall hättest du davon gar nichts mitbekommen und ..."

"Das ist natürlich einfacher als ein bisschen Ehrlichkeit. Wie recht du doch hast!", höhne ich. "Du solltest dir ..." Im selben Moment hebt Zero die Hand und schaut mich so finster an, dass ich augenblicklich die Klappe halte.

"Seien wir doch mal ehrlich, Prinzessin! Du bist die mieseste Schauspielerin, die mir jemals untergekommen ist. Lügen liegt dir nicht und Betrügen noch sehr viel weniger. Was wäre denn geschehen, wenn du es gewusst hättest?" Er wird mit jedem Wort leiser und das lässt ihn umso gefährlicher wirken. Auch, dass seine Augen in der Zwischenzeit wirbelnden Teichen aus Quecksilber ähneln, halte ich nicht unbedingt für das allerbeste Zeichen. "Ich verrate es dir, Süße! Falls dich irgendwer auf deine Nichtteilnahme angesprochen hätte, wäre die Lüge wie eine Seifenblase zerplatzt und genau das befürchte ich auch jetzt. Dir sieht man an der Nasenspitze an, wenn du die Unwahrheit sagst. Da ich derjenige war, der dich abgemeldet hat, hätte die Martin es nicht gewagt, dir irgendeine Frage zu stellen. Die Listen wären zwei Tage vor Ankunft der Scouts ausgehängt worden und dein Name hätte nicht draufgestanden. Mit der Martin war abgesprochen, dass sie dir sagen sollte, du hättest dich nicht qualifiziert. Dann wäre zwar in dem Moment eine Welt für dich zusammengebrochen, aber es wäre für alle glaubhaft geblieben und am Tag des Vortanzens wären deine Füße noch heil gewesen. Ich habe dich zwar von der Liste der Martin streichen lassen, nicht aber von der des New York Ballett." Ich fürchte, da hat er recht. Ich habe aber auch nie lügen müssen – vielleicht liegt es genau daran. "Deshalb bin ich der Meinung, dass du nicht alles wissen musst, denn dann kommst du auch nicht in Versuchung, dich selbst zu verraten." Mit seinen Worten hat er mir den Wind aus den Segeln genommen, weil ich genau weiß: Er hat recht.

"Aber du hättest es mir spätestens in dem Moment sagen können, als du merktest, dass ich deine Worte gehört habe", versuche ich es vorsichtig.

"Wärest du am Ende der Stunde nicht einfach weggelaufen, hätte ich genau das getan, aber auch nur, weil ich keine andere Wahl hatte. Freiwillig hätte ich das zwar nicht getan, aber in dem Moment habe ich keine andere Wahl mehr gehabt. Leider sind weder Cendra noch Esmee dumm. Wobei ich immer noch nicht glauben kann, dass es Cendra gewesen sein soll – sie hätte nämlich auch gegen eine Esmee keine Chance gehabt." Anscheinend weiß er überhaupt nicht, dass Esmee an diesem Tag gepatzt hat, und von ihrer Vermutung, dass ihr jemand ein Betäubungsmittel untergejubelt hat, hat er ebenfalls keine Ahnung. Wahrscheinlich, weil Diandre das Vortanzen für sich entschieden hat ...

In der Zwischenzeit nähert sich die Yacht dem Leuchtturm und damit der Grotte, in der sie vertäut war. Ich schaue aufs Meer und frage mich, ob Esmee mich bewusst belogen hat. Ich kann es nicht glauben, denn in dem Moment hat sie mich völlig offen und ehrlich angesehen. Ich denke, dass sie tatsächlich glaubt, Cendra würde hinter dem Anschlag auf Diandre stecken. Aber was, wenn es jemand völlig anderer war – jemand, den keiner von uns bisher auf dem Schirm hat? Was, wenn es noch ganz andere Menschen gibt, die mir etwas Schlechtes wollen? Dass Zero mich im Unklaren ließ, ist die eine Sache, aber ich fühle ganz genau, dass die drei Männer nicht nur das vor mir verborgen haben und dass sie mir nicht alles sagen. Und noch mehr befürchte ich, dass sie in der Zwischenzeit einiges über mich herausgefunden haben könnten, mir aber auch das verheimlichen. Ich weiß nicht, ob ich damit leben kann und ob ich die Ungewissheit und die Bedrohungen noch lange ertrage.

Vance

Heute wirst du ihr nicht ausweichen, Zero, denn dafür werde ich sorgen. Du leidest, das kann ich sehen. Das werden wir heute ändern. Du wirst dich nicht mehr aus der Verantwortung stehlen können und ich hoffe, dass du ihr anschließend sagst, was dich quält.

Wie kannst du nur glauben, sie würde es nicht verstehen? Die Prinzessin ist sehr viel taffer, als du denkst, und das nötigt selbst Ty Respekt ab. Den solltest du auch haben, denn am Ende werden sie und ich dir keine Wahl lassen.

Kapitel 22

Vance und Tyrone hocken auf dem dunklen Altar und schauen mir beim Training zu. Zero schont mich heute Abend kein bisschen. Immer wieder gehen wir den Pas de Deux des schwarzen Schwans durch und nie scheint er zufrieden zu sein. Entweder ist mein Absprung nicht korrekt, oder die Leidenschaft, die ich an manchen Stellen ausstrahlen soll, nicht perfekt. Ein paar Mal erinnert er mich daran, wie genial mein Tanz am Morgen war. Ich hätte so ausgesehen, als ob ich ihn am liebsten entmannt hätte, wirft er mir an den Kopf. Doch statt wieder wütend zu werden, muss ich bei seinen sehr zutreffenden Worten lachen. Ich kann gar nicht aufhören zu lachen und an Tanzen ist dabei natürlich nicht mehr zu denken. Allerdings bleibt mir das Lachen schlagartig im Hals stecken, als Zero sich plötzlich vor mir aufbaut und die Hände in die Hüften stemmt. Er ist mir in diesem Moment so nahe, dass ich meinen Kopf in den Nacken legen muss, um ihm in die Augen zu schauen. Was ich in den glitzernden Iriden erkenne, lässt eine Gänsehaut über meinen Rücken rieseln. Schön langsam, damit ich es auch ja mitbekomme.

"Zehn!", sagt er und dabei ähnelt seine Stimme dem verdammten Knurren eines wilden Raubtieres.

"Zehn was?", gluckse ich leise und kann immer noch nicht aufhören zu kichern, obwohl ich genau weiß, dass es besser für mich wäre.

"Zwanzig!" Ich schlucke mühsam, als die knappe Ansage kommt, denn plötzlich kann ich mir lebhaft vorstellen, was Zero mir sagen will und ich beiße mir augenblicklich fest in die Unterlippe, um jeden weiteren Laut im Keim zu ersticken.

"Wie es aussieht, hat die Kleine endlich geschnallt, wann es besser ist, den Mund zu halten." Vance' Stimme ertönt plötzlich unmittelbar in meinem Rücken und ich zucke erschrocken zusammen.

Die kleinen Härchen in meinem Nacken stellen sich alarmiert auf, als er sich plötzlich von hinten an mich presst und ich an meinem rückenfreien Top spüren kann, dass seine Brust nackt ist. Seine warme Haut drückt sich gegen meine und sein harter Schwanz ist ebenfalls sehr gut zu spüren. Wann hat er sein Shirt eigentlich abgestreift? Und wieso habe ich davon nichts mitbekommen?

Ich wage es nicht, mich umzudrehen, denn im Hintergrund höre ich plötzlich das Klacken von Tyrones Zippo. Ich werfe einen schnellen Blick zur Seite und erkenne, wie er mehrere Kerzen auf dem Altar anzündet. Die Mitte des dunklen Steins lässt er allerdings frei. Dort befinden sich keine Kerzen ...

Als ich ein weiteres Mal in Zeros Augen schaue, erkenne ich dort nichts anderes als Dominanz und Härte, und den gewissen Funken, der mich ziemlich deutlich erkenn lässt, was mir bevorsteht. Viel zu lange hat er mich diesen Blick nicht mehr sehen lassen und augenblicklich beschleunigt sich mein ohnehin bereits rasender Puls. Mein Herz hämmert gegen die Rippen und mir wird unfassbar warm. So heiß, dass jedes Stück Stoff an meinem Leib eines zu viel ist. Am liebsten würde ich mir die Klamotten eigenhändig vom Leib reißen, doch das ist gar nicht nötig, denn im selben Moment schieben sich Vance' Hände unter das Wickeltop. Seine Finger wandern unter das Bündchen des Sport-BHs und als er den unteren Rand meiner Brüste berührt, gehe ich automatisch auf die Zehenspitzen, weil es sich so intensiv und heiß anfühlt. Dabei macht er nichts anderes, als sehr sanft über die beiden immer schwerer werdenden Kugeln zu streicheln. Zeros Hände machen sich derweil an der Schnürung meiner Schuhe zu schaffen. Ich schaue auf seinen Kopf, während er mir erst den einen, dann den anderen von den Füßen zieht.

Vance knetet derweil meine Brüste und sein Daumen findet immer wieder meine harten Nippel, sodass ich leise stöhne und mich gegen seinen nackten Oberkörper lehne. Plötzlich steht Zero wieder vor mir und im selben Moment reißt er die Verschnürung des Tops auf, sodass das Kleidungsstück nur noch lose an meinen Armen baumelt. Binnen weniger Sekunden stehe ich nackt zwischen den beiden Männern und als ich ihre Blicke auf meinem Körper spüre, wird mir immer heißer. Längst tränkt Nässe meinen Schritt und ich weiß, dass ich bereit für sie bin.

Vance‘ Lippen liegen an meinem Schlüsselbein. Immer wieder fährt er mit seiner Zunge über meinen Hals, um gleich darauf sanft zuzubeißen. Er treibt mich ein ums andere Mal auf die Zehen – vor allem, als er beginnt, meine Nippel zu reizen, indem er sie immer wieder mit den Fingern zwirbelt, nur um sie eine Sekunde später sanft anzustupsen. Der leichte Schmerz, den er mich immer wieder kosten lässt, befeuert meine Erregung in unfassbarer Weise.

"Spreiz die Schenkel!", kommandiert Zero knapp und ich komme nicht einmal ansatzweise auf die Idee, mich ihm zu verweigern. Gehorsam schiebe ich die Füße auseinander und mache seiner Hand Platz, die augenblicklich durch meine nasse Spalte gleitet. "Was für ein kleines, geiles Biest du doch bist. So unverschämt nass, dass es bestraft gehört." Ganz kurz lässt er drei Finger in mich gleiten und jetzt stöhne ich auf, weil es sich einfach nur perfekt anfühlt. Das leichte Brennen, Vance' massierende Hände, seine Küsse und Zeros eine Hand, die an meiner Hüfte liegt, während er mich mit den Fingern der anderen tief fickt – das alles bringt mich um den Verstand.

Ich schiebe mich ihm sogar entgegen, lasse mich nach unten sinken, nur um ihn zu animieren, mich noch heftiger in Besitz zu nehmen. Dass ich damit nicht weit kommen würde, hätte mir klar sein sollen, denn gleich darauf entzieht er mir seine Finger.

"Oh, nein, Prinzessin! Es gibt da so ein paar Dinge, die wir klären müssen und sie haben etwas damit zu tun, dass du frech und aufsässig warst. Über dein Benehmen werden wir reden, sobald du deine Strafe bekommen hast." Zeros Stimme klingt dunkel und kühl ... extrem beherrscht und sie beschert mir eine weitere Gänsehaut. "Vance! Sei so gut!"

Ehe ich irgendwie reagieren kann, fasst der Angesprochene mich bei den Armen und schiebt mich in Richtung Altar. Unter dem alten Kreuz wartet bereits

Tyrone und als ich sein schmutziges Lächeln erkenne, wird mir noch wärmer – wobei das eigentlich gar nicht mehr möglich sein sollte. Meine Klit pocht so verlangend, dass ich am liebsten sofort meine Beine für die Jungs spreizen würde. Ich weiß allerdings, dass ich auch damit nicht weit kommen dürfte. Vance beugt mich über die Querseite des Altars und gleichzeitig greift Zero nach meinen Händen. Als ich begreife, dass er sie mit einem weichen Seil zusammenbindet, ist es bereits zu spät. Vor allem, da er sich gleich darauf nach unten beugt, das Ende des Seils durch einen Stahlring führt und mich daran festbindet. Ich kann nur noch auf den Zehenspitzen stehen, mein Bauch liegt auf dem rauen, kalten Stein auf und meine Brüste hängen auf der anderen Seite des Altars frei in der Luft, was sich ebenfalls unfassbar geil anfühlt. Vor allem, da Zero jetzt meine prallen Nippel so fest zwirbelt, dass ein Schmerzimpuls nach dem anderen durch meine Adern huscht und sich mit dem Pochen in meiner Klit verbindet. Ich habe es nicht mehr unter Kontrolle, aber das will ich auch gar nicht.

Dann spüre ich plötzlich Vance und wie der sich an meinen Knöcheln zu schaffen macht. Er bringt dort Manschetten an, in deren Mitte sich ein Metallrohr befindet. Mit einem Ruck zieht er die Stange auseinander und plötzlich stehe ich mit weit gespreizten Schenkeln vor ihm – die ich auch nicht wieder schließen kann. Selbst dann nicht, wenn ich das wollen würde.

Ich gebe ein erschrockenes Keuchen von mir, weiß aber augenblicklich, dass mir auch das nicht viel helfen wird. Ich bin den drei Männern völlig wehrlos ausgeliefert, aber ich würde es gar nicht anders haben wollen. Die leichte Angst, die Unruhe und das Nichtwissen, was sie mit mir machen werden, das alles lässt mich so viel mehr fühlen, als ich jemals gedacht habe. Was Zero mir antun will, erfahre ich eine Sekunde später.

Plötzlich hält er etwas in der Hand, das wie eine Peitsche aussieht, allerdings mit sehr vielen weichen, ledernen Strippen, und jetzt erschauere ich. Zwanzig! Die Zahl schwebt plötzlich sehr präsent vor meinem inneren Auge. Zwanzig Hiebe mit diesem Ding, das aussieht, als könne es mir die Haut von meinem Po schälen. Das werde ich nicht aushalten ...

"Das ist ein Flogger, Prinzessin! Er kann sehr sanft zu dir sein, aber dir auch ein unfassbar geiles Brennen bescheren und da ich mich heute nicht mit weniger als deinen Tränen zufriedengeben werde, fürchte ich, wird es wohl Letzteres werden. Zumal das hier ja auch eine Strafe sein soll, für ein Benehmen, das ich nicht länger durchgehen lasse." Ich schlucke mühsam, weil ich genau weiß, dass Zero niemals leere Drohungen von sich geben würde. Er meint es ernst.

Statt mich jedoch damit zu schlagen, lässt er die Strippen über meinen Rücken rieseln und es fühlt sich einfach nur gut an. Gleichzeitig spüre ich allerdings eine brennende Wärme auf meiner rechten Pobacke und ich schreie erschrocken auf. Feuer! Da ist plötzlich eine Hitze, die unglaublich tief unter meine Haut sickert. Aber das kann nicht sein! Zero steht noch immer vor mir und hat noch gar nicht zugeschlagen. Was ...

Im selben Moment schreie ich auf, weil dieses unfassbare Brennen jetzt auch meine zweite Pobacke trifft. Eine Sekunde später meinen unteren Rücken. Hitzige Feuerperlen, die sehr schnell wieder zerfasern, machen sich auf und in meiner Haut breit, aber dabei entfachen sie einen Hauch von Schmerz. Ich stöhne, zerre an meinen Fesseln, kann aber nicht entkommen, als mich ein weiteres Mal die seltsame Hitze trifft. Jetzt rinnt sie regelrecht über meinen Oberschenkel und hinterlässt dort eine beißende Spur aus flüssiger Hitze. Ich wimmere leise und dann tritt Ty plötzlich in mein Sichtfeld – in seinen Händen hält er eine dicke Kerze, aus der er jetzt Wachs auf meinen oberen Rücken tropfen lässt. Wieder trifft mich das Brennen und obwohl ich es dieses Mal habe kommen sehen, zucke ich zusammen. Es fühlt sich herrlich, aber auch schrecklich zugleich an. Das Wachs hinterlässt ein sehr dumpfes Pochen in der Haut und gleichzeitig das Gefühl, als würde ich verbrennen. Flammen züngeln durch meinen Unterleib und ich stöhne laut auf. Dabei zerre ich ein weiteres Mal an den Fesseln, die aber keinen Millimeter nachgeben. Während Zero mich langsam umrundet, während all meine Sinne darauf fokussiert sind, dass er sich hinter mir aufstellt und sich bereit macht, mich in seine Welt des Schmerzes zu führen, geht Ty vor mir in die Hocke. Seine Finger wühlen sich in mein Haar und er zieht meinen Kopf so weit in den Nacken, dass ich ihn anschauen muss. Gleich darauf presst er seine Lippen auf meine und erstickt so meinen Schrei, denn im selben Moment trifft mich der erste Schlag mit dem Flogger. Zero hat genau die Stelle getroffen, an der ich vorhin das erste Brennen des Wachses empfangen habe. Ein ziehender Schmerz rast durch meinen Unterleib, treibt mich auf die Zehen, und hätte Ty meinen Mund nicht mit seinen Lippen verschlossen, hätte ich vor lauter Überraschung laut aufgeschrien. Zwei weitere Hiebe treffen mich in schneller Folge. Ich kann spüren, wie Zero das Wachs von meinem Po schlägt – so zielgenau führt er den Flogger. Beim vierten Hieb schießen mir bereits Tränen aus den

Augen und ich stöhne wild in Tyrones Mund. Es fühlt sich so anders an, als mein erstes Spanking durch Zeros Hand. Das Brennen ist intensiver, es dringt sehr viel tiefer in mich und entzündet ein wahres Feuerwerk in meinem Unterleib. Meine Säfte ... ich kann spüren, wie sie an den Innenseiten meiner Schenkel nach unten tropfen, weil ich so nass und erregt bin.

"Scht ... Dove! Du wirst noch sehr viel mehr für uns erdulden", flüstert Tyrone leise an meine Lippen und ich befürchte fast, dass er recht hat. Zero ist noch lange nicht fertig mit mir, obwohl er gerade die Lederstrippen fast liebkosend über die Haut meiner Oberschenkel gleiten lässt. Wieder treffen mich drei Hiebe – dieses Mal auf die Oberschenkel und jetzt kann ich die Schreie nicht länger zurückhalten. Dort brennt es noch sehr viel mehr, als auf meinem Po. Mittlerweile sind meine Wangen tränennass und Ty wischt sie ein ums andere Mal mit dem Daumen von meiner Haut. Dann tänzeln die Strippen plötzlich ein paar Mal fast schon zart über meine geschundenen Pobacken, bis ...

Ohne Vorwarnung schiebt sich ein dicker Gegenstand zwischen meine nassen Schamlippen – so groß und fest, dass ich ein weiteres Mal stöhne. Millimeter für Millimeter drückt Zero den Dildo in mein heißes Loch und ich weiß: Er und Vance schauen dabei zu, wie meine Pussy sich eng um das Toy schließt. Ich wimmere leise, als Zero mich mit dem Dildo fickt. Mit jedem Stoß schiebt er ihn tiefer in mich und die Fülle ist so gewaltig, dass ich es kaum aushalte. Dann beginnt das Toy zu vibrieren und ich winde mich in den Fesseln, die mich natürlich eisern an Ort und Stelle halten. Ebenso wie die Spreizstange meine Schenkel geöffnet hält. Ich schiebe meinen Po nach hinten – soweit es die Stricke zulassen und erhalte sogleich einen brennenden Schlag mit dem Flogger, der mich aufschreien lässt. Dann prasseln fünf Schläge auf meinen Po, die aber alle nicht so schrecklich sind, wie ich es erwartet hätte. Sie fachen lediglich das Brennen zu neuer Hitze an. Machen aus den über meine Haut rinnenden Feuerperlen hochzüngelnde Flammen. Dabei fickt Vance mich mit dem Toy – aber so unfassbar sanft, dass er mich lediglich an der Schwelle hält, mich aber nicht darüber hinaus treibt.

"Mund auf, Dove!" Ich habe nicht einmal gemerkt, dass ich die Augen geschlossen habe. Als ich sie jetzt aufreiße, stelle ich erstaunt fest, dass Tyrones Schwanz gegen meine Lippen drückt und seine Hand meinen Kopf ein weiteres Mal in die Höhe zieht. "Ich will mich nicht wiederholen müssen", knurrt er leise. Und ich öffne tatsächlich den Mund für ihn. Sein Piercing schabt über meine Zunge, als er sich vorsichtig immer tiefer zwischen meine Lippen schiebt. "Und wage es nicht, mich zu beißen, Täubchen, denn ansonsten wirst du feststellen, dass ich dir ein noch sehr viel tiefergehendes Brennen schenken kann." Im selben Moment vibriert das Teil in meiner Pussy so heftig, dass ich stöhne und Ty noch tiefer in meinen Hals gleitet. Immer wieder stößt er seinen Riemen tief in meinen Hals, während sein Piercing über meinen Gaumen schabt, aber kein einziges Mal überfordert er mich dabei. Immer wenn ich denke, es geht nicht mehr, zieht er sich zurück, während Vance mich mit dem Dildo kurz vor einem erlösenden Orgasmus hält. Mehr und mehr Tränen schießen aus meinen Augen, laufen über mein Gesicht und ich weiß nicht, wie ich das hier aushalten soll. Ich fühle mich völlig überreizt – vor allem, weil es sich einfach nur geil anfühlt. Dann verschwindet das Toy aus meiner Pussy und ich wimmere frustriert auf.

Dafür fickt Ty meinen Mund immer schneller und ich lasse meine Zunge um seine Eichel tanzen, während ich hart an seinem prallen Schaft sauge. Jetzt ist er es, der stöhnt und mir zeigt, wie geil er das hier findet. Zum ersten Mal bekomme ich das Gefühl, dass nicht nur die Männer Macht über meinen Körper haben, sondern ich auch über ihre. In dem Moment, in dem ich meine Zungenspitze durch den kleinen Schlitz in seiner Eichel wandern lasse, treffen mich weitere Feuerperlen und ich öffne erschrocken den Mund, um zu schreien. Nur Tyrones harter Griff in meinem Haar verhindert, dass ich tatsächlich zubeiße. Noch zweimal trifft mich der Flogger, dann fühle ich Zeros Hände, die meine Pobacken massieren und das feurige Brennen am Leben halten. Gleichzeitig spüre ich, wie Ty sich anspannt, wie sein Schwanz in meinem Mund härter und größer wird und er sich eine Sekunde später in meinem Mund entlädt. Heiß und leicht salzig rinnt mir sein Samen in den Hals und ich bin gezwungen, alles zu schlucken. Ich habe mir nie vorstellen können, was Frauen an einem Blow Job finden – jetzt weiß ich es.

Ich weine noch heftiger, als er sich aus meinem Mund zurückzieht, mir die verschwitzten Haare aus dem Gesicht streicht und mich gleich darauf um den Verstand küsst. Dort, wo gerade noch sein Schwanz war, ist jetzt seine Zunge – wild, plündernd, und mir dabei den letzten Rest meiner Beherrschung raubend.

"Bitte!", schluchze ich leise, weil ich den Druck in meinem Unterleib einfach nicht mehr aushalte. Ich will kommen, ich will, dass die Drei das heiße Versprechen Wahrheit werden lassen. "Bitte!", flüstere ich noch einmal und räkle meinen Po verführerisch. Hinter mir höre ich ein leises, fast schon ärgerliches Zischen, dann steht Vance plötzlich ebenso vor mir wie Tyrone. Nur Zero befindet sich noch in meinem Rücken. Er ist jetzt der Einzige, der die lustvolle Folter beenden kann. Mein Herz schlägt immer heftiger, weil ich Zero so sehr begehre, dass es wehtut.

Auch Vance küsst mich, während Zeros Finger sanft durch meine nasse Spalte fahren. Zielsicher findet er meine Klit und reibt diese so hart, dass ich ein weiteres Mal aufschreie. Dann spüre ich plötzlich eine sehr dicke, pralle Eichel an meinem bebenden Eingang. Der Druck, den Zero an dieser Stelle ausübt, ist ebenso heftig wie der des Dildos. Er scheint mich spalten zu wollen, mich in zwei Hälften zu teilen, und ich spanne mich an. Ich kann regelrecht fühlen, wie meine Schamlippen sich dehnen, um für Zeros Schwanz Platz zu machen. Jeden Millimeter seines harten Riemens spüre ich in meinem Inneren und wie der dicke Kopf an meinem G-Punkt vorbeireibt. Das hier werde ich nicht aushalten – nie und nimmer werde ich das hier lange ertragen können, denn ich merke bereits, wie sich mein Unterleib vor Verlangen zusammenzieht und wie sich meine Wände fest um Zeros Schwanz schließen.

Es passiert wirklich! Dieses Mal ist er es, der sich in mir versenkt und als er sich plötzlich mit seiner ganzen Länge tief in mich rammt, schreie ich auf – vor Glück und Schmerz gleichermaßen. Als er mich langsam und tief nimmt, keuche ich bei jedem einzelnen Stoß und habe das Gefühl, vom Boden abzuheben. Schmerz, Lust, Verlangen und Hingabe – nichts anderes hat in meinem Kopf Platz. Alle Gedanken sterben einen stillen Tod und nur das Pulsieren unserer beider Lust erfüllt meinen

Horizont. Mit jedem Stoß treibt Zero mich höher die Klippen hinauf, einem Gipfel entgegen, wie er höher nicht sein kann. Ich will nicht, dass es endet, kann aber nicht verhindern, dass er mich über den Gipfel in den Abgrund stößt. Alles in mir zieht sich zusammen und meine Muskeln schließen sich so eng um seinen heißen Schaft, dass auch Zero jetzt sehr laut stöhnt. Ich fühle ihn tief in meinem Inneren, spüre, wie sein dicker Schwanz heftig zuckt, pulsiert und sich noch tiefer in mein Inneres bohrt ... und dann falle ich. Tief ... immer tiefer ... bis mir Flügel wachsen und ich endgültig den Boden verlasse.

Ich bekomme nur am Rande mit, wie Zero sich zurückzieht, wie sein schlaffer werdendes Glied aus mir gleitet. Auch kriege ich kaum mit, wie die drei Männer meine Fesseln lösen und mich in eine warme Decke wickeln. Als Tyrone mich hochhebt, seine Hände unter meinen Po schiebt, zische ich leise, weil es so sehr brennt, aber ich schlinge trotzdem zufrieden meine Arme um seinen Hals, als er mich durch die Dunkelheit in Richtung Villa trägt. Ich bin so schrecklich müde, so entspannt und zufrieden, dass ich kaum noch die Augen offenhalten kann. Ich protestiere auch nicht, als er mich, statt in mein, in sein Zimmer trägt und mich dort bäuchlings auf seinem Bett ablädt. Mit einem heftigen Ruck zieht er mir die Decke weg und lacht leise, als ich ein protestierendes Murmeln von mir gebe.

"Nur noch einen Moment, Dove, dann kannst du schlafen." Seine Fürsorge verwirrt mich ungemein, denn irgendwie passt sie nicht zu Ty – zu dem finsteren Dämon, der in seinem Inneren wohnt. Das Wachs und die Kerzen – das passt sehr viel besser.

Ich kreische leise auf, als etwas Kühles auf die brennende Haut meines wunden Hinterns tropft und gleich darauf harte Hände das Gel sanft verteilen.

"Wir wollen doch nicht, dass du dich morgen auf dem Ball blamierst, weil du dich nicht hinsetzen kannst, ohne laut zu jammern." Erneut lacht er, aber dieses Mal hat es nichts Dunkles an sich, sondern eher etwas Schelmisches.

Der Ball – den habe ich völlig vergessen und eigentlich will ich auch jetzt nicht darüber nachdenken. Ich schnurre vor Wohlbehagen, als die kühlende Salbe die Hitze in meiner Haut lindert. Für den Bruchteil einer Sekunde glaube ich, laute Stimmen aus dem Wohnzimmer zu hören und hoffe, dass Zero noch einmal zu mir kommt, aber meine Augen werden mit jeder Sekunde schwerer und immer schwerer.

Als die Matratze sich neben mir senkt, ich Tyrones beruhigenden Geruch wahrnehme, wage ich es sogar, mich eng an seine Brust zu kuscheln, woraufhin er ein dumpfes Grollen ausstößt.

"Übertreibe es nicht, Dove! Ich habe dir schon einmal gesagt, dass ich kein Mann zum Kuscheln bin." Wieso glaube ich ihm eigentlich nicht? Ich gähne und schaffe es nicht einmal mehr, mir die Hand vor den Mund zu halten. Meine Glieder sind so unglaublich schwer.

"W-willst du mich eigentlich immer noch loswerden?", nuschle ich schlaftrunken und mir klappen endgültig die Lider zu.

Ich bilde mir tatsächlich ein, dass er Ja sagt, aber hinterherschickt, dass er es jetzt aus völlig anderen Gründen tut ... aber das kann auch nur ein Traum gewesen sein.

Zero

Du verstehst es nicht, Vance. Du willst es einfach nicht verstehen. Warum sage ich es Kayla wohl nicht? Was, denkst du, würde dann passieren? Meinst du wirklich, sie würde das so einfach wegstecken?

Schau sie dir an! Sie weiß, dass sie uns nicht trauen sollte, aber sie legt ihr Leben in unsere Hände. Sie wird es nicht verkraften und außerdem besteht die große Wahrscheinlichkeit, dass sie gar nichts erfährt. Das ist es, worauf ich baue, denn dann habe ich genügend Zeit, die Sache in Ordnung zu bringen. Für sie, für mich ... für uns alle.

Kapitel 23

Wir bewegen uns in einer langen Fahrzeugkolonne über die dunklen Straßen in Richtung Bangor. Vance und Zero befinden sich im Wagen hinter uns – und dahinter folgen zwei dunkle Fahrzeuge, voll besetzt mit Personenschützern. Von der Sorte befinden sich auch noch zwei vor Ty und mir.

"Warum fahren wir eigentlich mit zwei Autos?"

Ich schaue Tyrone von der Seite an, doch der konzentriert sich auf die Straße und presst nur grimmig die Lippen aufeinander. Dass er nicht die allerbeste Laune hat, kann ich problemlos erkennen und ich befürchte, dass ich auch den Grund dafür kenne. Die Männer haben sich heute sehr oft gestritten, ich habe sie hören können, aber immer, wenn ich den Raum betreten habe, herrschte plötzlich Schweigen. Das verunsichert mich noch mehr, als wenn sie mir sagen würden, was los ist.

"Tyrone!" Ich werde lauter. "Ich weiß nicht, ob du es mitbekommen hast, aber ich habe dir eine Frage gestellt und ein normaler Mensch würde antworten. Das nennt sich Konversation."

"Ich habe noch nie behauptet, normal zu sein, Dove! Finde dich damit ab, dass ich es nicht bin und auch nicht so reagiere, wie du es gerne hättest", knurrt er leise und starrt weiter auf die Fahrbahn. Dann seufzt er plötzlich und damit hätte ich nun gar nicht gerechnet. "Wenn du es genau wissen willst: Wenn ich heute mit meinen Freunden in einem Wagen sitzen müsste, würden wir nicht ankommen. Ich bin nach wie vor der Meinung, dass du auf dem Ball nichts zu suchen hast. Vance ist irre, wenn er denkt, es würde keinen Ärger mit Kirill geben – ich kann einfach nicht glauben, wie naiv er an dieser Stelle agiert." Ty fährt sich einmal mit gespreizten Fingern durch das blonde Haar, das ihm daraufhin sehr verwegen in die Stirn fällt.

"Ich war einverstanden damit – Vance trifft keine Schuld!", antworte ich leise, bin mir aber ziemlich sicher, dass Ty meinen Einwand gar nicht mitbekommen hat, denn seine Hände umklammern gerade dermaßen hart das Lenkrad, dass ich Angst habe, er könne es zerbrechen.

"Kannst du mir etwas versprechen, Dove?" Tyrone wirft mir einen schnellen Seitenblick zu und richtet gleich darauf seine Augen wieder auf die Straße, da die beiden Fahrzeuge vor uns gerade rechts in einen schmaleren Weg einbiegen. Beidseits der schnurgeraden Straße befindet sich ein dichter Wald und Nebelfetzen hängen gespenstisch zwischen den hohen Bäumen – nur angeleuchtet von den Scheinwerfern des Fahrzeugkonvois.

"Ja, ... kann ich!" Obwohl ich noch gar nicht weiß, was er von mir will, vertraue ich ihm in der Zwischenzeit so sehr, dass ich nicht auf die Idee komme, er könne etwas Schreckliches von mir einfordern.

"Dann versprich mir, dass du deinen Verstand ausschaltest, bevor wir die Villa der Kasparows betreten. Dass du dir nichts bei all den Dingen denkst, die du dort heute zu sehen und zu hören bekommst. Und halte dich an meiner Seite – mehr verlange ich nicht von dir." Im selben Moment trifft mich ein sehr düsterer Blick und zum ersten Mal seit langer Zeit habe ich den Eindruck, wieder jenen Tyrone vor mir zu haben, in den ich an meinem ersten Abend auf der Academy hineingerannt bin. Gerade sehe ich zwar den Engel, aber der Dämon blitzt so deutlich unter der glatten Fassade hervor, dass mir ein Frösteln über den Rücken läuft.

"Du machst mir Angst, Ty!" Und das tut er wirklich. Seine Andeutungen sind schlimmer für mich, als würde er mir sehr direkt und offen erklären, was ich zu erwarten habe. "Warum sagst du mir nicht einfach, was los ist? Ich habe doch längst gemerkt, dass etwas nicht stimmt, nur keiner will etwas sagen. Dafür habe ich heute den ganzen Tag eure lauten Stimmen gehört. Vor allem deine und Zeros." Wieder umklammert er das Lenkrad. Dieses Mal so fest, dass seine Knöchel knacken.

"Wenn es um mich ginge, wüsstest du längst Bescheid – das kannst du mir glauben, aber um mich geht es nicht. Zero ..." Er unterbricht sich selbst, als hätte er bereits zu viel gesagt. "Versprich mir einfach, dass du an meiner Seite bleibst und dass du nicht alles glaubst, was du heute Abend erfährst. Mehr will ich nicht von dir." Wieder streift mich sein Blick und jetzt scheinen seine grünen Augen regelrecht zu glühen. Er hört sich so besorgt an, so eindringlich, dass ich gar nicht anders kann, als ihm mein Wort zu geben – wobei ich nicht weiß, ob ich es schaffe, meinen Verstand zum Schweigen zu bringen. Eigentlich ist der nämlich immer aktiv, es sei denn, drei heiße Bad Boys kreuzen meinen Weg – da setzt dann auch mein Kopf ganz gerne mal aus.

Erneut biegen die vor uns fahrenden Fahrzeuge rechts in eine weitere Straße und ich habe das Gefühl, dass der Wald hier noch unheimlicher ist. Er wirkt dunkler, die Bäume stehen an dieser Stelle dichter beisammen und auch die Nacht scheint hier irgendwie finsterer zu sein. Doch dann sehe ich winzige Lichtpunkte durch das Dickicht tanzen. Weit entfernt scheint ein Gebäude zu liegen und wie es aussieht, halten wir genau darauf zu. Ich weiß nicht, was ich erwartet habe, aber ganz bestimmt nicht, dass Kirill Kasparow am Arsch der Welt lebt – mitten in einem riesigen Wald, weit weg von jeglicher Zivilisation. Bis Bangor, so schätze ich, sind es von hier gut fünf Meilen. Mit einem Auto ist das zwar keine großartige Strecke, aber irgendwie habe ich Kirill und seinen Vater eher für Stadtmenschen gehalten. Für Typen, die nah am Ort ihrer Einnahmequellen sitzen wollen.

Jetzt starre auch ich aus dem Fenster und je näher die Lichter kommen, desto unwohler fühle ich mich. Vance hat keinen Zweifel daran aufkommen lassen, dass ich um diesen Ball nicht herumkomme. Dass sie extreme Schwierigkeiten bekommen würden, wenn ich mich weigere, sie zu begleiten. Alleine diese Tatsache macht mir zu schaffen, denn normalerweise lassen die drei Männer sich zu nichts zwingen. Wenn die Kasparows so viel Macht über Tyrone, Vance und Zero haben, dann sind sie weitaus gefährlicher als die Jungs, die an meiner Seite sind. Wer sollte die beiden Russen davon abhalten, etwas Schlimmes zu tun? Ganz kurz flammt in meinem Kopf die Erinnerung an das Abendessen mit Kirill auf und an die Art, wie er mich die ganze Zeit angesehen hat. Auch die Tatsache, dass er mich unter seinen Schutz stellen wollte, trägt nicht unbedingt zu meiner Beruhigung bei. Stattdessen rinnt eine Gänsehaut nach der anderen über meinen Rücken und ich merke nicht einmal, wie ich die Finger meiner linken Hand in den Stoff meines Ballkleides kralle, bis zu dem Moment, in dem Ty seine Hand auf meine legt.

"Denk nur dran, was ich dir gesagt habe – alles andere wird sich finden. Was immer du heute auch siehst, egal, was du hörst, denk dir bitte nichts dabei." Langsam löse ich meine Finger aus dem weißen Stoff und halte mich stattdessen an Tyrone fest.

Vance wollte zwar, dass ich bei ihm und Zero mitfahre, aber Tyrone hat darauf bestanden, dass ich an seiner Seite sitze und jetzt bin ich froh, dass es so gekommen ist. Obwohl Ty derjenige der Männer ist, dem ich eigentlich am wenigsten trauen sollte, ist er jetzt doch der, der mir eine ungeheure Ruhe einflößt. Ich will noch etwas sagen, doch im selben Moment halten wir vor der hell erleuchteten Villa der Kasparows an.

"Das wollte ich dir vorhin schon sagen, Täubchen! Du siehst wunderschön aus und jetzt straffst du die Schultern und stiehlst jeder anderen Frau im Saal die Show. Das schaffst du nämlich spielend, egal was …" Erneut unterbricht er sich selbst und dieses Mal presst er die Lippen so fest aufeinander, dass seine Kiefer leise knirschen. "Und denk dran! Bleib immer in meiner Nähe und versuch Kirill aus dem Weg zu gehen. Lass dich auf keinen Fall drauf ein, mit ihm in ein Zimmer zu verschwinden, oder mit ihm im Park spazieren zu gehen. Ich trau ihm nicht." Ich weiß, dass er gerne noch mehr gesagt hätte, aber dabei geht es um Zero und ich weiß, er wird nicht reden. Dieser Ehrenkodex unter den Männern – nicht über den jeweils anderen zu reden – er ist irgendwie klasse, aber gerade nervt er mich total.

Ty steigt aus, umrundet den Wagen und öffnet mir die Tür. Vorsichtig schiebe ich erst das eine, dann das andere Bein nach draußen. Das Kleid, das ich heute Abend trage, ist eines der weniger offenherzigen. Es besteht aus einer edlen weißen Spitze, die nur an den wirklich interessanten Stellen so dicht gewebt ist, dass sie alles verbirgt. Das Rückenteil ist recht tief ausgeschnitten und ein hoher Schlitz an der rechten Seite sorgt dafür, dass ich laufen kann. Der Rest ist dafür so eng geschnitten, dass ich nicht ohne Hilfe aus dem Wagen komme. Tyrone muss mich regelrecht in die Höhe ziehen und ich hoffe, niemand beobachtet uns bei der mehr als peinlichen Situation. Bevor ich mich gefangen habe und sicher auf den Pumps auf dem Gehweg stehe, sind bereits Vance und Zero an meiner Seite. Jetzt werde ich von allen Dreien eingerahmt und als wir uns langsam auf die breite Marmortreppe zubewegen, merke ich, wie ich mich langsam beruhige. Vielleicht übertreibt Ty einfach. Was soll mir denn schon großartig passieren? Mehr als ein Dutzend von Vance' Männern begleiten uns und ich weiß, dass auch Ty nicht unbewaffnet ist. Unter seinem Sakko verbirgt er eine kleine Pistole – wobei ich mir nicht sicher bin, ob das eine seiner besten Ideen ist.

Zero, der an meiner rechten Seite läuft, schaut mich nicht einmal an und das versetzt mir erneut einen Stich. Die Session mit ihm war wunderschön, aber das scheint heute keinerlei Bedeutung mehr für ihn zu haben, denn er beachtet mich nicht einmal.

Denk an Tyrones Worte, Kayla! Sie haben etwas mit Zero zu tun – da kannst du sicher sein.

Er hat sogar seinen Namen erwähnt, obwohl er es nicht einmal wollte.

Denk daran, dass du nicht alles glauben sollst.

Wir nähern uns dem Gebäude und erst in diesem Moment wird mir bewusst, dass das hier mitnichten eine Villa ist – auch kein Landhaus – es ist der verdammte Nachbau eines englischen Schlosses. Mitten in den tiefen Wäldern von Maine haben die Kasparows ein Schloss gebaut, denn dass das Gebäude nicht alt ist, sieht man auf den ersten Blick. Der Kasten muss ein Vermögen gekostet haben. Geld, das die Familie Kasparow garantiert nicht auf ehrlichem Weg erworben hat.

Ist es nicht etwas spät, den moralischen Zeigefinger zu heben?

Deine Begleiter sind ebensolche Verbrecher und bei denen stört es dich kein bisschen.

Du genießt es sogar …

Das ist nicht wahr, will ich schreien, schaffe es aber nicht, weil meine innere Stimme mal wieder recht hat. Das weiß ich.

Mein Herz beginnt zu rasen, als am oberen Ende der Treppe Kirill auftaucht, der sich unmittelbar neben seinen wartenden Vater stellt. Dieser lächelt uns freundlich entgegen und damit habe ich gar nicht gerechnet. Irgendwie habe ich mir im Geist ausgemalt, dass er uns mit einem Trupp schwerbewaffneter Männer erwartet. Kerle, die ihre Knarren bereits auf uns richten. Dass dem nicht so ist, versuche ich erst einmal als gutes Zeichen zu werten, bis zu dem Moment, in dem mein Blick auf Kirill fällt. Wieder einmal scheint der Typ mich mit seinen Augen auszuziehen und jetzt wandert ein ganzer Trupp Ameisen über meinen Rücken. Der Schauer, der mich überläuft, ist nicht zu übersehen und

Vance legt seine Hand auf meinen bloßen Rücken. Die Geste soll mich wohl beruhigen – tut sie aber nicht.

Als wir auf der Terrasse ankommen, schaue ich standhaft nach unten, denn ich will die Blicke des Russen nicht eine Sekunde länger mitansehen und schon gar nicht, wenn er mit den Augen besitzergreifend über meinen Körper wandert. Hastig balle ich die Hände zu Fäusten und kalte Wut kriecht in mir empor. Ich frage mich die ganze Zeit, wer dem Bastard das Recht gibt, mich auf diese Weise anzuschauen. Ich habe gedacht, dass ich ihm sehr deutlich gezeigt habe, dass ich ihn nicht mag.

"Wie schön, dass wir uns heute wiedersehen." Die Stimme von Kirills Vater ist warm und tief – irgendwie angenehm.

Er redet russisch mit mir und ich antworte ihm in seiner Landessprache, dass ich mich freue, hier zu sein. Was eine glatte Lüge ist. Ich denke, er kann mir ansehen, was ich wirklich von seiner Einladung halte, aber sein Lächeln bleibt trotzdem warm. Ich kann nicht sagen, dass Kasparow Senior mir unsympathisch ist. Bei ihm fühle ich mich auf jeden Fall bedeutend wohler, als in der unmittelbaren Nähe seines Sohnes. Ich hefte meinen Blick fest auf sein Gesicht und beobachte, wie er nach und nach erst Zero, dann Vance und zum Schluss Tyrone begrüßt. Als er Letzterem die Hand reicht, erkenne ich ein kurzes Zögern seinerseits und als er Blickkontakt mit Ty aufnimmt, bekomme ich sogar den Eindruck, dass so etwas wie Furcht in seinen Augen aufblitzt.

"Wir sollten reingehen! Eure Begleitung scheint zu frieren. Kein Wunder bei *dem* Kleid." Kirill will nach meiner Hand greifen, um mich nach drinnen zu führen, doch ich mache einen schnellen Schritt zur Seite, sodass er mich nicht packen kann.

In den Augen seines Vaters blitzt Überraschung auf, doch das ist gar nichts gegen Vance' Gesichtsausdruck. Auf seiner Stirn erscheint eine steile Falte und er schaut mich tatsächlich strafend an. Warum auch immer. Falls er sich eingebildet hat, ich würde heute Abend bei dem Russki Schönwetter machen, ist er naiver, als ich bisher dachte. Ich habe den Dreien ziemlich deutlich zu verstehen gegeben, dass ich Kirill abartig finde und ihn nicht leiden kann. Scheinbar ist das bei Vance nicht angekommen, aber vielleicht hat er es jetzt endlich begriffen. Ich hoffe es.

Ich hake mich bei ihm unter und Kirill bleibt nichts anderes übrig, als vor uns herzugehen, gefolgt von den ziemlich dunklen Blicken seines Vaters. Warum Kasparow seinem Sohn diese überaus finsteren Blicke zuwirft, ist mir ein Rätsel, aber ehrlich gesagt ist es mir auch gleichgültig, solange Kirill mir nicht zu nahe kommt.

Drinnen ähnelt der riesige Kasten fast noch mehr einem herrschaftlichen Schloss, als von außen. Die Möbel sind durch die Bank weg antik und erlesen und in der riesigen Halle, die wir durch ein großes Portal betreten, tummeln sich bereits eine Menge Gäste – allesamt edel gekleidet und passend zum Ambiente des Anwesens. Im Hintergrund spielt leise Musik – ein klassischer Walzer. Als ich mich umsehe, erkenne ich auch das Orchester, das sich in der Nähe eines weiteren Durchgangs befindet. Ein paar der Gäste tanzen, aber die meisten stehen plaudernd in Grüppchen beisammen und starren uns entgegen, als wir die Halle betreten.

Eine breite Freitreppe mit edel verzierten Handläufen führt in den oberen Stock und der weiße Marmorboden ist mit einem burgunderroten Teppich ausgelegt. Mein Blick irrt unstet umher, weil ich mich an all der Pracht gar nicht sattsehen kann, und dabei bekomme ich kaum mit, wie Vance mich immer tiefer in den Raum hineinführt. Ein paar der Gäste grüßen ihn, andere schauen hastig an die Seite, als wir sie passieren, aber kaum jemand wagt es, Tyrone anzusehen, der an meiner anderen Seite läuft und die Menschen irgendwie auf Abstand hält.

Plötzlich erklingt ein lauter Freudenschrei, den man über die Musik und die schwatzenden Menschen problemlos hören kann. Als ich aufschaue, erkenne ich am oberen Ende der Treppe eine wunderschöne junge Frau mit dunkelbraunen Haaren, die ein Ballkleid trägt, das meinem eigenen ziemlich ähnlich ist – nur ist ihres schwarz. Das lässt ihre porzellanweiße Haut wunderbar schimmern und als sie jetzt die Treppe hinabstürmt, frage ich mich, wie sie sich in diesem engen Kleid und auf den hohen Schuhen so schnell bewegen kann, ohne dabei zu stürzen. Ich bemerke allerdings auch, dass Zero, der neben Vance herläuft, buchstäblich von einer Sekunde auf die andere zur Salzsäule erstarrt. Er friert regelrecht mitten in der Bewegung ein.

Rücksichtslos bahnt die junge Frau sich einen Weg durch die tanzenden Menschen und gleich darauf steht sie vor uns. Vielmehr steht sie nicht, sondern fällt Zero augenblicklich in schamloser Weise um den Hals. Mein Herz setzt einen Schlag aus, als ich mitansehen muss, wie dieser seine Arme um ihre schmale Taille legt und sie an sich presst, während die Frau ihre kirschroten Lippen auf seine legt und ihn leidenschaftlich küsst – vor aller Augen. Jetzt bin ich es, die zu Stein erstarrt, und ich grabe meine Nägel tief in Vance' Arm, während Kasparow Senior ein brummendes Lachen ausstößt. Eines, das mir zeigt, wie zufrieden er mit dieser Situation ist. Ich bin es nicht, denn ich würde der Frau am liebsten die Augen auskratzen ... und Zero ebenfalls. Im ersten Moment rechne ich noch damit, dass er die Fremde resolut von sich schiebt, aber dann muss ich erkennen, dass er ihren Kuss erwidert. Er steckt ihr die Zunge so tief in den Hals, dass mir übel wird. Was zur Hölle tut er da? Was ist das?

"Benimm dich, Julija!", höre ich Kirill sagen. "Von meiner Schwester erwarte ich ein etwas anderes Benehmen, wenn wir Gäste haben, auch dann, wenn sie ihren Verlobten begrüßt." Ich kann fühlen, wie mir sämtliche Farbe aus dem Gesicht weicht, wie ich schwanke, als hätte man mir den Boden unter den Füßen weggerissen. "Begrüße bitte unsere übrigen Gäste, dann kannst du dich sofort wieder um Zero kümmern."

In meinem Kopf geht alles durcheinander. Schwester? Verlobte? Ich fühle, wie meine Augen brennen, wie sich in meiner Brust eine lähmende Kälte ausbreitet und ich kaum noch Luft bekomme. Sie ist wieder da – jene Drahtschlinge, die sich um meinen Hals legt und gnadenlos zuzieht.

Ich starre Zero an, warte darauf, dass er mir zumindest mit Blicken signalisiert, dass alles gut ist, doch er schaut mich nicht einmal an. Stattdessen betrachtet er sehr liebevoll diese Julija und fährt ihr sogar sanft mit den Fingern über die leicht geröteten Wangen. Gestern! Gestern hat er mir gehört – mir allein und heute ... heute scheint das nicht mehr wichtig zu sein.

Als Julija sich mir zuwendet und mir die Hand hinhält, ergreife ich diese wie in Trance, aber selbst in diesem Moment schenkt Zero mir keine Aufmerksamkeit.

"Tut mir leid, aber ich habe meinen Verlobten jetzt seit drei Monaten nicht mehr gesehen, weil ich in New York war – auf der Schule. Mein Dad hat sich schlicht geweigert, mich herzuholen, bevor ich nicht meine

Prüfungen abgeschlossen habe und ich wäre auch heute nicht hier, wenn ich nicht einige Prüfungen vorverlegt hätte." Kirills Schwester plappert munter drauflos und ich weiß nicht, was ich antworten soll. Vielleicht, weil ich einfach nicht in der Lage bin, etwas zu sagen. "Du musst Kayla sein. Ich habe schon viel über dich gehört. Ich bin wirklich total froh, dass Zero wegen dir wieder mit dem Tanzen angefangen hat. Es wäre so eine Verschwendung seines Talentes, wenn ..." An der Stelle schalte ich einfach ab. Ich kann ihr nicht länger zuhören. Nicht, wenn es um IHN geht.

Der Schmerz, der gerade in meiner Brust tobt, ist so unfassbar, dass ich mich gegen Vance lehnen muss, um nicht wie ein Häufchen Elend auf den Boden zu sinken. Ich durchbohre Zero mit meinen Blicken, doch das scheint ihm egal zu sein. Er muss es doch spüren können – meinen Schmerz, meine Unsicherheit, meine Angst. Warum tut er mir das an? Wieso hat er mich so ins offene Messer laufen lassen und mich nicht vorgewarnt? Dann wäre der Schmerz zwar immer noch schlimm gewesen ... aber nicht so brennend wie jetzt.

Gestern hat er mit mir geschlafen, gestern hat er sich endlich dazu entschlossen, mir ganz zu gehören, und jetzt wird er mir auf die brutalste Weise entrissen, die ich mir vorstellen kann. Ich kann nicht verhindern, dass ich zittrig Luft hole. Es hört sich wie ein leises Schluchzen an.

Augenblicklich schaut Kirill mich an und dieses Mal schaffe ich es nicht, seinem Blick auszuweichen. Ich sehe nichts anderes als Spott in seinen Augen. Ja, er weiß Bescheid über mich und die drei Männer. Er kann sich zumindest denken, was ich mit ihnen getan habe und weidet sich an meinem Schmerz. Daran, dass ich krampfhaft versuche, normal zu atmen und nicht in

Tränen auszubrechen. Meine Umgebung nehme ich nur noch wie durch einen zähen Nebel wahr, schnappe verzweifelt nach Luft und bekomme nur am Rande mit, wie Ty mir einen sanften Kuss auf den Scheitel drückt. Es ist Vance, der versucht, die Situation zu retten.

"Komm, Kleines, wir gehen erst einmal tanzen." Und mit diesen Worten führt er mich weg. Weg von den drei Kasparows, von Tyrone und dem Mann, der mich verraten hat. Von Zero, dem ich von Anfang an mein Vertrauen geschenkt habe. Erst jetzt dämmert mir, dass er es nicht verdient hat.

Tyrone

Ich habe dir immer und immer wieder gesagt, dass du uns nicht vertrauen darfst. Dass wir dein süßes, unschuldiges Herz in Stücke reißen werden. Und du ... du hast dich intensiver auf uns eingelassen, als gut für dich ist. Ich habe gesehen, wie dein Herz brach, als du die Wahrheit erkannt hast. Die Wahrheit darüber, was und wer wir sind.

Verdammt! Auf dem Weg hierher habe ich dich ein letztes Mal gewarnt und versucht, Zeros kleines Geheimnis als das zu enttarnen, was es ist: Eine riesengroße Lüge. Du solltest sie nicht glauben und am Ende ist es doch geschehen. Fick dich, Zero! Das hätte einfach nicht sein müssen.

Gerade frage ich mich, wer von uns beiden der größere Freak ist.

Kapitel 24

Vance ist ein guter Tänzer, der mich zu den Klängen des Walzers sicher über die Tanzfläche führt. Das muss er auch, denn ich kann kaum noch etwas erkennen. Die Nässe hinter meinen Lidern, die ich immer wieder verzweifelt wegblinzele, lässt mich meine Umgebung nur noch verschwommen erkennen. Ich würde alles darum geben, wenn ich weit, weit fort sein könnte. Keine Leute mehr, keine Kasparows – nur Stille und Dunkelheit, in der ich mich ausweinen könnte. Das Gefühl, dass mein Herz in tausend Splitter zerbrochen ist, ist so grauenvoll, dass ich noch immer um jeden Atemzug kämpfen muss. Nicht in Tränen ausbrechen zu dürfen, weil wir beobachtet werden, ist fast mehr, als ich ertragen kann.

Plötzlich ergibt alles einen schrecklichen Sinn. Tyrones ganze Warnungen, der Streit, den die Männer in den letzten Tagen häufiger hatten und auch die Tatsache, dass Zero nicht mit mir schlafen wollte. Gestern … ich habe gebettelt, habe ihn fast genötigt, mich zu nehmen.

Wahrscheinlich hätte er es nicht getan, wäre ich nicht so aufgeheizt gewesen und hätten Ty und Vance ihn nicht auflaufen lassen. Die beiden scheinen ihn regelrecht dazu gedrängt zu haben, endlich das zu tun, was er die ganze Zeit schon wollte.

Ich schluchze leise auf, verberge meinen Kopf an Vance' Brust und lasse mich ein weiteres Mal im Kreis drehen. Dabei muss ich aufpassen, dass ich nicht über meine eigenen Füße stolpere. Ich bewege mich nur mechanisch, wie eine Marionette, bei der die Hälfte der Fäden gekappt wurde. Jetzt rinnt mir auch eine einzelne Träne aus dem Augenwinkel – gleich darauf noch eine. Vance beugt sich herab und seine Lippen liegen dicht an meinem Ohr.

"Versuch bitte, dich zusammenzureißen. Wir werden beobachtet!" Mehr sagt er nicht, aber damit schürt er eine fast schon grelle Wut in meinem Inneren.

Mir ist gerade völlig egal, ob wir beobachtet werden. Er hätte doch wissen müssen, wie ich reagiere, wenn mir diese Art von Wahrheit auf eine so üble Weise präsentiert wird. Was hat er denn gedacht, wie ich diese Situation bewältige? Und ich kann mir auch bereits denken, wer uns beobachtet. Julija! Wenn die Frau nicht ganz dämlich ist, und so sieht sie nicht aus, muss sie mitbekommen haben, wie ich blass wurde und meine Augen in Tränen schwammen. Für so etwas haben Frauen Antennen – nur ich anscheinend nicht. Ich hätte schon sehr viel früher dahinterkommen müssen, was bei Zero falsch läuft und warum er sich mir nicht genähert hat. Auf die einfachste Erklärung bin ich nicht gekommen – stattdessen habe ich sogar angenommen, er wäre schwul. Ein hysterisches Lachen will sich aus meinem

Inneren lösen, doch es wird wieder nur ein Schluchzen draus. Allerdings eines ohne Tränen.

"Ich hasse euch!", flüstere ich erstickt. "Wie konntet ihr das vor mir geheim halten?" Ich werde lauter und die ersten Tanzpaare in unserer unmittelbaren Nähe drehen sich nach uns um. Wahrscheinlich, weil meine Stimme mit jedem weiteren Wort wütender geklungen hat.

Plötzlich endet die Musik, die anderen Tänzer applaudieren dem Orchester, doch Vance hält mich einfach nur fest, dabei will ich nichts anderes, als aus seiner unmittelbaren Nähe verschwinden. In diesem Moment kann ich auch seine Nähe nicht ertragen. Sie haben mich verraten, schießt es mir durch den Kopf – sie haben mich alle verraten.

Du darfst uns nicht vertrauen, Dove! Ist es nicht das, was Tyrone immer wieder zu dir gesagt hat?

Selbst schuld, wenn du dich nicht dran hältst. Auf Cendra wolltest du auch nicht hören, als sie dir sagte, die Drei wären gefährliche Bastarde.

Deinen Schmerz hast du dir selbst zuzuschreiben. Dir ganz alleine ...

Ich zerre heftig an Vance' stahlhartem Griff, doch natürlich lässt er mich nicht los. Er denkt wahrscheinlich, dass ich auf direktem Weg zu Zero laufen würde, um ihm meine Hand ins Gesicht zu pfeffern, doch an der Stelle liegt er gründlich falsch. Zero ist gerade der letzte Mensch auf diesem Planeten, dem ich nahe kommen will, denn es bestünde durchaus die Gefahr, dass ich ihm nicht nur eine kleben würde. Es ist ein gefährlicher Cocktail, der sich gerade in meinem Inneren zusammenbraut und ich kann mich nicht daran erinnern, jemals zuvor so empfunden zu haben. Schmerz, Zorn und Verzweiflung über den Verrat geben sich in meinem

Inneren ein Stelldichein und klares Denken ist fast nicht möglich. Ich kann mich auch nur bruchstückhaft daran erinnern, dass Ty auf der Fahrt hierher etwas zu mir sagte. Alles geht durcheinander.

Als die Musik ein weiteres Mal einsetzt, will Vance mich erneut zu den Klängen der Musik im Kreis herumwirbeln, doch alles in mir sträubt sich dagegen, zumal auch unmittelbar neben uns in diesem Moment Zero und Julija auftauchen. Die beiden tanzen ebenfalls und sie strahlt ihn so selbstverständlich und mit Verlangen in den Augen an, dass mir ein weiteres Mal kalte Galle in die Kehle schießt. Hilfesuchend schaue ich mich um, doch als ich endlich Tyrone entdecke, hat Kasparow Senior ihn in ein Gespräch verwickelt und selbst er beachtet mich nicht.

Vance' Griff wird härter und jetzt reicht es mir endgültig. Er will tanzen? Dann soll er es alleine tun. Ich werde bei dieser ganzen abgefuckten Farce keine Sekunde länger mitspielen – ich kann es einfach nicht. Heftig reiße ich mich los und als Vance tatsächlich nachgibt, stoße ich ein Keuchen aus, wende mich auf dem Absatz um und schieße durch die nächstbeste Tür aus dem Saal – dicht gefolgt von meinem Tanzpartner, der mich allem Anschein nach nicht gehen lassen will.

Ich stürme durch einen weiteren Saal, der mit lachenden Menschen vollgestopft ist. Sie lachen, sie plaudern und halten Gläser in den Händen, an denen sie ab und an nippen. Sie scheinen sich prächtig zu amüsieren, während es in meiner Brust mit jeder verstreichenden Sekunde kälter und immer kälter wird. Ich drücke mich durch die schwitzenden Körper, vorbei an prächtigen Ballroben und an einem ausladenden Buffet, auf dem ein riesiger, lebensechter Schwan aus Eis thront. Gleich daneben befindet sich eine geöffnete Glastür, durch die frische Luft in den Raum strömt. Dort geht es nach draußen und selbst wenn mich dort eisige Kälte erwartet, ich garantiert nicht passend angezogen bin – die Stille, die ich dort draußen erwarte, ist genau das, was ich jetzt brauche, um wieder zu mir selbst zu finden.

Hastig schiebe ich mich an einer untersetzten Frau vorbei, die mich auch sofort mit einem strafenden Blick bedenkt, als ich sie anremple. Dieser prallt an mir ab. Ebenso wie Vance‘ Stimme, der nach mir ruft. Ich will weder ihn noch einen der anderen sehen. Jetzt nicht – nie wieder in meinem Leben. Sollen sie mich doch bei den Cops verpfeifen, sollen sie von mir aus auch behaupten, ich hätte einen Menschen getötet, im Moment ist mir alles egal. Der Stachel des Verrates und der Lügen steckt so tief in meinem Fleisch, dass mir ein Leben hinter Gittern plötzlich gar nicht mehr so schrecklich vorkommt.

Als ich endlich draußen ankomme, bis zur Brüstung der breiten Terrasse gelaufen bin und tief die kalte Luft in meine Lungen sauge, vergeht schlagartig die entsetzliche Übelkeit, die mich die ganze Zeit fest in den Klauen hatte. Auch mein rasender Puls beruhigt sich ein bisschen, allerdings nur, bis Vance neben mir ankommt, seine Hände sich wie Stahlklammern um meine Schultern legen und er mich hart herumreißt.

"Was denkst du eigentlich, was du hier tust, Morrell?" Ich registriere sehr wohl, dass er wütend ist, aber das bin ich auch. Mehr, als er sich wahrscheinlich vorstellen kann. "Fuck! Willst du uns unbedingt ans Messer liefern?"

"Ich?" Meine Stimme klingt leider ein bisschen zu schrill, spiegelt aber sehr gut meine innere Verfassung wider. "Fick dich, Vance! Hattest du deinen Spaß, ja? Es muss dir doch den totalen Abgang beschert haben, mich so ins offene Messer laufen zu lassen – oder etwa nicht?"

Mit jedem Wort werde ich wütender und je länger ich über die ganze Angelegenheit nachdenke, desto klarer wird mir auch, was Ty vorhin im Auto versucht hat, mir nahezubringen. Statt einfach zu sagen, was mich bei den Kasparows erwartet, hat auch er es vorgezogen, sich in Andeutungen zu ergehen. Warum auch immer. Scheiß auf den Kodex, dass der eine nicht über den anderen redet. In diesem Fall hätte ich einfach erwartet, dass sie mich vorwarnen. Trotz all ihrer versteckten Andeutungen, trotz der Warnungen, habe ich den Dreien vertraut. Ich habe sogar mein Leben in ihre Hände gelegt ... und nicht nur das. Mit jeder Sekunde, die ich vor Vance stehe, wird mir immer klarer, warum mein Herz so verdammt schmerzt. Ich habe mich in die Männer verliebt – nicht in einen, sondern in alle drei.

"Nein! Es hat mir keinen Spaß gemacht, Kay! Es hat mich nicht zum Lachen gebracht, die Tränen in deinen Augen zu sehen. Ob du es glaubst oder nicht, ich habe in den letzten Tagen immer wieder versucht, Zero davon zu überzeugen, mit dir zu reden. Er wollte nicht."

"Warum nicht?", flüstere ich erstickt und bin ein weiteres Mal den Tränen nahe. Ich hoffe irgendwo tief in mir drin, dass es für das alles eine sinnvolle, eine barmherzige Erklärung gibt.

"Weil er gedacht hat, Julija wäre gar nicht hier!" Vance seufzt und zieht mich an seinen warmen Körper heran, und dieses Mal sträube ich mich auch nicht mehr dagegen. Seine Wärme tut gut und ich lasse die Umarmung zu. "Julija ist auf einer sehr teuren Elite-Uni, für die ihr Alter eine Menge Kohle zahlt. Die Prüfungen wären eigentlich erst übernächste Woche gewesen und so lange durfte die Kleine nicht nach Hause kommen. Das hat ihr Dad nicht geduldet. Zero hat gehofft, dass seine Fake-Verlobte gar nicht hier ist und er noch genügend Zeit hat, die Verlobung zu lösen. Es hätte gutgehen können, wenn Julija nicht so unbedingt bei dem Ball hätte dabei sein wollen. Zero wollte dir den Schmerz ersparen, weil er genau wusste, wie sehr es dich treffen würde, wenn du von seiner Verlobung erfährst. Wie gesagt: Es hätte auch gutgehen können."

"Und das macht es in deinen Augen besser? Dass er mich nicht verletzen wollte? Ihr hättet es mir sagen müssen, wenn er schon nicht die Eier in der Hose hat, um zu Julija zu stehen. Und was soll das heißen: Fake-Verlobte?" Sobald ich das Wort Verlobte ausspreche, schlägt der Schmerz erneut auf grauenerregende Weise zu und ich presse verzweifelt die Hand auf mein Herz.

"Hast du es denn immer noch nicht verstanden?" Vance schaut mich überrascht an. "Diese Verlobung ist nur eine Farce – sie ist nicht echt – zumindest nicht von Zeros Seite." Das macht es nicht besser für mich, sondern eher noch schlimmer. "Als Diandre starb, waren wir am Boden. Keiner von uns hat ihren Tod leicht verkraftet. Nichts schien noch eine Rolle zu spielen ... jeder Tag war grau und trist."

"Ich will es nicht hören", winke ich ab, doch Vance kennt kein Mitleid.

"Du wirst es dir jetzt anhören, ob du willst oder nicht. Ich bin der letzte Mensch auf Erden, der Zeros Vorgehen gutheißt und ehrlich gesagt habe ich die Verlobung mit der kleinen Kasparow schon damals für eine Schnapsidee gehalten, nur meinte er, dass uns das enger mit den Russen verbindet und wir es so leichter haben werden ..."

An der Stelle unterbricht er sich selbst und schaut sich suchend um, als wolle er sich vergewissern, dass wir nicht belauscht werden. Nicht weit von uns entfernt steht ein weiteres Pärchen, das uns allerdings nicht zu beachten scheint, trotzdem verstummt Vance schlagartig. Dafür zieht er sein Sakko aus und hängt es mir um die Schultern. Die Wärme, die mich im selben Moment umfängt, ist herrlich und erst jetzt merke ich, wie kalt mir in der Zwischenzeit geworden ist.

"Da vorne ist eine Treppe. Lass uns nach unten in den Garten gehen. Bei dem, was ich dir jetzt zu sagen habe, kann ich keine Zuhörer gebrauchen, denn das könnte ziemlich übel für uns enden." Ich verstehe, was er mir damit mitteilen will, aber ich weiß nicht, ob ich mit ihm gehen möchte. Dass man keinem der Drei vertrauen kann, haben sie mir gerade noch bewiesen.

Ich sträube mich aber auch nicht, als Vance' Hand meine umfasst und er mich hinter sich herzieht. Irgendwie habe ich keine Kraft mehr, auch nicht für die vielen unausgesprochenen Geheimnisse, die die drei Männer hüten. Ich habe das Gefühl, je mehr ich erfahre, desto größer wird der Schmerz, und ob es jetzt dumm ist oder nicht, ich komme noch immer nicht gegen das Gefühl an, dass ich dieser Julija am liebsten die Augen auskratzen würde. Dabei trifft sie in diesem Drama die wenigste Schuld.

Als wir unten im Garten ankommen, drängt Vance mich in einen geschützten Pavillon, der von außen nicht einsehbar ist. Trotzdem schaut er sich auch hier aufmerksam um, auch wenn wir völlig alleine sind.

"So! Jetzt geht es! Zero wollte uns mit der Verlobung enger an die Kasparows binden. Sozusagen haben wir ab dem Tag zur Familie gehört und das hat uns natürlich in die Karten gespielt. Es gibt da etwas ..." Vance schaut mich an, aber zum ersten Mal, seit ich ihn kenne, weiß ich nicht, was sein Blick mir sagen will. Dann seufzt er und fährt sich mit gespreizten Fingern durch das halblange, glänzende Haar. "Das hier ... wissen nur Zero und Tyrone." Er holt tief Luft und ich halte den Atem an. "Mein Vater ist der mächtigste Kartellboss im südlichen Bereich der USA. Nein ... eigentlich ist es meine Stiefmutter, denn seit diese aufgetaucht ist, hat mein Erzeuger seine Eier verloren. Schleichend hat sie die Organisation übernommen und bevor es irgendjemandem auffiel, hatte sie bereits die Zügel in der Hand und bestimmte, wo es langging." Mein Herz schlägt immer schneller. Das ist das erste Mal, dass Vance etwas über sich selbst erzählt. Nur Ty hat bisher etwas aus seiner Vergangenheit preisgegeben und wie es aussieht, war auch Vance in seiner Kindheit nicht unbedingt auf Rosen gebettet. "Obwohl meine Stiefmutter das Zepter fest in der Hand hielt, stand für meinen Alten fest, dass ich irgendwann das Kartell übernehmen würde. Ich war sein einziger, männlicher Nachkomme. Mit meiner Stiefmutter hat er ein Mädchen – meine Halbschwester, aber die zählte in seinen Augen nicht. Erbe konnte nur ich sein und das hat mir am Ende das Genick gebrochen."

"Wie das?" Ich kann mir bereits vorstellen, dass ihm nichts Gutes widerfahren ist, aber als er mir erzählt, wie übel seine Stiefmutter ihm mitgespielt hat, dass sie ihn der Vergewaltigung an der eigenen Halbschwester bezichtigte und sein eigener Vater das auch noch glaubte, tat es mir leid um den jungen Mann, der er damals war. Es muss für ihn ein Schock gewesen sein, vom eigenen Vater aus dem Haus geworfen worden zu sein, zumal an dem Vorwurf wohl auch nichts dran war.

Ich höre ihm an, wie nahe es ihm auch heute noch geht, aber ich verstehe noch immer nicht, was das alles mit mir zu tun haben soll.

"Meine leibliche Mutter, die ich leider nie kennenlernen durfte, hat mir die Academy und ein beträchtliches Barvermögen hinterlassen, an das mein Vater nie hat Hand legen können, weil beides treuhänderisch verwaltet wurde. Wäre das nicht gewesen, hätte ich damals völlig mittellos auf der Straße gestanden – mit nicht mehr als den Kleidern, die ich am Leibe trug. Das war der Tag, an dem ich mir schwor, dass meine Stiefmutter samt meiner verlogenen Halbschwester dafür bezahlen würden, was sie mir antaten. Sie haben mich nicht nur um meinen Platz an der Seite meines Vaters betrogen, sondern auch dafür gesorgt, dass seine Männer Jagd auf mich machten. Viele Jahre war ich Freiwild für sie, mehr als ein Anschlag wurde auf mich verübt, und hätte ich nicht Zero und Tyrone an meiner Seite gehabt, wer weiß, vielleicht wären die Versuche der Arschlöcher irgendwann einmal von Erfolg gekrönt gewesen."

"Du meinst, dein eigener Vater hat die Order gegeben, dich töten zu lassen?" Ich kann kaum glauben, was Vance mir erzählt. Es klingt aber auch nicht danach, als würde er lügen. Er ballt sogar die Hände zu Fäusten, bis die Knöchel knacken.

"Genauso ist es! Und meinem Vater und der Schlampe von seiner Ehefrau ist nur beizukommen, wenn ich ihnen das nehme, was ihnen das Liebste ist – ihre Macht, ihren Reichtum, die Position an der Spitze des einflussreichsten Kartells der Südstaaten. Ich werde nicht eher Ruhe geben, bis mir das gelungen ist. Und wenn ich damit fertig bin, werden die beiden ihre Leben verlieren." Seine Augen sind in der Zwischenzeit so dunkel geworden, dass ich vorsichtshalber einen Schritt zurücktrete. Ich will nicht sagen, dass Vance mir Angst einjagt, aber sein Hass auf seine Familie ... ich kann ihn körperlich fühlen. Er strahlt ihn in Wellen ab. "Auch Zero hat einen sehr, sehr guten Grund, aus dem er Rache an seinem noch lebenden Vater üben will. Ich kann ihn dir nicht nennen, aber ich bin mir sicher, dass er mit dir darüber reden wird, wenn du ihn danach fragst."

"Ganz sicher sogar!", höhne ich, weil ich einfach nicht anders kann. "Wo er mir doch so eifrig von seiner Verlobung erzählt hat." Ich bin mir sicher, Zero hätte eine Menge zu sagen, aber er wird es nicht tun. Sie schweigen alle – aus den unterschiedlichsten Gründen, die ich aber mittlerweile nicht mehr verstehen will.

"Den Grund, warum er geschwiegen hat, habe ich dir bereits genannt. Denkst du wirklich, du hättest das Wissen um seine Verlobung im Vorfeld besser weggesteckt? Dass du es fertiggebracht hättest, hier die Füße stillzuhalten, während Zero Julija küsst, weil sie ja nach wie vor denkt, er würde sie heiraten wollen? Du denkst wirklich, das hätte es für dich einfacher gemacht? Ich denke, du wärest grandios gescheitert. Irgendein Fehler wäre dir unterlaufen, denn wie wir alle in der Zwischenzeit wissen, kannst du nicht lügen und Fehler können wir uns alle nicht leisten." Vance seufzt leise und dann streichen seine Finger plötzlich sehr sanft und liebevoll durch mein Gesicht. "Kirill weiß, was wir mit unseren Frauen machen – er weiß es sehr genau und es ist ihm egal, was sein zukünftiger Schwager in seinem Bett veranstaltet. Er kennt Tyrones Vorlieben, die von Zero auch und meine teilt er sogar. Wir haben oft gemeinsam mit Diandre gespielt und sie stand auf den

Russen. Er kann sehr charmant sein, wenn er will. Aber wie gesagt: Er ist nicht dumm. Eine winzige Unachtsamkeit, ein falsches Wort zur falschen Zeit und er hätte gewusst, dass Zero niemals vorhatte, seine kleine Schwester zu heiraten. Momentan brauchen wir die Kasparows noch und können es uns nicht leisten, auf ihre Hilfe zu verzichten. Das, und nur das, ist der Grund, aus dem Zero sich mit Julija verlobt hat. Damit gehören wir praktisch zur Kasparow-Familie – wobei es sicherlich bessere Methoden gegeben hätte, das zu erreichen. Es ging dadurch nur wesentlich schneller und einfacher."

"Fällt dir eigentlich selbst auf, wie abgebrüht das klingt? Wie sehr sich das für mich danach anhört, als wären Frauen nichts anderes als Gegenstände, die man nach Belieben benutzen und bei Bedarf auch wieder entsorgen kann?", fauche ich ihn an, weil ich seine Erklärungen einfach nur zum Kotzen finde. "Dass ich Gefühle habe, scheint euch völlig gleichgültig zu sein. Die von dieser Julija nicht minder. Dass ich eigene Pläne für mein Leben haben könnte, ebenso. Ich bin mit euch zu diesem Ball gegangen, weil Kirill euch unter Druck gesetzt hat – denkst du nicht, dass ich etwas anderes verdient habe als das hier?"

"Kayla!" Jetzt klingt seine Stimme streng und er schaut mich mit düster lodernden Flammen in den Augen an. "Wir haben dir immer und immer wieder gesagt, dass du uns nicht vertrauen darfst. Dass wir Gründe haben, zu handeln, wie wir es tun. Besser, du findest dich damit ab, dass wir elende Bastarde sind, die sich nicht an normale Spielregeln halten. Tust du das nicht, werden deine Tränen noch sehr viel häufiger fließen. Ich werde alles dafür tun, meinen Vater fallen zu sehen – restlos alles. Hast du das jetzt endlich begriffen?" Ich nicke, weil mir in diesem Moment auch gar nichts anderes übrig bleibt. Dann beugt Vance sich vor, nähert sich meinem Ohr und die kleinen Härchen in meinem Nacken stellen sich alarmiert auf. "Und jetzt werden wir etwas unternehmen müssen, damit du dich ein bisschen entspannst. In diesem Zustand kann ich dich auf keinen Fall zurück ins Haus bringen. Das geht gar nicht."

Seine Lippen legen sich wie selbstverständlich auf meinen Hals – genau an die Stelle, an der mein Puls noch immer erbärmlich schnell rast. Die Atmosphäre zwischen uns beiden verändert sich schlagartig. Die Luft um Vance scheint sich aufzuladen und zu knistern, und mein Herz schlägt mit jeder verstreichenden Sekunde schneller und immer schneller. Was er vorhat, ist mir nur zu klar. Seine Lippen, sein fester Griff um meine Schultern – das alles sagt mir, was in Vance' Kopf vor sich geht. Ich weiß nur nicht, wie ich auf diese neue Herausforderung reagieren soll und ob ich überhaupt dazu bereit bin.

Vance

Diandre hat Kirill vergöttert und du wirst ihn ebenso unwiderstehlich finden – ich weiß es. Du liebst die Gefahr. Das habe ich in deinen Augen gesehen und Kirill hat versprochen, dass er behutsam bei dir vorgehen wird. Ich bin mir nur nicht sicher, ob ich ihm vertrauen kann. Das ist es, was mich am meisten stört.

Du wirst sein Spiel lieben, Babe, ebenso wie meines. Etwas anderes wird dir nicht übrigbleiben, weil er dir keine Wahl lassen wird. Am Ende wird er auch dich besiegen – ebenso wie er es bei Diandre tat.

Kapitel 25

Als sich seine Lippen fest und leidenschaftlich auf meine legen, kann ich nicht anders, als den Kuss zu erwidern. In diesem Moment fühle ich mich gehalten, warm und irgendwie getröstet – und vor allem sicher. Sein Kuss wird immer heißer und seine Hand legt sich besitzergreifend um meine Brust. Sein Daumen fährt immer wieder hart über meinen Nippel unter der Spitze und mein verräterischer Körper reagiert prompt.

"Was tust du da?", wispere ich leise an seinen Lippen.

"Dir das geben, was du brauchst, Babe! Lass uns ein Spiel spielen." Er sagt das mit einer so großen Selbstverständlichkeit, dass ich schlucken muss. Als wäre es ihm egal, dass wir nicht zuhause sind und uns stattdessen auf einem Ball mit wildfremden Menschen befinden, die uns jederzeit überraschen könnten.

"Ich ... ich bin mir nicht sicher, ob ...", stammle ich beschämt, weil ich das hier einerseits erregend, andererseits aber auch nicht passend finde. Ein strenger Blick trifft mich.

"Ich habe nicht um deine Erlaubnis gebeten, Prinzessin!" Eine Gänsehaut rieselt über meinen Rücken. "Lauf! Und lauf schnell! Wenn du es schaffst, den Ballsaal zu erreichen, bevor ich dich einhole, bist du Save. Ansonsten ..." Er schubst mich leicht von sich und jetzt glühen seine Augen regelrecht – als tanzten Flammenzungen in seinen Iriden. Augenblicklich fallen mir seine Vorlieben wieder ein und bin mir nicht sicher, ob ich dieses Spiel hier mit ihm teilen möchte.

"Du bist doch vollkommen ... irre", keuche ich entsetzt, doch Vance lacht lediglich.

"Merkst du das jetzt erst?", knurrt er dunkel und ich erkenne ganz deutlich die Beule in seiner Anzughose.

Mein Herz beginnt zu rasen, weil ich genau spüre, dass er jedes verdammte Wort ernst meint. Leider regt sich bei mir auch noch etwas anderes und damit habe ich überhaupt nicht gerechnet. Nicht nach den Erlebnissen des bisherigen Abends. Ich raffe mein Abendkleid nach oben, werfe mich so schnell es geht herum und stolpere vorwärts.

Bis zur Treppe ist es nicht weit, aber auf den hohen Schuhen und mit dem verdammt engen Kleid, das keine großen Schritte zulässt, habe ich das Gefühl, kaum von der Stelle zu kommen. Ich bilde mir ein, Vance' Schritte auf dem Rasen hinter mir zu hören und dabei habe ich die Büsche bereits in Sichtweite, hinter denen die Treppe auf die Terrasse führt. Beim Laufen verliere ich sein Sakko, doch kalt ist mir nicht mehr – das Gegenteil ist der Fall. Und aufheben kann ich es auch nicht, denn hinter mir erklingen nicht nur seine Schritte, ich höre mittlerweile auch seinen Atem, der nicht einen Hauch schneller geht. Ich hingegen atme mittlerweile schwer und hektisch, weil ich genau weiß: Ich kann Vance nicht entkommen. Und richtig! Unmittelbar neben den Büschen holt er mich ein. Fast so, als habe er genau diesen einen Moment abgepasst, um mich in den Sichtschutz des Grünzeugs zu zerren.

Vance packt mich so, dass ich ihn nicht ansehen kann und schiebt mich fast schon grob vor sich her. Mein Herz hämmert in der Brust und unbewusst wehre ich mich gegen seinen Übergriff. Angst schlängelt sich verführerisch durch meine Adern und tatsächlich merke ich, wie ich feucht für Vance werde. Für Vance und sein erregendes Spiel.

"Wehr dich ruhig, Süße! Dann macht es gleich noch mehr Spaß!" Seine Hand legt sich grob auf meinen Mund und seine Lippen sind meinem Ohr so nahe, dass ich die Bewegungen beim Sprechen überdeutlich spüren kann. "Du kannst mir nicht entkommen, vergiss es!" Wieder einmal klingt seine Stimme völlig anders. Kälter, überlegener ... sehr viel dunkler und heißer. "Mein Freund und ich stehen auf so heiße Bräute wie dich und wenn sie sich wehren, dann nehmen wir uns mit Gewalt, was uns nicht freiwillig gegeben wird." Bevor ich es schaffe, eine Antwort zu geben, wird mir eine elastische Augenbinde über den Kopf gezogen und Vance reißt meine Hände nach hinten auf meinen Rücken, wo er sie unbarmherzig festhält. Nichts sehen zu können, ist in dieser Situation schrecklicher, als ich es mir vorgestellt habe und automatisch trete ich heftig nach hinten aus – in der vollen Absicht, Vance zu treffen. Doch der lacht lediglich und schiebt mich durch eine Tür, die ich vorher nicht bemerkt habe. Dass ich mich plötzlich im Inneren des Gebäudes befinde, mache ich daran fest, dass mir sehr warme Luft entgegenschlägt und ich das Schließen der Tür deutlich hören kann. Dann vernehme ich deutlich das Klacken eines Zippos und eine ungeheure Erleichterung spült durch meine Adern. Tyrone! Es ist Tyrone, der hier drinnen auf mich wartet und der auf mich aufpassen wird, wie er es versprochen hat.

Vance stößt mich vorwärts, kurz sind meine Arme frei, doch dann lande ich an einer breiten, sehr harten Brust. Wie betäubt nehme ich wahr, dass sich eine feste Hand um meine Brüste schließt, während Vance sich von hinten gegen mich presst. Warme, feste Finger schieben sich unter die BH-Schalen meines Ballkleides und zwirbeln meine Brustwarzen, bis ich mich stöhnend gegen Vance drücke, doch der raubt mir plötzlich den Halt und tritt zurück. Ich gebe ein leises Keuchen von mir, weil mir seine Wärme so unglaublich fehlt. Ich kann sogar hören, wie er sich weiter und immer weiter von mir entfernt. Das Zimmer muss sehr groß sein, doch Tyrone lässt mir keine Zeit, mir über die Größe des Raumes Gedanken zu machen. Mit einer Hand hält er meine Arme gefangen und dann schiebt er mich ebenso durch den Raum, wie Vance es zuvor getan hat – bis ich mit dem Rücken hart gegen eine kühle Wand pralle. Ich bin gefangen und mittlerweile so aufgeheizt, dass ich mich tatsächlich an Tyrones Körper reibe. Ich spüre die harte Erektion in Höhe meines Bauches, fühle seine Hand erneut an den Haftschalen, die das Kleid über meinen Brüsten halten. Dieses Mal streift er sie nach unten und meine Brüste liegen nackt und prall vor ihm. Sofort sind seine Lippen zur Stelle. Fast weich legen sie sich um meinen Nippel und saugen an ihm. Leise stöhnend werfe ich den Kopf in den Nacken und wünsche mir nur, ich könnte etwas sehen. Ich wünsche mir inbrünstig, dass ich Tyrones blonden Schopf sehen könnte, wie er sich hingebungsvoll über meine Brüste beugt und die harten Spitzen in seinen Mund saugt. Wie seine Zunge meine Nippel umfährt und sein dunkler, dämonischer Blick auf meinen trifft. Ich stelle mir vor, wie er mich herumwirbelt, mein Ballkleid nach oben schiebt, sich mit einem harten Stoß in mir versenkt und sein Piercing mich dabei um den Verstand bringt.

Tyrone stöhnt leise, während seine Hände gierig mein Kleid nach oben raffen, aber irgendetwas ist anders. Sein Stöhnen ... es klang nicht wie er. Unruhig drücke ich mich gegen ihn und dabei strömt mir sein Geruch ungefiltert in die Nase. Süßlich und schwer. Mein Verstand braucht ein paar Sekunden, um zu begreifen, dass hier irgendetwas nicht stimmt. Dass der Mann etwas größer als Ty ist und dass der niemals so riechen würde. Tyrone benutzt kein Aftershave. Er riecht immer ein bisschen rauchig und herb – nach Wald und Freiheit. Der Mann vor mir, er riecht anders.

Feste Lippen legen sich auf meine, als mir klar wird, dass das hier auf keinen Fall Tyrone ist. Eine Zunge schiebt sich dominant und besitzergreifend in meinen Mund und im selben Moment überläuft mich blanker Ekel. Es ist Kirill, der mich gegen die Wand presst und dem Vance anscheinend freie Hand gelassen hat, denn wie es aussieht, ist er nicht mehr hier. Bevor ich über mein Handeln nachdenken kann, beiße ich zu. Ich schmecke Blut und im selben Moment verschwinden die Hände, die mich halten. Allerdings knallt mein Kopf gleich darauf gegen die Wand, weil das Arschloch mir eine harte Ohrfeige versetzt hat. Ein ganzer Sternenregen tanzt vor meinen Augen, als ich meine Arme hochnehme und mir die Augenbinde vom Kopf reiße.

Der Schmerz auf meiner Wange ist nichts gegen den in meinem Herzen. Es zerreißt mich regelrecht in Stücke, als ich sehe, dass meine schlimmste Befürchtung grausame Wahrheit ist. Ich befinde mich mit Kirill allein in einem riesigen Raum, der einer Bar ähnelt. Von Vance ist weit und breit nichts zu sehen. Er hat mich dem Bastard einfach ausgeliefert – wahrscheinlich, um sich seiner Gunst zu versichern. Nicht nur Zero hat mich heute belogen und betrogen – auch Vance. Heiße Tränen perlen aus meinen Augen, als mir dämmert, was hier gerade geschehen sollte. Und was Kirill und Vance so augenscheinlich vereinbart haben. Wie Handelsware hat er mich dem Russen für seine perversen Spielchen überlassen.

"Versuchst du das noch einmal, werde ich dir zeigen, was ich mit Frauen mache, die nicht gehorchen können", knurrt er dunkel und seine blauen Augen erdolchen mich regelrecht. "Komm her!", befiehlt er in einem Ton, der mir den Angstschweiß auf die Stirn treibt.

Nie und nimmer werde ich es schaffen, mir das Schwein vom Leib zu halten. Am Ende wird er mich vergewaltigen und ich kann nichts dagegen unternehmen. Aber ich kann meine Haut so teuer verkaufen wie eben möglich.

"Versuch es ruhig, du ekelerregender Bastard! Freiwillig werde ich dir niemals gehören." Er lacht lauthals los. Es mag sein, dass ich schwach bin, wehrlos bin ich noch lange nicht.

Als er nach mir greift, habe ich seine Bewegung bereits vorausgeahnt und tauche unter seinen zuschnappenden Händen weg. Statt meines Arms erwischt er mein Kleid und es gibt ein hässliches Geräusch, als es an der Hüfte der Länge nach aufreißt. Dafür habe ich plötzlich eine Beinfreiheit, die ich vorher nicht hatte. Ich wirble herum und starre Kirill misstrauisch an. Der stößt sich gerade von der Wand ab und kommt wie ein lebendig gewordener Albtraum auf mich zu. Sein Blick ist finster, fast schon tödlich, aber schlimmer als die Furcht, er könne mich umbringen, wühlt die Angst in mir, er könne mich berühren.

"Ich liebe es durchaus, meinen Frauen Gewalt anzutun und dir werde ich dabei auch noch beibringen, einem Mann zu gehorchen." Erneut greift er nach mir und ich weiß: Lange werde ich ihn nicht mehr auf Abstand halten können, wenn nicht ein Wunder geschieht. Mir ist so übel, dass ich würgen muss. Seine schiere Nähe und Präsenz rauben mir den Atem und für den Bruchteil einer Sekunde bin ich wie gelähmt. Erneut trifft mich ein harter Schlag, dieses Mal auf die andere Wange. Ich torkle rückwärts. Mit den Kniekehlen pralle ich gegen eine breite Liege und falle nach hinten in die weichen Kissen. Augenblicklich versucht der Russe sich auf mich zu werfen, doch jetzt bin ich schneller. Ich reiße mein Knie in die Höhe und ramme es ihm buchstäblich in seine Eier. Durch seinen eigenen Schwung ist die Wucht gleich noch mal so groß. Er brüllt auf, als hätte ich ihn tödlich verwundet und fällt neben der Liege zu Boden. Augenblicklich springe ich auf die Beine und renne los, und jetzt ist es mir auch egal, ob mich einer der Partygäste hört. Ich schreie um Hilfe, so laut wie nie zuvor in meinem Leben.

Leider erholt sich mein Peiniger sehr viel schneller von meiner Attacke, als mir lieb sein kann. Als ich einen hastigen Blick über die Schulter werfe, sehe ich, wie er sich bereits wieder in die Höhe stemmt und dabei habe ich das Ende des Raumes noch nicht erreicht. Die rettende Tür ist noch gute zehn Meter weit entfernt. Als ich sie endlich erreiche, ist Kirill bereits wieder zur Stelle und reißt mich herum. Ich schreie gellend auf, denn ich weiß, jetzt blüht mir mehr als eine Ohrfeige. Seine Fäuste sind geballt und sein Blick bohrt sich mörderisch in meinen.

"Du miese Schlampe! Ich werde dich ..." Ich sehe die Faust bereits auf mich zurasen und schreie ein weiteres Mal auf. Dabei fahren meine Hände in die Höhe und landen in seinem Gesicht. Ohne Rücksicht auf Verluste hake ich meine Nägel in seine Haut und ziehe durch. Er brüllt auf und seine Faust donnert haarscharf neben meinem Gesicht gegen die Wand, aber dieses Mal schaffe ich es nicht, ihm zu entwischen. Er presst mich mit seinem gesamten Körpergewicht gegen das Holz der Tür und ich bekomme kaum noch Luft, als seine Rechte sich um meinen Hals schließt und er gnadenlos zudrückt. Meine Finger krallen sich in seinen Arm, einer meiner Nägel bricht schmerzhaft ab, aber das ist nichts gegen die angsteinflößende Atemnot, die bunte Pünktchen vor meinen Augen tanzen lässt. Seine Finger graben sich tief in die weiche Haut meines Halses und tatsächlich gebe ich in diesem Moment auf. Besser, er bringt mich um, als zu erleben, was er ursprünglich für mich geplant hat. Ich schluchze auf, während die Dunkelheit bereits nach mir greift, doch dann ist sein Gewicht plötzlich fort und seine Finger sind es auch.

Japsend sauge ich die dringend benötigte Luft in meine Lungen und starre auf Vance, der Kirill gerade mit einem rechten Haken zu Boden schlägt. So mühelos, als würde es ihn nicht einmal Kraft kosten. Immer und immer wieder schlägt er auf den Russen ein, bis dieser sich zusammenrollt, um sein Gesicht vor weiteren Schlägen zu schützen.

"Du elender Bastard!", schreit er Kirill an. "Was habe ich dir gesagt? Freiwillig ... und nur freiwillig! Was hast du daran eigentlich nicht verstanden, du mieser Lappen!" Kirill liegt auf dem Boden, wimmert leise vor sich hin, während ich mich an der Wand entlang in Richtung Tür schiebe. Ich will nichts mehr hören und nichts mehr sehen. Nicht von dem Russen, aber noch sehr viel weniger von Vance, der mich diesem Arschloch ohne Skrupel überlassen hat.

Hastig reiße ich die Tür auf und renne los, wobei ich nicht einmal weiß, in welche Richtung ich gehen muss. Nur weg! Das ist der einzige Gedanke, der mich beherrscht. Während ich durch einen langen, nur spärlich beleuchteten Gang renne, wird mir klar, dass das hier so etwas wie ein Keller ist. Irgendwo muss es eine Treppe geben, die nach oben führt, ich muss sie nur finden. Schnell, denn ich höre Schritte hinter mir, die sich rasch nähern. Hastig biege ich in einen nach rechts abzweigenden Korridor ein und hoffe, dass ich die richtige Wahl getroffen habe.

Mein Herz schlägt wie rasend in meiner Brust, mein Hals und meine Kehle schmerzen und meine Wangen brennen von den heftigen Schlägen, aber um nichts in der Welt würde ich in diesem Moment jemanden an mich heranlassen. Niemanden! Ich habe gerade die wichtigste Lektion meines Lebens auf sehr schmerzvolle Weise lernen müssen: Ich darf wirklich niemandem vertrauen und gerade die Leute, die mir am nächsten stehen – denen schon mal gar nicht. Es sind genau diejenigen, die mich bei der erstbesten Gelegenheit verraten und verkaufen werden. So wie Vance es heute Abend getan hat ... und Zero.

Ich schluchze auf, als im Hintergrund tatsächlich eine Treppe auftaucht. Obwohl mir schlecht vor Erschöpfung und Schmerz ist, renne ich weiter, aber als ich die Treppe endlich erreiche, hat Vance mich eingeholt. Er packt meinen Arm, wirbelt mich herum und will mich schützend in seine Arme ziehen, doch ich schreie und kämpfe wie eine Irre gegen ihn an. Ich versuche tatsächlich, auch ihm in die Eier zu treten. Sollte er mich nicht loslassen, werde ich ihn ebenso bearbeiten wie zuvor den Russen. Er wird mich killen müssen, bevor er an mich herankommt.

"Beruhige dich, Kay! Ich bin es ... Vance!" Als würde mir das etwas bedeuten. Jetzt nicht mehr. Nicht nachdem er mir das angetan hat.

"Fass mich nicht an!", schreie ich Vance wutentbrannt an. "Fass mich nie wieder in deinem Leben an, ansonsten werde ich dich umbringen!" Meine Zähne treffen knirschend aufeinander und ich balle die Hände zu Fäusten. Ich bin bereit zuzuschlagen, falls es nötig werden sollte, doch Vance zuckt tatsächlich vor meinem Zorn zurück. Er macht einen zögerlichen Schritt nach hinten und gleich darauf noch einen.

Vor lauter Tränen kann ich kaum etwas erkennen, jeder einzelne Millimeter meiner Haut schmerzt, als hätte man mich lebendig in ein Flammenmeer gesetzt, aber das ist alles nichts gegen die Qualen meines Herzens. Ich muss mich tatsächlich am Geländer der Treppe festhalten, um nicht zu Boden zu sinken. Am liebsten würde ich mich zu einem kleinen Ball zusammenrollen, um mich meinem Schmerz zu ergeben.

"Ich will dir nichts tun, Kayla! Hör mir zu ... das war so auf keinen Fall ..."

"Du willst mir nichts tun?", höhne ich und verschlucke mich beinahe an meinem Schluchzen. "Das, was du heute Abend getan hast, reicht dir anscheinend noch nicht. Bist du mir hinterhergerannt, damit dein kostbarer Verbündeter zu Ende bringen kann, was er begonnen hat? Willst du mich festhalten und dabei zusehen, wie er mich vergewaltigt? Ist es das, was noch in deiner Sammlung von Abscheulichkeiten fehlt?" Ich sehe, wie Vance die Hände zu Fäusten ballt.

"Wir werden zuhause darüber reden. Dann, wenn du dich ein bisschen beruhigt hast." Ich kann nicht glauben, was er zu mir sagt. Glaubt er wirklich, ich würde nach diesem Erlebnis wieder zurück an die Academy gehen? Denkt er tatsächlich, dass ein paar Streicheleinheiten und ein paar nette Worte mich das hier vergessen lassen? Dann ist er dümmer, als ich gedacht habe.

"Ich werde nicht mit euch zurückgehen! Keiner von euch wird mir noch einmal zu nahe kommen. Ihr habt recht! Ihr seid elende Bastarde. Verlogen, mörderisch und zu tieferen Gefühlen gar nicht fähig. Falls du denkst, du könntest mich mit Gewalt in eines eurer Fahrzeuge zerren, lass dir gesagt sein, dass ich das gesamte Gebäude zusammenschreien werde und als erstes werde ich Julija Kasparow darüber aufklären, dass ihre ach so tolle Verlobung eine Farce ist. Sollte dir das immer noch nicht reichen, werde ich laut herausbrüllen, wo ihr eure Drogen lagert. Ich kann mir nicht vorstellen, dass du das willst." Ich lache hysterisch auf. "Du hast zwei Möglichkeiten, Vance Turner! Du bringst mich hier und jetzt in diesem Keller um, oder du vergisst, dass es mich gibt und lässt mich auf der Stelle gehen. Ich bin fertig mit euch."

"Du vergisst, dass wir dich in der Hand haben, Süße!" Er versucht tatsächlich, mich mit dem toten Russen zu erpressen. Was für eine Farce.

"Melde mich ruhig den Cops, Arschloch! Mach, und schau dabei zu, was am Ende dabei rauskommt. Denn wenn ich hänge, dann hängt auch ihr. Verlass dich drauf. Im Übrigen würde ich ein Leben im Knast vorziehen, bevor noch einer von euch mir zu nahe kommt."

"Sei nicht dumm, Kayla", versucht er es erneut. Dieses Mal mit einer sehr viel weicheren und schmeichlerischen Stimme. Er ist ein großartiger Schauspieler, das muss man ihm lassen. "Sobald du gehst, ist dein Leben keinen Pfifferling mehr wert. Die Söldner, die es auf dich abgesehen haben, sind noch immer da draußen und ..."

"... und wenn ich bleibe, dann wird von mir nichts übrig bleiben. Nicht einmal ein Scherbenhaufen, den man zusammenfegen kann." Ich starre Vance fest an und wische mir dabei die letzten Tränen von den Wangen. "Ich werde jetzt gehen und du wirst mich nicht aufhalten. Solltest du es versuchen, weißt du, was geschehen wird. Ich kann mir nicht vorstellen, dass du erleben möchtest, wie all deine feinen Rachepläne sich in Rauch auflösen. Mehr wird nämlich nicht davon übrigbleiben, wenn ich mit euch fertig bin."

Ich drehe mich um und beginne die Treppe empor zu steigen. Langsam, mit schleppenden Schritten, weil ich irgendwie in jeder verdammten Sekunde damit rechne, dass er mir hinterherkommt, seine Hände um meinen Hals legt, um zu vollenden, was Kirill nicht geschafft hat: Mich umzubringen. Doch er kommt nicht. Er steht noch immer bewegungslos am Fuß der Treppe und starrt mir hinterher. Ich fühle seine Blicke buchstäblich auf der nackten Haut meines Rückens brennen.

Unbehelligt erreiche ich einen kleines Seiten-Foyer und schaue mich hastig um. Ein paar Mäntel wurden hier abgelegt. Die abgelegte Garderobe der Partygäste, deren Lärm aus den Nachbarräumen bis zu mir durchdringt. Ihr Lachen, ihr Schwatzen, das alles verstärkt die Übelkeit und die heftig pulsierenden Schmerzen hinter meinen Schläfen. Ich greife mir irgendeinen schwarzen, weiten Mantel, werfe ihn mir über die Schultern und renne dann aus einer Tür, die unmittelbar an die Außenterrasse mündet. Von hier gelange ich ungesehen in den Garten und dann renne ich einfach los. Ich habe weder ein Handy noch meinen Ausweis dabei. Ich weiß nicht einmal, in welche Richtung ich laufen muss, aber es ist mir egal. Ich fühle mich dreckig und beschmutzt, mein Herz krampft so heftig, dass ich ein weiteres Mal das Gefühl habe, keine Luft mehr zu bekommen. Als ich den Wald erreiche und einen Blick auf das hell erleuchtete Anwesen zurückwerfe, wühlt sich die Pein noch tiefer in mein Herz. Ja, sie haben mich alle gewarnt, aber mein dummes Herz hat beschlossen, all diese Warnungen zu ignorieren. Am Ende ist das alles meine eigene Schuld. Ich war ja so dumm … so schrecklich dumm.

Tränenblind stolpere ich in die Nacht hinein – wo auch immer ich ankomme, alles ist besser als zurückzugehen.

Zero

Wo, zum Henker, steckst du, Vance? Und wo ist die Kleine? Fuck! Ich habe euch auf der Tanzfläche aus den Augen verloren. Ihr Blick … ich werde ihn mein ganzes Leben nicht mehr vergessen. So voller Zweifel und Schmerz. Das habe ich nicht gewollt. Ich habe wirklich gedacht, ich könne die Angelegenheit regeln, bevor du etwas davon mitbekommst. Die Verlobung … sie war mir nie ernst. Jetzt ist sie zu etwas geworden, was ich nie wollte. Zu etwas Zerstörerischem!

Kapitel 26

Als Kayla früher am Abend mitansehen musste, wie Julija Kasparow sich an Zeros Hals warf, als sie zu hören bekam, dass es sich bei der Kleinen um Zeros Verlobte handelte, ist in ihr etwas zerbrochen und ich habe danebenstehen müssen, ohne etwas tun zu können. Kasparow Senior hat mich in ein Gespräch verwickelt, hat mich über den misslungenen Auftrag ausgequetscht und wollte dazu einige Informationen haben. Er hat mich so lange genervt, bis ich ihm erklärt habe, was in der betreffenden Nacht schieflief. Seltsamerweise hat er meine Erklärungen verstanden und konnte sogar nachvollziehen, dass ich gar nicht anders handeln konnte. Obwohl das irgendwann geklärt war, wollte der Alte mich nicht aus seinen Krallen lassen. Anscheinend gefiel er sich in seiner Rolle als Gastgeber und hat wohl gedacht, dass ich Gesellschaft brauche, nachdem Zero mit Julija und Vance mit Kayla auf die Tanzfläche verschwunden sind.

Da Vance bei Dove war, habe ich mir auch keine Gedanken gemacht. Er würde auf sie aufpassen – davon war ich überzeugt und trotzdem habe ich die beiden im Auge behalten. Dass das Täubchen am Ende war, hat jeder sehen können und bei jedem Blick, den sie mir zuwarf, hat irgendetwas in meinem Inneren geschmerzt – wobei das gar nicht möglich sein sollte. Noch nie im Leben habe ich mit irgendeinem Wesen Mitleid gehabt, aber hier ... jetzt ... es tut mir weh, sie so zu sehen, ohne ihr helfen zu können.

Auf der Fahrt hierher habe ich tatsächlich versucht, sie auf das hier vorzubereiten, obwohl das gegen alles ist, was die Freundschaft zwischen uns Dreien ausmacht. Keine Fragen, kein Gerede – das war es immer, was uns zusammengeschweißt hat.

Als ich Vance und Zero kennenlernte, war ich nicht mehr als ein mörderischer, kleiner Bastard, der sich mit Diebstählen und kleinen Gaunereien über Wasser gehalten hat. Ab und an musste ich auch mal jemanden killen, aber das war mein geringstes Problem. Warum auch immer; Vance und Zero haben sich nicht darum geschert, dass ich gefährlich bin – sie haben mich mit sich genommen und mir ein völlig neues Leben eröffnet. Vom Bettler, Dieb und Mörder mitten hinein in die Welt der Reichen und Schönen und der dunkelsten Verbrechen, die man sich vorstellen kann. Vance hat nur eines von mir verlangt und das habe ich gerne gegeben: bedingungslose Loyalität.

Ich hätte das Täubchen liebend gerne vorgewarnt, hätte ihr bereits im Vorfeld stecken können, dass Zero die kleine Kasparow weder liebt, noch wirklich vorhat, sie zu heiraten, aber er hat es mir verboten. Er hat tatsächlich gedacht, dass seine Verlobte gar nicht hier sein würde und meinte, er hätte noch genügend Zeit, die Angelegenheit zu regeln, bevor das Täubchen überhaupt merkt, was Phase ist. Er hat sich in der dummen Ausrede gesuhlt, dass wir die Russkis noch brauchen und er die Auflösung der Verlobung nicht übers Knie brechen kann. Dabei brauchen wir die Bastarde längst nicht mehr. Wir haben mehr als genug Kohle, mehr Männer, als wir brauchen werden und vor allem: Wir haben uns auch den nötigen Einfluss im Norden der Staaten sichern können. Dove so zu foltern, ihr diesen Schmerz zuzumuten, war so schrecklich unnötig, dass ich zum ersten Mal in meinem Leben an meinen beiden Freunden zweifle. Zero hätte es ihr sagen müssen, auch wenn sie ihm danach in die Eier getreten hätte. Wie konnte er nur denken, dass Julija nicht auf dem Ball ist? Das will noch immer nicht in meinen Schädel und deshalb höre ich Kasparow Senior auch nur mit halbem Ohr zu, während er mich volltextet.

Irgendwann lässt der Alte mich mit den Worten aus seinen Klauen, dass er sich jetzt um die anderen Gäste kümmern müsste. In der Zwischenzeit habe ich Vance und Kayla völlig aus den Augen verloren und als ich die Tanzfläche nach den beiden absuche, sind sie nirgends zu entdecken. Dafür sehe ich aber Zero und seine Möchtegern-Verlobte, die am Rand stehen und Champagner schlürfen, als wäre nicht das Geringste geschehen. Hastig drücke ich mich durch die herumstehenden Partygäste und als ich Zero endlich erreicht habe, als ich ihn frage, wo zum Henker Vance und Kayla abgeblieben sind, zuckt der Arsch nur mit den Achseln, als würde ihn die ganze Angelegenheit überhaupt nichts angehen. Dafür mich aber umso mehr.

Ich mache mich auf die Suche nach den beiden und durchkämme das ganze Haus.

Zuerst durchsuche ich sämtliche Räume, die für den Ball freigegeben wurden, was sich als gar nicht so einfach herausstellt, denn die meisten haben mehr als nur einen Ein- beziehungsweise Ausgang. Immer wieder rase ich durch die betreffenden Zimmer – allerdings ohne Ergebnis. Dann stürme ich aus dem Haus und schaue bei unseren Fahrzeugen nach. Vielleicht hat Kayla darauf bestanden, nach Hause gebracht zu werden, aber auch da – Fehlanzeige. Unsere Männer haben weder Dove noch Vance zu Gesicht bekommen. Je länger ich die beiden nicht finden kann, desto sicherer bin ich mir, dass hier irgendetwas faul ist und ich glaube augenblicklich, dass mein Freund und das Täubchen in Gefahr sein könnten. Der Gedanke, dass meine Befürchtungen bezüglich Kirill grausame Wahrheit geworden sind, rast in Dauerschleife durch meine Gehirnwindungen. Er könnte Vance überwältigt haben und Dove wäre bereits an einem anderen Ort, an dem wir sie nicht erreichen können. Seit ich Zero nach dem Verbleib der beiden gefragt habe, ist mehr als eine halbe Stunde vergangen und er konnte mir auch nicht sagen, wann Vance und Kayla verschwunden sind.

Mein Herz rast, eine mir bisher nicht bekannte Übelkeit erfasst mich, als ich zurück ins Haus renne. Ich will noch einmal mit Zero reden, doch jetzt ist auch der verschwunden. Julija steht alleine neben ihrem Dad und schaut ein bisschen angesäuert aus. Ich bin hin- und hergerissen, aber am Ende überwiegt meine Sorge und ich wende mich tatsächlich an Kasparow Senior. Der scheint nichts zu wissen, oder er ist der grandioseste Schauspieler unter der Sonne, denn er teilt mir lächelnd mit, dass Vance ihn kontaktiert hätte, weil es wohl irgendwelche *Schwierigkeiten* gäbe. Er wollte Julijas Verlobten wohl beim Gartenpavillon treffen. Er hat diese Worte noch nicht ganz ausgesprochen, als ich ein weiteres Mal losrenne, aber dieses Mal folgt mir die kleine Kasparow – ihr Dad ebenfalls. Anscheinend haben sie an meiner Miene ablesen können, dass die Hütte brennt. Buchstäblich.

Als ich die breite Freitreppe, die von der Terrasse in den Garten führt, nach unten haste, höre ich bereits Zeros und Vance' erregte Stimmen – allerdings kommen diese nicht vom Pavillon, sondern von einer versteckt liegenden Ecke hinter den dichten Büschen. Von meinen früheren Besuchen in diesem Protzbau weiß ich, dass dort eine verborgene Tür liegt. Dahinter befinden sich die Kellerräume. Ich will bereits weiterrennen, als ich mitanhören muss, wie Zero Vance anschreit. Ich höre, wie er ihn zur Sau macht, weil er Kayla Kirill auf dem Silbertablett serviert hat und dass er sie wohl bedenkenlos für seine Rache geopfert hat. Zero ist so verflucht sauer – so habe ich ihn noch nie erlebt. Ich bin es auch, denn in meinem Inneren rumort es. Es juckt mir in den Fingern, mein Messer zu zücken, um es an Vance zu wetzen.

Je länger ich auf der Treppe stehe und die beiden belausche, desto sicherer bin ich mir, dass ich Vance killen werde. Was ich dabei allerdings völlig außer Acht lasse, ist die Tatsache, dass nicht nur ich den Worten meiner Freunde lausche, sondern auch der Alte und seine Tochter, die mir allem Anschein nach dichter auf den Fersen waren, als ich es mitbekommen habe.

"Es ist eine Sache, Kayla eine gefakte Verlobung zu verschweigen, eine andere ist es, sie dem Feind auszuliefern, obwohl du genau weißt, wie sehr sie Kirill verabscheut." Zero hat keine Ahnung, dass Julija gerade mithört und dabei leichenblass wird. Das Girl hat tatsächlich gedacht, Zero würde sie lieben ... Fuck! Wie naiv! "Ich könnte dich killen", macht er weiter. "Das ist selbst für dich so abgefuckt, mir fehlen die Worte."

Die fehlen Zero gerade definitiv nicht, aber mir gehen sie gerade völlig abhanden. Meine Sorge um das Täubchen wird immer größer und ich rase ein weiteres Mal los, wieder dicht gefolgt von Kasparow Senior und seiner flennenden Tochter, deren Traum gerade wie eine Seifenblase geplatzt ist. Und da jetzt eh alles egal ist, sämtliche Lügen in diesem Moment aufgeflogen sind, brauche ich auch auf nichts mehr Rücksicht zu nehmen. Ich fliege in den Kellerraum und erfasse mit einem einzigen Blick die abscheuliche Situation.

Kirill liegt winselnd am Boden und seine Fresse ähnelt mehr einer breiigen Masse als einem Gesicht. Zumindest das hat Vance hinbekommen, denn die Verletzungen des Russen tragen eindeutig seine Handschrift. Wobei ich mich frage, warum er ihm das Mädchen erst ausgeliefert hat, um ihn danach zu Mus zu verarbeiten. Das weiß er wahrscheinlich selbst nicht. Viel schlimmer ist für mich die Tatsache, dass das Täubchen nirgendwo zu sehen ist. Sie ist nicht hier und mir geht gerade der Arsch auf Grundeis.

"Wo ist sie?", schreie ich Zero an, der im selben Moment von seiner – jetzt wahrscheinlich EX-Verlobten – herumgerissen wird. Diese holt aus und versetzt ihm eine so schallende Ohrfeige, dass selbst ich beeindruckt bin.

"Gefakte Verlobung?", kreischt das Girl und reißt sich den protzigen Klunker vom Finger, den Zero ihr vor fast einem Jahr an den Finger gesteckt hat. "Deine Fake-Verlobte verzichtet, du armseliger Bastard. Das habe ich nicht nötig." Sie schmettert den Ring auf den Boden, wo er klirrend aufschlägt. Dann dreht sie sich auf dem Absatz um und Zero macht tatsächlich Anstalten, der dummen Pute nachlaufen zu wollen.

"Wenn du ihr jetzt hinterherläufst, bringe ich dich eigenhändig um, Alter! Und du kannst mir glauben, ich werde dabei keinen Hauch von Reue verspüren." Ich durchbohre Zero mit meinen Blicken und sehe, wie er die Hände zu Fäusten ballt. Anscheinend ist ihm gerade noch rechtzeitig klargeworden, dass es hier um mehr geht, als um das Wohlwollen der dämlichen und abfuckten Kasparows. "Du sagst mir jetzt auf der Stelle, wo Kayla ist!"

"Sie ist weggelaufen!" Zero wirft einen dunklen Blick auf Vance und ich ahne, dass mir nicht gefallen dürfte, was ich jetzt zu hören bekomme. "Nachdem Vance Kayla unter einem Vorwand hierhergelockt und Kirill sie fast vergewaltigt hat, hat sie Vance zu verstehen gegeben, dass sie keinen von uns wiedersehen will und dass sie uns alle auffliegen lässt, wenn wir noch einmal Hand an sie legen. Sie hat es aus eigener Kraft geschafft, sich den Bastard vom Leib zu halten, aber wäre Vance nicht am Ende dazwischen gegangen, hätte das Arschloch sie ... Sie ist weg, Ty, und wir müssen sie finden."

"Du hast sie gehen lassen? Einfach so?" Ich fliege herum und packe Vance am Kragen seines nicht mehr blütenweißen Hemdes. "Obwohl du weißt, dass da draußen Männer sind, die sie killen wollen? Du elender Wichser!", schreie ich, hole aus und knalle Vance meine Faust mitten ins Gesicht.

Es ist mir egal, wohin ich treffe. Mir wäre es sogar egal, wenn ich ihn töten würde. Was er getan ist, ist nicht wieder gut zu machen und dafür gibt es auch keine Begründung. Keine Rache der Welt ist es wert, die junge

Frau, die wir zu schützen versprochen haben, an Kirill Kasparow auszuliefern. Obwohl Vance wusste, dass sie Angst vor dem Russen hatte, obwohl er zumindest ahnen musste, dass sie sich vor ihm ekelte, hat er nicht davor Halt gemacht, sie ihm für seine kranken Spielchen zu überlassen. Und hätte Zero mir nicht gerade gesteckt, was hier vorgefallen ist, wüsste ich nicht einmal, dass sie zu Fuß den Ball verlassen hat. Ich dresche noch zwei weitere Male auf Vance ein, doch der wehrt sich nicht. Er lässt meine Schläge zu, als würden sie ihm nichts bedeuten. Als würde er sie regelrecht begrüßen. Falls er denkt, das würde als Absolution ausreichen, hat er den Arsch offen.

Aus den Augenwinkeln bekomme ich mit, wie der alte Kasparow seinem Sohn einen heftigen Tritt verpasst – mitten in den Bauch – sodass dieser sich vor Schmerzen krümmt.

"Du kleiner, verlogener Pisser!", schreit der Typ Kirill an. "Hast du mir nicht erzählt, dass die Kleine völlig wild auf dich ist und dass du sie liebst? Du hast sogar schon von Heirat gesprochen, wie damals bei derjenigen, die ihr so ähnlich sah. Nein ist nein! Etwas anderes habe ich dir nicht beigebracht. Ein Mann nimmt sich nicht einfach, wonach ihm der Sinn steht – er kämpft um das, was er haben will!" Mein Respekt vor Kasparow Senior wächst gerade gewaltig. Damit habe ich nun gar nicht gerechnet. Ich war bisher der Meinung, dass Frauen für die Russkis allesamt Freiwild sind – so wie für Kirill. "War die Kleine damals freiwillig an deiner Seite, oder hast du sie ebenfalls gezwungen, sich mit dir zu verloben? War da etwa auch Gewalt im Spiel?" Kirill wimmert, als sein Vater ihm erneut einen Tritt versetzt. Der Typ sieht aus, als könne er seinen eigenen Sohn killen, wobei er mir damit lediglich die Arbeit abnehmen würde. Irgendwann werde ich Kirill in die Finger bekommen und dann Gnade ihm Gott – ich werde auf jeden Fall keine mit ihm haben.

"Verlobt? Du sprichst von Diandre?" Ich schaue Kasparow Senior tief in die Augen und finde dort die Bestätigung dessen, was er gerade gesagt hat. Er muss nicht einmal nicken. Seine Blicke sind sehr beredt.

"Ja, genau von diesem Mädchen rede ich. Sie war mit meinem Sohn verlobt. Nicht lange, was ich zutiefst bedauert habe." Ich höre, wie Zero und Vance im Hintergrund die Luft anhalten und fahre herum. Sie schauen mich beide so lauernd und entsetzt an, dass ich augenblicklich weiß, was die beiden denken. Es ist auch nicht sonderlich schwer zu erraten und ich beginne zu lachen.

Dunkel.

Böse.

Voll von finsteren Gefühlen, die sich gerade gewaltsam Bahn brechen.

"Echt jetzt? Das habt ihr geglaubt? Nie im Leben hätte Diandre Kirill geheiratet. Sie fand ihn heiß, stieg gerne auch mit ihm in die Kiste, aber wenn ihr unser Mädchen so wenig gekannt habt, dann ist euch echt nicht zu helfen. Bevor sie den Typen geheiratet hätte, wäre sie eigenhändig vor die Karre gesprungen, die sie am Ende überrollt hat. Und ihr wollt mir auch nicht sagen, dass ihr nicht mitbekommen habt, wie sie nächtelang in ihr Kissen geweint hat? Was glaubt ihr eigentlich, warum sie das getan hat?" Ich schaue erst Vance, dann Zero an, finde in den beiden Gesichtern jedoch nichts anderes als Ratlosigkeit. "Sie hat nicht gewusst, wie sie aus der Nummer mit Kirill wieder rauskommen soll, weil sie genau wusste, wie sehr wir die Kasparows brauchen. Sie hat es für dich getan, Vance. Genau das hat sie mir einen Tag vor ihrem Tod verraten. Für dich und für niemand anderen." Am Ende halte ich Vance'

Blick fest und ich kann sehen, wie er blass wird. "Weißt du was: Ich mag ein Psycho sein, dem die menschlichen Gefühle nichts bedeuten, aber seit heute bin ich froh, dass es so ist, denn wenn das, was du heute getan hast, normale Gefühle sind, dann will ich sie nicht haben. Du hast einen Menschen verraten, der dir vertraut hat, du hast Kayla einem brutalen Vergewaltiger preisgegeben und sie dann auch noch gehen lassen. Wenn das die Art ist, wie normale Menschen ticken, bin ich froh, ein Freak zu sein."

"Er hat versprochen, nichts gegen ihren Willen zu tun. So lautete die Abmachung." Er wirft einen mörderischen Blick in Kirills Richtung. "Diandre war immer Feuer und Flamme, wenn wir zu dritt ge..."

"Kayla war noch nie wie Diandre. Das habe ich euch beiden von Anfang an gesagt. Ich habe sie für schwach gehalten, doch in der Zwischenzeit denke ich, dass sie um einiges stärker als Diandre ist. Du bist ein Narr, wenn du geglaubt hast, dass Kirill sich an irgendeine Absprache hält. Ich erinnere dich gerne daran, dass er vor wenigen Tagen noch versucht hat, mich umbringen zu lassen und dass er bei dem Versuch zehn seiner Männer verloren hat. An dem Abend, als ihr beide saufend und hurend in der Bar gesessen habt, während man mich auf die nicht vorhandenen Söldner angesetzt hat." Ich schaue Vance noch immer an und finde in seinen Augen nichts anderes als Reue und Finsternis. Er erkennt gerade, dass er ein paar gewaltige Fehler gemacht hat, aber das ist mir gleichgültig. Für das, was er getan hat, verdient er meine volle Verachtung. "Macht, was ihr wollt, suhlt euch in euren Racheplänen, die hiermit gescheitert sein dürften, oder sauft euch den Verstand weg – ich werde jetzt genau das machen, was ihr schon längst hättet tun sollen: Kayla suchen und in Sicherheit bringen. Ihr beide solltet beten, dass ihr nichts zugestoßen ist, denn ansonsten weiß ich nicht, was ich mache."

Ich renne an Zero und Vance vorbei und dabei stelle ich fest, dass mir das Atmen zum ersten Mal in meinem Leben schwerfällt. Mein Herz fühlt sich an, als wäre es aus Stein. Als wäre es kein lebendiges, schlagendes Organ mehr. Eine unbestimmte Übelkeit schüttelt mich. Angst! Schlagartig wird mir bewusst, dass ich Angst habe. Nicht um mich, sondern um Dove. Um die kleine Taube, die gerade erst ihre Flügel ausgebreitet hat, um frei über den Himmel zu fliegen. Und ich empfinde noch etwas anderes. Eine grenzenlose Wut, die ein Ventil braucht, wenn ich nicht am Rad drehen will.

Binnen weniger Minuten habe ich meinen Wagen erreicht, erteile den Männern, die uns begleitet haben, ein paar schnelle Befehle, ehe ich mich selbst hinters Lenkrad werfe und mit durchdrehenden Reifen aus der Einfahrt der Villa rase. Die Männer haben von mir die Order erhalten, den Weg abzufahren, den wir gekommen sind. Ich selbst übernehme die Straße in Richtung Bangor. Kayla ist alles, nur nicht dumm. Sie wird wissen, dass der Weg zurück zur Academy viel zu weit ist, um ihn zu Fuß zurückzulegen, wobei ich mir auch ziemlich sicher bin, dass das auch nicht ihr Ziel ist. Nach dem, was das Täubchen heute Abend erlebt hat, wird sie alles tun, um Vance und Zero nicht mehr über den Weg zu laufen. Kann ich es verstehen? Ja, sogar mehr als das. Auch wenn es aus Sicherheitsgründen mehr als dumm ist, kann ich nachvollziehen, warum sie nicht eine Sekunde länger mit den Jungs unter einem Dach sein will ... und erst recht nicht unter dem eines Möchtegern-Vergewaltigers. Wenn ich an Kirill denke, überläuft mich eine fast schon freudige Gänsehaut, denn gerade stelle ich mir vor, wie ich ihm bei lebendigem Leib die Haut vom Körper schäle. Der Bastard hat alle Qualen verdient, die ich mir gerade für ihn ausmale.

Ich erreiche die Kreuzung, an der wir in die Zufahrt zur Villa eingebogen sind. Hier trennen sich unsere Wege. Während die harten Kämpfer nach rechts abbiegen, nehme ich die Straße, die nach links führt und die erst einmal immer tiefer in den Wald hineinführt. An der Kreuzung steht ein Schild, das auch Kayla nicht übersehen haben kann. Ich hoffe nur, dass sie nirgendwo durchs Unterholz stolpert, denn dann tendiert die Chance, sie zu finden, gegen Null. Das würde aber auch bedeuten, dass eventuell vorhandene Angreifer sie nicht so schnell entdecken – falls sie sie überhaupt auf dem Schirm haben. Diese Söldner müssen ja nicht unbedingt wissen, dass sie heute Abend auf dem Ball der Kasparows war, aber da ist die leise mahnende Stimme in meinem Inneren, die mir unentwegt zuflüstert, dass die Wichser ganz in der Nähe sind. Ein siebter Sinn, der mir immer wieder zuflüstert, dass Dove in großer Gefahr ist. Hätte ich diese Stimme am Abend von Diandres Tod gehört, vielleicht würde sie dann noch leben – aber damals hat sie geschwiegen, weil es einfach keinen Grund zur Besorgnis gab.

Ich rausche durch den dichten Wald und zwischen den dunklen Baumstämmen tanzen plötzlich immer dichtere Nebelfetzen. Bereits auf dem Hinweg hat sich der Nebel angekündigt, doch dass er plötzlich so dicht über die Straße und durch den Wald wabert, erstaunt selbst mich. In den letzten Tagen ist es merklich wärmer geworden, der Schnee ist fast gänzlich geschmolzen und es gibt nur noch wenige Flecken des nassen Zeugs, das hier und da zwischen den Bäumen und den grauen Schwaden aufblitzt. Kay trägt ein weißes Ballkleid, das im Licht der Scheinwerfer eigentlich zu sehen sein müsste – lange bevor ich sie erreichen kann. Doch die Straße ist menschenleer. Ich gebe noch mehr Gas, wobei ich kaum glauben kann, dass sie in so kurzer Zeit so weit gelaufen sein soll. Dann müsste sie nämlich gerannt sein, als wäre der Teufel hinter ihr her, wobei auch das mich nicht wundern sollte. Nicht nach dem, was passiert ist.

Plötzlich erfassen meine Scheinwerfer ein anderes Fahrzeug, das am gegenüberliegenden Fahrbahnrand abgestellt ist, und ich lege eine Vollbremsung ein. Der große, schwarze Lieferwagen parkt halb verdeckt hinter einem riesigen Baum, die Schiebetüren zur Ladefläche stehen offen und kein Mensch ist zu sehen. Das hier ist nicht gut – gar nicht gut.

Kaum dass der Wagen steht, reiße ich die Tür auf und im selben Moment dröhnt ein lauter Knall durch die Nacht. Ein Schuss!

Ich rase los und habe bereits die Knarre in der Hand, bevor ich den Waldrand auf der anderen Straßenseite erreicht habe.

Tyrone

Fuck you, Vance! Fuck you, Zero! Ihr beide hättet wissen müssen, dass man den Kasparows und vor allem Kirill nicht trauen kann. Letzterer ist ein Pisser und jetzt … jetzt ist das Täubchen in großer Gefahr. Sollte ihr etwas zustoßen, tragt ihr beide die Schuld – ich allerdings auch. Ich hätte sie weit, weit fortbringen sollen. So weit weg, dass ihr beide keine Hand mehr an sie legen könnt.

Sollte sie sterben, werde ich zurückkommen und euch zeigen, was für ein abgefuckter Wichser in mir steckt. Ihr werdet euch wünschen, nie geboren worden zu sein …

Kapitel 27

Am liebsten würde ich mir das Kleid vom Körper reißen. Noch nie habe ich mich so beschmutzt und dreckig gefühlt wie in dem Moment, als ich aus dem Tor des Kasparowschen Anwesens eile. Meine Haut spannt, meine Kopfhaut prickelt, als würden sich Nadeln hineinbohren, aber am allerschlimmsten ist das Gefühl, dass mein Herz in Stücke reißt. Es schlägt nicht normal in meiner Brust. Es holpert, es stolpert und manchmal setzt es sogar einen Schlag lang aus, als könne es den heißen, brennenden Schmerz nicht eine Sekunde länger ertragen.

Ich taumle mehr vorwärts, als dass ich laufe. Immer wieder muss ich stehenbleiben und mich an einem Baum am Straßenrand festhalten, weil ich vor lauter Tränen kaum etwas erkennen kann. Sie sind es nicht wert. Keine einzige meiner Tränen sind sie wert. Auch dass mein dummes Herz in tausend Splitter geht – auch das sind sie nicht wert. Nur ich, ich habe jeden Schmerz verdient, den sie mir zugefügt haben.

Ich wollte nicht auf die Warnungen hören.

Ich wollte es besser wissen.

Ich wollte ihnen vertrauen, weil ich sie liebte.

Das ist die grausame Wahrheit, der ich mich stellen muss. Ich bin selbst schuld, dass Zero mich belügen konnte, denn ich habe es zugelassen. Ich hätte schon viel früher misstrauisch werden müssen. In meiner grenzenlosen Naivität habe ich alle möglichen Ausreden für ihn gesucht und das ist mir heute Abend auf die Füße gefallen. Und Vance? Habe ich wirklich verdient, was er mir antat?

Nein!

Nein!

Nein!

Es gibt keine Entschuldigung für das, was er tat. Niemals. Selbst wenn ich mich selbst belügen wollen würde, könnte ich keine Ausrede für ihn finden. Ärgerlich wische ich mir die Nässe von den Wangen, schniefe laut und stolpere weiter. Tyrone! Er war der Einzige, der selbst heute noch versucht hat, mich zu warnen – wobei es sich mehr danach anhörte, als hätte er im Auto von Zero gesprochen. Wusste er, was Vance vorhatte? Wusste er es und hat er mich genauso in die Falle rennen lassen wie sein Freund? Ich kann, ich will es nicht glauben, denn er hat im Vorfeld alles dafür getan, mir den Abend bei den Kasparows zu ersparen.

Am Ende macht es jedoch keinen Unterschied. Tyrone ist ihr Freund und er mir hat oft genug zu verstehen gegeben, wem seine Loyalität gilt. Wieder dringt ein Schluchzen aus meinem Mund. Meine Hand fährt an die Kette mit dem goldenen Taubenanhänger. Meine Finger schließen sich so fest um das wundervolle Teil, dass es mir in die Handinnenflächen schneidet. Ich wünsche mir so sehr, dass er mit Vance' Hinterhalt nichts zu tun hat und nichts davon wusste. Mein Herz macht augenblicklich einen weiteren Satz und ich sauge pfeifend Luft in meine Lungen. Ich muss mich beruhigen, muss unbedingt irgendwie meine innere Stärke wiederfinden, denn ansonsten werde ich nicht weit kommen.

Die hohen Schuhe machen es mir nicht leicht, mich schnellstens vom Anwesen der Kasparows zu entfernen und als ich einen Blick zurückwerfe, kann ich die Lichter noch immer durch die Bäume schimmern sehen. Ich schlinge meine Arme enger um meinen Körper, weil die Nacht kalt ist und ich seit dem Vorfall im Keller das Gefühl habe, gar keine Wärme mehr empfinden zu können. Der Mantel, den ich im Vorbeirennen gestohlen habe, schützt mich nur ungenügend vor der Kälte, aber ich bin mir sicher, dass mich gerade auch ein Pelzmantel nicht wärmen könnte.

Erst in diesem Moment wird mir klar, dass ich nicht einmal weiß, in welche Richtung ich laufen muss. Momentan befinde ich mich auf der Zufahrtsstraße zur Villa – doch wie geht es danach weiter? Wir sind von rechts gekommen, daran erinnere ich mich noch genau, dementsprechend müsste Bangor genau in die andere Richtung liegen. Wie weit es bis dahin ist – ich habe keine Ahnung.

Erneut bleibe ich stehen, weil meine Füße mittlerweile genauso brennen wie meine Wangen, die Kirill Kasparow mit seinen harten Schlägen bearbeitet hat. So komme ich keine Meile weit, dann breche ich zusammen. Hastig bücke ich mich, ziehe den ersten Schuh vom Fuß und breche den mörderischen Absatz einfach ab. Dasselbe Schicksal widerfährt dem anderen. Jetzt biegen sich meine Zehen zwar nach oben, aber ich komme deutlich schneller von der Stelle als zuvor. Fünf Minuten später erreiche ich bereits die Kreuzung und atme auf, als ich das Straßenschild entdecke, das mir die Richtung nach Bangor weist. Ich lag richtig mit meiner Vermutung und haste auf der links abgehenden Straße weiter.

Auch hier stehen die Bäume dicht an dicht und kein einziges Fahrzeug ist unterwegs. Wie ausgestorben liegt die Straße vor mir und ich kann nur etwas erkennen, weil meine Augen sich in der Zwischenzeit an die Dunkelheit gewöhnt haben. Auch das Mondlicht und die am Boden wabernden Nebelfetzen geben ein bisschen Helligkeit ab, allerdings nicht so viel, dass mir wohler wäre. Es ist unheimlich im Wald und einmal, das habe ich mir garantiert nicht nur eingebildet, hat es in meiner Nähe im Unterholz sehr laut geknackt. Als ich stehengeblieben bin, in die Dunkelheit gespäht habe, konnte ich allerdings nichts entdecken. Angeblich gibt es keine Wölfe in Maine – ich hoffe nur, dass es auch wirklich so ist.

Ich weiß nicht, wie lange ich bereits gelaufen bin, denn ich habe jedes Zeitgefühl verloren und auch die Strecke kann ich nicht wirklich abschätzen. Auf dem Schild, das ich vor geraumer Zeit passiert habe, stand etwas von 5 Meilen bis Bangor und ich hoffe, dass ich bald auf irgendeine menschliche Behausung stoße. Noch mehr hoffe ich, dass dort Menschen leben, die ein Herz haben und mir ihr Handy für einen Anruf überlassen. Ich muss Cendra anrufen, denn eine andere Wahl habe ich gar nicht. Nur sie ist in der Lage, mir mein Smartphone, ein paar Klamotten und meine Papiere zu bringen, und sie ist auch die einzige Person, deren Nummer ich in meinem Kopf abgespeichert habe. Ich werde niemals wieder auch nur einen Fuß auf den Boden der Academy setzen. Ich kann es einfach nicht, denn das würde mich endgültig zerreißen. Sollte ich einen der Drei jemals wiedersehen müssen, würde es mich zerstören.

Erneut spüre ich, wie sich das heiße Brennen in meiner Brust ausbreiten will und ich haste eilig weiter. Nur nicht nachdenken. Ich darf einfach nicht weiter daran denken … dann wird es schon irgendwie gehen. Es muss einfach gehen.

Ich laufe weitere Minuten durch die Dunkelheit und je weiter ich mich vom Anwesen der Kasparows entferne, desto schwerer werden meine Schritte. Eine bleierne Müdigkeit legt sich über mich und raubt mir sämtliche Energie. Jeder weitere Schritt wird zur Qual und ich weiß auch genau, warum das so ist. Je weiter ich mich von den Männern entferne, desto mehr wird mir bewusst, dass ich sie nie, nie wiedersehen werde. Dass das hier ein Abschied für immer ist.

Erneut bleibe ich stehen und lausche in die Dunkelheit. Gerade war mir so, als hätte ich irgendwo in der Ferne einen Wagen gehört. Vielleicht suchen die Männer sogar nach mir – wobei ich mir das einfach nicht vorstellen kann. Nicht nach der Ansage, die ich Vance gemacht habe. Die Angst, dass ich ihn und seine Jungs tatsächlich verpfeifen könnte, wird ihn davon abhalten, mir zu folgen. Die Konsequenzen habe ich ihm ja vorhin eiskalt an den Kopf geworfen. Das wird er nicht riskieren, wo ihm seine Rache doch so schrecklich wichtig ist. Trotzdem hofft ein winzig kleiner Teil in mir, dass sie nach mir suchen. Dass es für die ganze Scheiße eine gute Erklärung gibt – ein bisschen mehr als die Ausreden, die Vance mir angeboten hat.

Das Dröhnen des Automotors wird lauter und irgendein Instinkt rät mir, von der Straße ins Unterholz zu flüchten. Ich weiß nicht einmal, warum das so ist, aber das Gefühl einer drohenden Gefahr wird plötzlich so groß, dass ich hastig die Straße verlasse und mich in die Büsche schlage. Allerdings bin ich anscheinend zu langsam gewesen, denn der dunkle Wagen bremst mit quietschenden Reifen genau an der Stelle, an der ich die Straße verlassen habe. Ich wage es kaum zu atmen, als eine Sekunde später die Türen aufgerissen werden und sechs dunkel gekleidete, große Gestalten aus dem Fahrzeug springen. Männer, die nach mir Ausschau halten und sich auf Russisch verständigen. Vorsichtig ziehe ich mich weiter ins Unterholz zurück und bemühe mich dabei, möglichst kein Geräusch zu machen. Sonderlich geschickt stelle ich mich dabei wohl nicht an, denn ich trete prompt auf einen trockenen Ast, der laut und vernehmlich unter meinen Füßen knackt. Die Köpfe der vermummten Männer fliegen herum und ich kann mir beim besten Willen nicht vorstellen, dass es Kasparows Männer sind, die mich zurückbringen sollen, denn die würden wahrscheinlich nicht auf mich schießen – das hoffe ich zumindest.

Als der erste Schuss fällt, wird mir klar, dass ich rennen muss – so schnell wie nie zuvor in meinem Leben. Ich werfe mich herum und spurte los. Obwohl das lange Abendkleid mittlerweile an mehreren Stellen eingerissen ist, die Schuhe keine Absätze haben, weiß ich, dass ich nicht schnell genug sein werde, um den Killern zu entkommen. Weitere Schüsse fallen und die sagen mir deutlich, dass die Bastarde nicht gekommen sind, um mich mit Gewalt zur Villa zurück zu schleifen. Sie sind gekommen, um das zu vollenden, was ihr Kumpel am Leuchtturm nicht geschafft hat.

Ich jage durch den Wald, rechts und links von mir schlagen die Kugeln in die Stämme der Bäume ein. Holz spritzt in alle Himmelsrichtungen davon und ein Splitter trifft meine Schläfe. Warmes Blut rinnt über meine Wange, während ich renne und immer weiter renne. Sie dürfen mich nicht einholen, ich darf auf keinen Fall stehenbleiben, denn dann gebe ich die perfekte Zielscheibe für die Killer ab. Das helle Kleid ist weithin sichtbar und auch die dunkle Jacke, die ich mir in der Villa hastig übergeworfen habe, verdeckt auf keinen Fall die weißen Stofffetzen, die um meine Beine wehen.

Nach wenigen Minuten brennt meine Brust, als würde sich ein Feuersturm darin ausbreiten. Mein Herz rast, meine Beine schmerzen, als würden tausend Nadeln darin stecken, und ich habe völlig die Orientierung verloren. Ich atme keuchend und hektisch und es wird jetzt nicht mehr lange dauern, bis ich erschöpft zusammenbreche. In diesem Wald werde ich sterben – das wird mir mit jeder Sekunde bewusster. Gleich darauf bleibe ich mit dem Fuß an einer Baumwurzel hängen und knalle hart auf den festen Boden. Ich schürfe mir das Knie auf, aber das ist nichts gegen den grellen Schmerz, der plötzlich durch mein Fußgelenk zuckt. Im Hintergrund höre ich die Männer lachen, ich höre ihre lauten stampfenden Schritte, die sich mir rasch nähern, und stemme mich unter Qualen in die Höhe. Jeder Schritt lässt rasende Blitze durch meinen Knöchel und mein Bein zucken, und wieder gehe ich auf die Knie, weil mein Fuß mich einfach nicht tragen will. Nicht mehr lange … nicht mehr lange und sie werden mich eingeholt haben, und dann wird aller Schmerz enden – auch der in meinem wummernden Herzen. Dann werde ich Olga und Sebastian wiedersehen … und vielleicht auch die Frau, die mich als Kind so sanft in den Armen hielt. Meine Mutter!

Plötzlich knackt es neben mir im Gebüsch, und etwas jagt an mir vorbei. Ein Schatten. Ich sehe nicht mehr als einen sehr dunklen Schatten, der auf meine Angreifer zufliegt und mich im Vorbeirennen zu Boden drückt. Dann höre ich den ersten Schrei, gleich darauf einen zweiten, der in einem leisen Gurgeln erstirbt. Kein Schuss fällt, kaum ein Laut ist zu hören, nur immer wieder die leisen Schreie. Der dritte dröhnt an mein Ohr und es kommt mir so vor, als befinde sich der Sterbende in meiner unmittelbaren Nähe. Genau das tut er .... sterben. Ich höre ihn röcheln, ich höre sogar seinen schweren Atem und ich mache den Fehler und schaue zurück. Keine drei Meter von mir entfernt, halb von einem Baum verdeckt, liegt der unheimliche Kämpfer und glotzt mit weit aufgerissenen Augen in meine Richtung. Blut sprudelt in wahren Kaskaden aus seiner Kehle und versickert im Erdreich. Sein Gesicht, seine hellen Haare – alles ist alles voller Blut. Nichts und niemand kann ihn noch retten. Er ist bereits tot und ich sehe ihm an, dass er es weiß. Über ihn gebeugt erkenne ich den Schatten, der gerade noch an mir vorbeigerast ist. Ganz kurz fällt von irgendwoher Licht auf eine scharf aussehende Klinge in seinen Fingern und ich erkenne die Tätowierungen auf seinem Handrücken. Scharf sauge ich Luft in meine Lungen. Tyrone? Kann es Tyrone sein?

Im selben Moment fallen weitere Schüsse und der Schatten verschmilzt mit der Dunkelheit – aber nicht für lange, denn im selben Moment taucht er neben mir auf, zerrt mich am Arm in die Höhe und schleift mich hinter sich her. Ich wimmere vor Schmerz, als ich mein Gewicht auf den Knöchel verlagern muss und der Schatten bleibt stehen. Jetzt schaut er mich an und ich erkenne ihn. Es ist wirklich Ty, der gekommen ist, um mich zu holen.

"Wie viele?", zischt er mir leise zu.

"Sechs!" flüstere ich, als er mich in fliegender Hast auf die Arme hebt und mit mir gemeinsam durch den Wald hastet.

Mein Kleid verrät uns, denn kaum dass wir die Deckung des Baumes verlassen haben, peitschen weitere Schüsse durch die Dunkelheit, aber Ty ist schnell. So verdammt schnell, dass ich es kaum glauben kann. Gemeinsam mit mir auf den Armen rutscht er einen Abhang hinunter und presst mich dabei eng an seine Brust. Am Fuß des kleinen Hügels angekommen lässt er mich runter, während von oben weitere Rufe und vereinzelte Schüsse an mein Ohr dringen.

"Du versteckst dich hier und wage es nicht, dich blicken zu lassen." Mehr sagt er nicht, dann ist er bereits verschwunden und verschmilzt mit der Dunkelheit des Waldes. Ich zwänge mich hastig unter einen umgestürzten Baum, dessen Wurzelwerk mir tatsächlich das Gefühl verschafft, nicht gesehen zu werden.

Ich wage nicht zu atmen, traue mich nicht, auch nur den kleinen Finger zu bewegen, aus Angst, doch noch entdeckt zu werden. Aber da wütet noch eine sehr viel grauenerregendere Furcht in meinem Inneren. Noch sind drei Angreifer übrig und das auch nur, wenn Tyrone vorhin wirklich bereits drei erledigt hat. Die Typen haben Knarren, sind in der Überzahl, aber dann erinnere ich mich daran, dass auch Ty zumeist bewaffnet ist. Wahrscheinlich hat er bisher nur nicht geschossen, um unsere Position nicht zu verraten. Trotzdem! Er ist alleine ..., wenn sie ihn erwischen, hat er keine Chance.

Ich höre weitere Schüsse durch den Wald peitschen. Gleich darauf ertönt ein Schrei in meiner unmittelbaren Nähe, und jetzt mache ich den Fehler und versuche an der Seite der Wurzel vorbei zu schauen. Tyrone wird von einem Mann attackiert. Ich kann sehen, wie er immer wieder nach hinten springt und dem anderen Typen ausweicht. Der hat ebenfalls ein Messer in der Hand. Seine Pistole kann ich nirgends sehen, aber die beiden kämpfen mitten auf der Lichtung … für jeden weiteren Angreifer deutlich sichtbar. Und zwei weitere Kämpfer müssten noch übrig sein.

Ich schaue mich hastig um, versuche das unwegsame Gelände zu überblicken und dann sehe ich tatsächlich einen weiteren Schatten, der durch die Büsche am oberen Rand des Abhangs schleicht. Ich kann nicht viel erkennen, doch als das Arschloch seine Waffe anhebt und auf die beiden Kämpfenden zielt, fällt Mondlicht auf den Lauf der Knarre und es blitzt metallisch auf. Noch nie in meinem Leben war ich so schnell auf den Füßen. Ich ignoriere den Schmerz in meinem Knöchel, ich merke nicht einmal, wie ich mir an den Splittern des umgefallenen Baumriesen die Haut an den Hüften aufreiße. Ich habe nur ein einziges Ziel vor Augen: Ich muss Tyrone retten. Den Mann, auf den der Bastard zielt und welcher jede Sekunde den Abzugshahn durchziehen wird. Er wird Ty eiskalt töten, wenn nicht ein Wunder geschieht.

Ich schreie auf, Tyrone fliegt herum und stößt gleichzeitig seinem Angreifer das Messer bis zum Heft einmal quer durch den Hals. Er reißt es ruckartig nach vorne heraus und spaltet so die Haut des Fremden. Blut spritzt bis in sein Gesicht und er sieht aus, als wäre er auf direktem Weg aus der Hölle gekrochen. Mein Dämon, der glaubt, keinerlei Gefühle zu besitzen – dabei hat er so viele davon.

Seine Augen werden kugelrund vor Entsetzen, als er mich auf sich zurasen sieht und dann fliegt sein Blick in die Höhe. Erst jetzt sieht er den Kerl, der mit der Waffe auf ihn zielt, aber im selben Moment bin ich bereits heran. Ich höre den Schuss peitschen, ich fühle das entsetzliche Brennen oberhalb meines Herzens und denke dabei, dass es sich genau wie der Schmerz anfühlt, den die Männer mir bereits auf anderem Weg zugefügt haben. Es ist gar nicht so schlimm, wie ich gedacht habe. Nur die warme Feuchtigkeit, die sich auf meiner Haut breitmacht, fühlt sich seltsam an. Auch, dass ich mich plötzlich so unglaublich schwach fühle, ist komisch.

Ich höre jemanden schreien und weiß, dass es Tyrone ist. Gut so! Der Schuss hat ihn nicht getroffen, aber warum kann ich mich nicht mehr auf den Füßen halten und warum ist mir auf einmal so schrecklich kalt? Meine Zähne schlagen klappernd aufeinander, als ein weiterer Schuss durch die Nacht peitscht. Der Schrei, der jetzt ertönt, stammt auch nicht von Tyrone, denn der ist plötzlich an meiner Seite. Ich sehe sein blutüberströmtes Gesicht, die grünen Augen, in denen plötzlich die blanke Panik aufleuchtet und ich hebe meinen Arm, um über seine Wange zu streicheln – es fällt mir so unfassbar schwer. So schwer, dass meine Hand kraftlos zurück auf meinen Körper fällt. Unter meinen Fingern fühle ich erneut die seltsame Feuchtigkeit, die mittlerweile einen großen Teil meines Oberteils tränkt. Vorsichtig hebe ich den Kopf an und sehe eine große rote Rose, die sich auf dem weißen Kleid ausbreitet. Sie sieht hübsch aus. Wunderschön. Dann sinke ich erschöpft zurück.

Ich habe immer gedacht, sterben wäre schlimm, aber das ist es gar nicht. Ich habe geglaubt, die Schmerzen müssten grässlich sein, aber das sind sie nicht. Es fühlt sich eher an, als ob ich schweben würde. Als würde sich ganz langsam all meine Lebensenergie verflüchtigen und ich in einen anderen Zustand überwechseln.

"Kayla!" Ty nimmt mein Gesicht zwischen seine blutigen Hände und trotzdem kann ich ihn riechen. Seine leicht rauchige, männliche Note, die ich unter Tausenden wiederkennen würde. "Halte durch! Fuck you! Du wirst auf keinen Fall sterben, Dove! Das lasse ich nicht zu."

Ich spüre seine Hände, die er unter meinen Körper schiebt und dass er mich hochhebt, aber ich fühle es nicht so, wie ich es eigentlich sollte. Irgendwie scheint meine Haut taub zu werden, dafür höre ich aber Tyrones Herzschlag, als er mich gegen seine Brust drückt und durch den Wald rennt, als würden wir beide vor irgendetwas fliehen. Aber dem Tod kann niemand entkommen. Er holt einen ein – immer. Mein Atem geht rasselnd, ich bekomme immer schlechter Luft und dann merke ich, wie es nach und nach immer dunkler um mich herum wird.

Ich weiß nicht, wie viel Zeit vergangen ist, weil ich kaum noch etwas erkennen kann. Ich sehe nur noch Tyrones grüne Augen, die mich ab und an streifen und die mir sagen, dass es nicht gut aussieht. Dann erreichen wir seinen Wagen und er bettet mich vorsichtig auf den Beifahrersitz, dessen Lehne er ganz nach unten fährt, sodass ich fast liege. Müde schließe ich die Augen.

"Nicht schlafen, Täubchen", blafft er mich an und klingt dabei so streng, dass ich tatsächlich die Augen wieder aufreiße. "Du hast es gleich geschafft. Ich bringe dich jetzt zu jemandem, der uns hilft. Halte durch, Liebes. Bitte ...", flüstert er das letzte Wort leise. "Ich kann nicht auch noch dich verlieren. Bitte, tu es für mich. Kämpfe!" Ich höre die Tür zuschlagen, merke, wie er sich auf dem Fahrersitz niederlässt und den Wagen startet. Dann jagt er durch die Nacht.

Das alles bekomme ich irgendwie mit und doch auch wieder nicht. Mein Verstand verabschiedet sich von der Wirklichkeit und dann ist da auf einmal dieses warme, weiche Licht. Es scheint mich zu locken, mich zu rufen und mich verlangt so sehr danach, dorthin zu gelangen – wenn nicht Tyrones Worte gewesen wären. Wenn er nicht so verzweifelt geklungen hätte, so unendlich verloren. Ich soll kämpfen, hat er gesagt, also kämpfe ich. Ich soll durchhalten, also halte ich durch.

Nur für ihn …

Vance

Ich besitze kein Herz. Seit heute weiß ich, dass ich ein elender, abgefuckter Wichser bin, der nicht verdient zu leben. Erst jetzt habe ich erkannt, was ich angerichtet habe. Erst jetzt weiß ich, dass meine Gefühle in dieser Nacht endgültig gestorben sind, aber habe ich jemals welche gehabt? In der Zwischenzeit zweifle ich.

Ich habe dich ausgeliefert, weil ich dachte, du wärest wie sie – wie Diandre, die Kirill ebenso sehr wollte wie er sie. Aber hätte sie sich wirklich mit dem Bastard verlobt, wenn sie nicht genau gewusst hätte, dass es genau das war, was wir zu diesem Zeitpunkt brauchten? Ich bin mir nicht mehr sicher --- ich weiß überhaupt nichts mehr. Nur, dass wir dich finden müssen … und ich mich entschuldigen muss.

Kapitel 28

Als Ty an mir vorbeistürmt, um sich an Kaylas Fersen zu heften, will ich ihm auf dem Fuß folgen, doch bevor ich den verdammten Raum verlassen kann, werde ich von einer harten Stimme gestoppt.

"Hiergeblieben!", donnert Alexey Kasparows Stimme durch den Raum und automatisch bleibe ich stehen. Sein Befehl war unterlegt mit einer großen Portion Stahl und Kälte, sodass ich ahne, die Gefahr ist noch nicht vorüber. "Tyrone ist durchaus in der Lage, das alleine zu regeln. Wie ich gehört habe, hat er erst vor ein paar Tagen beinahe zehn meiner Männer geschlagen und ihre Leichen zurückgelassen. Er selbst hat laut der Aussage eines Zeugen nur einen Schnitt am Oberschenkel kassiert, weil er mit dem ersten Angriff nicht gerechnet hat. Danach hat er die Typen kaltgestellt, die ihm ans Leder wollten – ohne sich groß dabei anstrengen zu müssen." Er wirft einen strafenden Blick in Richtung seines Sohnes und ich weiß augenblicklich, worauf er anspielt. Er weiß also auch darüber Bescheid. "Außerdem befinden sich außerhalb meiner Villa ein gutes Dutzend eurer Leute, die ihn unterstützen können. Wir werden jetzt in mein Arbeitszimmer gehen, um die Angelegenheit zu klären – ein für alle Mal." Er wirft einen fast schon angewidert wirkenden Blick auf Kirill, der nach wie vor auf dem Boden liegt. "Und du wirst uns begleiten – auf deinen eigenen Füßen. Von mir aus kriechst du, aber kriech schnell, denn du willst nicht wissen, was ich mit dir anstellen werden, wenn ich dich holen muss." Kirill stöhnt, versucht aber sogleich, sich auf die Knie zu stemmen. Er scheitert und sinkt wieder zurück auf den Boden. "Und wenn du dir helfen lässt, bist du nicht mehr mein Sohn", schickt er hinterher und geht dann mit energischen Schritten an Kirill vorbei, als wäre der nicht mehr als eine ekelhaft schmierige Schmeißfliege. Noch nie habe ich den Senior so gesehen und ich fürchte, dass er mit uns auch nicht sehr viel gnädiger umgehen dürfte. Warum sollte er, denn immerhin haben wir ihn belogen und betrogen.

Vance und ich schauen uns an, wobei ich meinem Freund ansehen kann, dass er ebenfalls lieber dort draußen wäre, um nach Kayla zu suchen. Er weiß, dass er die größte Scheiße des Jahrhunderts gebaut hat – schlimmer als alles, was wir bisher angestellt haben. Das, was heute Abend geschehen ist, hätte niemals passieren dürfen. Er weiß es, ich weiß es und Ty, dem ich das niemals zugetraut hätte, weiß es anscheinend am besten.

Gemeinsam passieren wir Kirill, der es in der Zwischenzeit irgendwie geschafft hat, auf seinen eigenen Füßen zu stehen, allerdings nicht ohne sich dabei an der Wand abzustützen. Vance und ich folgen Alexey, der mit schnellen Schritten den Keller durchquert, eine kurze

Treppe nach oben steigt und einen weiteren Korridor entlang läuft. Deutlich ist der Lärm der Partygäste zu hören, doch dann öffnet Kasparow Senior eine Tür und wir befinden uns in einem sehr prunkvollen Arbeitszimmer, das eher einem kleinen Salon ähnelt. Kirill hat mit uns Schritt gehalten. Er stolpert ein paar Sekunden nach uns ins Zimmer und will sich sogleich in einem der sicherlich teuren Ledersessel niederlassen, als sein Vater ihn mit einem tödlichen Blick stoppt.

"Wage es nicht! Du bleibst stehen. Ihr beiden anderen auch!" Ja! Das hier dürfte mehr als nur ein bisschen unangenehm für uns werden. "Fangen wir mit dir an, Turner!" Sein Blick bohrt sich in den meines Freundes und der zuckt tatsächlich zusammen, was ich bei ihm noch nie gesehen habe. "Als du vor vielen Jahren plötzlich an meine Tür geklopft hast, bestand mein erster Impuls darin, meine Knarre zu ziehen und dir ein sauberes Loch durch die Stirn zu pusten. Dass ich es nicht tat, hatte nur einen einzigen Grund: Rache! Ich habe mit deinem Vater eine Rechnung offen, die nie beglichen wurde und nachdem ich deine Geschichte gehört habe, wusste ich, dass du das perfekte Werkzeug sein würdest. Mittlerweile weiß ich aber auch, dass nicht dein Waschlappen von einem Vater das eigentliche Problem ist, sondern deine Stiefmutter." Der Russe wendet sich von uns ab und schaut aus dem Fenster in den hell erleuchteten Park. Dabei scheint er plötzlich meilenweit entfernt zu sein. Als er weiterspricht, hört er sich an, als wäre er irgendwo weit weg – in einer Vergangenheit, die ihm augenscheinlich sehr viel bedeutet hat. "Dieses Haus habe ich für die Liebe meines Lebens errichtet – es war ihr größter Traum, den ich ihr von Herzen gerne erfüllt habe. Nachdem sie mir Julija geschenkt hat, habe ich dieses Märchenschloss für sie gebaut – leider hat sie die Fertigstellung nicht mehr erleben dürfen. Dein Vater – oder vielmehr deine Stiefmutter – hielt es für richtig und angemessen, einen Bandenkrieg vom Zaun zu brechen. Sie konnte den Hals nicht vollkriegen und dein Vater hatte nicht die Kraft und Stärke, die nötig gewesen wäre, um dieser Bitch die Kandare anzulegen und die Zügel anzuziehen. Er hätte wissen müssen, dass man sich nicht mit einer Frau ins Bett legt, die dem größten kolumbianischen Drogenkartell entstammt, ohne dabei zu verlieren. Aber so ist das, wenn der Schwanz über den Verstand triumphiert." Er wendet sich erneut in unsere Richtung. "Im Laufe dieses Krieges sind die Männer eures Kartells in mein Heim eingedrungen, haben meine Männer und meine Angestellten getötet und ... meine Frau, die sich schützend vor Julija geworfen hat. Die Kinderfrau hat das kleine Mädchen schlussendlich in Sicherheit bringen können, meine Kämpfer konnten die Situation klären, aber für meine geliebte Frau kam jede Hilfe zu spät." Vance holt geräuschvoll Luft. Ja, diese Story ist neu für uns. Anscheinend legt der alte Kasparow gerade alle Karten auf den Tisch – nur bin ich mir nicht sicher, ob uns das helfen wird. "Wie du siehst, ist Rache mir nicht fremd, aber niemals, wirklich niemals, bin ich so weit gegangen, eine wehrlose Frau für meine Zwecke zu missbrauchen." Erneut bohren sich seine Blicke in die meines Freundes und der senkt den Kopf. "Glaub nur ja nicht, dass ich nicht mitbekommen habe, wie ihr euren Einfluss immer weiter ausgedehnt habt. Wie ihr mehr und mehr Clubs in New York erworben habt. Ich habe euch gewähren lassen, weil ich es so wollte, nicht weil ihr mich übertölpelt habt. Ja ... ich habe auch gemerkt, dass ihr mehr und mehr Männer um euch geschart habt und auch das habe ich zugelassen. Vielleicht war das naiv von mir, aber ich habe tatsächlich angenommen, dass Männer von Ehre sich an Spielregeln halten und wir hatten eine Vereinbarung: Ich helfe euch im Kampf gegen das Turner-Kartell und dafür helft ihr mir, wann immer ich eure Hilfe benötige. Stattdessen habt ihr mich belogen und, wie ich in den letzten Wochen feststellen musste, auch versucht, mich zu hintergehen. Betrachtet unsere Zusammenarbeit hiermit als beendet." Damit haben wir rechnen müssen, aber ich rechne noch mit anderen Dingen, die uns weitaus schlimmer treffen würden. Noch haben wir das Gebäude nämlich nicht verlassen und ob wir das lebend tun werden, liegt ganz am Wohlwollen eines Alexey Kasparow ... und sein Wohlwollen haben wir heute definitiv verspielt. Das steht außer Frage.

"Jetzt zu dir!" Sein Blick bohrt sich in meinen. "Als meine Tochter mir erzählt hat, dass sie dich liebt, dass sie deine Frau werden will, habe ich sofort gewusst, dass du sie niemals lieben wirst. Bei allen unbekannten Göttern ... hast du wirklich gedacht, ich wäre so dumm, um nicht begriffen zu haben, wie sehr du die Frau angebetet hast, die mein Sohn heiraten wollte – wobei ich mich heute fragen muss, ob sie freiwillig an seiner Seite war, oder ob da ebenfalls Zwang im Spiel gewesen ist." Er wirft einen unfassbar angeekelten Blick in die Richtung seines Stammhalters. "Ich habe mit Engelszungen auf Julija eingeredet, musste aber am Ende einsehen, dass ich gegen das verliebte Herz einer Frau keine Chance habe. Allerdings war mir am Abend eurer Verlobung bereits klar, dass es nie zu einer Heirat kommen würde. Für dich war Julija nie etwas anderes, als die Möglichkeit, mein Kartell noch enger an euch zu binden. Ist es nicht so?" Ich nicke und entgegne Kasparows Blick so ruhig wie eben möglich. Lügen würden uns an der Stelle keinen Millimeter weiterbringen. Im Gegenteil! Kasparow Senior schätzt Mut. Feigheit ist ihm ein Gräuel. Ich will bereits etwas sagen, erinnere mich aber im letzten Moment daran, dass er uns verboten hat zu sprechen, also schweige ich. "Und mir war bewusst, dass du meinem Mädchen irgendwann unfassbaren Liebeskummer bescheren würdest. Weißt du eigentlich, wie ein Vater sich dabei fühlt, wenn sein heißgeliebtes Kind mit weit geöffneten Armen in seinen eigenen Untergang rennt? Nein, das weißt du nicht. Ich habe gebetet, dass der Schmerz kurz und heftig wird, und zumindest den Gefallen habt ihr mir getan. Sie wird deinen Verrat schnell überwunden haben. Du kannst froh sein, dass ihr nicht geheiratet habt, denn dann hätte ich dich kastrieren müssen – nur zu meinem eigenen Vergnügen."

Mit jedem Wort ist seine Stimme dunkler und kälter geworden, und zum ersten Mal wird mir wirklich bewusst, wie nah am Abgrund wir alle getanzt und wie viele Leichen wir auf unserem Weg hinterlassen haben. Es ist ein beschissenes Gefühl und dabei habe ich den Eindruck, mich rechtfertigen zu müssen, kann es aber nicht.

"Jetzt zu dir, Kirill!" Ich registriere sehr wohl, dass Alexeys Stimme im selben Moment noch eine Nuance kälter wird. Hat er gerade noch eine gewisse Milde an den Tag gelegt, sind seine Worte jetzt ebenso schneidend wie seine Stimme. "Du wirst mir jetzt und hier die Wahrheit sagen und die beiden werden zuhören. Haben wir uns verstanden?"

Ich schaue in Kirills Richtung und sehe, wie auch er nickt. Eine andere Wahl hat er auch nicht, denn sein Alter strahlt plötzlich eine solche Macht aus, dass uns allen der Arsch auf Grundeis geht. Wie wir jemals auf den

Gedanken kommen konnten, Alexey Kasparow wäre schwach und leicht zu überlisten, ist mir in diesem Moment ein absolutes Rätsel. Selbst Ty, der sich normalerweise niemals in Menschen täuscht, hat nicht gesehen, wie stark der Alte in Wahrheit ist. Alexey verlässt im selben Moment seinen Platz hinter dem wuchtigen Schreibtisch und läuft wie ein sprungbereites Raubtier durch den Raum. Hier wird mir sehr drastisch vor Augen geführt, wie der Russe zur Leitung eines mächtigen Kartells gelangt ist. Niemand, der ihn in diesem Moment beobachten würde, käme auf die Idee, dass er ein leichter Gegner ist, und das scheint auch Vance so zu sehen.

"Du hast gerade versucht, ein Mädchen zu vergewaltigen, das du mir gegenüber als deine zukünftige Frau ausgegeben hast. Wenn ich das richtig verstanden habe, hast du irgendetwas von tiefer Liebe geschwafelt und ich erinnere mich daran, dass du genau das schon einmal getan hast: Bei der toten Frau, die dieser hier unfassbar ähnlich sah. Kayla Morrell hat ziemlich deutlich bewiesen, dass sie dich verabscheut, und trotzdem hast du dich ihr aufgedrängt. Ich kenne dich gut genug, um zu wissen, dass da mehr dahinter steckt, als du sagen willst. Genau das will ich hören. JETZT!", donnert er mit einer Stimme, die keinen Widerspruch duldet und die jetzt mich zusammenzucken lässt. Was mich absolut wundert, ist die Tatsache, dass Vance jetzt einfach ungefragt redet, denn ich bin mir nicht sicher, ob das eine gute Idee ist.

"Auf die Gefahr hin, dass du mir gleich tatsächlich eine Kugel durchs Hirn jagst, aber ich muss etwas dazu sagen." Alexey wendet sich um und schaut meinen Freund durchdringend an.

"Dann rede! Solltest du allerdings lügen, wird es die letzte Lüge deines Lebens gewesen sein." Fuck! Er meint das tatsächlich ernst, also kann ich nur hoffen, dass Vance dieses Mal bei der Wahrheit bleibt.

"Ich habe mich vor ein paar Tagen mit deinem Sohn in eurem Club getroffen. Er hat Tyrone einbestellt, der mit euren Männern auf die Suche nach den Söldnern gehen sollte, die Kayla Morrell bedrohen. Wie sich herausstellte, hat er Ty als Druckmittel gegen mich einsetzen wollen, aber dazu später mehr." Vance räuspert sich und es fällt ihm sichtlich schwer weiterzureden, denn dabei kommt auch er nicht gut weg. "Er hat mich vor die Wahl gestellt: Entweder ich sorge dafür, dass er seine Chance bei der Frau bekommt, oder er lässt uns alle auffliegen. Er hat damit gedroht, dir zu sagen, dass wir dich hintergehen und ich musste davon ausgehen, dass damit auch meine beiden Freunde in Gefahr sind. Er hat auch nur von einer Chance gesprochen, nicht davon, dass er sich mit Gewalt nehmen würde, was Kayla ihm nicht geben will. Zudem hat er mich mit Ty erpresst und damit gedroht, dass ein einziger Anruf bei euren Männern reichen würde, um sein Leben zu beenden. Eine einzige Kugel hätte gereicht, wie du sicherlich weißt." Wieder räuspert sich mein Freund und in der Zwischenzeit ist er leichenblass geworden. "Kirill hat mir versprochen, dass er ein Nein akzeptieren würde – er hat es nicht getan. Ich bin im allerletzten Moment dazwischengegangen und würde es wieder tun. Immer und immer wieder. Ich würde ihn jederzeit davon abhalten, das Mädchen gegen ihren Willen zu besitzen. Von mir aus darfst du mich jetzt killen – verdient habe ich es." Er strafft die Schultern und schaut Alexey Kasparow sehr direkt und offen in die

Augen. Ganz kurz liefern die beiden sich einen Schlagabtausch mit den Augen. Dann ... "Was Diandre angeht: Kirill und ich haben gemeinsam mit der Frau gespielt und sie war nicht abgeneigt. Kirill musste sie nicht gegen ihren Willen ficken, aber vorhin hat Tyrone etwas zu mir gesagt, dass mich nachdenklich gemacht hat. Er meinte, dass Diandre nie und nimmer mit deinem Sohn verlobt gewesen wäre – zumindest nicht freiwillig und ich neige jetzt dazu, ihm zu glauben." Vance heftet seinen Blick jetzt ebenfalls auf Kirill und der schrumpft sichtlich in sich zusammen. Wobei ich denke, dass es nicht an Vance, sondern an seinem Vater liegt, dessen Finger sich jetzt in seinen blutbesudelten Hemdkragen krallen.

"Was hast du zu den Vorwürfen zu sagen? Rede!"

"Diandre war mit mir verlobt und ich habe sie nicht zwingen müssen. Sie war freiwillig an meiner Seite und ..." Dann stockt er und wird aschfahl. "Aber sie hat irgendwann einmal erwähnt, dass Vance sehr viel daran liegt, zu unserer Familie zu gehören. Vielleicht habe ich ... die ..." Er bricht ab und schaut Vance beinahe flehend an. "Du musst mir glauben, ich habe sie nicht gezwungen." Er sagt die Wahrheit, das merke ich ihm an. Aber warum hat Diandre es dann getan, wenn sie, wie Ty behauptet hat, jede Nacht in ihr Kopfkissen weinte? Abwartend schaue ich Vance an.

"Vielleicht hat sie ..." Er fährt sich mit gespreizten Fingern durchs Haar, scheint im ersten Moment völlig ratlos zu sein. "Es ist meine Schuld ... ganz alleine meine Schuld! Sie tat es anscheinend, weil sie dachte, uns damit helfen zu können. Ich habe tatsächlich mal mit ihr darüber geredet, dass ich nach einem Weg suche, noch enger mit den Kasparows zu verschmelzen. Das war lange, bevor Zero sich mit Julija zusammengetan hat. Das geschah ja bekanntlich erst nach Diandres Tod." Dann wird der Blick meines Freundes plötzlich finster. "Das erklärt aber noch lange nicht, warum du ein fast besessenes Interesse an Kayla hast. Du kannst mir im Übrigen auch nicht erzählen, dass du Diandre unsterblich geliebt hast. Kurz nach ihrem Tod hast du munter weiter herumgehurt und dich einen Dreck darum geschert, dass deine Verlobte einen so plötzlichen und grausamen Tod starb. Mittlerweile bin ich fast geneigt, Tyrones Verdacht zu teilen. Warst du es, der sie getötet hat? Oder der den Auftrag dazu erteilte?" Ich habe nicht gedacht, dass Kirill noch blasser werden könnte, als er ohnehin bereits ist – doch es geht tatsächlich.

"Ich schwöre, ich habe mit ihrem Tod nichts zu tun. Warum auch, denn ..." Er beißt sich plötzlich so fest auf die Lippe, dass ein Blutstropfen an der betroffenen Stelle erscheint. Er hat gerade etwas sagen wollen, was nicht für unsere Ohren gedacht war.

"REDE!", herrscht sein Vater ihn an und reißt ihn am Hemdkragen so nah an sich heran, dass sich die Nasenspitzen der beiden berühren.

"Die Hochzeit mit Diandre hätte uns mehr eingebracht als jedes krumme Geschäft auf diesem Planeten. Nicht nur unfassbaren Reichtum, sondern auch ... Sie war keine normale Frau, ebenso wenig wie Kayla Morrell eine ist. Beide Frauen tragen blaues Blut in sich und es gibt verschiedene Organisationen, die genau dieses Blut für alle Zeit vernichten wollen. Sie ..."

"Du stammelst wirres Zeug, Kirill!", brüllt sein Vater und schüttelt seinen Sohn so heftig, dass dessen Zähne klappernd aufeinanderschlagen. "Woher willst du wissen, dass die beiden Kinder irgendeines Adeligen sind?"

"Zufall!", jammert dieser und versucht mit den Fingern, den Würgegriff seines Alten zu sprengen, doch sehr zu meinem Erstaunen gelingt ihm das nicht.

"Lass ihn reden", werfe ich leise ein, denn plötzlich scheint des Rätsels Lösung verdammt nahe zu sein. Ich wundere mich nur, dass Alexey seinen Griff plötzlich lockert und tatsächlich einen Schritt zurücktritt.

"Los! Pack aus, bevor ich es mir anders überlege und dich meinen Hunden zum Fraß vorwerfe." Ich kann nur hoffen, dass der Alte das nicht ernst meint. Er würde ganz sicher nicht seinen einzigen Sohn den Hunden überlassen. Ein Blick in sein Gesicht belehrt mich allerdings eines Besseren. Er würde ... und das scheint Kirill genau zu wissen.

"Ich habe Diandre an einem Abend kennengelernt, als Vance, Ty und Zero sie mit in den Club brachten. Sie war ein heißes Geschöpf und hatte von Anfang an nichts dagegen, mit Vance und mir gemeinsam zu spielen. Sie hat es genossen. Allerdings hatte ich vom ersten Moment an das Gefühl, ihr Gesicht irgendwoher zu kennen. Je öfter ich sie sah, desto mehr hat sich dieses Gefühl in mir eingenistet, ohne dass ich es näher benennen konnte. Irgendwann habe ich ein Foto von ihr durch einen Gesichtserkennungsdienst gejagt." Er schaut erst Vance, dann mich an, holt tief Luft und ich habe das Gefühl, dass wir jetzt etwas zu hören bekommen, dass keinem von uns gefallen dürfte. "Ihr wollt nicht wissen, was ich dabei entdeckt habe. Nicht genug damit, dass außer ihr weitere drei Frauen auftauchten, mit denen sie eine ungeheure Ähnlichkeit besaß, aber am erschreckendsten war für mich, dass noch eine Fotografie auftauchte. Ein uraltes Bild aus der Vergangenheit. Letzteres war es auch, an das ich mich wohl unbewusst erinnert habe." Wieder macht er eine Pause und ich muss mitansehen, wie Kirill Kasparow zu zittern beginnt. "Hätte ich gewusst, was ich dabei finden würde, ich hätte niemals ihr Bild durchs Internet gejagt, denn wahrscheinlich habe ich damit Diandres Todesurteil unterschrieben, ohne es zu wissen. Nicht einmal geahnt habe ich es zu diesem Zeitpunkt, als ich auf den beschissenen Knopf gedrückt habe, um die Fotografie hochzuladen. Ich habe Diandre vielleicht nicht so geliebt, wie man es sollte, aber ihren Tod wollte ich auch nicht. Ebenso wenig, wie ich den Tod von Kayla will. Ich will ..."

"Du willst sie benutzen", unterbricht sein Vater ihn. "Die Frage ist, wofür?" Kirill überläuft ein weiterer Schauer, aber jetzt erscheint in seinen Augen auch ein gieriger Glanz, der mir absolut nicht gefällt.

"Ihr müsst nur mal eines der Bilder aufrufen, das Zar Nikolaus II im Kreise seiner Familie kurz vor seiner Exekution zeigt, dann wisst ihr genau, wem die beiden Frauen ähneln. Ich habe es zuerst auch nicht glauben wollen, aber nachdem die anderen Mädchen, die sowohl Diandre als auch Kayla so ähnlich sahen, allesamt bei irgendwelchen dubiosen Unfällen ums Leben kamen, habe ich begonnen, tiefer zu graben. Der Schlüssel ist Morrell Industries – ein Unternehmen, das sich im Geheimen mit Gen-Technologien beschäftigt und die es anscheinend gewagt haben, den Traum eines jeden russischen Royalisten wahr werden zu lachen. Irgendwie muss es ihnen gelungen sein, an Gen-Material der Zarenfamilie zu gelangen. Dass das nicht jedem gefallen dürfte, muss euch klar sein. Deshalb habe ich darauf gedrängt, mir die Kleine zu überlassen. Hier wäre sie in Sicherheit gewesen." Mir wird heiß und kalt und beides zur selben Zeit. Aber mir bleibt keine Zeit, das Gehörte irgendwie zu verdauen, denn Kirill redet sofort weiter. "Bilder von der kleinen Morrell waren im Netz übrigens nicht zu finden. Wie es aussieht, haben die Eltern sie ganz besonders geschützt, was ihnen selbst wohl nicht viel genutzt hat, denn man hat sie ermordet – in Russland, als Kayla noch ein kleines Kind war. Danach verliert sich die Spur des Mädchens. Was glaubt ihr, wie ich geschaut habe, als ich den Anruf bekam, dass eine Frau aufgetaucht ist, die Diandre ähnlich sieht und ..."

"Wer?", knurrt Vance im selben Moment leise. "Wer versorgt dich mit Informationen über meine Academy und die Schüler? Denn etwas anderes können deine Worte ja nicht bedeuten."

"Die Tanzlehrerin steht auf meiner Gehaltsliste, aber das will nichts heißen. Dass man die kleine Morrell so schnell gefunden hat, kann nur bedeuten, dass die Kräfte, die sie tot sehen wollen, ganz genau wussten, wo sie zu finden ist und ihr gefolgt sind. Ms Martin hat nichts damit zu tun. Im Gegenteil! Sie hat von mir sogar den Auftrag erhalten, die Kleine besonders im Auge zu behalten. Und falls ihr euch fragt, seit wann die Martin auf meiner Gehaltsliste steht: Seit dem Tag, an dem ich herausgefunden habe, wer Diandre sein könnte. Ab da hat sie mich über alle Dinge der Schule auf dem Laufenden gehalten. Alles, was nicht wirklich zum Academy-Alltag gehörte, wurde an mich weitergeleitet. Auch Kaylas Ankunft."

Das ist nicht wahr, das kann es nicht sein. Ich will nicht glauben, was ich gerade mit eigenen Ohren angehört habe. Der Bastard hat die ganze Zeit über gewusst, wen wir unter unserem Dach beherbergt haben und nichts gesagt. Er wusste, dass es gefährlich für uns, für die Schüler der

Academy und vor allem für Kayla werden würde und hat weiterhin geschwiegen. Immer und immer wieder hat er betont, dass wir die Kleine nicht schützen können, weil die Sache viel zu groß für uns ist – womit er eindeutig recht hat. Er tat es allerdings nur aus einem Grund: Er wollte derjenige sein, der die Macht über die junge Frau in Händen hält und ich bin mir nicht einmal sicher, was er am Ende mit ihr angestellt hätte. Wahrscheinlich hätte er sie an den Meistbietenden verschachert – oder an denjenigen, der ihm das lukrativste Angebot gemacht hätte. Wie immer dieses Angebot auch ausgesehen hätte. Selbst sein Vater ist sprachlos und ich bin mir nicht sicher, ob ich gerade in Kirills Haut stecken möchte.

Viel wichtiger ist jetzt jedoch, dass wir mit Tyrone Kontakt aufnehmen. Ich werfe einen schnellen Seitenblick auf Vance und fische dabei zeitgleich mein Handy aus dem Sakko. Auch wenn Alexey uns befohlen hat, zu schweigen, fährt mein Finger über Tyrones abgespeicherte Nummer. Ich ignoriere den mörderischen Blick des Alten, denn Ty muss Kayla umgehend in Sicherheit bringen. Falls er sie überhaupt findet. Angst wühlt sich, einer glühenden Klinge gleich, tief in meine Eingeweide, als das Freizeichen ertönt ... und wieder und wieder. Ty geht nicht ran. Ich hoffe nur, dass er noch rangehen kann. Ich unterbreche die Durchwahl, nur um ein weiteres Mal seine Nummer aufzurufen. Jetzt ertönt allerdings kein Freizeichen mehr, sondern lediglich die kalte Ansage, dass die Person, die ich zu erreichen versuche, nicht zu erreichen ist ...

Tyrone hat uns eiskalt abgehängt und ich kann mir auch schon vorstellen, warum er es getan hat.

Tyrone

Du darfst nicht aufgeben, Täubchen, das erlaube ich nicht. Du wirst auf keinen Fall gehen. Nur über meine verdammte Leiche. Du wirst leben und es den Wichsern heimzahlen, die das hier zu verantworten haben. Und ich … ich werde dir helfen.

Stirb nicht, Dove! Ich will es nicht! Ich kann nicht danebenstehen und zusehen, wie auch du mir genommen wirst. Ich darf kein weiteres Mal zu spät gekommen sein. Meine Ma – ich habe sie nicht beschützen können. Diandre auch nicht. Fuck! Bei dir darf ich einfach nicht auch noch versagen.

Epilog

Piep … Piep … Piep …

Der schrecklich nervtötende Ton – da ist er wieder. Manchmal, wenn mein Verstand sich aus dem zähen Nebel befreien will, dann höre ich ihn. Allerdings nicht lange, denn die Schmerzen sind so groß, dass ich freiwillig wieder zurück in die Dunkelheit gleite. Dann und wann fühle ich sanfte Finger, die über mein Gesicht streicheln, ich höre geflüsterte Worte, deren Sinn ich allerdings nicht erfassen kann. Meist dämmere ich wieder weg, bevor ich begreifen kann, was die Worte bedeuten. Nur in der Dunkelheit finde ich Frieden, denn ich weiß; sobald ich aufwache, wird mein Herz wieder zerreißen, mein Körper mich erneut verraten und all meine Sinne mir zubrüllen, dass ich unendlich schwach bin. So schwach, dass ich den verlockenden Lügen geglaubt habe, die man mir einflüsterte.

Wenn ich träume, dann sehe ich sie – die wunderschöne Frau, deren Lächeln so liebevoll ist und die mich in ihren Armen wiegt. Ihre Liebe spüre ich bis in die tiefe Finsternis, in der ich gerade stecke. Sie umgibt mich wie ein warmer Kokon, der sich schützend um mein Herz legt – immer dann, wenn es vor lauter Pein zu bersten droht. Immer dann weiß ich, dass es besser wäre zu gehen. Ich ahne, dass ich nach Möglichkeit in der Dunkelheit bleiben sollte, denn dort kann mir niemand wehtun – aber da ist diese Stimme, die mich immer wieder an die Oberfläche lockt. Sie ist beharrlich, gibt nicht auf und ich weiß, ich kenne sie. Auch jetzt spricht sie zu mir und ich merke, wie mir Tränen über die Wangen rinnen.

"Du darfst nicht gehen!", höre ich erneut die leise Stimme. "Verlass mich nicht!" Aber ich bin so müde und das helle Licht ist so unendlich verlockend. Ich weiß nicht, wie lange ich dem vertrauten und eindringlichen Ruf noch widerstehen kann.

Eine warme Hand umfasst meine Finger, sie drückt vorsichtig zu und seltsamerweise fühle ich in diesem Moment so etwas wie Zuversicht, und noch etwas anderes, das ich erst einmal nicht verstehe. In meinem Kopf tauchen Bilder auf – so viele und alle gleichzeitig, dass ich Mühe habe, zu begreifen, was ich sehe. Woran es liegt, dass ich sie ausgerechnet jetzt sehe, kann ich nicht sagen. Vielleicht an meinem Zustand, in dem mein Geist zwischen Bewusstlosigkeit und Wachzustand schwebt. Da sind plötzlich die Erinnerungen, die mir all die lange Zeit gefehlt haben. Die Erinnerungen eines sehr kleinen Mädchens, das damals nicht einmal verstanden hat, was um es herum vor sich ging.

Ich erlebe noch einmal die schreckliche Nacht, in der meine Eltern starben. Das Blut, die Flammen und den Horror, der mit Olgas und meiner Flucht einherging.

Noch einmal schaue ich meiner Mutter in die Augen – es war das letzte Mal. Ich erlebe noch einmal den Moment, in dem sie mich in die Arme eines fremden Mannes drückte und Olga, die neben ihm stand, ein kleines Buch übergab ... und die Kette mit dem Kreuz daran. Ich höre sogar ihre Worte, mit der sie sie an Olga weiterreichte.

"Bewahre diese Dinge sicher auf und achte gut auf mein Herz. Niemand ... niemand darf sie sehen. Niemand darf jemals von ihrer Existenz erfahren – nur dann wird sie sicher sein. Versprich es mir." Sie streicht mir über den Kopf und ich sehe die Tränen in ihren Augen. "Gib ihr das Buch, wenn sie alt genug ist, um zu verstehen, was ich getan habe. Sie soll es wissen, aber auch erfahren, wie sehr ich sie liebe. Mehr als alles andere auf der Welt."

Ich sehe das alles so deutlich vor mir, als wäre es erst gestern geschehen. Es fühlt sich tatsächlich so an, als würde ich plötzlich wieder an jenem Ort sein, mitten in dem grausamen Kampf, der mich zur Waise machte. Ganz deutlich kann ich auch dieses Mal die Angreifer erkennen. Plötzlich haben alle Personen Gesichter, doch die der Mörder sind hinter schwarzen Tüchern verborgen. Sie tragen Army-Klamotten, die denen der Männer ähneln, die auf mich geschossen haben. Es sind Typen in schwarzen Uniformen, auf deren Brust ich plötzlich ein Wappen erkenne – einen Hammer und eine Sichel. So klar und deutlich, dass ich merke, wie sich mein Herzschlag beschleunigt. Das entsetzliche Piepen kommt jetzt in immer kürzeren Abständen und ich merke, wie sich meine Finger fest in die Hand krallen, die meine festhält. Ich bin gefangen in meiner eigenen Welt aus Albträumen und schaffe es nicht, die Augen zu öffnen – wie es mir sonst meist gelungen ist, wenn ich mal wieder einen Albtraum hatte. Dieses Mal muss ich alles mitansehen, auch den Schuss, der das Gesicht meiner wunderschönen Mutter buchstäblich in Fetzen reißt. Sie war mir so nahe, als sie starb, und ich habe ihr trotzdem nicht helfen können. Nicht, als die Männer sie abknallten und auch nicht, als ihr Blut den weißen Schnee rot färbte. Ich atme keuchend, als mir bewusst wird, dass meine Mutter sich für mich geopfert hat. Dass sie freiwillig den Unterschlupf verließ, in dem wir uns verborgen hatten. Sie hat ihren eigenen Tod herausgefordert, damit ich leben kann. Meine wunderschöne, meine liebevolle Mutter, die nie einem Menschen etwas angetan hat.

Keuchend schnappe ich nach Luft, das Piepen wird noch schneller und ich merke, wie die Stimme an meiner Seite immer eindringlicher nach mir ruft. Immer wieder brüllt sie mir zu, dass ich stark sein muss, dass ich nicht sterben darf und dass ich bei ihm bleiben muss, dabei will ich nur eines ... Schlafen und nie wieder aufwachen. Ich will alles vergessen und nicht mehr denken müssen. Ich will keine Angst mehr haben, aber trotzdem klammere ich mich noch immer an das bisschen Leben, das in mir steckt.

So gerne würde ich leben und in Erfahrung bringen, wer an meiner Seite sitzt und mich im Licht hält. So gerne ... aber ich bin einfach zu schwach. Ich schaffe es nicht länger, mich gegen die Dunkelheit zu stemmen und erneut steigert sich das Piepen, bis es zu einem schrillen, durchgezogenen Ton wird. Zu einem sehr langen, sehr endgültigen und erschreckenden Fiepen.

PIIIIEEEEEEEEEEP ....

Ende Band 2

Printed in Poland
by Amazon Fulfillment
Poland Sp. z o.o., Wrocław

35139004R00231